Uma Aliança entre Corações

Direção editorial: Luiz Vasconcelos
Coordenação | Produção editorial: Mariana Paganini | Marianna Cortez
Aquisição: Mariana Paganini | Marianna Cortez
Preparação: Equipe Novo Século
Diagramação: Mariana Paganini
Revisão: Marianna Cortez | Renata Panovich
Capa: Ju Calado

Texto de acordo com as normas do Novo Acordo Ortográfico da Língua Portuguesa (1990), em vigor desde 1º de janeiro de 2009.

Dados Internacionais de Catalogação na Publicação (CIP)

Queiroz, Lavínia
Uma aliança entre corações / Lavínia Queiroz.
-- Barueri, SP : Novo Século Editora, 2025.
336 p
ISBN 978-85-428-1836-9

1. Ficção brasileira 2. Ficção cristã I. Título II. Série
25-3669 CDD B869.3

Índices para catálogo sistemático:
1. Ficção brasileira

ns
uma marca do Grupo Novo Século

Alameda Araguaia, 2190 – Bloco A – 11º andar – Conjunto 1111
cep 06455-000 – Alphaville Industrial, Barueri – sp – Brasil
Tel.: (11) 3699-7107 | Fax: (11) 3699-7323
www.gruponovoseculo.com.br | atendimento@gruponovoseculo.com.br

LAVÍNIA QUEIROZ

Uma Aliança entre Corações

São Paulo, 2025

Para minha amiga Raquel Goes, por amar tanto esta história e por ser tão doce e sábia quanto a Ada

E a todas as pessoas com rachaduras no coração, espero que este livro cure alguma delas, ou ao menos lhe arranque um belo de um sorriso.

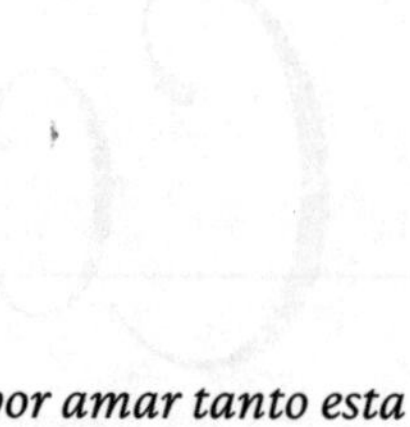

Aviso de conteúdo

Este livro retrata temas sensíveis como: luto, morte de pai/mãe e negligência parental. Todos são abordados de forma cuidadosa, mas se sinta encorajado a respeitar seus limites, caso algum desses temas lhe seja incômodo demais.

Playlist

- **Dandelions** – Ruth B.
- **Tightrope** – Michelle Williams
- **Somewhere Only We Know** – Glee Cast, Darren Criss
- **Soldier, Poet, King** – The Oh Hellos
- **Único (Ao Vivo)** – Fhop music, Marco Telles
- **Tu És Soberano** – Ternoesaia
- **I Hear a Symphony** – Cody Fry
- **Love Grows (Where My Rosemary Goes)** – Edison Lighthouse
- **My Love Has Gone Across the Sea** – Andrew Peterson
- **Be Kind to Yourself** – Andrew Peterson
- **The Artist** – Sarah Sparks
- **Awesome God** – Shane & Shane
- **To Be Enchanted** – Sleeping At Last
- **Mother** – Sleeping At Last
- **The Voice of Jesus** – Andrew Peterson
- **Something That I Want** – Grace Potter
- **Porque Ele Vive** – Vitória Souza
- **Vencerás Por Mim (Ao Vivo)** – Altomonte, Rafael Rocha
- **Sê Minha Vida** – Louvor Pdzs
- **What Makes You Beautiful** – Boyce Avenue

- **Eu Canto Pra Ti** – Vocal Livre, Adriene Nachtigall
- **Preciso de Ti (Ao Vivo)** – Diante do Trono, Ana Paula Valadão
- **No Impossible with You** – I Am They
- **Prenda-me a Ti** – José Jr
- **Clair de Lune** – Sleep Baby Sleep
- **dad song** – Abbie Gamboa, Upperroom
- **Cordas de Amor** – Victor Faria
- **The Last Dance** – Samuel Sim
- **Nada Que o Teu Amor Não Faça** – Laura Souguellis
- **Filho Amado (Nova versão)** – Laura Souguellis
- **Amado Por Mim** – Laura Souguellis
- **i'm here** – Abbie Gamboa, Upperroom
- **Leão de Judá (Brave Sound)** – BRAVE, Ludi
- **Minha Alegria É Completa** – Deeper Records, Rafael Falcão
- **Wrestling Flames** – Aly Aleigha
- **Little Bird** – Aly Aleigha
- **Awestruck** – Aly Aleigha
- **Torn** – Aly Aleigha
- **Temporal (Acústico)** – Vocal Livre, Paula Schneider
- **Ouve Meu Coração** – Coral Jovem Unasp, Vitrine Music
- **Mil Versos** – Coral Jovem Unasp, Vitrine Music
- **deep love of Jesus** – Hillside Recording, Christian Henckel
- **O Outro Lado** – Ana Helyosa, Coletivo Candiero
- **Com Você** – duo harts
- **Wrote Us a Story** – Jenny & Tyler
- **The Calm** – 7 Hills Worship, Kaelob McIntire
- **Nu** – José Jr, Fellipe Fernandes
- **Hill** – Sleeping At Last
- **Instead of Myself** – Sleeping At Last
- **Clean Water** – Sleeping At Last
- **The Spring** – Sleeping At Last
- **Goes on and on (Instrumental)** – Sleeping At Last
- **Segue** – Sleeping At Last
- **Anger** – Sleeping At Last
- **Var Det Du** – Ensemble Galilei
- **Iris** – Ensemble Galilei
- **Son** – Sleeping At Last
- **Eight** – Sleeping At Last
- **Bondoso Amigo (159)** – Igreja Presbiteriana de Itatiaia
- **Ghost of a King** – The Gray Havens

- **Folhas de Outono** – Felipe Valente
- **Dois Castelos** – Ana Helyosa, Coletivo Candiero
- **Providência** – Karol e Rander, Rev. Hernandes Dias Lopes
- **Salmo 139 (Davi)** – João Manô
- **Beyond My Wildest Dreams** – Bria Jean
- **Ray's Jig (Live)** – Bria Jean
- **If I Ain't Got You** – Madison Calley
- **Eu Quero a Ti (Ao Vivo)** – Fhop music
- **Here Comes the Sun** – JJ Heller
- **Todo a Ti (All To You)** – Strings And Heart
- **Grande é o Senhor (Ao Vivo)** – Fhop music
- **Herdeiro de Tudo (Ao Vivo)** – Fhop music
- **Grandioso Deus** – Purples
- **Oração** – Purples
- **Take Me to the River (Instrumental)** – Alex Yurkov, Thelma Costolo
- **You Are Not Far** – Young Oceans
- **Abba** – John Mark Pantana
- **Rooftop** – John Mark Pantana
- **Weep With Me** – Rend Collective
- **Two** – Sleeping At Last
- **Volta** – Odre
- **Graves Into Gardens (Live)** – Elevation Worship, Brandon Lake
- **Meant For Good** – Brandon Lake, Judah
- **Vow To Be Yours** – Leanna Crawford
- **Save Me** – Eliza King, Tenielle Neda
- **Tightrope** – Jon Guerra
- **Você Me Leva ao Deserto** – Ministério Zoe
- **Heard It from a Friend** – JJ Heller
- **Monsters Talk** – John Mark McMillan, Bear Rinehart
- **Your Burden Is Mine** – Sarah Sparks, Kenny Komatsu
- **Deus Eterno** – Paulo Cesar Baruk, Leandro Rodrigues
- **Muralhas** – Ana Heloysa, Coletivo Candiero
- **Deus Soberano** – Karis Liszt, Filipe Guia
- **Broken Prayers** – Riley Clemmons
- **You'll Be Alright, Kid** – Alex Warren
- **Daughter** – Sleeping At Last
- **Running Back To You** – Seph Schlueter
- **Há um Vinho Novo** – Ministério Zoe
- **Different** – Elenyi
- **My Lord Provided** – Coquí

- Balada de Outono – Filipe Valente
- Dois Castelos – Ana Heloysa, Coletivo Candiero
- Providência – [illegible]
- Salmo 139 (Cavi) – [illegible]
- Beyond My Wildest Dreams – [illegible]
- [illegible] – [illegible]
- If I Ain't Got You – Madison Bailey
- Eu Quero a Ti (Ao Vivo) – [illegible]
- Here Comes the Sun – Jj Heller
- Tudo a Ti (All To You) – [illegible]
- Grande É o Senhor (Ao Vivo) – [illegible]
- [illegible] de Tarde (Ao Vivo) – [illegible]
- [illegible] – [illegible]
- [illegible] – [illegible]
- Take Me to the River (Instrumental) – Alex Wilson, Thaina Coelho
- You Are Not [illegible] – Young Oceans
- Attic – John Mark Pantana
- Rooftop – John Mark Pantana
- [illegible] With Me – Reed Gallagher
- Love – Sleeping At Last
- [illegible] – Tiles
- [illegible] Little Gardens (1999) – [illegible]
- Made for Good – [illegible]
- [illegible] Be Yours – [illegible]
- Save Me – [illegible]
- Tightrope – [illegible]
- [illegible] Me [illegible] – [illegible]
- [illegible] – [illegible]
- Moments [illegible] – [illegible]
- Your Burden Is Mine – [illegible]
- [illegible] – [illegible]
- [illegible] – Ana [illegible], Coletivo Candiero
- [illegible] – [illegible]
- Broken Pieces – [illegible]
- [illegible] Midnight [illegible] – [illegible]
- [illegible] – Sleeping At [illegible]
- [illegible] Back to You – [illegible]
- [illegible] – [illegible]
- [illegible] – [illegible]
- [illegible] Providence [illegible]

Parte um

Cegueira & Fardos

Capítulo 1

Lyria, outono de 1660

— Logan, se abrir a boca mais uma vez, juro que lhe expulso desta reunião! Está me entendendo? — O rei Callum quase espumava ao se dirigir ao filho.

Todos os presentes na reunião, homens de confiança do rei, entreolharam-se, pensando se seria naquele dia que Vossa Majestade perderia de vez o controle com seu herdeiro.

— Sair do seu covil? Seria uma dádiva dos céus! — Logan ergueu o queixo, em desafio à figura de rosto vermelho. — Contudo, *Majestade*, para sua infindável tristeza, eu assumirei o trono, de preferência muito em breve, então preciso ver em que estado vai me entregar o reino.

— Devo reforçar a guarda do meu quarto? — Callum exibiu um sorriso de escárnio.

Logan cerrou os dentes ao ver aquele sorriso que tanto odiava.

— O destino deve ser o bastante.

Há vinte e cinco anos, Lyria era governada pelas mãos do rei Callum. O reino tinha um verdadeiro tesouro nos seus muitos hectares de terra fértil, porém a vida dos seus moradores não fazia jus a tanta prosperidade. Os mais velhos daquela geração se lembravam da época dourada, quando o justo rei Eron regia todo o território lyriano. Todavia, seu filho, o rei Dmitry, iniciou o padrão de mau governo, sucedido por seu filho único, Callum.

Logan e o pai se encararam por mais alguns segundos antes da reunião poder continuar — apesar das furtivas indiretas e olhares atravessados que não deixaram o clima pacífico. O príncipe saiu da sala assim que a reunião acabou, sufocado. As conversas entre eles eram sempre acaloradas, fruto de ideais distintos, mas personalidades semelhantes. Ambos eram determinados e desprovidos de muita paciência ou flexibilidade, prontos a morrer pelo que julgavam ser o certo.

O jovem herdeiro repassou na mente cada palavra trocada enquanto seguia em direção ao seu quarto, desejoso de externar através da escrita tudo que estava entalado na garganta, mas que o amor por sua vida manteve distante dos ouvidos do pai.

No entanto, seus pés decididos perderam o ritmo ao passar diante da sala onde a harpa de sua mãe envelhecia, coberta por um tecido branco. Franziu o cenho, perguntando-se quem deixou a porta aberta. Entrou no cômodo, contudo não viu ninguém, nada além das lembranças em sua cabeça. Cerrou os dentes e o peso no coração mudou de fonte. Saiu apressado antes que as emoções se rebelassem.

A saudade às vezes era mais pesada que a ira.

Logan soltou o ar, sem interromper os pensamentos por um segundo. Precisava descobrir um jeito de fazer o pai ouvi-lo, já que, segundo o rumo das coisas, demoraria para tomar seu lugar. No entanto, era mais fácil transportar a grande Montanha Iggy com sua fé pequenina do que mudar as opiniões egoístas do rei Callum.

Foi traçando planos inúteis que Logan abriu a porta de seu quarto, distraído demais para prestar atenção no cantarolar alegre vindo de lá. Ele estagnou ao ver uma criada com o diário dele em mãos. Todos os seus sentimentos estavam extravasados naquelas páginas e o que menos queria era ver seu coração sendo folheado.

Sem pensar em modos educados, avançou a passos largos até a moça e arrancou o objeto de suas mãos, fazendo-a emitir um grito agudo.

— O que pensa estar fazendo? Perdeu o juízo? — O príncipe encarou a figura pálida diante de si. Era de estatura baixa, bochechas salientes e braços roliços, olhos cinzas esbugalhados e cabelos escondidos sob uma touca branca. — Responda-me!

— E-eu... — Ela retribuiu o olhar de forma direta, assustada demais para lembrar de fazer reverência. — Ele caiu e eu vi o desenho.

Logan abaixou os olhos para o caderno e seu sangue esquentou. Estava aberto no desenho que ele havia feito de sua mãe. A expressão ferrenha que dirigiu à criada a petrificou.

— Nunca mais entre aqui! — Logan ordenou entre dentes.

— Mas é meu trabalho! — ela retrucou, surpreendendo-o.

— Então que tal eu destituí-la? Facilita para você? — O sarcasmo fluiu antes que pudesse conter.

— Altezinha, não faça isso! — As mãos dela agarraram as dele, deixando-o atônito. — Perdoe-me, por favor! Preciso muito do emprego, foi apenas um deslize, não se repetirá.

Logan fitou as mãos dela ainda tocando-o e sua fúria foi abafada, diminuindo gradualmente. Já a criada interpretou a situação não como se um torpor o tivesse abatido, mas como os segundos antes da cabeça dela rolar pelos aposentos. Ela o soltou de súbito, pegou o pano que usava na limpeza e saiu correndo do quarto.

O príncipe piscou algumas vezes e um sorriso puxou seus lábios para cima.

— Altezinha? — Uma risada curta lhe escapou. — Ela pronunciou mesmo essa palavra?

Balançou a cabeça e olhou para o diário em suas mãos, onde uma bela mulher de expressões marcantes fora registrada pelo grafite. Sentiu o peso de suas ações para com a pobre criada, porém não tinha tempo para pensar naquilo, por ora.

Sentado na escrivaninha, derramou planos, sensações e rancores nas páginas, manchando-as vez ou outra pela agressividade com que apertava a pena na folha.

Ouviu batidas na porta e se zangou ainda mais. Não existia um lugar sossegado! Que grande pecado havia cometido para tantos incômodos?!

A lista é bem grande..., sua consciência avisou e ele fez uma careta.

Sem opções, abriu a porta e viu Gale, seu guarda pessoal e fiel amigo. O homem entrou sem cerimônia e sentou na cama, notando o diário aberto e as gotas de tinta manchando o percurso do tinteiro às folhas.

— Dia ruim? — indagou, erguendo a sobrancelha ruiva.

— Nada novo, pois meu pai só pensa em si próprio! — Jogou-se na cadeira, fazendo o móvel ranger. — Ele não consegue ver o descontentamento do povo com sua administração e, se tento dar uma sugestão, sou desprezado.

— Ele é o rei! Ninguém pode destituí-lo, não sem uma armadilha muito boa. Sendo assim, sua autoconfiança é esperada.

Logan balançou a cabeça, inconformado.

— Quero derrubar suas leis, mas não sei como fazer.

— Derrubar as leis ou derrubar seu pai? — Gale perguntou, conhecendo-o bem.

O príncipe ergueu a sobrancelha, o desdém marcado em cada traço do rosto.

Gale seguiu, tirando um papel do bolso.

— O Festival da Colheita se aproxima e teremos uma semana inteira de fins de tarde e noites animadas para nos distrair.

Logan pegou o cartaz que o amigo estendeu e examinou o desenho de pessoas dançando felizes entre colheitas fartas, um retrato um tanto fantasioso dos camponeses. As engrenagens do cérebro do príncipe quase se fizeram ouvir enquanto uma ideia se formava em sua cabeça.

— E se eu participar do Festival em outro lugar este ano? — Logan fitou Gale, que franziu o cenho.

— Não me diga que você quer ir para as vilas — respondeu com um sorriso de descrença.

— Ver as dores do povo de perto! Quem sabe me inspire com novas formas de persuadir meu pai.

— E como o Príncipe de Lyria irá ao povo? Vai ser morto assim que pisar numa vila sem escolta!

Logan suspirou. Não tinha pensado nessa parte ainda. Dirigiu o olhar para a janela, onde as montanhas cobriam o horizonte e o manto de florestas as contornava. Nuvens brancas e fofas se avolumavam contra o céu azul, trazendo uma moça à sua mente.

Altezinha...

— Por que está sorrindo? — Gale atraiu sua atenção.

— Nada. — Pigarreou, empurrando a lembrança para longe. — Pensarei num plano, aguarde.

— Por favor, inclua nas partes indispensáveis desse futuro plano: manter-se vivo.

— A exigência de segurança realmente diminui minhas possibilidades — Logan ponderou consigo ao sair do quarto após longas e inúteis horas à procura de um plano. — Ah, Gale, por que você tem que ser tão sensato?

Ele vagou pelos corredores, distraído, até seus passos estagnarem diante da sala de música. Fechou os olhos, sorvendo uma grande quantidade de ar. Talvez estar no lugar que carregava partes do coração de sua mãe servisse de algo, como dar-lhe algum lampejo do que Agatha faria em seu lugar.

— Estou consciente do que faço — ele murmurou —, então não doerá tanto entrar.

Após uma breve hesitação, girou a maçaneta, esperando ser abraçado pela mistura de dor e alento impregnada no cômodo. No entanto, a surpresa o encontrou ao adentrar a sala.

Lá estava ela de novo, dessa vez de costas e sem nenhum objeto indevido em mãos. O canto de seus lábios se ergueu contra sua vontade ao vê-la ficar na ponta dos pés para alcançar as prateleiras mais altas. Depois de conseguir, soltou um barulhinho engraçado, uma mistura de suspiro e gemido. Ela enxugou a testa e colocou as mãos na cintura, inspecionando para ter certeza de que estava perfeitamente limpo.

Não deveria estar tão intrigado com uma criada, porém se pegou observando-a com atenção. Não era nem magra nem gorda, e sim um meio termo entre os dois, e possuía certa delicadeza ao ajeitar os objetos na estante, deixando tudo no mesmíssimo lugar em que pegara. Seu cuidado se destacou aos olhos dele.

— Ótimo, tudo limpo. — A voz suave pairou pela sala.

A criada girou sobre os calcanhares e deu um grito ao ver o príncipe.

— Alteza!

— Procurando mais diários para ler? — A provocação fluiu antes que ele pensasse se era apropriado.

— Não, Alteza, jamais! Só estava limpando a sala. Perdão, eu não pretendia incomodá-lo, de modo algum.

A resposta trêmula o fez arrepender-se um pouco do que disse, porém isso se tornou irrelevante quando um ímpeto o levou a buscar mais informações sobre a moça.

— Há quanto tempo trabalha aqui?

— Três anos. — Ela abaixou o olhar.

— Gosta do seu serviço?

— S-sim, Alteza. Sou muito grata por essa oportunidade.

Gratidão e culpa..., Logan pensou, de repente vendo um plano formar-se lentamente em seu cérebro.

— Onde a senhorita mora? Na cidade?

— Não, Alteza, na Vila Tyber.

Outro sorriso ergueu o canto dos lábios dele.

— Conhece as vilas vizinhas?

— Sim, senhor.

O príncipe franziu o cenho enquanto pensava, ajeitando as peças para ter certeza de que sua ideia seria viável. A criada ergueu a cabeça diante do silêncio e percebeu uma certa animação nas feições do homem, levando sua imaginação a trabalhar.

Ele com certeza planeja me despedir!

Lágrimas se acumularam nos olhos dela e fungou, atraindo a atenção dele.

— O que há?

— Alteza — disse num murmúrio —, por favor, não me mande embora.

— Senhori...

— Esse emprego é o que alimenta minha casa. — Ela começou a chorar. — Por favor, tenha misericórdia. Certamente Vossa Alteza possui bom coração!

Logan fez uma careta involuntária ao ver a moça debulhar-se diante dele. Havia poucas coisas mais assustadoras para um homem do que se ver sozinho com uma mulher em prantos.

— Não vou despedi-la — garantiu, apressado. — Pare de chorar.

— Ah, muito obrigada! — Enxugou o rosto e abriu um sorriso amplo.

— É melhor voltar ao trabalho, com licença.

Logan quase correu para fora da sala, desejoso de fugir da situação embaraçosa, ao menos para ele.

— Algum problema, Alteza?

A governanta do palácio o encarava do meio do corredor, o cenho franzido para o príncipe que até poucos segundos fitava a porta com uma careta.

— Não... — Ele pretendia dispensá-la, porém percebeu a oportunidade diante de si. — Sra. Baker, gostaria de fazer algumas perguntas.

— Claro, Alteza.

Ele a chamou até sua sala, onde os dois entraram e se sentaram. A mulher mantinha a postura impecável, apesar da clara curiosidade brilhando em seus olhos.

— A senhora conhece a índole de todos os criados?

— Sim, faz parte das minhas atribuições, Alteza. Escolhemos com cuidado as pessoas que trabalham aqui.

— Gostaria de informações sobre uma das criadas. A...

O príncipe comprimiu os lábios e coçou a barba, havia esquecido de perguntar o nome da moça.

— Ela é bem pequena, rosto redondo, olhos grandes e cabelos... — Forçou sua mente e percebeu que a criada estava de touca, porém conseguia ver as sobrancelhas sobre os belos olhos cinzas. — Cabelos loiros claros.

— Onde o senhor a viu?

— Limpando meu quarto e depois a sala de música.

— Oh! Trata-se de Adelaine Sallow.

— Ela é uma boa empregada?

— Sim, bastante cuidadosa. Nunca falta, é obediente e convive bem com os colegas, todos gostam dela.

Parece a guia perfeita, Logan ponderou.

— Ela fez algo de errado, Alteza? — A governanta quis saber.

— Não, não. Apenas percebi que não a conhecia.

O que ele poderia dizer a respeito de outros criados, porém foi a melhor desculpa que sua mente formulou.

Garantindo não precisar de mais nada, dispensou a mulher.

— Espero ser, de fato, uma boa ideia. — O homem suspirou, afundando o rosto nas mãos.

Ainda seria arriscado, sabia disso; porém, faria tudo o que estivesse em seu alcance para ver o pai cair. Callum se arrependeria do modo como sempre o tratou.

Capítulo 2

— Vai forçar uma criada a ajudá-lo? — Gale esfregou o maxilar coberto pela barba. — Espero que ela não o mande para uma emboscada. Pense: vocês dois andando na floresta quando, de repente...

— Você não consegue refletir com seriedade? — Logan rolou os olhos e se levantou.

Havia passado a noite com a ideia na cabeça e ela permanecia sendo a mais segura dentre suas opções, então resolveu compartilhá-la.

— E você não tem senso de humor! Percebe quão chato é? — o amigo provocou, pouco temendo o olhar estreito que recebeu.

— Esses anos de amizade lhe deram muita ousadia — murmurou o príncipe.

— Vai dizer que não gosta da minha companhia maravilhosa? — Balançou as sobrancelhas, fazendo o outro lutar contra um sorriso. — Mas falo com seriedade agora, é um *péssimo* plano! E por acaso acha que essa moça o ajudará?

— Acalme-se! Primeiro, o plano está em desenvolvimento. E, segundo, aquela criada não parece uma rebelde ou algo assim. A sra. Baker assegurou seu bom caráter. — Deu de ombros. — Tenho certeza de que ela vai aceitar facilmente; afinal, quem em sã consciência diz "não" para um príncipe?

Gale assentiu, escondendo o divertimento que a ideia da resistência da criada o causava.

— Siga em frente! Já é causa ganha — ele incentivou, e isso foi tudo que Logan precisava para ir parar na ala dos criados.

Dispensou diversos deles à medida que se aproximava do destino, pois todos pensavam que carecia de algum serviço e estar indo direto a eles deveria significar uma grande negligência. Logan virou em um corredor e encontrou a cozinha. Quando parou na entrada, as conversas cessaram e todos os olhares repousaram na figura alta sob o batente. Reverências um tanto nervosas se seguiram.

— Estou procurando a... — Seu cérebro demorou para encontrar o nome. — Adelaine!

— Está na cozinha, Alteza, a da ala Real. Ela aprontou algo?

Logan assentiu, assustando a mulher. E, como se houvesse a chance de o príncipe se perder na própria casa, ela o guiou pelos corredores até a ala onde Adelaine cortava alguns legumes, distraída demais para perceber a aproximação.

— Ada! O que você fez?

A moça se assustou com o grito, errando a mira e cortando o dedo. Colegas preocupados a cercaram, esquecendo-se por um segundo da presença do príncipe.

— A senhorita está bem? — Logan franziu o cenho, parando atrás de Ada, a qual tentava dispensar os amigos.

— S-sim, senhor. — Virou-se, levando o dedo ensanguentado à boca.

O homem revirou os olhos diante do método curativo dela e a tirou do cômodo, sob o olhar dos demais criados, que especulavam qual seria o destino da jovem.

Adelaine ficava mais pálida a cada passo ao lado do homem, fosse pelos olhares curiosos dos criados e moradores, pelo estranho modo como os monarcas retratados nos quadros das paredes também pareciam encará-la ou pela mão do príncipe espalmada em suas costas, não lhe dando brecha para fugir.

Logan a levou até um aposento particular, onde a fez sentar-se. Pegou uma caixa com algumas ataduras e remédios e se abaixou diante dela para fazer um curativo *de verdade*. Sua mãe o havia ensinado aquilo e não se importava em exibir seus talentos.

— Alteza, não é necessário... — A moça retraiu a mão para junto do peito. — Onde já se viu, um príncipe cuidando do corte insignificante de uma criada.

— Gostaria de dizer eu mesmo o que posso ou não fazer, obrigado. — Ele estendeu a mão e esperou até ela ceder.

Adelaine tentou não se apavorar com a situação, ainda que fosse difícil. O coração dela estava apertado, e ver o homem limpando seu ferimento não era tranquilizador.

Ela correu os olhos pelo cômodo, reconhecendo as marcas quase invisíveis do armário de madeira, os sutis arranhões nos vidros das janelas e as manchas no tapete. Já havia limpado aquele lugar milhares de vezes desde que começou a trabalhar no palácio. Na época, era só uma menina de 15 anos e as circunstâncias a levaram até ali, com um coração dolorido e sonhos desfeitos.

— Quero que me leve a algumas vilas, durante o Festival da Colheita — Logan disparou alguns segundos depois e ganhou a atenção dela.

— O senhor não sabe ir sozinho? — Ada indagou com inocência.

Logan conteve um meio sorriso. Não estava preparado para as reações dela e gostava daquilo, o divertia.

— Preciso de uma pessoa que se misture bem, e você é boa o bastante. — Lançou-lhe um olhar rápido. — Anseio ajudar meu povo, portanto preciso conhecê-lo.

Ada ponderou com desconfiança, recolhendo a mão quando ele terminou o curativo e murmurando um agradecimento.

— Desculpe, eu não posso ajudá-lo, Alteza.

— Pode, sim. Precisa consertar seu deslize, lembra? — Ele decidiu usar sua carta na manga.

— O senhor declarou não permitir mais minha entrada em seu quarto, julguei ser essa a punição. Além de que é minha vez de ganhar folga nas festividades, não sou obrigada a trabalhar — resmungou, franzindo o cenho.

O príncipe abriu a boca, sem saber se ficava ofendido com a ousadia ou a admirava. Ele refletiu por alguns segundos, pensando em como convencer a moça diante daquele argumento sagaz. Deu um sorriso amargo ao notar que, se fosse o pai na mesma situação, não daria a mínima para a bendita folga, apenas faria uma ameaça e pronto. Entretanto, Logan prezava muito pelas regras e seria incapaz de dispensar a coitada por não fazer o que ele queria.

— Vamos lá, doçura, ajude-me. — Exibiu um sorriso gentil, tentando usar de seu charme. Funcionava sempre.

Mas, ao invés de derreter-se, Ada fez uma careta, nem um pouco encantada.

— Eu não sei se consigo fazer isso, Alteza. — Ela apertou as mãos no colo e desviou o olhar.

— Srta. Sallow — chamou, e um calafrio percorreu a espinha da moça quando viu seu semblante sério —, sabe quem eu sou, não?

Vendo que o charme falhou, Logan partiu para o benefício de que ela não sabia de seus princípios, desconhecendo assim o senso de justiça que o impedia de fazer-lhe qualquer mal.

— Sei... — A moça balançou a cabeça.

— Diante disso, está ciente que sou seu superior, certo? Mais que isso, seu príncipe. Então, pode fazer esse *favor* para mim? — E coroou a ordem velada com um sorriso suave.

— Sim, senhor. — Ada suspirou, percebendo que não havia escapatória com o Príncipe de Lyria.

— Perfeito!

— E como passará despercebido, Alteza? Os camponeses cortarão sua cabeça ao vê-lo. Odeiam os nobres!

— Nada que uma transformação não resolva. — Sorriu, travesso, aumentando o pavor da pobre Ada.

Capítulo 3

O primeiro dia do Festival da Colheita chegou e, assim que terminou seu almoço, Logan se esgueirou para o quarto a fim de terminar de arrumar as poucas coisas que levaria consigo. Sua vontade era sair sem avisar, porém a ausência do príncipe numa festividade de grande porte não seria ignorada, nem mesmo por Callum.

Por essa razão, arquitetou a desculpa perfeita para sumir durante a semana — embasado por seu pouco gosto por festas — e a contou ao pai.

— Vai caçar? — Callum havia franzido o cenho depois de ouvir o filho. — Justo essa semana?

— Não estou no clima para banquetes, músicas e tudo isso. Quero um tempo de descanso longe daqui.

O rei não demonstrara resistência, imaginando que o filho estaria na cabana localizada no bosque poucos metros atrás do palácio e por saber que ele teria companhia.

— Eu não acredito que está mesmo levando isso adiante. — Gale estava sentado na cama, enfadado com a ideia do amigo. — E ainda me levará junto!

— Lembre-se: você fez questão de vir.

— Claro, sou seu guarda. Alguém precisa livrá-lo, caso a ideia da emboscada não seja mera piada.

— Acha que aquela garota miúda, de bochechas vermelhas e olhos enormes como os de um gatinho, poderia tentar nos matar?

— Dalila também não parecia ameaçadora...

— Ah, tenha piedade! — Logan parou de arrumar a bolsa para dobrar o corpo em uma risada. — Dalila!

— Estou falando sério. Ela pode contar sobre você e chamar reforço para matá-lo. Por isso, estou preparado. — Gale levantou o casaco sobre a camisa e mostrou a adaga na cintura. — Deveria levar a sua também.

— Não sou idiota. — Imitou o gesto dele e revelou a arma embainhada e presa no cinto.

— Veja como seu nível de tolice regrediu!

— O plano é simples e dará certo. Sei que não é um passeio no jardim; no entanto, estou confiante de que não morreremos e terei as respostas que preciso! — Logan passou a bolsa a tiracolo. — Agora, vamos, a nossa guia já deve estar esperando no ponto de encontro.

— Melhor passarmos na capela para fazermos umas orações — Gale sugeriu, ajeitando a própria bagagem.

— Aprecio a ideia de pedir ajuda a Deus, mas podemos fazer isso aqui mesmo. — Escorou-se na porta. O amigo concordou com a cabeça. — Certo, então ore.

— Eu?

— Como assim não quer orar? Não é muito cristão da sua parte.

— Não me importo de orar, mas por que lançou para mim?

— Olhe — encolheu os ombros —, talvez o Soberano aprecie mais ouvir alguém que não passou os últimos dias fervilhando de pensamentos ruins sobre outro ser humano.

— Não acredito que haja pessoa mais limpa para falar com Ele... — Gale começou a dizer, pronto para explicar como via as coisas.

— Sem sermão. — Logan sabia que rumo ele ia tomar. — Só ore.

O ruivo soltou o ar, porém não reclamou e fez uma oração, pedindo para que o Soberano os guiasse, protegesse e colocasse as respostas necessárias diante deles.

Adelaine deixava marcas no chão de tantas voltas dadas diante do bosque que os esconderia até a Vila Tyber, suas mãos se apertavam e ela sussurrava preces inquietas.

— Acho que ela está nervosa — Gale cochichou para Logan enquanto se aproximavam.

O príncipe começou a sentir-se mal por ter colocado a moça naquela missão, porém tratou de afastar esse sentimento. Sem dúvida era por uma boa causa e depois ela o agradeceria.

— Podemos ir? — ele disse ao chegar perto o bastante para ser ouvido.

Ada parou de pisar o gramado e os fitou. Estava com um vestido marrom, avental e touca branca, visto que acabara de sair do trabalho.

— Podemos, Alteza. — A moça fez uma reverência.

— Não pode me tratar assim quando estivermos na viagem, está bem?

— Ah, verdade! Boa ideia. — Surpreendeu-os com um sorriso, um pouco trêmulo, porém genuíno. — Vamos? Temos que arrumá-los antes da festa.

Os homens assentiram e, enquanto o príncipe seguiu ao lado da criada, Gale ficou na retaguarda, prestando atenção em possíveis ameaças.

Adelaine estava consciente de cada passo que dava, do barulho das folhas secas sob seus pés e do farfalhar das que ainda pendiam dos galhos das árvores. Estava ciente também do caminhar ao seu lado, dos movimentos atentos do príncipe, parecendo esperar que algo surgisse entre as árvores.

— Está seguro — ela disse de súbito, mas ele não a encarou. — Os dois estão.

— Estamos? — Havia incerteza em sua voz.

— Nunca armaria algo para machucar os senhores, Alteza. Pelo contrário, daria um jeito de protegê-los.

— Proteger-nos? Mesmo? — Logan se voltou em direção à Ada, parando de andar. Gale também interrompeu o passo, curioso com aquela conversa. — Por quê?

— Estão sob meus cuidados, ainda que o senhor seja meu superior. Tenho uma missão agora: levar os dois às vilas e de volta para casa em total segurança.

O homem observou o jeito determinado com que o queixo dela se erguia, o franzir suave das sobrancelhas e os olhos brilhantes.

— A senhorita daria uma boa soldada. — Foi tudo que disse antes de voltar a caminhar, deixando a moça confusa para trás.

— É, adorariam tê-la na tropa — Gale apoiou com uma risada baixa.

— Soldada? — Ada alternou o olhar entre os homens. — Por quê?

— Sua postura. — O príncipe apontou para ela num gesto desatento.

— Isso é bom ou ruim? — Estremeceu, observando a figura imponente do herdeiro ao seu lado. Estava vestido como um camponês, mas seus modos tinham o peso do título que carregava.

— Bom. — Ele afastou um galho que se projetava no caminho, segurando-o até a moça passar. — Acho que não teremos problemas, mas precisamos ficar alerta. Não pense que é por sua causa.

— Ah, isso é ótimo! — Os ombros dela relaxaram e um sorriso sutil tomou suas expressões. — Venham, estamos quase lá.

O atalho que tomaram no bosque terminou ao lado de uma estrada que levava a um portal de pedras com uma placa de madeira escrito "Vila Tyber".

Logan ajeitou o capuz de sua capa, cobrindo parcialmente o rosto. Antes que pudesse perguntar à criada o resto do plano, Ada segurou o punho de sua camisa e o puxou para trás de uma árvore. Gale imitou o gesto, ainda que não tenha captado o motivo.

— O que... — Gale ia perguntar, mas Adelaine levou o dedo à boca, pedindo silêncio.

Alguns segundos depois, foi possível ver um garoto passar empurrando um carrinho de madeira cheio de verduras enquanto assobiava, distraído.

— Talvez eu dê mesmo uma boa soldada. Acho que vou mudar de serviço! — Ada riu quando ficaram sozinhos de novo. Logan e Gale ainda observavam o garoto, que atravessava o portal. Perguntaram-se como ele passara despercebido. — Não fiquem assim, o Rowad é o melhor assobiador de toda Tyber, poderia facilmente ser confundido com um pássaro.

O príncipe a encarou, pensando que estava sendo sarcástica, mas a expressão honesta permanecia ali. Lançou um olhar para o amigo e soube que não foi só ele que se sentiu aliviado por não ter tentado ir sem a criada naquela missão.

— Agora vamos. — Ada se afastou por entre as árvores e foi seguida pelos homens.

A moça passou pela estrutura de pedras primeiro, certificou-se de que não havia ninguém à vista e os chamou. Os três seguiram esgueirando-se entre as casas por alguns minutos até Ada parar diante de uma delas. As paredes eram de pedra, como as outras residências, e arbustos bem cuidados adornavam o pequeno jardim cercado por um muro baixo, coberto de hera.

Logo estavam dentro da casa de Adelaine e seguros para se prepararem para o primeiro dia da festa. A moça apressou Logan até uma cadeira, onde faria a aparência atual sumir e um novo homem brotar.

Gale se sentou perto da janela para vigiar tanto o interior quanto o exterior da casa, mas escondeu um sorriso de divertimento ao perceber que teria uma visão privilegiada do "atentado" contra a aparência do amigo, pela qual, aliás, o moreno tinha muito apreço.

— Não me corte, por favor. — Logan fez uma careta quando viu Adelaine com a navalha e um pote de espuma em mãos.

— Se ficar quietinho, sairá vivo — brincou.

— Parece que alguém está mais feliz hoje. — Ele arriscou manter uma conversa. Talvez fosse um bom jeito de diminuir a estranheza do momento.

— Temos poder para mudar nossa situação, Alteza. Tantas e tantas vezes, suavizar um infortúnio depende apenas de olhá-lo por outro ângulo.

Ada pegou uma porção da espuma e se aproximou do príncipe.

— E por qual novo ângulo está vendo agora? — Logan quis saber.

— O de que viverei uma experiência única! Em que outra vez poderei ser sua guia? É algo que se conta para os netos. — Ela sorriu, terminando de espalhar a solução branca sobre a barba dele. Não era farta, porém cobria toda parte inferior de seu rosto.

Logan fechou os olhos quando Ada encostou a lâmina fria em sua bochecha e só os abriu ao perceber que quase não sentia a pressão. Ela tinha uma mão leve.

— É boa nisso.

— Eu fazia a barba do meu pai e cortava os cabelos dele — ela explicou. — Era uma diversão peculiar, mas tenho muitas memórias boas vindas dela. Sem falar em quão úteis essas habilidades estão sendo agora.

Logan murmurou em assentimento. De perto, ele pôde observar Ada melhor. Notou pela primeira vez as sardas no nariz e nas bochechas dela e quão belo era o tom de cinza de seus olhos, que corriam concentrados por seu rosto. Foi difícil não ficar curioso para ver como eram os cabelos escondidos sob a touca quando pousou as íris nas sobrancelhas de um loiro acinzentado.

— Gosta do Festival da Colheita? — A moça quebrou o silêncio incômodo.

— Não é a festa que mais desgosto. Na verdade, talvez seja a minha favorita.

— A menos ruim? — Deu um sorriso de canto.

— Isso. Minha mãe amava em demasia essa semana, sua animação era contagiante.

— Sente falta dela, não é mesmo? — Apiedou-se, percebendo uma sombra passar pelas íris castanhas sempre tão perspicazes.

— Todos os dias — ele não conseguiu mentir.

Adelaine ficou aliviada ao ouvir Gale avisando que faria um reconhecimento de território em volta da casa e assim pôde desviar os olhos dos do príncipe e deixar o assunto de lado, pois começava a sentir a ausência da qual ambos partilhavam.

Enquanto o guarda estava fora, ela continuou fazendo a barba de

Logan em silêncio e, quando acabou, colocou um espelho à sua frente.

— Não gostei, fiquei parecendo um garoto. — O homem estalou a língua.

— Não é para gostar, apenas para se disfarçar. — Ada guardou o espelho. — Agora vamos cortar seus cabelos.

— É mesmo necessário? Gosto deles assim. — Logan correu os dedos pelos fios negros e longos, indo até abaixo do queixo.

— Deixe de futilidade, Altezinha. — Dessa vez, ela foi intencional na provocação. — Ou corta ou nada de salvar a pátria!

O príncipe riu e a surpreendeu pelo som espontâneo; estava acostumada aos sorrisos dúbios ou sarcásticos vindos dele.

— Seu ego aguenta um repicado de tesoura cega? — Ela pegou o instrumento, divertindo-se com o pânico que tomou seu rosto.

Logan rapidamente sentiu as mechas caindo sobre os braços e foi inevitável lembrar da mãe, indo atrás dele para aparar os fios rebeldes. Quando criança, nunca deixava ninguém além dela cortar seus cabelos e, mesmo que fugisse a princípio, deleitava-se em passar aquele tempo com ela, pois no fim os dedos gentis correndo pelos seus fios eram a recompensa.

Quando Ada acabou, ele os tocou, notando que estavam curtos como nunca haviam estado, e pegou o espelho para ver o conjunto da obra. Com certeza, ele não tinha a aparência do príncipe. Tentou ajeitar os cabelos arrepiados enquanto se acostumava ao novo corte e achou melhor quando os dois centímetros de cabelo se alinharam para um lado. Não odiou, só não sabia como explicar aquela aparência quando voltasse para casa.

— Você é mesmo boa nisso, Adelaine. — Abaixou o espelho e encontrou a moça encarando-o com os lábios entreabertos. — O que foi?

— Hum? — Ela arregalou os olhos.

— Não estou bem disfarçado?

— Ah, está sim, nem parece aquele... — Ela se interrompeu, corando intensamente.

— Aquele o quê? — Cruzou os braços sobre o peito.

— Aquele que me deixou apavorada no quarto. — Apertou a barra do avental, ficando cabisbaixa.

Logan engoliu em seco e o arrependimento falou mais alto.

— Não queria ter sido rude. É que aquele diário e o desenho são muito pessoais, acabei agindo por impulso. Perdoe-me.

Ada não conteve a surpresa ao ouvir o príncipe Logan desculpando-se com ela, uma mera criada. Antes que pudesse responder, o barulho da porta abrindo do outro lado da sala atraiu a atenção da dupla. Logan fechou a expressão quando o amigo quase se dobrou pela gargalhada que deu ao vê-lo.

— Gale! — repreendeu entre dentes. — Recomponha-se.

— Desculpe, mas você parece o Logan de 15 anos! Quem diria que por baixo dessas madeixas havia um garotinho. Espera, então só o que lhe faz parecer homem é a barba e os cabelos? — Assobiou, balançando a cabeça. — Meus sentimentos, irmão.

Ada fitou o perfil do príncipe e franziu o nariz. Não concordava com Gale. Logan parecia sim mais jovem, porém ela julgava que os traços do seu rosto ainda o mantinham maduro o bastante.

— Não sei o motivo de estar rindo tanto. — Ela cruzou os braços e encarou Gale, que parou e apontou para o próprio peito. — Sim, o senhor. Veremos se vai gostar desse tratamento quando ficar igualzinho ao príncipe.

Logan se divertiu ao ver o rosto do ruivo se contorcer em uma careta.

— Eu não preciso mudar de aparência! Ninguém me conhece.

— Está enganado, muitas pessoas podem já tê-lo visto e então toda a missão estará comprometida!

— Ela tem razão. — Logan se levantou da cadeira. — Sua vez, sente aqui.

Gale fez uma expressão de derrota e, resmungando, tomou o lugar do amigo. Ada repetiu o processo anterior, tirou a barba e cortou os cabelos do guarda um pouco maiores que os do príncipe, porém curtos o bastante para mudá-lo.

Logan fez questão de zombar na exata medida de que foi alvo, e Adelaine ficou vendo-os agir como dois garotos. Teve vontade de dizer que não era apenas a aparência que regrediu alguns anos, mas não quis ser ousada demais.

Limpou a bagunça de cabelos que sua sala tinha virado e depois deixou os amigos ali para trocar o uniforme de trabalho por um vestido e sair.

Logan aproveitou sua ausência e admirou a casa da moça. Da mesinha onde ele estava, perto da lareira, teve a visão de um banco de madeira rodeado por duas cadeiras, uma estante com louças pintadas a mão, alguns quadros simples ao redor da janela que dava vista para o jardim e flores espalhadas por todo canto, dando um cheiro agradável ao espaço.

— A minha mãe não adoraria estar aqui? — ele comentou e um calor preencheu seu coração ao pensar nela.

Podia vê-la sentada no sofá, tomando uma taça de vinho com sua elegância natural e completamente atenta a quem estivesse lhe fazendo companhia. Soltou um suspiro e levou a mão à nuca. Ainda não conseguia evitar o jeito aleatório que sua mente a trazia de volta.

— Sim, não tenho dúvidas. — Gale dirigiu um sorriso de consolo ao amigo. — Seria uma aventura ainda melhor com ela aqui.

Logan riu e balançou a cabeça em assentimento. Agatha era agradável e divertida, além da própria definição de coragem.

— Vamos logo! — Ada apareceu quase correndo enquanto terminava de prender o lenço em volta da cabeça, cobrindo por completo os fios loiros.

— Por que a pressa? — Logan questionou.

No mesmo instante, uma senhora carregando uma caixa de abóboras entrou na casa.

— Vovó! — Ada correu para pegar a caixa e avisar, afobada: — Eu não poderei ajudar muito amanhã com as tortas, tudo bem?

— Como assim, Ada? — Ela franziu a testa. — Estava contando com você.

— Desculpe, mas tenho que fazer uma coisa para o trabalho. Lembra-se daquela viagem sobre a qual conversamos? — Apontou com a cabeça para os dois homens.

— Ah! O passeio para mostrar as festividades aos seus amigos. — Ela se aproximou deles com um sorriso simpático. — Mal acredito que nunca participaram do Festival da Colheita.

— Não nas vilas — Ada acrescentou. Havia contado a verdade para a avó, porém não *toda* a verdade.

— Faça as apresentações, filha — a senhora pediu.

— Claro. Esse é o Gale e esse o... — Ada encarou o príncipe, sem saber o que dizer.

— Eu sou o Louie. — Ele estendeu a mão e cumprimentou a senhora grisalha de olhos gentis. Gale passou a analisá-la com discrição.

— É um prazer, queridos. Sou a Florence. — Manteve a mão de Logan entre as suas, constrangendo-o com o carinho. Por alguns segundos, ela continuou encarando-o com um sorriso suave e sem dizer nada.

Logan lançou um olhar de canto para Gale. Os três jovens ficaram nervosos quando Florence estreitou os cílios para o príncipe, como se estivesse reconhecendo-o. Ada já se preparava para explicar a situação se a avó descobrisse a mentira.

— Tem um corte na sua bochecha, querido. — Ela apontou, e Logan quase deixou um suspiro de alívio escapar.

— Ah... — Ele tocou a região e percebeu um leve ardor. Ada pediu desculpas com o olhar. — Nem percebi.

— Posso limpar para você.

— Não precisa! É insignificante. — Ele riu na tentativa de parecer tranquilo. — Mas obrigado, a senhora é um poço de gentileza.

— Ah! Que exagero! — Florence deu uma risada gostosa de se ouvir e abanou a mão no ar. — E, então, são amigos da minha menina?

Ele olhou para Ada, que estava desconfortável com a situação.

— Trabalhamos juntos. A Adelaine vai nos mostrar um pouco das vilas, é tudo como uma novidade para nós dois. Ter a experiência do Festival na companhia de uma moça que conhece a região tão bem será perfeito.

— Ah! O Festival é o evento favorito dela, já participou em diversas vilas. — A senhora sorriu para a neta, que tentou retribuir naturalmente. — Aproveitem bastante a noite!

— A senhora não irá nos acompanhar? — Gale quis saber.

— Preciso começar a preparar as tortas que vendo durante o Festival, não poderei ir hoje. Aliás, tenho um pedaço sobrando, querem experimentar?

— Hoje não, vovó. — Ada forçou um sorriso e enlaçou os braços aos de Logan e Gale. — Estamos atrasados, nos vemos depois!

E os arrastou porta afora.

Capítulo 4

— Foi por pouco! — Gale cochichou quando saíram.

— Quase morri de nervoso. — Ada os soltou e colocou a mão no peito.

— Certo, sem desespero — Logan disse. — Vamos em frente.

— Vou ficar de guarda. — Gale diminuiu o passo para andar um pouco atrás deles. — Fiquem atentos também.

— Sempre. — Logan assentiu e olhou para Adelaine, que estava com a expressão fechada. — O que há?

— Não gosto de mentiras! — ela reclamou enquanto observava a rua quase deserta. A maioria do povo estava na praça da vila para a festa.

— Nem eu. — Logan deu de ombros. — Somos mesmo parceiros nessa missão, certo?

— Certo, mas o nome do senhor não é Louie!

— Isso era coisa da minha mãe. — Ele escondeu as mãos nos bolsos da calça, que, assim como o resto das peças de roupa, havia sido arranjada pelo guarda. — Faz anos que não ouço esse apelido.

— Tudo bem chamá-lo assim? — Ada o encarou, sentindo a mesma sensação de quando ele falou da mãe na última vez. — Quer dizer, não ficará triste?

— Nem um pouco. — Ele sorriu e a tranquilizou. — Agora podemos ir mais rápido? Temos muito para fazer.

Adelaine assentiu e eles se apressaram, envoltos num silêncio que a lembrou quem estava ao seu lado. A percepção de estar caminhando com o Príncipe de Lyria não a amedrontou nas primeiras horas, quando o bosque e sua casa, tão familiares, eram o cenário de fundo. Porém, entre os demais camponeses, ela notou que ele sempre seria dissonante.

Já Logan tentava lembrar-se de que era o príncipe ao se ver diante de tantos rostos simpáticos, crianças tentando arrastá-lo para suas brincadeiras e amigos de Ada parando para cumprimentá-los. A ideia da revolta que sua aparência cotidiana causaria quase foi esquecida. *Quase.* Logo imaginou toda sorte de objetos pontiagudos apontados em sua direção, vislumbrou mães escondendo seus filhos e palavras de ódio lançadas ao vento. Tudo isso o deixou em alerta, manchando a primeira impressão de hospitalidade.

A praça da Vila Tyber começou a lotar conforme o fim da tarde chegava e logo tochas foram acesas para iluminar a festa que ainda correria noite adentro. As chamas fizeram as bandeiras vermelhas que tremulavam sobre suas cabeças reluzirem e, mesmo com o chão contendo algumas poças depois da chuva que caíra pela manhã, todos pareciam determinados a aproveitar bem. As músicas eram tocadas quase de modo ininterrupto e várias pessoas dançavam ou assistiam enquanto conversavam e riam entre os amigos e vizinhos. Em certo momento, Ada chamou Gale e Louie de canto e indicou uma mesa repleta de homens e mulheres conversando.

— Venham, ali conseguirão muitas informações.

Eles se aproximaram e, com maestria, a jovem sutilmente introduziu os problemas do reino na conversa antes tranquila, e isso foi como reacender brasas.

— Os impostos levam quase todo nosso dinheiro — um dos homens bateu o punho na mesa —, pessoas renunciam comer ou suprir necessidades básicas para não serem presas devido às suas dívidas com o reino. O rei sabe que não estamos contentes, carecemos de manutenções em toda Lyria, a cidade é imunda e a população precisa de uma melhor distribuição de água.

— Os maiores ratos não correm nas ruas — uma senhora murmurou áspera —, estão desfrutando da opulência do palácio.

— Vossa Majestade e Vossa Alteza se parecem mais com raposas, esperando às espreitas para abocanhar tudo que é nosso!

— Talvez não sejam todos iguais... — Logan não conseguiu se conter.

— Claro que não! — O primeiro homem riu, exibindo os dentes escuros. — Os níveis de podridão variam!

As pessoas riram com ele e o príncipe cerrou os dentes. Precisou morder a língua sempre que era misturado ao pai na tão mencionada "monarquia opressora", contudo conseguiu tirar bom proveito das reclamações, gravando-as para registrar em seu diário posteriormente.

Sempre teve ciência da situação difícil vivida pelos lyrianos, mas ouvir da boca deles provou a superficialidade de seu conhecimento e fez uma pontada estranha alojar-se em seu peito.

— Meu rapaz — um senhor se dirigiu a ele, durante uma pausa —, talvez devesse se mudar e procurar um lugar não tão ruim para viver.

— Lyria é um bom lugar, basta ter paciência para esperar a melhora. Tenho certeza que...

— Melhora? — Riu com descrença. — Acha que o príncipe vai mudar alguma coisa quando se tornar o sucessor? Você já deveria estar ciente, ele e o rei são farinha do mesmo saco! Portanto, de péssima qualidade! Tal pai, tal filho.

Adelaine percebeu a veia saltando no pescoço de Logan e, antes que pudesse abrir a boca, enlaçou o braço dele.

— Depois falamos mais, agora desejo mostrar uma coisa ao Louie. Com licença. — Ela acenou de modo simpático e puxou o príncipe para perto de algumas barracas. O guarda os acompanhou.

— Controle-se! — Gale advertiu.

— Eles não sabem de nada! — Logan esbravejou, e Adelaine cobriu a boca dele.

— Você é terrível, *Louie*. — A moça soltou o ar. — Se nossas vidas dependessem de seu autocontrole estaríamos a sete palmos do chão!

Logan revirou os olhos, afastou a mão dela e começou a caminhar, deixando-os para trás.

— Ele é assim mesmo, perde a cabeça bem rápido quando o assunto é o pai — Gale comentou enquanto os dois iam atrás dele.

O príncipe se sentou em um banco e respirou o ar fresco daquele anoitecer de outono na tentativa de abafar seu peito em chamas. Algumas folhas amareladas se desprenderam da árvore diante dele, flutuando até pousarem no chão, como uma dança dirigida pelo Soberano em sua arte criacional.

— Eu amo essa época! — Ada se sentou ao lado da figura irritada, enquanto Gale se manteve em pé.

Logan soltou o ar num ruído alto e apoiou os cotovelos nas pernas, afundando o rosto nas mãos.

— Nossa, que azedo! — A moça riu. — Vamos lá, não fique enjoado tão rápido, temos seis dias pela frente.

— Não estou enjoado — resmungou entre dentes. — É uma porcaria ser tratado como alguém abominável.

Adelaine suspirou, recostou-se no banco e deu algumas batidinhas distraídas nas costas do homem, buscando confortá-lo. Uma risada abafada saiu dele e ela se deu conta do comportamento, o qual a governanta Blake nem hesitaria em usar para mandá-la embora.

— Ah, perdão! — Levou a mão à testa. — Eu esqueci: "Nunca toque, fale ou *olhe* para eles".

— Certamente está ciente de que já quebrou *todas* essas regras. — Logan endireitou o corpo.

— De fato, é verdade! — Ela cobriu o rosto com as mãos. — Foi o senhor que me meteu nessa encrenca!

O príncipe esboçou um sorriso fraco e a analisou por alguns segundos, com uma inquietação crescendo dentro de si.

— Ada — chamou, fazendo-a olhá-lo —, acha que sou igual ao meu pai? Que sou "opressor"?

— E-eu... — Adelaine engoliu em seco. Fora ensinada a pensar assim sobre a monarquia desde criança, porém era estranho dizê-lo acerca de uma pessoa que mal conhecia. — Eu sei que o rei Callum toma decisões muito ruins, contudo, não conheço você. Mencionou que seu pai decide tudo sozinho e se é assim...

— E é, acredite — murmurou.

— Então eu não acho que é um homem ruim. — Ela sorriu sem jeito. — As pessoas não o conhecem, pois é reservado e mal faz aparições públicas. O que dizem é associação, não leve como certo.

— Mesmo? — indagou, esperançoso.

— Mesmo. — Ameaçou apertar seu ombro, mas se conteve, com uma careta.

— Gosto da Adelaine espontânea. — Ele sorriu, exibindo uma covinha solitária. — Que tal sermos colegas de verdade durante a missão?

— Sério? Ah! Isso seria perfeito! — Não conseguiu conter a animação e arrancou uma risada até de Gale, que tentava manter a postura. — É um caminho sem volta: me deu abertura, lá se foi sua paz.

— Eu acho que... — Gale começou a falar, porém se interrompeu ao ver uma cena que deixou todo seu corpo alerta.

De repente o homem se viu correndo até o meio da rua, onde uma garotinha se abaixava, distraída demais para perceber a carroça vindo em sua direção. Ele agarrou a criança em seus braços e a tirou do caminho bem a tempo de evitar um acidente.

— Lucy! — O grito da mãe os alcançou no mesmo instante e logo ela estava ao lado deles, tomando a menina para si. — Eu disse para não ficar desatenta!

— Meu barquinho caiu e eu ia pegar — Lucy se defendeu com uma expressão de choro começando a se formar.

— Ei, mocinha! — Gale segurou a mão dela e conseguiu a atenção dos olhos castanhos marejados. — É perigoso ficar na estrada. Olhe para os lados para ter certeza de que não existe perigo, tudo bem? Consegue prometer isso para mim e para sua mãe?

— Consigo. — Fungou.

— Ótimo! Não há motivo para tristeza.

Ela abriu um sorriso tímido e assentiu, descendo do colo da mãe. A mulher segurou sua mão, impedindo que saísse correndo outra vez, depois encarou o homem diante de si e começou a agradecer por ter salvado sua menina.

Gale ficou contente por ter a habilidade de escutar enquanto fazia uma análise da pessoa, pois pôde colocar isso em prática. As mãos se agitavam enquanto a mãe falava, ainda nervosa pela possibilidade do acidente. Seu rosto carregava olheiras profundas e quase tão escuras quanto o tom de castanho de seus olhos. Um vestido gasto cobria seu corpo alto e magro, e a pele negra estava pálida, levando Gale a se perguntar como a mulher fugira do trabalho no campo, predominante naquela e na maioria das vilas.

— É, eu entendo como crianças são — Gale disse quando ela acabou de falar. — Tenho três irmãos mais novos e sei que é impossível ficar atento a eles durante cada minuto do dia.

— Sim, são umas criaturas incontroláveis. — Ela deu um sorriso fraco.

— Desculpe, mas ainda não sei seu nome. — Ele estendeu a mão para um cumprimento. — O meu é Gale.

— Eu sou a...

— Elisa! — Ada chegou correndo, arrastando Logan pelo braço. — A Lucy está bem?

— Graças a Deus e a esse senhor. — Ela apontou para o ruivo. — Eu virei por um segundo e ela sumiu!

— Eu estava indo brincar — Lucy explicou e apontou para uma direção. — Vai começar a competição de barquinhos!

Os adultos acompanharam seu dedinho e viram a fonte no centro da praça cercada de crianças com barquinhos de madeira.

— Ada, eu trouxe um barquinho para você! — Um amontoado de cachos saltitantes cercou o rosto de Lucy e um sorriso de covinhas surgiu ao mostrar o brinquedo para a amiga.

— Que alegria! — Adelaine bateu palmas. Já era costume das duas participarem da brincadeira. — Muito obrigada, Lucy.

— Seu amigo vai também? — Os olhinhos da criança brilharam para Logan. — Ele é tão bonito.

Logan enrubesceu, com uma timidez súbita.

— Lucy! — Elisa agarrou a menina pelo braço. — Já disse para parar de ficar elogiando as pessoas assim. É constrangedor. — Virou-se para o príncipe. — Perdão, ela é muito espevitada.

— Acho que ficaria incomodado se ela dissesse que sou feio — Logan brincou, mostrando que não tinha se importado. — A senhorita também é muito bonita, pequenina.

Lucy deu um gritinho de alegria, causando o riso geral. Sem cerimônia, puxou o homem para perto da fonte e ele mal teve tempo de lançar um olhar desesperado para Ada, que balançou a cabeça, incentivando-o.

Capítulo 5

— Eu nunca participei de uma competição de barquinhos — Logan confessou, sentando-se ao lado de Lucy. — Na verdade, sequer já brinquei com um desses. Acho que não sei guiá-lo.

A menina estava na beirada da fonte, a qual possuía uma água não mais tão cristalina. A pequena estatura de Lucy a fazia balançar os pezinhos acima do chão de terra.

— É velho assim e não sabe? — Ela franziu as sobrancelhas.

— É, sou um desastre. — Logan fez uma expressão triste.

— Oh, não diga bobagens. — Afagou a bochecha dele, pegando-o de surpresa. Já tinha sido tratado com mais carinho em um dia do que nos últimos anos. — Não saber alguma coisa não é o fim do mundo. É só aprender e pronto. Quer que eu ensine?

Ele assentiu, com o coração aquecido pela meiguice de Lucy. A menina colocou o barco na água e soprou o tecido que servia de vela, depois deixou a própria brisa terminar de guiá-lo. Logan a imitou e ganhou palmas de parabenização quando conseguiu fazer o brinquedo navegar.

— Quem fez esses barquinhos para você? — ele perguntou enquanto esperavam o início da competição.

— Meu vovô. — Lucy deslizou os dedos pela água.

— Ele veio hoje? — Olhou em volta, encontrando apenas a mãe da garota conversando ali perto com Ada, enquanto Gale mantinha a atenção nos arredores.

— Ele está no céu — respondeu baixinho, ganhando de imediato o olhar do novo amigo e sua completa empatia.

— Minha mãe também está lá. — Louie suspirou.

O rosto doce da amada genitora dominou os espaços de sua mente depressa, como de costume.

— Verdade? — Lucy arregalou os olhos e voltou o corpo para ele. — Ela morreu quando você era pequeno igual a mim?

— Eu tinha quinze. *Um pouco* maior que você. — Bateu o dedo no nariz dela, fazendo-a sorrir.

— Mamãe diz que todo mundo é mais feliz no céu. É verdade?

— Com certeza. E um dia vamos para lá, se tivermos fé.

— É tipo mágica? Se a gente acreditar de verdade, conseguimos voar?

— A ingenuidade fez Louie rir.

— Não, mais real. — O tom sussurrado aguçou a curiosidade da pequena. — Contos de fadas são invenções, já o céu é uma esperança real, onde veremos nosso Soberano e viveremos com Ele.

— Gostei! — Bateu palmas. — Vou ter bastante fé, então.

— Boa garota! — Ele afagou os cachos dela.

Os dois continuaram conversando e, a alguns metros de distância, Ada e Elisa faziam o mesmo, porém o assunto não possuía nada da leveza que o príncipe e a menina partilhavam.

— Vai me contar o que está tirando seu sono? — Adelaine observou o rosto cansado da amiga. Elisa suspirou, porém não respondeu. — É seu superior de novo? Ele a está incomodando?

— Seria mais fácil dizer quando o sr. Clarke não importuna minha vida.

— O que aquele... — Ada bateu o punho fechado na mão e engoliu o xingamento, tirando um riso fraco, quase inaudível, da amiga. — Tenho vontade de quebrar um vaso enorme nas costas dele!

— Eu amaria fazer isso. — Elisa apoiou a cabeça na parede atrás do banco onde estavam. — Pensar em formas de o fazer sentir um pouco do que sinto me acalma.

— Ele a machucou? Pode me contar, Elly, eu dou um jeito.

Essas frases atiçaram toda a atenção de Gale, que estava sentado a certa distância, contudo ainda podia ouvi-las. O guarda não desviou o olhar do movimento da praça, porém seus ouvidos focaram na conversa.

— Ele me segurou à força outra vez — a mulher confidenciou, diminuindo o tom da voz. — Eu protestei, e ele disse que, se eu o rejeitasse, perderia meu emprego.

Os punhos de Gale se fecharam com força e precisou de muito autocontrole para não se intrometer.

— E o que você fez? — Ada perguntou, temerosa.

— Dei-lhe um chute bem dado e saí correndo. — Encolheu os ombros e as duas trocaram um sorriso satisfeito. O ouvinte secreto soltou um suspiro de alívio. — Mas, apesar de ter apreciado a expressão de dor dele, não tirei mais nada de bom disso. O homem mandou eu não voltar a sua casa e decidiu que eu ficaria sem meu ordenado pela "tolice" de negar seu desejo.

— Isso não é justo! — Ada franziu o cenho e a raiva lhe fez enrubescer. — Elly, precisamos fazer algo.

— Minha amiga, somos criadas, quais direitos temos? Nós limpamos a sujeira de pessoas ricas e ganhamos alguns trocados por isso. E você tem conhecimento sobre nossa condição como mulheres, somos vistas pelos homens como objetos a se possuir, que conseguirão de qualquer modo. Não há nada de justo, mas é como somos enxergadas pela maioria deles.

— Ainda existem os que se salvam, os que nos escutam, são respeitosos e gentis.

— Não é o caso do meu senhor. Ele acredita que dispõe direito sobre mim.

— Quando isso tudo aconteceu? Quando ele lhe dispensou?

— Faz dois dias.

— E os impostos serão recolhidos logo após o Festival. — Adelaine se preocupou. — Você tem dinheiro guardado?

Elisa hesitou por um instante e sua voz mudou um pouco ao responder, mas a alteração passou despercebida.

— Tenho o bastante, fique tranquila.

— Isso é bom. Depois do Festival nos sentaremos para pensar em uma solução. — Ada abraçou Elisa. — Tudo ficará bem.

O anúncio do início da competição chegou aos seus ouvidos e deixaram o assunto de lado ao ver Lucy eufórica, arrastando Logan para se juntar aos demais competidores. Entre crises de riso, as duas assistiram o homem enorme no meio das crianças, tão competitivo quanto elas.

No fim da corrida, um Louie frustrado veio até as mulheres, com Lucy ao seu lado.

— Perdemos — ele resmungou, inconformado.

— Eu fiquei em segundo e ele em quarto. Não é muito bom? — Lucy continuou de bom humor.

— Maravilhoso! — Ada riu.

— É ótimo, filha, mas temos que ir. — Elisa segurou sua mão.

Logan observou as outras crianças correndo para as barracas que vendiam comida e teve uma ideia.

— Senhoritas — chamou as duas —, não querem comer algo?

— A gente não pode. — Lucy deu de ombros. — A mamãe me proibiu de pedir qualquer coisa.

A mulher arregalou os olhos e abriu a boca em choque, olhando para a filha com repreensão.

— Não tem problema, eu pago! — Louie balançou a cabeça com despreocupação.

— Não precisa, senhor. — A mais velha abanou a mão em frente ao corpo.

— É só uma pequena porção. — Voltou-se para Adelaine, que o admirava pela atitude. — Sinto que a Ada também deseja, não?

— Muito! Estou faminta. — Ela entendeu o pedido de ajuda e se colocou entre as amigas. — Vamos aproveitar, Elly, pois não é todo dia que o Louie está bondoso assim!

O homem riu, começando a caminhar atrás delas com Gale.

— Aconteceu algo? — Logan perguntou ao amigo, percebendo seu rosto endurecido.

— Não.

— Então é você que já está *enjoado?*

— Sinto muito, mas a piada soa melhor com a Ada — Gale respondeu em tom brincalhão e conseguiu convencer o outro que estava tudo bem.

O grupo parou em uma barraca e Logan comprou fatias de torta para os cinco, então se sentaram para comer. O príncipe observou a criança extasiada ao saborear o doce e, ao mesmo tempo que ficou feliz, uma dor estranha latejou em seu peito. A mesma que experimentara ao ouvir os lamentos dos moradores.

Quando acabaram de comer, Elisa levantou para pedir um lenço a fim de limpar a filha lambuzada de geleia. Gale aproveitou a chance para sanar suas dúvidas e aproximou o rosto do de Lucy, que examinava os dedos da cor de framboesa.

— Lucy — chamou em tom baixo e ela o encarou —, você e sua mãe precisam de alguma coisa?

— Como assim? — Lambeu os dedos sujos com o recheio.

— Vocês têm dinheiro em casa?

Lucy suspirou, balançando a cabeça para os lados.

— É culpa das dificuldades — respondeu, séria.

— O quê? — Logan franziu o cenho, atento à conversa.

— Às vezes eu pego a mamãe chorando e ela sempre diz que é por causa das dificuldades. Elas são malvadas.

— Então ela mentiu. — Ada soltou o ar e fitou Gale. — Você escutou?

— Sim.

— Escutou o quê? — Logan, que já estava com o coração apertado pela declaração da criança, quis saber como aquilo podia piorar.

Ada contou a história e acrescentou como a amiga estava em apuros há alguns meses, pois vinha acumulando pequenos déficits nos pagamentos dos impostos. O cobrador havia dado a sentença que naquele mês ela deveria sanar tudo. Sem falta.

O coração do príncipe se compungiu ainda mais no peito. Não conseguia falar nada, como se tivesse um nó na garganta. Achou que era impossível odiar mais o pai, porém percebeu que o sentimento era um poço sem fundo.

Sua mente ficou tão envolta por pensamentos escuros que não atentou à conversa dos demais enquanto iam embora. Só voltou a si quando pararam em frente à casa de Ada. A moça pediu que esperassem, pois já voltava para, junto com os homens, levar mãe e filha à sua residência.

— Tudo bem? — Elisa perguntou para Logan, parado de braços cruzados e testa franzida.

— Hum? — Ele ergueu o olhar.

— Perguntei se está bem. Não disse nada o caminho inteiro.

— Ah, estou bem. — Forçou um sorriso. Observando ela e a filha mais atentamente, percebeu como suas peles não tinham um aspecto saudável e que olheiras denunciavam as noites mal dormidas da mais velha. Suas sobrancelhas se uniram outra vez.

— Você não parece nada bem. — Lucy deu alguns passos e segurou a mão dele. — Quer um abraço?

— Lucy... — Elisa reclamou, mas um sorriso suave adornou suas feições. Era nítido seu amor pela menina. — Nada de abraçar pessoas que conhece há menos de um dia.

— Amanhã dou um abraço em você, Louie. — Exibiu um sorriso banguela.

— Eu apreciaria muito esse abraço — o príncipe se abaixou na altura dela —, mas não estarei aqui amanhã.

— Vai voltar para o seu castelo? — A menina inclinou a cabeça para o lado.

Por alguns segundos, Logan ficou paralisado e os olhos de Gale cresceram. Não esperavam que uma garotinha descobrisse o disfarce.

— O quê? — O moreno endireitou a postura.

— É que você parece um príncipe. É bonzinho igual um. — Lucy riu em sua inocência. Os ombros de Logan cederam.

— Nem todo príncipe é bonzinho, filha — Elisa corrigiu com expressão séria.

— Eu sei, mas o Louie não é um príncipe igual aos de verdade. — A criança voltou para perto dela. — Ele é igual aos das histórias.

Logan quase abraçou Adelaine quando ela apareceu, dado o desconforto causado pela conversa.

— Vamos? — Ada chamou e eles voltaram a caminhar.

A casa de Elisa e de Lucy ficava a poucas ruas dali e logo eles chegaram. Com gentil hospitalidade, apesar de constrangida, Elisa os fez entrar e ofereceu água.

Lucy prontamente cuidou das visitas, enquanto a mãe servia a bebida, e mostrou cada detalhe do lugar pequeno, porém organizado. A sala comum, onde também faziam as refeições, era mobiliada com algumas cadeiras e uma mesa. Dois pequenos quartos ficavam separados por uma parede, e ao lado da sala estava a cozinha, de onde Elisa veio com os copos.

— Elly — Ada começou, lançando um olhar de esguelha para os homens —, eu sei que mentiu sobre o dinheiro.

— Como soube? — Elisa deixou os ombros cederem, sem forças para resistir.

— Na verdade, o Gale percebeu. — Deu um sorrisinho sem jeito.

Elisa se virou para o ruivo, nada contente com a intromissão dele.

— Isso é assunto meu — ela resmungou.

— Queremos ajudar. — Gale ergueu as mãos.

— Posso cuidar disso sozinha.

— Como vai fazer isso? — Ada perguntou, sabendo que a amiga podia ser bem cabeça dura.

— Ainda não sei, porém tenho orado por uma saída. Estou tentando manter minha fé no Soberano acesa, pois Ele é toda a força que tenho para me segurar. — A resiliência ainda podia ser vista nela, apesar das circunstâncias. Isso constrangeu Logan. Ele cria, do jeito que sua mãe o ensinou desde pequeno, mas às vezes era tão difícil confiar *de verdade*. — Sei que Deus é um bom Pai e sua providência não vai nos abandonar.

O homem desviou os olhos para seu copo. Ver o Senhor como um pai não era fácil para ele; na verdade, fugia o máximo possível dessa comparação.

— Faz bem, Elly, está tudo no controle dEle. — Ada apertou a mão da amiga.

— Mas... — Sua voz fraquejou diante do olhar compassivo dos outros. — Meu maior temor é que nos tirem nossa casa.

— Vão expulsar a gente, mamãe? — Lucy se assustou, recordando aos adultos de sua presença.

— Não, não vão! — Logan respondeu por impulso, indignado com a possibilidade.

Elisa percebeu a agitação da filha e se abaixou em sua direção.

— Por que você não vai brincar lá no quarto, meu amor? A mamãe precisa conversar com nossos amigos, está bem?

Obediente, Lucy saiu, deixando-os sozinhos.

— Não vou deixar fazerem isso, Elisa. — O príncipe voltou-se para a mulher.

— Mas como impediria? — Ela franziu as sobrancelhas.

— É, Louie, como? — Ada arregalou os olhos, tentando alertá-lo.

Percebendo seu deslize, Logan soltou o ar e coçou a nuca.

— Eu não sei, mas precisamos tentar impedir isso. Deve ter algum jeito.

— Não existem brechas, Louie. Os ricos, especialmente a família real, vão ficar cada vez mais ricos, e, nós, cada vez mais pobres. O rei, seu filho e todos os nobres usufruem do melhor às custas do nosso trabalho. — Havia uma aceitação dolorida em sua voz. — Só quero ter um teto e comida para minha filha. Não tenho grandes ambições.

Nem sonhos, Logan pensou. Escolheu ficar em silêncio, temia falar demais e entregar-se. Ada confortou a moça, afagando os cachos dela de modo carinhoso e por fim dando-lhe um abraço apertado. Havia momentos que palavras não poderiam fazer tanto quanto o toque.

— Deveria vir conosco, Elisa — Gale soltou, de súbito.

Adelaine e Logan o encararam, tomados pela surpresa.

— Na viagem? — ela estranhou.

— Sim, na viagem. — O guarda percebeu que agiu sem pensar, porém não voltaria atrás. — Será bom para você e sua filha, para espairecerem um pouco depois de tantas preocupações.

— Ah! Seria maravilhoso! — Ada juntou as mãos sob o queixo e então lembrou de quem Logan era e que a palavra final viria dele. — Você está custeando esta viagem, Louie. Podemos adicionar duas companheiras na... *aventura?*

O príncipe olhou para Elisa e, apesar da postura constrangida, notou como ela desejava aquele descanso. Como ela *precisava* dele.

— Acha que perderei a chance de ter a Lucy enchendo-me de elogios a semana inteira? — gracejou, e as duas amigas riram. — Por favor, venham conosco.

— Certo, eu aceito o convite. Muito obrigada. — Elisa sorriu com gratidão para os três. — A Lucy vai ficar eufórica com a ideia de um passeio.

— Passamos para buscá-las pela manhã — Logan disse. — A hora tem avançado, é melhor irmos.

— Espere um pouco. — Adelaine levou a mão ao bolso de seu vestido. — Tenho uma coisa para a Elly.

De lá, ela tirou um pequeno saco de tecido e tomou a mão da mulher, depositando o embrulho ali com o mesmo sorriso terno.

— Para você e Lucy, façam bom proveito.

Os olhos escuros de Elisa se arregalaram ao contemplar as moedas contidas ali. Tentou negar, porém a moça estava decidida e a convenceu de que era a coisa certa.

— Eles não vão tirar sua casa e você ainda poderá comprar comida — Ada explicou. — Se ficar em apuros de novo, não ouse hesitar em bater na minha porta, está bem? O Soberano nos uniu em uma família, vamos agir como uma.

Lágrimas de gratidão molharam o rosto negro de Elisa, e ela chamou por Lucy, contando-lhe a boa notícia. Logan nunca viu abraços mais gratos do que os dois que Adelaine recebeu e se sentiu estranho ao contemplar a cena.

— Onde achou esse dinheiro? — ele perguntou no caminho de volta.

— Ah, eu guardo uma pequena parte do meu salário para ajudar meus vizinhos, alguns têm bem menos que eu, ou não tem nada, então ajudo como posso. — Ela sorriu, dando de ombros.

O príncipe assentiu devagar, absorvendo aquilo. Não soube o motivo, mas ficou inquieto e se apressou em despedir-se de Ada, partindo ao lado do amigo para a pousada onde passariam a noite.

Capítulo 6

Logan se levantou da cama fazendo mil e uma caretas. Suas costas detestaram o colchão duro da pousada e mal dormiu com os sons estranhos que o colocavam em posição de guarda.

— Nunca parei para agradecer pela minha cama — ele murmurou para Gale, que também se contorcia, dolorido —, mas farei isso a partir de hoje.

— A realidade fora do palácio é pior do que pensei. — O ruivo começou a colocar as peças de roupa que havia despido para dormir. — Não parei de pensar no que a amiga da Adelaine está passando.

— Sim, eu também. Sempre tive certa aversão pelo Clarke, mas agora precisarei fazer um tremendo esforço para não o expulsar quando for ao palácio.

— Queria poder ajudar a Elisa e ao mesmo tempo punir esse desgraçado de alguma forma.

— Caso pense em algo, compartilhe comigo. — O príncipe começou a se vestir também. — Sei que sua mente é bastante mirabolante.

— Falando desse modo parece que sou especialista em instrumentos de torturas.

— Não diria tanto, porém sei que ensinam algumas coisas interessantes no treinamento. — Piscou.

— Logan! — Gale repreendeu, no entanto deixou escapar uma risada baixa. — Pode me deixar com a responsabilidade, pensarei em um plano que não exceda o justo.

— Não esperaria outra coisa de você.

— Nem eu de você, apesar do seu lado obscuro.

Gale abriu a porta e os dois saíram com seus pertences em mãos. Ouvir as vozes de pessoas e a claridade entrando pelas janelas foi revigorante depois da noite tenebrosa.

— É mais fácil falar do que praticar. — Logan continuou o assunto. — Queria que tudo de ruim evaporasse do mundo o mais rápido possível.

— Esse é o desejo de todos os justos, meu amigo, mas não podemos apressar as coisas com vingança.

— Ao Soberano pertence a vingança — repetiu, como quem usa as palavras para se recompor.

— E o mal terá fim um dia. Por ora, faremos o bem até onde nossa responsabilidade alcança.

Logan assentiu no momento em que entraram no salão comum. Ele viu alguns dos hóspedes tomando o desjejum e seu estômago roncou. No entanto, ao aproximar-se da mesa, seus olhos dobraram de tamanho. Um mingau espesso, um pão que lhe pareceu mais duro que o chão que pisava e uma jarra de água estavam dispostos ali.

— Ainda bem que não sinto muita fome pela manhã. — Gale deu batidinhas no ombro do amigo.

— Algum problema? — A dona da pousada parou ao lado deles.

— Este é o desjejum? — Logan tentou conter uma careta.

— É sim, não gostou? — A mulher ergueu a sobrancelha e fechou a cara.

— Eu... — Ele coçou a nuca. — É que estou acostumado a comer coisas mais... *leves.*

— Beba água então, é levíssima! — Ela empinou o nariz e deu as costas para o homem.

O príncipe a observou sair resmungando como detestava hóspedes cheios de vontades e só então sentiu falta de sua casa. Desejou os pães recém-assados e cobertos com geleia ou manteiga, os bolos, queijos e frutas diversas. Seu estômago reclamou outra vez.

Averiguou novamente as opções e tomou sua decisão quando um dos homens quase caiu da cadeira ao arrancar um pedaço do pão escuro.

Chamou Gale e saiu dali. Caminhou até a casa de Adelaine suplicando ao Soberano que a moça tivesse qualquer coisa mais comestível.

— Já chegou? — Ada se surpreendeu ao abrir a porta.

Ele hesitou, pensando em como dizer a coisa certa.

— Posso comer aqui?

— Pensei que a Morgana oferecesse desjejum — ela disse, rindo por dentro ao imaginar aquele homem diante das *iguarias.*

— Darei a você até metade do reino se tiver um pão menos duro.

Ada riu e se afastou da porta para eles entrarem. Os homens a seguiram para a cozinha, onde a avó da moça terminava de rechear algumas tortas de abóbora.

— Que bom vê-los! — Florence limpou as mãos no avental e os

cumprimentou.

A mulher disparou algumas perguntas sobre como eles passaram a noite, fazendo Logan notar que a simpatia era característica da família.

— Deixe-me adivinhar, a Morgana embrulhou seus estômagos? — Florence riu, colocando as tortas no forno.

— Um pouco. — Logan sorriu sem jeito.

— Minha Ada vai resolver isso, os pães dela são maravilhosos. — Beijou a neta e pegou a cesta sobre uma cadeira. — Vou colher alguns legumes da horta para nosso almoço.

— Aceita ajuda? — Gale ofereceu.

— Ah! É sempre bom, querido.

Ele pegou um pedaço de pão e seguiu a senhora. Adelaine os observou sair pela porta lateral, depois se sentou ao lado de Logan e entregou uma fatia de pão fresco.

— Por favor, passe apenas *um pouquinho* de manteiga — ela disse —, não temos tanta abundância como no palácio.

Logan ergueu as sobrancelhas e isso a fez arregalar os olhos, dando-se conta de como havia soado zombeteira, ainda que não fosse sua intenção.

— Desculpe-me! — Ada fez uma careta. — Ah, céus! Isso foi muito inconveniente! Não quis constrangê-lo, de forma alguma.

— Você não mentiu. — O homem pegou o pão e obedeceu o pedido, passando uma camada fina de manteiga.

— Vou lhe servir uma bebida. Perdão por não ter providenciado algo melhor, não estava esperando que viesse. Mas, pensando bem, eu deveria ter cogitado que alguém com seu estilo de vida não comeria as preparações da Morgana. Quer dizer, eu ajudo a fazer sua comida todo dia, sei como é meio fastidioso e... — Ela parou, o rosto assustado encontrando-se com o dele, que ouvia tudo com um meio sorriso. — Ah, Louie! Eu sou horrível, horrível e horrível. Que língua grande a minha!

Ela colocou a mão sobre a dele, repousada na mesa, mas logo se afastou, angustiada com seus maus modos. Logan por sua vez gargalhou, assustando-a. Era um som alto e tomava toda a casa. Ela sorriu com deleite.

— Ada, você é muito... — ele ponderou a palavra certa — estranha. Desculpe, foi a melhor definição que encontrei.

A moça parou de sorrir.

— E o que são pessoas normais? Se ser eu mesma é ser estranha, aceito isso com prazer, mesmo que os outros não gostem. — Sem querer, ela deixou algumas lembranças ditarem seu tom defensivo.

— Calma, não foi uma ofensa. — Ele balançou de leve o ombro dela e deu outra mordida no pão, apreciando o sabor.

— Desculpe. — Soltou um suspiro longo. — Vamos prestar atenção na comida.

O homem concordou e terminou de comer em silêncio, um tanto irritado consigo por ter chateado Adelaine. Quando acabaram a refeição, os dois foram encontrar Gale e Florence na horta nos fundos da casa; a moça para ajudar a avó com os afazeres domésticos e o homem para chamar o amigo a fim de darem uma volta pela vila, como tinham combinado.

Durante a manhã, os três se entreteram com suas tarefas e só voltaram a encontrar-se na casa de Ada no horário do almoço, quando desfrutaram de uma refeição preparada com esmero pela senhorinha e sua neta.

Bem alimentados para a viagem, Florence se despediu deles com muitas orientações para tomarem cuidado, comerem direito e aproveitarem bastante.

— Ficará bem sozinha, vovó? — Ada se preocupou, abraçando a senhora mais uma vez antes de partir.

— Minha menina, é claro que vou! Sua avó não é tão velha assim. — A risada rouca dela encheu os ouvidos dos três. — Vá em paz. Se eu precisar de algo, a Valerie está aqui do lado.

— Tudo bem. — Ada beijou seu rosto, mais tranquila ao lembrar da vizinha gentil.

Logan e Gale acenaram para Florence, e assim seguiram para a casa de Elisa, que já os esperava do lado de fora com uma Lucy saltitante agarrada à sua mão.

— Louie! — A menina largou a mãe e correu para abraçar o homem. — Não prometi?

— Prometeu! — Ele retribuiu o aperto, tirando a criança do chão.

— Animada para passear? — Ada perguntou.

— Muito! Vamos logo, vamos.

— Calma, filha. Tenha modos.

— Minha mamãe me deu muitos modos. — Piscou os olhinhos com charme e foi difícil não rir. — Agora vamos para a aventura!

Os homens se ofereceram para levar as bagagens das mulheres e as duas protestaram, por motivos diferentes. Ada não sabia se devia deixar o príncipe carregar suas coisas, pois a empregada ali era ela; já Elisa não estava acostumada a receber gentilezas sem segundas intenções. No entanto, a insistência deles foi maior que o empenho delas em resistir e acabaram por ceder.

A Vila Fytie ficava a poucos quilômetros de Tyber e, como o dia estava ameno e sem sinal de chuva, puderam ir caminhando.

— Você sempre anda atrás? Percebi desde ontem. — Elisa perguntou a Gale, caminhando ao seu lado enquanto a filha ia na frente, de mãos dadas com Logan e Adelaine. — Os três não são amigos?

— É que eu... — Uma desculpa veio à sua mente, porém ele a interrompeu. Por alguma razão, não gostaria de inventar uma história para Elisa. Quis ser sincero, ainda que não pudesse fazê-lo por completo. — Eu trabalho como guarda no palácio. Já se tornou natural para mim vigiar.

— Entendo. — Balançou a cabeça. — Se é assim, farei a guarda com você. Posso?

— Sem dúvidas, será mais agradável. Mas não estranhe se minha atenção dividir-se enquanto conversamos.

— Não se preocupe, sei que você é ótimo como ouvinte e observador ao mesmo tempo. — Ergueu uma sobrancelha de forma insinuativa, e ele coçou a nuca enquanto ria.

— Culpado!

Os dois continuaram conversando enquanto o trio à frente também mantinha um diálogo animado, comandado pela menina. Logan ficou feliz por ver Adelaine bem-humorada de novo, afastando seu receio de tê-la magoado com suas palavras.

Cerca de uma hora depois, eles cruzaram o portal que indicava o início da vila e, como ainda faltava algumas horas para a festa, Ada os guiou à casa de uma família amiga sua, que trabalhava com marcenaria e, por isso, não estavam nos campos àquela hora, como a maioria. O grupo de viajantes foi gentilmente recebido com água fresca para repor o ânimo e boas conversas — Logan não as desperdiçou na sua busca por conhecimento.

A celebração do Festival se dava ao fim do horário de trabalho; entretanto, não era motivo para atraso, e a praça da pequena vila se encheu rapidamente. A alegria gerada pela comunhão com os vizinhos ficava nítida nos rostos dos moradores e, ao chegar no local, Logan sentiu esse prazer.

A atenção de todos foi atraída quando um senhor subiu num banco, saudando-os com vigor. Ada explicou ao príncipe que ele era o patriarca de uma das famílias mais respeitadas de Fytie; não por dinheiro ou título, mas pela sua sabedoria e seu coração caridoso.

O homem começou a discorrer sobre a beleza do evento e a alegria de estarem todos juntos. Depois passou a explicar aos ouvintes:

— Este ano, minha filha sugeriu melhorarmos nosso tradicional momento de ações de graças. — Ele sorriu para a menina, que não deveria passar dos 12 anos. Junto com as irmãs, ela começou a percorrer a plateia distribuindo alegremente uma pena para cada um. — A Anne juntou essas penas durante o ano inteiro, sabem por quê?

— Pássaros simbolizam esperança — uma moça respondeu.

— Exatamente, Leonor. Por certo, não há nada como uma boa dose de esperança para seguir em frente. E um coração esperançoso também precisa ser um coração grato, que sabe reconhecer as dádivas do hoje enquanto espera com paciência no Senhor.

O homem aguardou todos terem recebido uma pena para concluir seu discurso:

— Quero que pensem em um motivo para serem gratos hoje. Pode ser algo bem simples, mas capaz de lembrá-los que mesmo em meio às dificuldades temos bênçãos. Afinal, o Festival da Colheita é para ser um momento de gratidão ao Senhor pelo Seu cuidado e pela Sua provisão. Não há muito tempo passamos por um período de seca e fome no nosso reino, e, ainda que nossa realidade não seja a melhor no presente momento, temos conhecimento de cenários piores. Pensando nisso, a bênção que quero lembrar é esta: nosso Deus não nos deixou faltar o pão.

Encorajados pelo homem, várias pessoas foram à frente e, com suas penas em mãos, disseram algo pelo qual eram gratos. Logan seguiu Ada com os olhos quando a moça também foi adiante.

— Eu agradeço por estar aqui, junto com meus amigos. — Ela usou sua pena para apontar o trio a observando, com sorrisos adornando suas feições. — Especialmente por minha amiga Elisa. Vê-la sorrindo é uma grande alegria para mim.

— Ah, Ada. — Elisa se levantou e foi até ela, abraçando-a com força.

— Diga algo também — Ada encorajou, puxando-a pela mão para ficar ao seu lado.

— Hum... — Elisa pensou, olhando ao redor. — Uma das bênçãos que vejo agora é aquela menininha banguela sentada ali. — Sorriu para a filha, que escondeu o rosto no braço de Gale quando as pessoas se viraram para ela. — É a bênção que mudou minha vida e que me faz agradecer todos os dias.

As duas voltaram para seus lugares e mais pessoas foram compartilhar sua gratidão. Talvez fosse impressão de Logan; no entanto, ele sentiu o ar mais leve ao redor deles, como se a pressão fosse diminuída aos poucos.

Depois de alguns minutos, a cerimônia teve fim, concedendo lugar à música e às danças coletivas. Lucy ficou animada para participar e, depois de não conseguir convencer a mãe a dançar com ela, sentou-se tristonha ao seu lado. Mas não ficou assim por muito tempo, pois logo Gale se ofereceu para acompanhá-la, fazendo seu rosto iluminar-se. Elisa cruzou os braços e ficou vendo-os dançar, com um sorrisinho mal contido no canto da boca.

— Sua pena é bem diferente da minha, Louie — Ada disse, chamando a atenção do príncipe para ela. A moça aproximou as duas penas. — A minha tem pintinhas e a sua é toda branca.

— Esse é um jeito de introduzir uma conversa? — O homem riu.

— Sim, e funcionou. — Ela jogou para trás dos ombros o lenço que envolvia sua cabeça, como faria com o cabelo. Logan abriu a boca para perguntar por que ela sempre escondia os fios, porém Ada continuou falando. — Qual sua bênção? Ficou com vergonha de ir falar?

— Não, não fiquei. Só dispenso a ideia de ter todos os olhares em mim. — Ergueu as sobrancelhas e ela murmurou em compreensão. — Mas sou grato por uma bênção imensa que me sobreveio hoje...

— O quê? — Aproximou-se dele, curiosa.

— Seu pão. E o pouquinho de manteiga, claro.

Adelaine expeliu o ar e balançou a cabeça, soltando uma risada incrédula, e a reação muito o agradou.

O Festival terminou algumas horas depois do anoitecer e o grupo seguiu para a pousada próxima, onde pretendiam pernoitar. Assim que entraram, foi fácil para os homens notarem que ela superava e muito a de Morgana. O calor da lareira e o cheiro gostoso do jantar os abraçou, além do aconchego que sobressaía a simplicidade da mobília. No entanto, um problema surgiu assim que chegaram ao balcão da recepção.

— Todos vocês querem ficar aqui? — Uma mulher ruiva fez uma careta. — Só temos um quarto.

As mulheres, mais cansadas do longo dia, deixaram os ombros caírem.

— Há outro lugar onde possamos ficar? — Gale perguntou.

— Não, esta é a única pousada.

— Tudo bem. — Logan olhou ao redor. — Consegue arranjar alguns cobertores? Assim as moças ficam com o quarto e nós dormimos na sala.

— Louie... — Ada começou a protestar, porém foi interrompida.

— Há grandes chances do chão daqui ser melhor do que o colchão da Morgana — ele disse de modo jocoso. — Fique tranquila, não morreremos por passar uma noite no chão.

Voltou-se para a dona da pousada.

— A senhora estaria de acordo com esse plano?

— Claro! Podem dormir perto da lareira, arrumarei do modo mais confortável possível — respondeu, solícita. — Aproveitem para jantar durante o preparo das acomodações.

Eles aceitaram de bom grado e se sentaram à mesa com os demais hóspedes, onde desfrutaram da refeição humilde — para os moradores do palácio —, porém saborosa e quente o bastante para a noite fria.

Lucy mal terminou de comer e adormeceu no ombro da mãe; assim que as mais velhas estavam saciadas, despediram-se dos companheiros e foram atrás do quarto para descansarem.

Logan e Gale precisaram esperar todos os outros se recolherem a fim de terem paz suficiente para se deitarem sobre as camas improvisadas no salão.

— Voltaremos ao palácio com a humildade elevada — Gale caçoou ao ajeitar seu travesseiro.

— Aí está seu motivo de gratidão — Logan respondeu com bom humor, passando por cima do amigo, estirado no chão.

— Aonde vai?

— Fazer algumas anotações. Volto depressa. — Ele pegou uma vela e seguiu para a cozinha, querendo ter certa privacidade em seus devaneios.

O homem sentou, abriu seu diário sobre a mesa e começou a escrever o mais depressa que pôde, temendo que alguém o flagrasse com o objeto nada comum.

Várias informações foram adicionadas às escritas no dia anterior. Em Fytie, o príncipe viu um lugar mais carente em comparação a Tyber, porém a esperança também parecia ser mais intensa. Eles não reclamavam tanto nas conversas induzidas que tiveram, apenas criam que o Soberano os socorreria, como tantas vezes o fez. E, mais do que tudo, Logan sentiu que, quando subisse ao trono, teria algum apoio vindo dali.

Estava preso em pensamentos enquanto girava o lápis entre os dedos, sendo assim não viu a figura feminina aproximando-se nas sombras.

— Oi?

Ele deu um pulo da cadeira e ficou indignado ao ver Adelaine abafando o riso com as mãos.

— Deseja me matar de susto? — Ele arfou.

— É medroso demais, Altezinha. — Ada se divertiu com a palidez dele.

— Deveria ter mais respeito. Sou seu príncipe! — Ele endireitou a postura, na tentativa de exalar autoridade, mas conseguiu apenas um retorcer de lábios de Ada. — O quê? Não imponho respeito?

Ela o observou com atenção. Era bem alto, com ombros largos e expressões fortes, resultado da mandíbula marcada e do ossinho proeminente no nariz. As sobrancelhas escuras contrastavam com a pele clara e tinham um desenho harmonioso. E não poderia negar o bambear de suas pernas ao ser fitada, com firmeza, pelas íris castanho-dourado do príncipe.

Não querendo dar o braço a torcer, Adelaine apenas encolheu os ombros.

— Está brincando comigo! — Logan colocou as mãos na cintura e a seriedade dele fez Ada pensar que tinha passado dos limites.

— Altezinha, vamos deixar esse assunto para lá. Perdoe-me por ter sido informal demais, é que às vezes eu olho para o senhor e só vejo o Louie. — Um sorriso culpado nasceu nos lábios dela. — Quando carrega minhas coisas, brinca com a Lucy ou diz algo engraçado, eu esqueço quem é e como deveria tratá-lo. Isso se juntou à sua ordem de não fazer reverências e de abolir o "alteza"; minha cabeça deu um nó! No entanto, me esforçarei para melhorar, prometo. Nunca desejei ser desrespeitosa.

Com um gesto desconcertado, Ada acenou para ele e começou a sair. Logan abriu um meio sorriso com a atitude e chamou:

— Volte, coisinha miúda. Não estou bravo.

A moça virou de súbito ao ouvi-lo proferir o apelido. Colocou as mãos na cintura e esqueceu por completo a promessa que tinha feito.

— Do que me chamou?

— Foi você que começou, me apelidando de "Altezinha". — Cruzou os braços sobre o peito. — Se a senhorita pode, eu também posso!

— Eu não sou miúda!

Logan riu ao encarar de cima a baixo a moça que em estatura mal alcançava o peito dele.

— Com certeza, você é. — Ele mostrou um espaço pequeno entre o indicador e o polegar. — Uma coisinha miúda. Até coloquei um diminutivo, pois gosta tanto deles.

— Poderia lhe dar uns tabefes!

— Tente, miúda.

Ada passou a persegui-lo em volta da mesa, lutando em vão para agarrar sua camisa. O barulho levou Gale ao cômodo em poucos segundos.

— Que baderna é essa? Vão nos expulsar!

— A Adelaine quem começou! Consegue acreditar? — Logan estalou a língua em desaprovação. — Uma coisinha travessa.

— Seu engomadinho de meia tigela! — Ada investiu contra ele de novo, porém Gale segurou seus braços. — Solte-me! Mostrarei quem é miúda!

— Ada! — Gale lutou para segurar o riso. — Controle-se.

— Mas ele...

— O Logan é um tonto, é melhor ignorar. — Ele a arrastou para fora. — Vá dormir, amanhã a ajudarei a bater nele.

— Ah, obrigada! Você segura e eu faço picadinho, combinado?

— Plano decidido!

Com uma risada, Adelaine sumiu na meia-luz que inundava a pousada, seguindo para seu quarto.

Capítulo 7

Adelaine aspirou o cheiro gostoso de terra molhada e ficou observando a chuva cair do outro lado da janela. Fazia apenas um dia que estava separada da avó e já sentia saudades. Há mais de três anos eram apenas as duas, e foi inevitável que o laço entre elas se estreitasse a tal ponto.

— Bom dia. — A voz de Logan soou ao seu lado e ela ergueu o rosto.

— Ah, colocou um chapéu! — observou, girando o corpo sobre a cadeira em que estava. — Ficou ótimo.

— Ainda estou estranhando o corte, mas sabe que gostei do meu rosto sem barba? Ele fica mais à mostra e isso é um tipo de benfeitoria para o mundo.

Ada estava sorrindo enquanto ele falava, mas, ao ouvir aquilo, seu rosto se transformou em descrença.

— O que foi? Não tenho um rosto lindo? — ele indagou com casualidade.

A moça se afundou na cadeira e jogou a cabeça para trás, como se tivesse escutado algo inacreditável. Logan não conteve o riso.

— Sabia que teria uma reação assim.

— Por um segundo acreditei ser mais metido do que parecia.

— Eu sou. — Apoiou-se na parede ao lado dela e cruzou os braços.

Ada bateu a mão na testa e a esfregou pelo rosto, como se a presunção de Logan lhe causasse dor física.

— É uma mulher engraçada, coisinha miúda. — Riu.

— E o senhor é muito metido, *Altezinha.*

— Pode me chamar assim, não darei importância. Claro, com a condição de que eu também possa usar o meu apelido.

— Que espécie de troca é essa? — Ela deu risada.

— Achei justa, a senhorita não?

— Hum, está bem. Eu aceito o acordo. — Estendeu a mão e ele a apertou.

O desjejum foi anunciado e os dois seguiram para a mesa, onde várias pessoas já se encontravam, inclusive o restante do grupo deles.

— Dormiram bem? — Logan perguntou para as moças enquanto servia seu copo.

— Muito! O quarto era ótimo — Elisa garantiu. — E vocês? Foi ruim dormir no chão?

— Nem tanto — Logan mentiu, ignorando a dor na lombar.

— Vocês estão sendo tão gentis nessa viagem. — Elisa esboçou um sorriso. — Obr...

— Nem pense em agradecer de novo. — Ele ergueu a mão. — Já fez isso várias vezes em um único dia.

— Certo! Como desejar. — A mulher riu. — Só direi que estou me divertindo como há muito tempo não acontecia. Está sendo um presente do Senhor.

— É exatamente isso, uma dádiva. Pode agradecer a Ele. — O príncipe exibiu um meio sorriso.

— Espero que pare de chover. — Gale mudou de assunto. — Nossos planos dependem do tempo firme.

— Se a chuva não passar a tempo, podemos encontrar uma carroça que nos leve até Rylla — Logan sugeriu.

— Não me refiro a esses planos. — O guarda sorriu e olhou para Elisa. — Conversávamos antes de vocês chegarem. Elisa sugeriu irmos até o rio e só depois seguirmos viagem. Ele passa aqui perto.

A ideia animou Louie e Ada e, enquanto faziam o desjejum, todos ficaram atentos na janela aberta até a chuva cessar por completo. Ao término da refeição, tomaram suas bagagens e seguiram para o destino. Após atravessarem toda a vila, uma trilha no campo aberto surgiu diante de seus olhos, pela qual Elisa e Ada os guiaram.

— Já estiveram aqui muitas vezes? — Logan indagou.

— Algumas — Elisa respondeu. — Nossos pais tinham amigos em Fytie e eles gostavam de se reunir em volta do rio. É uma paisagem linda, você verá.

A afirmação se confirmou em poucos minutos de caminhada. Apesar do tempo nublado, a beleza dos tons outonais arrancou exclamações de deslumbre do grupo. Atrás das árvores em laranja e verde, a Montanha Iggy se erguia, majestosa; acima dela, alguns raios de sol lutavam para atravessar as nuvens e produziam feixes luminosos no processo. Diante dos visitantes, o rio corria tranquilo e, no meio do silêncio, o barulho das águas se mostrou reconfortante.

O grupo se abaixou entre as pedras dispostas ao redor da água e fez proveito dela para lavarem os rostos e braços.

— Adoraria um pouco de sabão agora — Logan comentou, distraído —, e quem sabe algum óleo perfumado para me sentir menos sujo.

— Trabalhar muito perto da Corte está mexendo com sua mente, Louie — Elisa zombou.

O homem ergueu a cabeça e encontrou os olhares de Adelaine e Gale sobre ele, repreendendo-o de modo silencioso, porém efusivo.

— Oras, sonhar ainda não custa nada, certo? — Deu uma risadinha nervosa e desviou o olhar para a água, desejando enfiar o rosto nela depois do deslize. Era um servo ali, não teria acesso a nada daquilo.

Elisa achou graça da fala dele.

— Depois de precisar pagar impostos pela terra em que nossa casa está, pela existência de cada membro da família e ainda "cortesias" para a nobreza, fica difícil sobrar dinheiro para sonhar com perfumes — resmungou com sarcasmo e Ada engoliu em seco. — Isso não é coisa para gente como nós, Louie. De onde tirou esse desejo fantasioso?

— Só escutei entre os corredores. Ouvimos muitas coisas, entende? Parecia uma ideia... *agradável.*

— Quem dera termos os mesmos luxos daqueles aproveitadores.

— Não vamos nos preocupar com eles! — Ada se levantou, tendo uma ideia para livrar Louie de ser ofendido. — Minha mãe sempre teve truques muito bons para deixar nossas roupas cheirosas, talvez possamos usá-los e ficar tão perfumados quanto a Corte Lyriana.

Adelaine encorajou os outros a segui-la e eles o fizeram, curiosos a respeito da ideia. Caminharam entre o gramado e, depois de subir uma colina, ficaram diante de um campo repleto de flores, um toque de cores em meio aos padrões de outono.

Lucy correu assim que as viu e começou a juntá-las num ramalhete. Os adultos a seguiram, menos eufóricos.

— É um belo cenário — Logan comentou com uma careta —, mas não entendi o que elas têm a ver com ficarmos perfumados.

Ada não respondeu, apenas se abaixou e encheu a mão com algumas flores, depois as esfregou um pouco antes de passá-las no rosto e camisa de Logan, pegando-o desprevenido.

— Adelaine!

Ele segurou os pulsos dela e deu um passo para trás para afastar-se, porém acabou tropeçando e indo ao chão, junto da moça.

— Olhe o que você fez! — Ada repreendeu entre risos, estirada sobre a barriga dele.

Percebendo que a moça não tinha se machucado, ele não conseguiu manter a seriedade e a acompanhou. Lucy ria também, enquanto sua mãe e Gale não sabiam se faziam o mesmo ou os ajudavam.

Por fim, Logan afastou Adelaine com cuidado e os dois se sentaram entre as flores.

— Você me pegou de surpresa! — O príncipe tirou uma pétala da bochecha. — Que ideia foi essa?

— Elas são muito perfumadas, vão deixar seu aroma em você — explicou enquanto colhia mais flores. — Sua vez, Elly.

— Ah, não, eu dispenso. — Elisa agitou as mãos e deu um passo para trás. — Sinto-me com um cheiro bom o bastante. Vou sentar e admirá-los de longe.

A mulher virou e começou a afastar-se para uma árvore ainda cheia de folhas. Gale seguiu os passos dela com os olhos e depois se voltou aos outros.

— Eu farei companhia à Elisa — ele disse. — É perto o bastante para permanecer atento a você, Louie.

Como o príncipe não protestou, o guarda se adiantou para alcançar a mulher de cachos ao vento.

— Olhem! — Lucy se colocou entre Ada e Louie, com um ramalhete branco. — Não são lindas?

— Deslumbrantes, pequenina. — Logan apertou a bochecha dela.

— Vou enfeitar seus cabelos. — Ela não deu tempo do homem recusar e começou a colocar as flores nos fios escuros. — Tão bonitinho!

Ada segurou o riso diante da expressão de Louie, contorcendo o rosto como se estivesse sofrendo uma tortura. Ela deixou Lucy *embelezar* o príncipe e se pôs a colher mais flores, parando vez ou outra para aspirar o aroma doce. Lembrou com carinho da mãe enchendo seus baús de lavandas secas e como amava vestir suas roupas depois de alguns dias deixadas ali.

Quando Lucy terminou sua obra de arte, sentou-se no colo de Adelaine para fazer uma coroa florida.

— Espero que não seja para mim, Lucy. — Logan arregalou os olhos.

— Não seja bobo, já está pronto para a festa! Agora é a vez da Ada.

A loira aproveitou que a criança estava parada e passou as flores com delicadeza sobre ela, causando risinhos quando as pétalas lhe fizeram cócegas. A pequena ficou feliz por ter permissão de fazer o mesmo na amiga.

— Sua tiara, princesa. — Lucy colocou o objeto circular sobre a cabeça de Ada. — Pode tirar o lenço?

— Sabe que não gosto. — A mais velha estalou um beijo em sua bochecha, sob o olhar intrigado do príncipe. — Está perfeito desse modo. Obrigada, meu bem.

— Seus cabelos são um segredo, coisinha miúda? — Logan perguntou.

— Claro que não. — Ela deu um sorriso sem graça.

Logan percorreu o rosto dela com os olhos, em busca do mistério atrás das feições e modos tão doces. Parecia haver algo escondido não só debaixo daquele lenço.

— Quero mostrar vocês para a mamãe! — Lucy saltou do colo de Ada e estendeu as mãos a ela e a Louie.

— Não julgo ser um bom espetáculo — o homem resmungou, porém levantou e aceitou segurar a mãozinha.

— Maleável demais, não acha? — Ada provocou.

— É preciso saber ceder diante de alguém mais elevado! — retrucou de modo brincalhão, e a moça riu.

Gale gargalhou sem reservas assim que pôs os olhos no amigo, fazendo Logan fechar a expressão.

— Ficou uma gracinha, Louie! — Elisa apertou os lábios, porém suas íris brilhantes entregaram o divertimento.

Logan levou a mão à cabeça, pronto para expulsar as flores, porém esbarrou nos olhos dóceis de Lucy e desistiu, aceitando sua humilhação.

— Falta uma coroa para a mamãe e algumas flores para o tio ruivinho. — Lucy colocou as mãos na cintura, resignada.

— Ah, querida, não precisa! — Gale emitiu um riso nervoso.

— Fará essa desfeita, Gale? — Elisa ergueu as sobrancelhas, zombando dele.

— Ah, meu Santo Deus! Não há dignidade para os homens hoje em dia — dramatizou. — Está certo, eu deixo.

Lucy comemorou e levou os dois para pegarem mais material.

Ada observava a cena com um sorriso discreto. Quando voltou-se para onde o príncipe estava, percebeu que ele havia sentado e resolveu fazer o mesmo. O homem abriu a bolsa com seus pertences e tirou o diário.

— Escreverá informações secretas? — Ada piscou os olhos com curiosidade.

— Não. — Passou as folhas repletas de palavras até alcançar uma das últimas folhas.

— É a Lucy! — Ada exclamou com deslumbre ao ver o retrato inconfundível da menina no canto da folha.

— Meu professor se alegraria por ter ficado tão verossímil — gracejou.

— Desde quando você desenha?

— Desde a infância.

— E sempre desenhou bem?

— Não! — Ele achou graça da ideia. — Tive aulas diversas e empenhei esforço considerável para chegar nesse nível. Aprecio a prática, é uma espécie de relaxamento.

— Parece até real de tantos detalhes! — Ela estendeu a mão para encostar, porém se conteve.

— Pode tocar.

Ada encostou as pontas dos dedos sobre o desenho e começou a soltar resmungos impressionados enquanto passeava pelas linhas. Logan a observava, os olhos dela concentrados sob os cílios claros. De súbito, ela ergueu o rosto e o fitou, levando o coração do homem a sobressaltar-se.

— Pode desenhar uma flor? — ela pediu, a empolgação vibrando em cada palavra.

— Qual flor? — ele perguntou, se obrigando a tirar os olhos dela e os fixar na folha.

— Margaridas! Ah, e lírios do campo! Ai, mas eu também amo rosas e...

— Certo, certo. Farei um buquê — interrompeu com voz risonha.

Ada balançou a cabeça em assentimento e ficou olhando por sobre o ombro dele enquanto Logan desenhava com tranquilidade, como se fosse fácil.

— Pronto! — Inclinou o caderno, mostrando o buquê bem desenhado. — Gostou?

— Que bonito! — Tocou o desenho, depois o fitou. — Eu amei! Desenhe outra coisa agora, por favor.

Logan riu, porém não hesitou em obedecer. A moça ditou tudo que desejava que ele fizesse e logo a folha estava repleta.

— Que artista, Altezinha! Até seus rascunhos são belos.

— Você é sempre entusiasmada, miúda? — Ergueu uma sobrancelha. — Ou age assim apenas comigo?

— Acredito que seja meu modo de agir rotineiro. — Ela emitiu um riso tímido. — No entanto, também queria que você se alegrasse entre nós. Parecia tão tristonho e sobrecarregado por sentimentos ruins, pensei ser uma boa ideia ser amigável de verdade, ao invés de fingir.

— Creio que suas intenções foram alcançadas. — Ofereceu um sorriso grato. — Fazia tempo que não me divertia assim.

— Seu único amigo é o Gale?

— Sim, não me arriscaria a conceder esse título a ninguém além dele. A Corte é um emaranhado de falsidade e interesse.

— Nem parentes dos quais seja íntimo?

— Minha avó materna é a única, mas ela não mora conosco.

— Que triste, Louie. — Apertou-lhe a mão, compadecida.

— Não lamentaremos, não durante esta semana. — Ele lhe ofereceu um sorriso e ela assentiu, retribuindo.

Capítulo 8

A distância de Fytie até Rylla era maior que entre a primeira e Tyber. Depois de uma manhã de descanso, o grupo almoçou e seguiu viagem. Em meio a campos dourados, plantações e muitas pausas a pedido de Lucy, levaram algumas horas além do esperado para chegarem ao destino; no entanto, cruzaram o portal na entrada de Rylla bem a tempo do horário de início das celebrações.

— Você anda muito depressa! — Ada reclamou enquanto tentava acompanhar o ritmo de Logan na estrada que levava ao centro da vila.

— Ando? — Ele fitou as próprias pernas. — Estou numa velocidade normal.

— Minhas pernas negam essa afirmação.

— Suas pernas são curtas demais, miúda.

— Discordo — resmungou.

— Isso não muda os fatos.

Logan achou graça da vermelhidão começando a espalhar-se em seu rosto.

Contudo, o clima tranquilo sumiu quando chegaram na praça de Rylla. Os adultos pararam e se entreolharam, confusos. Ao invés do clima festivo de Tyber e Fytie, tudo que existia ao redor era puro silêncio e ares de cidade fantasma.

— Ada — Logan virou para a moça —, o que houve?

— E-eu não sei. — Olhou em volta à procura das pessoas. — Rylla é a vila mais animada todo ano, algo está muito errado.

Determinada a desvendar o mistério, Adelaine agarrou o pulso do príncipe e guiou os amigos pela rua completamente deserta até encontrar uma casa em específico. Um homem negro de meia-idade atendeu diante das batidas insistentes da moça.

— Adelaine? — Ele franziu o cenho.

— Anthony! O que houve? Onde estão as pessoas? E o Festival da Colheita?

— Se tivesse vindo às reuniões saberia. — Ergueu uma sobrancelha, cruzando os braços.

— Sabe que decidi sair. — Ela suspirou e olhou de esguelha para os dois homens ao seu lado. — Por favor, Tom, me explique essa maluquice.

— Não temos o que festejar, Ada, por isso estamos manifestando nosso descontentamento. — Anthony soltou um suspiro ruidoso. — Como vamos fazer uma festa quando vivemos num reino como Lyria? Seu pai nos apoiaria, tenho certeza.

— A alegria também é resistência. — A moça sorriu. — Papai acreditava nisso. Se eles nos põem para baixo, resistimos com algo que não podem roubar, nossa fé, esperança e alegria. Nossa união, Tom. Deixar de fazer o Festival não trará nada além de menos felicidade para nosso povo. Quer deixá-los tirar mais alguma coisa de nós?

O homem desviou o olhar, refletindo nas palavras da moça.

— Seja como for — ele respondeu baixo, correndo os dedos pelos cabelos crespos —, não podemos fazer mais nada agora.

Logan pigarreou, lembrando Ada de que não tinha apresentado os homens. Corrigiu seu erro e Anthony cumprimentou os quatro visitantes com um sorriso gentil, sem nem imaginar quem Louie era de verdade.

— Que reuniões são essas? — Logan perguntou quando Anthony entrou para buscar água. Estava roendo-se de curiosidade.

— Louie, temos um problema agora, conversas ficam para depois. — Adelaine colocou as mãos na cintura, tentando achar uma solução.

— Mas...

— Já sei! — Ela bateu palmas, sorrindo para ele. — A marca registrada de Rylla é a música, sabia?

— Obviamente.

— Tão entendido... — provocou. — Bom, preciso da ajuda de todos, então se preparem.

— Preparar para quê? — Gale perguntou, inclinando a cabeça com desconfiança.

— Esperem e verão. — Piscou.

Assim que Anthony voltou, Adelaine cochichou um plano no ouvido dele, fazendo o homem rir da ideia, mas concordar e entrar de novo em casa.

Quando ele reapareceu, Adelaine empurrou os amigos até o meio da rua. Atrás dela, viram Anthony, uma mulher e um garoto surgirem portando um alaúde, uma viola e uma flauta, respectivamente.

— Vamos trazer a alegria do Festival de volta! — Ada esfregou as mãos. — Preparados para uma dança?

Lucy deu saltinhos animados e balançou o corpo, pronta para seguir o comando de Adelaine.

— Minha amiga... — Elisa mandou um sinal de desespero pelo olhar.

— Ah, sim, sim! Esqueci disso. — Esfregou as mãos no vestido, sorrindo com culpa.

— Isso o quê? — Gale fitou Elisa.

— Eu... — Ela comprimiu os lábios volumosos e fitou o chão. — Eu não sei dançar. Sou um desastre completo.

— Não seja tão dura! — Ada repreendeu.

— Sua casa. Tropeço. Balde de água. — Ergueu as sobrancelhas e a amiga fez uma careta com as lembranças. — Percebe? Não posso dançar.

— Tenho certeza de que não é tão ruim. — Gale ergueu os lábios em um meio sorriso.

— Não será hoje que o farei mudar de opinião. — Elisa balançou a cabeça e foi sentar-se junto aos músicos.

— E agora? Quem será minha parceira? — O guarda cruzou os braços e olhou ao redor, fingindo não ver a menina pulando diante dele.

— Eu! Eu! Eu!

— Ah! — Ele abaixou as vistas para ela, enquanto os outros dois seguravam o riso. — Você me concede essa honra, pequenina?

— Sim! — Agarrou a mão dele.

As duas duplas se posicionaram e Ada fez sinal para Anthony e sua família, que se prepararam para iniciar.

— Vou precisar que encontre todo o camponês que existe aí dentro. — Ada tocou o peito de Logan, atraindo a atenção dele.

— E essa faceta existe em mim? — brincou.

— Eu acredito que sim. — Sorriu em sincronia com a música começando a tomar o ar.

A melodia animada guiou os quatro nos passos da dança, e não demorou para as pessoas aparecerem em suas janelas para ver o que estava acontecendo. Quando reconheceram a moça os chamando, não houve muita resistência em se agruparem em volta dos dançarinos. Adelaine sabiamente puxou para a dança primeiro as crianças, que não entendiam nada de manifestos e só se alegraram com o retorno da festividade que tanto amavam.

Foi questão de tempo para os adultos serem contagiados e a rua ser tomada pelos risos em meio à dança coletiva.

— Bom camponês, Louie. — Ada riu, rodopiando com seu parceiro antes de perdê-lo para outra dançarina e se encontrarem minutos depois.

— Muitos talentos, alguns ocultos até de mim mesmo. — Ele piscou e dessa vez ela se permitiu achar graça da brincadeira.

— Um belo camponês florido. — Ela indicou com o queixo as flores remanescentes entre seus fios.

— Somos um excelente par, senhorita.

Ada tocou o adorno em sua cabeça e eles riram ao perceber que nenhum tinha se dado conta de ainda usar os enfeites de Lucy, porém não ousaram livrar-se deles.

A dupla enlaçou os braços e giraram em volta um do outro. Logan se perdeu no rosto brilhante de Ada; ele cintilava tanto pela alegria quanto pela luz dourada do entardecer banhando sua pele. Ela parecia quase etérea. Irradiava pureza e sinceridade. Ele pensou nunca ter conhecido um ser tão genuíno.

Quando a música acabou, Ada não perdeu tempo e aproveitou o bom humor geral para encorajar os moradores a fazerem o que faziam todos os anos: compartilhar o que tinham uns com os outros.

E, assim, logo toda a vila estava reunida na praça ao redor de uma mesa longa — improvisada com várias outras — e coberta por comidas diversas. Não era um banquete, porém satisfez a todos.

Logan percebeu que os amigos de Ada ali em Rylla eram diferentes dos de Tyber. O modo como falavam dos problemas em Lyria era crítico, racional e cheio de ideias que lhe pareceram muito interessantes. Ele observava atentamente um homem explicar como os impostos que pagavam deveria tê-los ajudado na seca quando viu Anthony sentar-se perto de Adelaine, abraçando-a de lado.

— Seus pais estariam orgulhosos, princesa. Em especial, o Evan. Ele ficaria feliz por saber que tudo que acreditava ainda vive, *em você*. — Beijou sua têmpora de modo carinhoso e a moça descansou a cabeça em seu ombro.

O príncipe ficou intrigado. Já tinha ouvido várias pessoas cumprimentarem Adelaine com comentários semelhantes a respeito de seu progenitor. Perguntou-se o porquê de Ada e a memória de seus pais serem tão respeitados no lugar; porém, resolveu prestar atenção nas outras pessoas. Poderia conseguir respostas com a criada a qualquer momento.

Ada os havia levado até alguns anciões da vila, acreditando que poderiam oferecer alguma inspiração útil a Logan. Estavam a caminho do centro da festa quando Lucy parou de andar, chamando a atenção deles.

— Mamãe — ela coçou os olhos e disse com voz arrastada, enquanto puxava a manga do vestido de Elisa —, quero ir para casa.

— Ainda é cedo. — Logan observou o céu ganhando suas primeiras estrelas.

— O dia foi cansativo para a Lucy, ela não está acostumada a tanto. — Elisa a pegou no colo e afagou os cabelos bagunçados por ter brincado demais. — Mas não se preocupem, não precisam vir embora. Sabe onde é a pousada, Ada?

— É um pouco distante. — Ada apontou na direção do fim da rua. — Mas basta seguir reto até a entrada da vila, virar no primeiro beco e a placa será visível.

A mulher uniu os lábios numa linha fina e assentiu devagar enquanto olhava a rua cheia.

— Eu levo vocês — Gale ofereceu ao notar seu nervosismo.

Ela estava pronta para negar, no entanto seus olhos encontraram o rosto gentil do ruivo e a resistência cedeu.

— Tudo bem. — Ela sorriu para ele. — Obrigada.

Os resmungos de sono vindos de Lucy levaram a mãe a começar a andar.

— Esperamos você aqui — Logan aproveitou para dizer ao amigo.

Gale lembrou então do que estava fazendo ali e hesitou por um instante.

— Vão ficar bem? — A pergunta veio no plural, mas ambos sabiam a quem ele se referia.

— Não há perigos e, se ele surgisse, eu poderia nos defender. — O homem tocou a cintura num gesto discreto.

— Espero que não precise, ainda assim. — O guarda suspirou e seguiu mãe e filha.

Logan observou os três sumirem entre as pessoas e se voltou para Adelaine, encontrando os olhos dela num tamanho maior que o normal.

— O que foi?

— O que tem aí? — Ela apontou para o quadril dele.

— Ah! — Ele desviou o olhar para o local indicado. — Nada. Não tem nada.

Adelaine ficou mais assustada ainda com a mentira; virou e começou a andar para longe dele.

— Ada!

— Fique longe. — Ela entrou num beco, porém ele a alcançou e segurou seu pulso.

— Não é o que está pensando.

— Então vai me dizer que não está armado? — Cruzou os braços e o fitou com o cenho franzido.

Logan soltou o ar e levantou o casaco surrado que vestia, mostrando a adaga presa no cinto. Ada deu um passo para trás.

— Não acredito que deixei um estranho armado ficar perto da Lucy! — Ada balançou a cabeça para os lados com horror nas feições.

— Adelaine! Eu não quero machucar vocês, nunca faria isso.

— Mas tem uma arma! Elas... Elas machucam, sabia?

A moça prendeu a respiração, lembranças dolorosas preenchendo seus sentidos e tornando difícil pensar com racionalidade.

— Fique longe de mim — ela sussurrou e abraçou o próprio corpo antes de dar as costas para ele e virar apressada no fim da ruela.

Logan passou os dedos pelos cabelos, esbarrando nas flores e as vendo rodopiar até encontrar o chão enlameado. A última coisa que queria era assustar Ada. A lembrança do rosto horrorizado dela fez seu peito apertar.

Seus pensamentos ficaram em suspenso quando escutou o grito da moça. Não pensou duas vezes antes de correr na direção em que ela desapareceu. O sangue em suas veias ferveu ao ver um homem a encurralando contra a parede da rua.

Logan sentiu o odor de bebida emanando do sujeito a muitos passos de distância e confirmou suas suspeitas quando não teve dificuldades de arrancá-lo de perto da moça, fazendo o corpo grande cambalear. Ele não esperou o homem se situar para acertar um soco em seu rosto barbudo.

— Quem você pensa que é? — O bêbado conseguiu se equilibrar e encarou Logan com fúria, apesar da clara dor no maxilar, o qual massageava.

— Você com certeza não vai querer descobrir. — Logan puxou Adelaine para ficar atrás de si e endireitou a postura, ficando mais intimidador ao fazer uso de cada centímetro de sua altura. — Como ousa tocar nela?! É melhor ir embora antes que eu faça você se arrepender.

— O que vai fazer? — Deu uma risada de escárnio e se aproximou da dupla.

Logan escutou o grunhido de Adelaine antes dela apertar seu braço.

— Eu já disse que você não vai querer descobrir. — Ele tirou a adaga da cintura e apontou para o homem, que parou de imediato, arregalando os olhos para a arma. — Vá embora antes que eu lhe retalhe inteiro. E não tenho nenhum receio de fazer isso, acredite.

Graças à voz firme de Logan, ou ao simples medo da lâmina afiada, o bêbado tropeçou nos próprios pés e correu rua acima, até sumir das vistas deles.

— Você está bem? — Logan guardou a adaga e se virou para Ada, segurando-a pelos ombros. — Ele a machucou?

— N-não. — A moça engoliu em seco e encostou a testa no peito de Logan, tentando recobrar as forças.

Se não fosse pela arma dele, o que teria acontecido comigo?, Ada pensou, olhando para a adaga presa no cinto. *Pelo visto elas também podem ser usadas para o bem.*

— Obrigada por me salvar — ela sussurrou e ergueu o rosto para encará-lo.

— Não precisa agradecer. — Ele deu um sorriso reconfortante e afagou os braços dela antes de se afastar. — Agora acredita que estamos juntos nisso? Certo, é verdade que o Gale desconfiou um pouco de seu caráter no início, mas você não tem nada de Dalila.

— Dalila?

— Dalila, Sansão e a traição, lembra?

— Hum. — Estreitou os olhos.

— O fato é que você não é uma traidora, tenho certeza. — Aproximou-se e segurou seus ombros outra vez. — Tem minha confiança, Ada.

Ela fitou os olhos dele por alguns segundos, buscando indícios de engano. Porém não encontrou, tampouco atitudes suspeitas durante os dias que passaram juntos, restando apenas o brilho da coragem que usou para defendê-la há poucos minutos.

— Certo. — Seus ombros cederam sob as mãos dele. — Confio em você também e sei que nunca me machucaria. Nem à Elisa ou à Lucy. É mesmo um bom homem, Louie.

Eles trocaram um sorriso antes de se afastarem de forma abrupta ao ouvir uma voz forte atrás de Logan.

— Ada? — Anthony inclinou o rosto para ter certeza de que era a moça. — Tudo bem, princesa?

— Sim, Tom, tudo bem. — Ela foi até ele e o abraçou.

— Esse homem estava lhe incomodando? — Lançou um olhar desconfiado para Logan.

— Não! Somos amigos, já lhe expliquei tudinho mais cedo.

— Hum. — Anthony manteve a mesma expressão.

— Venha! — Ada o puxou com delicadeza. — Vou explorá-lo um pouquinho e pedir que pegue uma taça de vinho quente para mim.

Tom dirigiu uma última olhadela um tanto ameaçadora para Logan e depois cedeu ao rosto doce da protegida.

Capítulo 9

Um tanto contemplativo, Logan observava Adelaine brincando com as crianças quando avistou Gale vindo em sua direção.

— Encontraram a pousada? — o príncipe perguntou.

— Sim, foi simples, como a Adelaine explicou. Elas estão acomodadas e a Lucy caiu no sono assim que se deitou na cama.

— Ela de fato estava exausta. — O príncipe deu um leve sorriso. — Espero que esteja renovada pela manhã. Apeguei-me àquela pequenina e mal consigo imaginar o resto da viagem sem suas travessuras.

— Sim, partilho do mesmo sentimento. — O guarda colocou as mãos nos bolsos da calça e sorriu de modo distraído.

— Por falar em sentimentos, notei alguns florescendo entre você e a Elisa.

Gale o encarou depressa.

— De onde tirou essa ideia?

— Oras, meus olhos são excelentes!

— Não tenho intenção de me casar ainda, estou bastante focado no meu serviço.

— Essa é a desculpa que usa para as insistentes investidas de sua mãe, tenha consideração e procure outra para seu melhor amigo. — Louie piscou.

— Acha que vou mudar meus planos por causa de uma mulher bonita?

— Então assume que notou a beleza dela? — Logan cruzou os braços sobre o peito.

— Deixe-me em paz!

— Só desejo uma resposta.

— Não darei resposta alguma. — Gale deu batidas um tanto fortes no ombro do amigo. — E nem pense em comentar a respeito disso com alguém, está certo?

Logan umedeceu os lábios e assentiu devagar, deixando o guarda desconfiado.

— Gale! — Adelaine o abordou. — Ocorreu tudo bem? Elas estão na pousada?

O homem desviou a atenção do outro para responder e tranquilizar a moça.

— Vocês já querem ir embora? — Ada indagou e eles negaram. — Também desejo ficar mais um pouco. O que acham de jogarmos juntos?

Sendo impossível resistir a um pedido acompanhado do sorriso meigo dela, os dois concordaram e se juntaram à criada e às crianças nas brincadeiras.

A lua já brilhava alta quando o trio chegou na humilde pousada onde passariam a noite. Encontraram Elisa jantando com os outros hóspedes e um sorriso tomou o rosto dela ao vê-los se aproximando. Eles comeram enquanto os três contavam os poucos acontecimentos ocorridos depois da ausência de mãe e filha — Ada e Louie ocultando o incidente desagradável — e, mesmo após a refeição e saída dos demais, permaneceram na mesa, cercados por novos assuntos.

— Vocês falam muito — Elisa gracejou, indicando o espaço vazio ao redor. — Verdadeiros tagarelas.

— O Gale e a Adelaine são os piores entre nós. — Louie cruzou os braços sobre a mesa e lançou um olhar divertido aos dois.

— Somos os *melhores* — o ruivo corrigiu, erguendo seu copo com o resto de sidra em direção à loira. Eles brindaram. — Você, Louie, deveria agradecer de joelhos toda manhã por ter um irmão tão sublime.

Logan soltou o ar em desdém.

— Digo o mesmo, Elly. — Ada estreitou os olhos para a amiga. — Seja muito grata.

— Santo Deus! — Elisa riu, balançando a cabeça para os lados. — Dois presunçosos!

O príncipe disfarçou um sorriso ao ver como Gale encarava, encantado, a mulher rir.

— Bom — Elisa levantou-se, ainda risonha —, a conversa foi excelente, mas devo ir ver a Lucy. Boa noite.

Eles se despediram e seguiram os passos dela com o olhar até que sumisse de suas vistas.

— Obrigada de coração por terem incluído a Elly. — Ada apertou os braços deles sobre a mesa num gesto carinhoso. — Ela só tem 22 anos, porém as dificuldades da vida a tornaram um tanto rígida. Esses momentos descontraídos são bons para que esqueça as preocupações e renove seu ânimo.

— É bom vê-la sorrir — Gale comentou, fitando a passagem por onde Elisa tinha saído.

— Muito bom. — Ada assentiu antes de lançar um olhar para Logan e o encontrar dirigindo-lhe uma expressão insinuativa.

— Estou indo deitar também — Gale disse, voltando-se para eles. Estranhou o virar rápido de cabeças em sua direção. — O que foi?

— Nada! — Ada deu uma risada constrangida e Logan se esforçou para camuflar seu divertimento.

— Céus! Vocês dois são demasiadamente estranhos!

— Não fizemos nada! — Louie encarou Ada com espanto fingido e a moça só conseguiu rir. — O Gale está se perdendo em devaneios.

O guarda estreitou os olhos para a dupla e saiu resmungando como ainda enlouqueceria trabalhando para Logan. Rindo dele, retornaram o olhar um para o outro.

— Está com sono? — Louie perguntou e Adelaine negou. — Quer ficar mais um pouco?

— Quero, sim.

Logan pegou a jarra de sidra que a dona da pousada deixara para eles e dividiu o resto da bebida entre seu copo e o de Ada. A moça tentou impedir que ele a servisse, porém foi dispensada com veemência. Sentia-se estranha diante da situação, porém percebeu que o admirava por atitudes singelas como aquela.

Um miado ao lado da mesa atraiu a atenção deles, e Logan, sentado na ponta, pegou o gato sem hesitar. Ada o encarava enquanto fazia carinho entre as felpudas orelhas pretas do bicho. Notando que era observado, ele voltou-se para ela com um sorriso.

— Esse bichano é uma graça e muito carente.

— Gosta de gatos? — Ada indagou, curiosa.

— Sim. Minha mãe me deu um filhote quando eu era criança e ele virou meu melhor amigo. Não nos desgrudamos por anos.

— Ai! Não me diga que ele morreu!

— A essa altura seria improvável estar vivo, faz muito tempo. — Uma risada curta saiu dele. — Na verdade, certa vez ele saiu para dar suas voltas rotineiras e não regressou mais. Algo ruim deve ter acontecido.

— Ah, sinto muito! Nem imagino como foi triste perder seu bichinho.

— É, eu fiquei desolado, mas nessa mesma época conheci o Gale. Um dia, o pai dele precisou levar o garoto para o trabalho e então nos esbarramos enquanto ele desobedecia a ordem de "permanecer na cozinha".

— Lembrarei disso nos discursos dele sobre segurança — gracejou.

— Aprecio muito essa estratégia. — Logan piscou para ela. — Bom, naquele dia eu não o delatei para o pai; pelo contrário, arrastei-o para brincarmos juntos. Quando o sr. James saiu à procura do filho, nos encontrou duelando no jardim com minhas espadas de madeira.

— Depois disso ele virou seu novo melhor amigo?

— Melhor que um gato, apesar de ser bem mais irritante que minha bola de pelos cinza — ele confidenciou, fazendo-a rir.

— Posso fazer uma pergunta pessoal? — Ada apoiou o rosto na mão.

— A senhorita pedindo permissão? Que feito!

— Falando desse modo, parece que sou rude!

— É língua solta, isso, sim. — Louie viu de soslaio ela abrir a boca em choque. — Mas, tudo bem, faça sua pergunta, coisinha miúda.

Ada cruzou os braços, emburrada, porém perguntou mesmo assim:

— Sente saudades da infância?

O homem pensou por alguns instantes, agora acariciando a barriga branca do gato esparramado sobre a mesa.

— Não, não sinto — respondeu, por fim. — Só da presença da minha mãe, o resto prefiro manter onde está, no passado.

— Mesmo com as lembranças boas?

Os olhos dele se perderam nas chamas da lareira e seus dedos pararam de movimentar-se sobre os pelos do bichano. No entanto, logo balançou a cabeça, como se para afastar as lembranças, e voltou ao modo que estava antes.

— Prefiro o presente, onde não sinto mais algumas necessidades que sentia naquela época.

— Entendo. — Adelaine assentiu.

— Já que fez uma pergunta pessoal, posso fazer a minha também?

— Claro. — Encolheu os ombros.

— Você conhece todos os moradores em todas as vilas?

O enrijecer do corpo de Ada não passou despercebido para ele.

— Não *todos*, só diversas pessoas.

— Ah, que grande diferença! — Logan riu. — E qual a explicação?

— Nenhuma.

— Vamos, conte-me. — Aproximou mais sua cadeira da dela. — Sinto que estou diante de um segredo.

— Você está sendo muito bobo com essas suposições. — Ada se afastou o máximo que pôde. — Não tenho nada para contar.

— Tem, sim, Adelaine. Como conhece tanta gente? O que está escondendo de mim?

A moça esticou o braço para fazer carinho no gato e nada disse.

— Ada! — ele reclamou, sem acreditar que ela o ignorava. — Não pode fazer isso comigo.

— Claro que posso, Altezinha. — Ela sorriu, deixando-o boquiaberto.

— Disse que não podíamos conversar mais cedo, então podemos agora, certo?

— Já lhe disseram que o senhor parece uma criança birrenta?

— Chama-se persistência. — Sorriu de canto. — Tenho esse dom também.

— Ah, claro que tem. — Ela suspirou e endireitou o corpo para olhá-lo. Estava insegura sobre até onde poderia se abrir com o príncipe. — Posso confiar em você?

— Devo me preocupar?

— Posso ou não?

— Pode, sabe disso. — O olhar gentil dele a desarmou.

Ada tomou fôlego e soltou de uma vez:

— Meu pai era o líder da Resistência.

O sorriso de Logan sumiu.

— Seu pai era um rebelde? — Os olhos escuros se arregalaram.

— Ele não era rebelde! — retrucou, séria. — Meu pai era muito respeitoso e nunca iria contra seus superiores se não fosse necessário. Ele só queria um futuro melhor para mim e para nossa família. É o que todos os homens bons de Lyria desejam.

O príncipe respirou fundo e se afastou um pouco da moça. Nunca imaginou que o segredo dela seria algo como aquilo.

— Não conte ao seu pai — ela suplicou.

— Não creio que sua vida o incomode.

— Mas a do meu pai incomodou. — Ada cerrou os punhos sobre o colo. Não gostava de sentir aquelas coisas ruins dentro de si. — O rei foi responsável pela morte dos meus pais.

— Como assim? — A atenção de Logan se aguçou.

— Quando minha mãe estava doente, papai precisou escolher entre comprar o remédio ou pagar os impostos. Mamãe o convenceu a escolher o segundo, pois só a ideia de o prenderem e nos tirarem nosso lar a atormentava. Pouco depois, ela morreu. — Ada não teve coragem de olhar para o amigo. — E meu pai... Ele estava naquela manifestação que ocorreu na primavera. Há três anos. Um dentre os que tiveram sua vida ceifada por pedir justiça.

Ela ergueu os olhos para o homem encarando-a. Ao ver a dor ali, Logan lembrou de como sua mãe era uma consoladora sem igual e pensou no que ela faria. Por fim, tomou a mão da moça e a afagou com o máximo de carinho que podia. Ada sorriu pelo esforço que ele parecia estar dedicando, quase como se temesse machucá-la.

— Agora terei aliados muito bons para derrubar o meu pai — Logan disse após alguns segundos, como se pensasse alto.

— Derrubar seu pai? — Ada franziu o cenho.

— Isso. Cada relato que ouvi até agora vai ser útil para meu propósito e saber que ele está diretamente envolvido com mortes de súditos será o ápice. O povo o odeia e com muitas razões. Há até um grupo rebelde organizado. Posso levar essas informações para o chefe da Guarda, que desconfio não apoiá-lo, e assim unir forças contra o rei. — Ele sorriu para a moça, que permanecia estática até então. — Mal acredito que não pensei nisso antes!

— Lembra-se que eu disse que não podia contar? — Ela agitou a cabeça em negação. — Não diga nada sobre a Resistência ou minha família.

— Claro que vou contar. Não seja egoísta, Ada! Você não quer tanto ajudar seu povo? Pois bem! Seu auxílio seria de grande valia. Conte-me como chego aos Resistentes.

Adelaine puxou a mão da dele e se levantou, não acreditando que sua primeira impressão sobre o homem estava correta. Não importava quanto seu coração lutasse para crer no contrário, as motivações do príncipe eram manchadas, tal qual trajes de guerra.

Ada saiu correndo do cômodo. Logan demorou alguns segundos para entender suas reações; porém, assim que conseguiu, foi atrás dela. Encontrou a moça sentada num pequeno banco no quintal. A luz da lua beijava sua pele alva e ele perdeu alguns segundos a observando antes de lembrar o que havia ido fazer.

— Gosta de fugir de mim, não gosta? As pessoas normalmente não têm tanta coragem. — Ele se sentou ao lado dela.

Adelaine virou para o homem com os olhos cinzas inundados de lágrimas. Ele engoliu em seco; não imaginava que ela estivesse tão magoada.

— Ada, entenda meu lado — pediu. — Meu pai sempre se achou mais capaz de reinar que eu, contudo posso provar que tenho bem mais capacidade e logo aquela coroa será minha. Sabe quanto tempo esperei para tirar aquele ar superior dele? É minha chance, não posso desperdiçar.

— Pensei que estivesse aqui pelo povo. — A moça franziu o cenho e fungou.

— E eu estou.

Adelaine analisou as expressões dele, retirando de si os sentimentos ternos que a faziam sempre vê-lo com compaixão. Enxergou então o que ele era de verdade e não se agradou.

— Qual sua real motivação, Louie? Está aqui pelo povo, de verdade? — Ada estava séria ao fitá-lo.

— Já disse que sim! Está parecendo o Gale com essa implicância.

— Não é implicância, apenas parece que qualquer menção ao seu pai lhe incomoda mais do que as cenas que viu ou as reclamações. Acabei de dizer que seu pai tem participação na morte dos meus pais e só pensa em usar isso a seu favor?

— Seja mais clara. — A confusão tomou seu rosto.

— Você está aqui porque quer ter mais poder que seu pai. Não se importa tanto quanto quer acreditar.

— Acho que sua sidra estava mais forte do que deveria.

Adelaine o encarou com tristeza, transformando os olhos enluarados em um dia de inverno denso.

— Logan, precisa lutar de verdade por nós. Eu não conseguia ver uma saída, até que lhe conheci e julguei que suas palavras eram sinceras, mas agora eu não sei mais.

— Ada... — O coração do príncipe se apertou com aquela declaração.

— Diga-me, o que fará se seu pai demorar mais longos anos para ceder o trono? O que fará se seu plano fracassar? Está disposto a arriscar sua posição favorável para satisfazer seu rancor?

— Eu vou tirá-lo de lá, já disse! — Cerrou os punhos.

— Seja sincero, Louie. É tudo que lhe peço.

— Estou sendo sincero — ofendeu-se.

— Você tem dinheiro, não tem? Para suas despesas particulares.

— Sim, por quê?

— Se amasse o povo de Lyria, estaria pronto a usar seus bens sobrepujantes ao menos para apaziguar os problemas das tantas e tantas famílias carentes. Se toda essa sua revolta fosse por ver os erros de seu pai para com os mais fracos, seu coração se disporia a tudo que estivesse ao seu alcance enquanto ele ainda reina. — Lágrimas molhavam as bochechas dela sem serem impedidas. — Todavia você só quer poder. Quer ser maior que seu pai. É o ódio que move você, não o amor.

Logan nunca se sentiu tão humilhado. Permaneceu imóvel, ouvindo Ada despejar aquilo em sua face. Ardia como tapas.

— Pelo Soberano! — A moça levou a mão ao coração. — Se não mudar a direção de suas motivações, vai perder-se para sempre, afundado em rancor e ódio.

— Está sendo dramática — resmungou entre dentes, incomodado com a repreensão.

— A vida não é como você pensa, tem muito que aprender.

— Ah! Como se você entendesse tudo! Por favor, Adelaine, ser pobre não a faz mais sensata.

— Não, não faz. Porém não falo baseada em minha pobreza, nem por mérito meu. Tudo que pode haver de sabedoria, verdade e bondade em mim vem do Soberano. — Ela se aproximou dele. — Louie, digo tudo isso com a mais sincera amizade. Eu...

— Não somos amigos — cortou.

Pelo franzir de sobrancelhas que recebeu, não foi apenas a fala dela que se partiu. Se existia um fio ligando duas pessoas em um relacionamento de afeto, ele havia acabado de cortar o deles com uma tesoura bem afiada.

Logan comprimiu os lábios, sentindo o amargor do arrependimento dançar por sua boca. No entanto, não conseguiu corrigir o erro, as palavras permaneceram guardadas em sua mente.

— Perdão, Alteza. — Ada engoliu o choro. — Esta criada vai se colocar em seu devido lugar, não se preocupe.

Adelaine levantou, fez uma reverência e lhe deu as costas, quase correndo para seu quarto a fim de não deixar seus soluços serem ouvidos. Assim que irrompeu no cômodo, procurou por Elisa e quando viu a mulher sentada na cama, lançou-se em seus braços.

— Ada! — Elly a apertou com força, angustiada com o choro dolorido.

— O que houve? Conte-me.

A mais nova não conseguiu proferir palavras, apenas chorar pela dor da decepção latejando em seu peito. Permaneceu por longos minutos nesse estado, até conseguir se acalmar o bastante para deixar o aconchego do abraço da amiga e fitar seu rosto preocupado.

— O Louie não é como pensei. Ele não quer nos ajudar. — Ada enxugou as lágrimas com o dorso da mão. — Ele é como todos os outros vindos de cima. Só pensa em si!

— Vindo de cima? O que quer dizer?

Só então ela percebeu que não havia mais como esconder a verdadeira identidade de Logan. Tomou fôlego e segurou as mãos de Elisa, pronta para contar toda a história.

Capítulo 10

— Por que todo mundo está triste? — Lucy perguntou depois de quinze minutos de completo silêncio entre o grupo durante o desjejum.

Os adultos se entreolharam.

— Não estamos tristes, meu amor. — Elisa limpou o leite contornando a boca da filha. — Fique quietinha e coma tudo, sim?

— Tudo bem. — Lucy entortou os lábios, nada convencida, porém obedeceu a mãe.

Estranho. Era assim que Louie se sentia na presença de Ada. A moça não o olhou uma vez sequer e não abriu a boca, exceto para um "bom dia" murmurado aos presentes no cômodo. O homem aprendeu que podia estragar toda uma relação com pouquíssimas palavras. Seu coração pesou, atingido pela falta do sorriso gentil da criada e de sua animação natural. De repente, toda a leveza que desfrutava naquela viagem se esvaiu.

— Podemos ir em Gyfer e Symin hoje, pois são bem próximas — Logan quase derrubou seu pedaço de bolo ao ouvir a voz de Adelaine —, assim acabamos logo e os senhores retornam aos seus afazeres.

Os olhos cinzas não estavam nele e sim no copo vazio sobre o prato dela.

— Ah! — ele murmurou, observando os pedaços minúsculos de frutas no bolo. — Sim, acredito que é uma boa ideia.

Mais um dia e fim. Não gostava da rapidez, porém julgava ser o melhor. Ponderou que Ada era uma boa moça, mas não valia tanto incômodo, apesar da dor latejando em seu peito o contradizer.

Logo os cinco saíram, e o clima fúnebre os acompanhou durante a caminhada até Gyfer, onde deveriam ficar e esperar o início da festividade. No entanto, os planos mudaram, pois Logan percebeu que a cidade pouco lhe acrescentaria. O povo daquela região — composto em sua maioria por comerciantes — era uma pequena parcela que sofria bem pouco com a pobreza. O que acontecia ao redor não parecia incomodá-los, seus privilégios os satisfaziam.

Em vista disso, seguiram rumo a Symin após o almoço. Logan caminhava ao lado de Adelaine, como de costume, porém a moça mantinha o olhar fixo ou na estrada ou na paisagem longe dele. Desejou ter Lucy ali para dissolver o clima denso; no entanto, a menina ainda estava cansada da rotina de viagens e adormeceu no colo de Gale. Sem escolha, mantinha-se calado, apesar dos pensamentos revoltos em sua mente.

Atrás deles, os outros dois adultos também tinham o silêncio como companhia durante o percurso até ali.

— Está brava comigo? — Gale mudou a situação.

— Por que razão eu me sentiria assim? — Elisa ergueu o olhar para ele.

— Pelo segredo.

— É seu trabalho. — Ofereceu um sorriso sutil. — Como poderia pedir para me contar algo que diz respeito ao seu superior?

— Então ainda somos amigos? — Havia ansiedade em sua voz.

Elisa conteve um sorriso maior ao notar isso.

— Não tenho certeza se desejo ser amiga do melhor amigo do príncipe. Ele não é confiável. Que garantias eu tenho de que o senhor se difere dele?

— O Logan é confiável — defendeu —, e eu também sou.

— Ele lhe contou o que disse à Ada ontem?

— Contou. E eu sei dos problemas dele com o pai e como isso por vezes sobrepõe sua sensatez. Há anos luto para controlar a ira dele, mas, de certa forma, compreendo-o. O rei partiu o coração da esposa e do filho, não é um tipo de dor fácil.

— Sou compassiva às dores dele; no entanto, elas não são desculpas para magoar a Ada. Minha amiga confiou nele, e você e eu concordamos que eles vinham construindo uma amizade, certo?

— Certo.

— E ainda assim ele foi um grosseiro!

— O Logan é um pouco impulsivo. — Gale soltou um suspiro. — Porém ele vai perceber o erro e se retratar com ela. Dou minha palavra.

Elisa fitou o rosto firme do homem e ponderou sua declaração.

— É leal como um cão — ela disse em tom jocoso.

— Não sou apenas responsável pela segurança dele, tenho o Louie como meu irmão mais novo. Sei que ele faria qualquer coisa pelo meu bem-estar e eu faria tudo pelo dele. Nos conhecemos com profundidade, e não há máscaras entre nós. Depois de mais de quinze anos de amizade, você aprende muito sobre as camadas de alguém.

— Sinto-me assim com a Ada.

— Então acredite em mim quando digo que o Logan é um homem bom, apenas um tanto perdido em meio às sombras do seu passado.

— O Soberano é excelente em soprar essas sombras para longe — a mulher divagou, pensando em sua própria vida.

— Sim, e creio que Ele fará isso pelo Louie em algum momento, ainda que necessite de dor. Esse assunto está sempre presente em minhas orações.

— Você é um bom amigo, Gale. — Dessa vez, Elisa lhe ofereceu um sorriso amplo e genuíno e ele retribuiu, contente por estarem bem outra vez.

Nem as festividades fizeram o brilho de Ada voltar, fazendo Louie se sentir culpado.

Será que sou igual ao meu pai e estrago tudo que toco?. Os pensamentos dele divagaram em certo momento, quando observou a moça sentada sozinha enquanto ele ouvia alguns moradores de Symin. Mais adiante estavam Gale e Elisa, a mulher supervisionando as brincadeiras de Lucy e o homem dividindo sua atenção entre elas e o príncipe.

— A Ada é incrível, não? — Uma voz feminina vinda de perto assustou Logan. Ele desviou o olhar de Adelaine para a mulher morena ao seu lado.

— Sim — deixou escapar um pequeno sorriso —, mas ao mesmo tempo ela me intriga.

— Ela já sofreu muito, mas isso a fortaleceu de alguma maneira. Às vezes guarda coisas só para si, porém isso acontece com qualquer um.

Logan desejou saber se a estranha também fazia parte do grupo rebelde, dada sua intimidade ao falar da loira. Entretanto, esse desejo trouxe à memória o rosto encharcado de Ada e sentiu uma pontada no peito.

— É, tem razão. — O homem escondeu as mãos nos bolsos, identificando-se com a descrição da criada. Havia sentimentos que mantinha guardados só para si.

— O senhor fez alguma besteira? — a mulher perguntou, assustando-o.

— Como assim?

— Ada lançou uns dois olhares ferozes em sua direção, parece querer esganá-lo. — Riu.

— É mesmo? — Voltou-se para Adelaine e a pegou virando o rosto rapidamente. Achou graça. — É uma possibilidade...

— Não seja bobo, peça desculpas.

— Não tenho certeza se fiz algo errado. — Cruzou os braços em frente ao peito. — Ela foi bem exagerada.

A mulher estreitou os olhos, analisando-o com algo que pareceu reconhecimento em suas íris. Logan começou a procurar rotas de fuga, como Gale lhe instruíra.

— Esse tipo eu conheço bem. — A desconhecida rolou os olhos, de repente parecendo brava.

— Desculpe, o que disse?

— Vocês homens adoram agir de maneira dúbia e esperam que as mulheres não se importem, mas quando nos chateamos usam essa desculpa de sermos exageradas. — Ela ergueu uma sobrancelha e fez um bico com os lábios.

Logan quis rir, tanto por alívio quanto por diversão.

— Não machuque o coração da Ada, pois ela é muito querida. — A syminiana colocou as mãos na cintura e Logan parou de sorrir. — Seja claro sobre o que sente e pronto.

— Não tenho sentimentos por sua amiga. — Logan fez uma careta de aversão à ideia. — A senhorita foi *bem* longe no raciocínio. Um verdadeiro exagero.

A mulher ergueu o queixo, ofendida.

— Por certo, isso é ótimo. Você não tem o mínimo jeito com as palavras — disse e se afastou para conversar com outros do grupo.

Estou cercado por gente maluca!, ele pensou, resolvendo ir compartilhar com Adelaine a conversa estranha, sem se importar com o clima entre eles. A loira ouviu tudo com expressão séria, porém Logan não se atentou aos sinais.

— A Selena é uma boa moça — Ada respondeu quando o relato cessou. — Os traumas dela com rapazes a fizeram ficar de olho nos que se aproximam de suas amigas.

— Felizmente ela está bem enganada nas suas impressões. — Ele espiou Selena conversando com uma senhora.

— Não acho que ela errou em tudo. — Ada se levantou, fazendo o príncipe dar um passo para trás por impulso. — Você não sabe mesmo usar as palavras, *Louie*.

— Ah, esqueça essa bobagem! Eu tenho minhas ideias e você tem as suas, não precisamos brigar.

— Não foi apenas isso que me magoou. — Ela abaixou o olhar, lembrando do jeito frio com que o homem negou a amizade entre eles.

Sobre aquilo Logan não tinha argumentos. Estava arrependido, mas ao mesmo tempo não conseguia pedir perdão. Raramente fazia uso dele. Adelaine o encarou de novo, esperando que falasse as palavras que ela precisava ouvir para deixar tudo para lá. No entanto, ele não disse. Pelo contrário, engoliu cada uma a seco.

— Céus! Você sabe como machucar alguém — Ada murmurou, passando por ele e se afastando.

A frase ecoou dentro da mente do príncipe, ricocheteando em memórias antigas até cair onde a havia escutado anteriormente. Sua mãe havia dito, mas direcionada ao seu pai, Callum.

A manhã seguinte nasceu e com ela veio a viagem de volta para Tyber. Logan pagou por lugares na velha carroça de um comerciante e assim pouparam esforços. Infelizmente, o carroceiro só os levou até Fytie e de lá precisaram seguir a pé. Ada indicou um atalho pelo bosque para chegarem logo.

O príncipe não havia dormido à noite. Sombras o atormentaram, especialmente quando percebeu que elas estavam dentro do seu coração. Com dificuldade, expôs aqueles sentimentos ao Soberano e o resultado foi um convencimento claro de sua situação.

Logan observou Ada caminhar alguns passos à frente dele e decidiu apressar-se para iniciar um diálogo. Era difícil admitir seu erro, dar razão à exortação severa da moça e ver seu pecado desnudado diante de seus olhos. Doía, porém era uma dor boa. Uma dor que representava o início de um processo de cura.

Quando chegou ao lado de Adelaine, percebeu que o rosto dela estava molhado, porém a moça o enxugou rápido ao notar sua aproximação.

— O senhor precisa de alguma coisa? — ela perguntou, fungando o mais discretamente possível.

— Estava chorando? — Ele tocou seu ombro, tomado pela preocupação. Eles pararam de andar e ela se afastou do toque.

Elisa e Gale trocaram um olhar e a mulher o convenceu a continuar andando com Lucy, a fim de darem certa privacidade para a discussão prenunciada.

— Não, não estava. — Adelaine coçou os olhos inchados no rosto vermelho. — Foi só uma coisa bem... bem boba. Um cisco, o vento. Culpa dele.

Logan sorriu de modo suave quando viu as bochechas dela se inflarem um pouco. Nunca tinha conhecido uma moça tão singela, livre de fingimento e segundas intenções. Não diria que era um anjo, porém foi o comparativo mais próximo que encontrou.

— *Bem* boba? — Ele se aproximou, e ela recuou um passo.

— É melhor ficarmos longe, não quero brigar. — Ela cruzou os braços e Logan suspirou.

— Ada, eu não sei fazer isso direito, mas... — Limpou a garganta e coçou a nuca. — Peço que me perdoe.

— O quê? — Ela o encarou em choque.

— Não reaja como se fosse um milagre! Assim ficarei muito ofendido — ele brincou, porém Ada não riu, apenas continuou fitando-o. — Bem — ele pigarreou outra vez —, perdoe-me por ter sido tão estúpido.

— E egocêntrico.

— Isso também. — Aproximou-se e dessa vez ela não recuou. — Minha resposta ao segredo que confidenciou deveria ter sido compaixão. Eu sinto muito pela perda dos seus pais, conheço essa dor e queria poder ter evitado a sua.

— Ainda dói — a moça balbuciou. Fazia tempo que não abria aquela parte do seu coração. A saudade havia sido sufocada pelo senso de dever, visto que só restava ela para cuidar de sua amada avó.

— Eu entendo. — Foi tudo que Logan disse e para Ada foi o bastante.

Um pequeno sorriso surgiu no rosto dela, junto com as lágrimas quentes. Logan as enxugou, fazendo-a fechar os olhos ao seu toque. Lembrou da avó repetindo aquele gesto nos dias de luto que pareciam infindáveis.

— Não posso mudar seu passado, Ada — Louie disse, ganhando a atenção das íris cinzas —, mas quero honrar a sua luta e a de seu pai.

— Como?

— Seu segredo está a salvo comigo, não arriscarei sua segurança e a de sua avó nem que custe minha vida. Eu não sei enxergar os outros antes de me enxergar, porém estou disposto a aprender e sei que uma excelente professora está na minha frente.

Ada sorriu, enrubescendo com o elogio. Sentia-se honrada só por isso.

— Essa história de ter coração é estranho. — Ele fez uma careta, levando a mão ao peito. Ela riu. — De verdade!

— Louie, não diga besteiras. Seu coração sempre esteve aí, contudo ele batia pelo propósito errado. Agora o Soberano lhe deu uma nova chance, faça o que Ele requer de você, permita-se ser guiado, e verá o verdadeiro sentido desse sangue real que corre em suas veias.

— Eu vou, promessa de coração. — O príncipe alcançou a mão esquerda dela e enlaçou seus dedos anelares.

— O que é isso? — Ada riu com estranheza.

— Dizem que há uma veia que parte do dedo anelar esquerdo até o coração. Minha mãe me ensinou esse gesto. É uma aliança entre corações dispostos a cumprir um mesmo propósito. Você irá me ajudar a ser uma benção para o nosso povo. Aceita?

— Isso parece um casamento. — Ela fez uma careta.

— A ideia a apavora? — Louie estreitou os olhos.

— Bastante. — Riu sem reservas, tranquilizando-o por ter sua espontaneidade de volta. Que tolo se sentiu por ser rude com uma criatura tão amável.

— Pois, minha doce amiga — ele se alegrou com o sorriso dela ao ouvir a palavra —, teremos um acordo tão importante quanto um casamento. Seja leal.

— Serei leal até o fim — disse solenemente.

— Então comece sua parte agora. Conte-me suas ideias para o nosso reino. — Logan a puxou pela mão para voltarem a andar e então apoiou os dedos pequenos em seu braço, amparando-a.

— Não tentará mais destronar seu pai à força e a qualquer custo?

— Depois de uma longa noite de oração e reflexão, creio que não é o que Deus deseja que eu faça. — Ele comprimiu os lábios, recordando as verdades trazidas à tona pelo Espírito acerca de seu plano e de seu próprio proceder.

Os dois foram conversando pelo caminho. Ao trocarem ideias *realmente* visando apenas o bem do povo, Logan percebeu que não era impossível abrir mão de um propósito pecaminoso por um genuíno. Sentiu-se grato ao Soberano por abrir seus olhos e por lhe dar Adelaine como auxílio.

Capítulo 11

Depois de uma considerável caminhada pelo bosque, o grupo avistou a casa de Adelaine, iluminada pelos últimos raios de sol.

— Temos um problema — Ada se dirigiu aos amigos. — Antes do Louie e do Gale irem embora, podemos contar a verdade para a vovó?

— Claro — o príncipe respondeu sem hesitar.

— Tem certeza? Assim, sem nenhum argumento contrário? — Adelaine ergueu a sobrancelha.

— Sim, sem reclamar. — Ele riu. — Não é mesmo correto guardar esse segredo de alguém tão importante e próxima a você. Contaremos agora, que tal?

Adelaine sorriu, aliviada por ele ter sido compreensivo.

— Acredito que sou desnecessária nessa reunião — Elisa disse e tomou a filha dos braços de Gale. — Melhor eu ir, não desejo atrapalhar.

— Seria bom a senhorita ficar também. — Logan comprimiu os lábios, recordando do modo distante com que passou a ser tratado por ela desde o dia anterior. — Desejo que saiba todos os detalhes.

— O senhor não me deve satisfações, Alteza.

— Devo, sim. Sei que não tem qualquer simpatia pela nobreza, porém gostaria de mudar isso. Pelo menos de minha parte. — Ofereceu um sorriso cortês.

— Vamos, Elly. — Ada estendeu a mão para a amiga e, depois de alguns instantes de hesitação, a mulher aceitou, segurando a mão da outra.

Eles entraram na pequena casa e encontraram Florence na sala, cosendo remendos em um vestido desgastado. Assim que os viu, levantou e foi correndo abraçar a neta.

— Que saudade! Como foi? Divertiram-se muito?

— Ah, bastante! Não é, Louie? — Adelaine sorriu para o amigo.

— Deveras. — Ele apertou os lábios, contendo o riso.

— O que houve? Por que voltaram tão cedo?

— Tivemos alguns... — Ada fez uma careta — imprevistos.

Florence estreitou os olhos.

— Minha senhora — Logan segurou a mão dela e a guiou até o comprido banco coberto por uma manta, temendo que a revelação a deixasse chocada demais —, preciso contar uma coisa.

— Que tipo de coisa?

Todos se acomodaram em volta da mulher de fios grisalhos, causando-lhe certa aflição. Logan começou:

— Não sou quem eu disse que sou. Pelo menos não exatamente. — Ele olhou para Ada, sentada ao lado da avó. — Meu nome é Logan e eu sou o príncipe deste reino.

Florence apertou os lábios em uma linha fina.

— Não queríamos enganar a senhora, vovó — Adelaine explicou, angustiada —, só era perigoso contar, compreende?

— A Ada não tem culpa — Logan disse. — Eu a obriguei a aceitar, intimidando-a com o trabalho. Não puna sua neta, por favor.

Florence respirou fundo e correu o olhar pelos jovens ansiosos diante dela.

— Eu sou velha, porém isso não tirou minha percepção. — A senhora ergueu a sobrancelha para Logan. — Sabia quem você era, mocinho, desde o início. Foi parte do motivo para deixar minha menina ir nessa viagem.

Os quatro se entreolharam, sem conseguir verbalizar a confusão que tomava seus rostos.

— Não importa se tirou a barba ou cortou o cabelo. Sempre vou reconhecê-lo, Alteza, é a versão masculina de sua mãe. — Florence tocou o rosto dele com carinho.

Os olhos de Louie marejaram sem sua permissão.

— Conheceu minha mãe?

— Sim, foi há vinte e três anos. — Sorriu para ele. — Ela estava grávida de você e, não sei se tem conhecimento disso, mas foi uma gestação muito difícil, principalmente nos primeiros meses.

Logan assentiu devagar, sabia bem que nada na vida da mãe fora fácil.

— Uma amiga trabalhava como criada no palácio — Florence continuou — e ela sabia que as mulheres da vila recorriam à minha receita secreta quando sofriam de enjoos, fazendo com que a notícia chegasse às damas de sua mãe. Assim, fui parar ao lado da rainha! — A senhora riu e levou os jovens a sorrirem. — Não hesitei em servir Vossa Majestade, sabia que era meu dever e fiquei honrada por isso. Ah! Sua mãe era a mulher mais gentil que já conheci, não parecia alguém da nobreza, era tão humilde e amava conversar enquanto eu estava em sua presença.

— Sim, mamãe era um tesouro. — Logan deu um sorriso custoso. A saudade doía como se a tivesse perdido naquele dia, não oito anos antes.

Florence apertou sua mão com carinho, reconhecendo o sentimento que dominava seu olhar. Ela continuou:

— Quando fui embora, sua mãe fez algo que não esperava. Eu havia comentado sobre o casamento do meu filho, que seria naquele fim de semana, e, como retribuição pelo alívio proporcionado por mim, ela presenteou minha nora com um belo vestido para o casamento e uma quantia de dinheiro s uficiente para fazermos uma festa, coisa que era apenas um sonho distante para nós.

Ada ergueu as sobrancelhas.

— Nunca me contou isso, vovó!

— Seu pai não gostava da ligação, mesmo que mínima, com alguém da realeza. — Ela suspirou. — Mas eu sempre guardei com carinho essa lembrança e, agora — afagou o rosto do príncipe —, consigo ver um pedaço daquela mulher diante de mim. Vejo a mesma bondade em você, Alteza.

— Eu também vejo. — Adelaine trocou um olhar significativo com o amigo, fazendo-o corar. — Não fique tímido! É tão bondoso quanto sua mãe, Louie, está descobrindo como agir e isso é muito louvável.

— Já que entramos nesse assunto — Florence franziu as sobrancelhas —, o que veio fazer de verdade aqui, querido?

— Quero ouvir o povo e ajudar com ciência do que realmente precisam. — Dessa vez a motivação era verdadeira. Ainda queria tirar o pai do trono, mas isso aos poucos se tornava secundário em sua mente. — As informações que tenho do palácio não são iguais a vir e ver. A senhora trouxe alívio para minha mãe e eu prometo trazê-lo para este reino. Sua vida irá melhorar, lutarei por isso.

— Sabia que não estava enganada! — Os olhos de Florence marejaram. — O auxílio que eu esperava do Soberano virá em breve! Oramos tanto por isso.

O coração de Logan ardeu de modo abrasador. Sentiu um claro direcionamento vindo do Senhor e estava disposto a segui-lo. Pelo Soberano e pelo povo.

Um resmungo vindo de Lucy atraiu os olhares, a menina se remexeu no colo da mãe, aparentando desconforto em seu cochilo.

— Oh, Elly! — Florence exclamou. — Coloque a menina no quarto da

Ada, deve estar cansada.

— Já vamos para casa daqui a pouco, vovó — Elisa respondeu com amabilidade. — Não se preocupe.

— Não vão, não! Quero todos aqui para o jantar, pois contarão cada detalhe da viagem.

A firmeza da senhora não deu outra alternativa à mãe a não ser obedecer a seu pedido.

— A senhora tem muitos netos — Gale brincou quando Elisa saiu.

— Em meu coração cabem todos os que precisam de uma avó para mimá-los. — O riso dela pairou pela sala e Logan sorriu em apreciação. — Sempre que vejo um jovem solitário, precisando de afago, minha alma fica aflita. Não resisto em abrir espaço, pois foi para amar que o Senhor nos chamou.

Logan sentiu o toque gentil de Florence sobre sua mão e não pôde negar que fazia parte dos solitários e carentes de afeto. Como se notasse seus pensamentos, a senhora o fitou, e ele ficou constrangido com o carinho que ela parecia dedicar-lhe.

— Sabe, querido — ela começou a falar —, você esteve em minhas orações desde que conheci sua mãe. Na verdade, os dois estavam.

— É verdade? — Seu cenho se franziu levemente.

— Decerto que sim. Depois que você nasceu, aquela amiga me contou sua situação. Era tão pequeno e frágil.

O príncipe assentiu, conhecendo as dificuldades que cercaram sua vida desde muito cedo.

Florence prosseguiu:

— Roguei ao Senhor que permitisse à rainha ter sua companhia por longos anos. Ela precisava de você, era tão solitária! E grande foi minha alegria ao saber que você resistiu, e sua mãe também.

— Ela foi muito forte, em todos os sentidos, mas não queria que tivesse precisado ser. — Um suspiro pesado saiu de Logan.

— Sente falta dela, é perceptível. — Florence lhe afagou o rosto outra vez. Os ombros do homem cederam diante da vulnerabilidade daquele momento.

— Queria que ela estivesse aqui — ele confessou.

— Imagino como ficou triste vivendo naquele palácio sem sua mãezinha.

— Muitíssimo. Estou cercado por diversas pessoas, mas ainda me sinto só na maior parte do tempo. — Encolheu os ombros. Fitando as íris azuis tão compreensivas de Florence e desejoso de não falar apenas de si, indagou: — A senhora ainda sente muita falta do seu filho?

— E como! E da minha nora também. — Um sorriso triste emoldurou seus lábios finos. — Mas Deus me deixou a minha doce Ada como consolo.

A neta abraçou sua cintura e repousou o queixo no ombro que tantas vezes lhe amparou. As mãos enrugadas alisaram os braços de Adelaine e o olhar amoroso trocado pelas duas cativou o coração do jovem príncipe.

— A vida não deve ser fácil para vocês — Gale, que ouvia tudo com redobrada atenção, comentou.

— Ah, meu querido, são tantas lutas! E foram muitas as ocasiões nas quais pensei que nos faltaria o sustento, no entanto, nosso Senhor proveu vez após vez.

— Ele sempre nos surpreende com tanto cuidado — Elisa, a qual regressara há certo tempo, concordou com a senhora. — Nem consigo imaginar o que seria de nós sem o Soberano.

Logan tornou a ser visitado pela dor do arrependimento. Florence, percebendo seu semblante abatido, indagou a razão, abrindo espaço para ele contar o que primeiro o motivara a estar ali.

— Sinto-me horrível por ter estado cego a ponto de não pensar primeiro em vocês, mas no meu ódio. — Ele meneou a cabeça, aflito. — Havia escamas em meus olhos e elas só caíram quando Ada expôs a situação.

— Agradeça pelo Senhor ter lhe mostrado a verdade. — Elisa lhe ofereceu um sorriso.

— Não poderia estar mais grato. Ele me salvou de uma atitude da qual me arrependeria para o resto da vida. Com a clareza de agora, não consigo entender como cogitei me unir a um golpe contra meu pai.

— O ódio faz isso, Louie. — Ada suspirou. — Já provei dele e sei que nos entorpece. Todavia, Deus é gracioso para iluminar nossas mentes.

Logan assentiu e decidiu não remoer mais aquilo. Pretendia avisar o pai sobre sua desconfiança a respeito do chefe da Guarda assim que voltasse ao palácio, sem esperar para ver os próximos passos do homem. Seu desejo era escolher o certo, mesmo que uma parte do seu coração ainda o quisesse enredar.

— Agora deixemos os assuntos tristes para trás. — Florence abanou a mão e abriu um sorriso alegre. — Contem-me sobre a viagem!

Os quatro passaram a narrar a experiência daqueles dias e assim deram continuidade a uma noite muito agradável.

Capítulo 12

— Evoluímos muito — Gale disse para Logan, saindo do quarto que dividiram e indo procurar as anfitriãs. — De hospedarias duvidosas e até o chão frio, para a adorável casa de uma senhora que nos enche de caprichos.

— Nunca pensei que teria um laço perdido com alguém do povo, mas a surpresa foi agradável.

— Está apreciando todas as atenções que a sra. Florence lhe dirige, não está? — provocou. — Ela amou você.

— Sabendo que ela ajudou minha mãe, me disponho a dar todo carinho possível para essa senhora. — Logan ergueu os lábios em um sorriso. — E deixar-me ser mimado parece fazer parte disso.

Ao chegarem à cozinha, encontraram avó e neta preparando a mesa para o desjejum. Surpreenderam-se diante do cuidado visto ali. Sobre a mesa havia um vaso de flores e folhas silvestres, as louças decoradas que Logan tinha notado na sua primeira vez ali agora estavam dispostas para eles e uma pequena variedade de alimentos compunha a refeição: queijo, pão, geleia, leite e um fumegante mingau com frutas, tudo em pouca, mas satisfatória, quantidade.

— Sra. Florence! — Logan se aproximou da mesa. — Por que tudo isso?

Decerto aquilo não chegava nem perto dos desjejuns que ele tomava no palácio; entretanto, já notara qual era a realidade dos camponeses, e para eles aquilo se assemelhava a um banquete.

— Já acordaram? Ah! Sentem para comermos. — Florence indicou a mesa com um sorriso caloroso.

— Senhora — Louie tomou as mãos dela entre as suas —, não deveria ter feito tanta comida.

— É uma ocasião especial! Quando terei novamente a chance de receber convidados tão ilustres na minha humilde casa?

— Pelo visto, a Ada puxou a personalidade da senhora. — Ele riu e cedeu ao pedido dela, tomando um lugar à mesa.

— Minha cama foi confortável o bastante para Vossa Alteza? — Adelaine cruzou os braços.

— Poderia ser melhor. Talvez mais comprida, já que meus tornozelos ficaram pendendo para fora do colchão.

— Os meus também ficaram. — Gale soltou um risinho enquanto enchia um copo com leite.

— Não é nossa culpa se os dois cresceram mais do que deveriam. — Ada ergueu o queixo.

— Penso ser o contrário... — Logan caçoou.

A moça tentou tirar a fatia de pão da mão dele, mas o homem ficou de pé, fazendo-a dar pulos para tentar alcançar o braço erguido.

— Parem de travessuras! — Florence repreendeu, segurando o riso, o que o ruivo nem tentou fazer. — Ada, vá levar o pão da Elisa antes que fique tarde.

Essa fala fez a loira parar de pular e fitar a avó com os olhos arregalados.

— O que foi? — A senhora cruzou os braços. — Não demorará nada.

— Ah, eu... — Seus dedos se entrelaçaram agitados. — Tenho que lavar roupas hoje, antes que os dias de sol vão embora.

— Pode fazer isso depois de comer.

— Mas ficarei cansada se for até a Elly.

— Adelaine!

— Mande outra pessoa. — As irís cinzas recaíram no guarda. — O Gale pode ir, ele nem gosta de desjejum. Estou falando a verdade, não é, Gale?

— Sim... — O homem inclinou a cabeça.

— Faria esse favor para mim? — Ada sorriu com ansiedade.

— Sem dúvidas. — Ainda estranhando, ele levantou da mesa enquanto terminava seu leite.

— Perdão, querido, não sei o que deu nessa menina. — Florence lançou um olhar severo para a neta. — Não precisa fazer isso.

— Fique tranquila, senhora, irei com prazer, pois não é um sacrifício ver aquelas duas. — Gale exibiu um sorriso.

— Pode aproveitar e ver se a Elisa precisa de ajuda! — Ada sugeriu e ignorou o espanto da avó. — Há sempre tarefas que carecem de uma mãozinha masculina.

— É uma ideia excelente! — O homem ergueu as sobrancelhas. — Vou perguntar a ela.

Florence entregou o pão fresco embrulhado em um pano e Gale saiu para cumprir sua incumbência.

— Que atitude nada hospitaleira, Adelaine! — a senhora repreendeu quando os três ficaram a sós. — Ensinei-a assim?

— Não, vovó. Perdão. — Ela abaixou os olhos para seu copo.

— Tudo bem, apenas não repita. Entendido?

A moça assentiu e a avó se deu por satisfeita, mudando sua atenção para a comida. Logan dirigiu um olhar interrogador para Adelaine e ela respondeu com um que dizia "conversamos depois", e, como logo Florence iniciou uma conversa, ele não insistiu. Na verdade, qualquer assunto se tornou insignificante quando a senhora tocou no seu tópico favorito: Agatha.

Ada mais observou do que falou, porém isso não lhe foi custoso. O modo como Louie brilhava ao ouvir sobre a mãe aquecia o coração da amiga e, a cada palavra afetuosa que ele usava para descrevê-la, uma conexão se estabelecia entre eles sutilmente, graças ao amor dedicado àqueles que partiram, deixando-os cheios de saudade.

Ao fim da refeição, Ada ajudou a avó a limpar a mesa e depois seguiu para recolher as roupas que lavaria no rio. Estava colocando seu avental no cesto de palha junto com as outras peças quando ouviu batidas na porta de seu quarto.

— Olá. — Logan cruzou os braços. — Podemos conversar agora?

— Sobre qual assunto? — Piscou os olhos devagar.

— Coisinha miúda, não se faça de desentendida.

— Certo, tudo bem. — Aproximou-se dele. — Diga-me, você também percebeu como o Gale e a Elisa estavam próximos ontem? Principalmente quando nós dois ficamos brincando com a Lucy, eles não desgrudaram e o assunto parecia interminável!

— Sim, reparei, mas o que isso tem a ver com mandá-lo até lá hoje?

— Quando fui dormir, fiquei pensando como eles formariam um casal excelente! Todavia, lembrei que daqui a dois dias você e o Gale irão embora e não haverá mais encontros para eles desenvolverem sentimentos.

— Sabendo disso, aproveitou a chance de enviar meu amigo até sua amiga com a missão de sua avó — completou.

— Exato. — Ela esfregou as mãos na saia do vestido. — Foi uma ideia ruim? Tomei uma decisão insensata?

— Muito pelo contrário, miúda! — Logan segurou os ombros dela com um sorriso aberto. — Foi genial! Eu não poderia ter feito melhor.

— Você deveria ser a parte racional aqui e me dizer que não posso interferir na vida de nossos amigos.

— Se for errado, cometeremos um erro juntos, pois não faria diferente.

— Ah! — Ada bateu a mão na testa. — Essa resposta não foi nada tranquilizadora.

— Olhe, então aqui vai uma resposta melhor: não estamos fazendo nada além de produzir oportunidades para o amor. Se continuarmos sem nos intrometermos diretamente, tudo ficará bem. O máximo que acontecerá de diferente do esperado é eles esquecerem um ao outro quando se separarem.

— Certo, tem razão. — Suspirou. — E por que quer tanto unir os dois? Eu torço pela estabilidade e pelo cuidado que um casamento traria à Elly, mas e você?

— A mãe do Gale está enfadando o pobre homem com sugestões de arranjos nada favoráveis. Ela quer tanto que ele se case e lhe dê netos que a qualquer momento declinará os critérios para uma boa esposa só para alcançar tal objetivo.

— Coitado do Gale!

— Sim, sim. Ele é cabeça dura e não está nada aberto a ceder às súplicas da mãe, mas sei que a mulher certa o faria mudar de ideia.

— Engraçado, poderia jurar que você ficaria do lado do Gale nas recusas de um casório. — Ada exibiu um sorriso zombeteiro.

— Seu julgamento é errôneo. Sou um homem que aprecia os laços matrimoniais, pois sei que há diversas bênçãos em dividir a vida com a pessoa ideal.

Ela foi pega de surpresa com a resposta e não conseguiu esconder um sorriso de aprovação.

— E por que não se casou ainda, Altezinha? Sei que todas as solteiras da Corte e até de outros reinos dariam tudo para ser sua esposa.

— Estou esperando alguma delas conquistar esse precioso coração. — Piscou.

— Ah, é um romântico! Que adorável! — Ela ergueu a mão para apertar sua bochecha, porém ele se esquivou.

— Deixe de bobagens. — Revirou os olhos. — Não sou sensível.

— Ah, aí está a face turrona! *Homens.* — Ada estalou a língua.

— O foco aqui é nossa missão de unir o Gale e a Elisa, não nos distraia.

— Missão de *proporcionar momentos favoráveis,* lembre-se dos limites! Corações são delicados e foram feitos para serem protegidos, não manipulados.

— Sim, Capitã Miúda. A senhorita quem manda. — Logan sorriu, evidenciando a covinha.

Ada balançou a cabeça e bateu de leve na aba do chapéu dele.

— Aí estão vocês! — Florence apareceu atrás do homem. — Ada, meu amor, melhor ir logo, o céu está um tanto nublado, pode chover a qualquer hora.

— Estou indo! Culpe o Louie por me atrasar, é um tagarela — gracejou, ganhando um estreitar de olhos dele.

A moça se certificou de ter tudo que precisava e se despediu dos dois, sumindo depois de virar o estreito corredor.

— Quais são seus planos, querido? — Florence perguntou.

— Nenhum.

— Seria um incômodo grande demais me ajudar com a limpeza? Quero mover alguns móveis para deixar tudo bem limpo, porém sempre fico com dor nas costas pelo esforço.

— Não me incomodo! Será um prazer ajudá-la.

Com um sorriso grato, Florence o conduziu para a sala e começou a dar as instruções. Logan não teve dificuldade em afastar os móveis, porém a tarefa se tornou um tanto desgastante quando, depois de ter limpado todo o chão, a senhora o solicitou para auxiliá-la na disposição final dos móveis. O príncipe nunca tinha visto uma senhorinha mais indecisa! E depois de erguer e reerguer cada peça da mobília, foi difícil não ficar ofegante.

— Cansou? — Florence se preocupou.

— Cansaço? Não! Estou ótimo. — Forçou seu melhor sorriso, ignorando o suor escorrendo em suas costas. — Deseja mudar mais alguma vez?

— O que você acha? — Colocou as mãos na cintura e examinou o espaço. — Será que esse armário ficaria melhor do outro lado da sala?

Logan fitou o mais pesado dos móveis e umedeceu os lábios.

— Parece bom, a luz reflete bem nessa parede, realça os detalhes da madeira.

— Ah, é verdade. — Ela balançou a cabeça. — Meu filho quem fez esse armário, não é lindo?

— Com certeza. E bem resistente também.

— Muitíssimo! Bom, creio que está tudo perfeito agora. O que acha de tomar uma água fresca?

— Por favor. — Seu tom saiu mais exaurido do que pretendia e arrancou uma risada de Florence.

— Depois vamos fazer as tortas para o festival! — Ela enlaçou o braço dele com o seu, guiando-o até a cozinha. — Deixo você comer o restinho do recheio, é um bom pagamento?

Logan concordou com a cabeça e, apesar do cansaço, não se arrependeu de dedicar tempo àquela senhora doce e amável.

Um uivo mais forte do vento atraiu o olhar de Louie para a janela da cozinha.

— A Ada está demorando — observou, voltando-se para Florence, que terminava de abrir a massa para as tortas.

— Aposto que se distraiu no caminho. Ela é um pouco avoada às vezes.

— Posso ir procurá-la.

— Sim, é uma boa ideia. — A senhora espiou o céu, com o cenho franzido. — Para chegar ao rio basta seguir a trilha nos fundos, ela deve estar pelo caminho a essa altura.

— Fique sossegada, logo estamos de volta. — Logan segurou a mão dela a fim de tranquilizá-la e a senhora assentiu.

Vestindo seu casaco, saiu da casa e seguiu pelo caminho indicado. Não andou por mais de quinze minutos e já avistou Adelaine parada no meio da trilha, com a cesta de roupas em mãos e o rosto voltado para as árvores acima. Ela era um ponto azul e branco no meio das folhagens em tons sóbrios de verde e alguns toques laranjas. O céu cinza aparecia espaçado entre as copas e dava um ar melancólico para o ambiente.

Devagar, Louie se aproximou e percebeu que a moça estava de olhos fechados.

— Ada? — chamou baixinho, porém ainda assim a moça se sobressaltou. — Desculpe.

— Eu demorei muito? — Ela fez uma careta.

— Um pouco.

— Acabei me distraindo na volta, fisgada pela majestade e paz deste lugar. — Indicou as árvores ao redor.

— O que estava fazendo antes de me notar?

Ada abriu um sorriso amplo.

— Vou lhe mostrar. Apenas feche os olhos e fique quietinho.

Logan hesitou em seguir as instruções, porém acabou por ceder diante do rosto vermelho da moça, brilhante pela animação.

— Pronto. — Ele fechou os olhos.

— Agora preste atenção no vento...

— Está bem agitado hoje.

— Sim — ela riu um pouco —, mas só aprecie o toque dele na sua pele e escute os barulhos ao redor. Não pense em mais nada.

Logan suspirou e tentou obedecer. No começo foi muito difícil fazer sua mente aquietar-se, mas depois de alguns minutos começou a sentir a leveza e a paz envolvendo-o. O toque da brisa era frio, porém não de um jeito desconfortável, e uma melodia se formava com o som das folhas chacoalhando, o canto dos pássaros e o curso das águas do riacho.

— Consegui.

— Ótimo. Agora vem a melhor parte! Aproveite toda essa calmaria para orar.

— Orar?

— Sim. Apenas deixe seu coração dizer o que precisa.

— O que você vai dizer?

— O que estou sentindo agora. Pense no que tem preenchido seus pensamentos e seu coração nos últimos dias e converse sobre isso.

Logan fez uma análise a respeito. Esperou olhar para dentro de si e ver sentimentos escuros e pesados, dos quais costumava fugir; no entanto, surpreendeu-se ao encontrar muita alegria, afeto e propósito. Fazia tempo que suas memórias não eram recheadas de mais coisas boas do que ruins. Sua mente deixou de parecer um lugar do qual ele queria escapar.

Senhor, o que mais eu poderia fazer agora além de lhe agradecer?, a oração fluiu sem dificuldade, como há muito não acontecia. *Os últimos dias só podem ser um presente. E eu tenho certeza de que não o merecia. No entanto, prometo não desperdiçar o que fez por mim e tentar tornar meu coração um lugar menos rodeado de ódio e mais de bem.*

O homem se calou e ficou desfrutando daquele momento. Da brisa, da música que a natureza criava e do ardor em seu peito. Era como ter estado longe do seu lugar favorito por tempo demais e então voltar e lembrar do que o fazia ser tão bom. Podia sentir no mais íntimo do seu ser a presença de Deus pulsando e lembrando-o o que ele perdia ao ficar longe.

— É bom, não é mesmo? — A voz calorosa de Adelaine o levou a abrir os olhos.

— Bom parece pouco. — Ele sorriu para a moça, que concordou com uma risada. — Faz tempo que não tenho um momento assim com o Senhor. Lembro-me de apreciar sentar à beira do lago perto do palácio para orar e ler Sua palavra.

— E o que mudou?

— Não sei bem o quê. Há alguns anos tenho me sentido em um vale coberto de névoa. Posso estar presente em todos os cultos, mas algo não está certo. Acredito que tentei fugir de encarar o fardo sobre meus ombros e por isso me afastei de um contato íntimo com o Senhor.

— Não há como ter um fardo leve e um jugo suave se não *for* até o Senhor. É esta a chave, Louie — Ada disse e ele ponderou suas palavras. — Não se afaste de Deus por ter sentimentos escuros rondando seu coração, leve a Ele e deixe Sua luz curar o que precisa ser curado.

Logan balançou a cabeça em assentimento, guardando aquele conselho.

— Podemos ficar mais um pouco aqui? — ele perguntou.

— Hum... — Ada olhou para a direção de casa e depois para o amigo. — Mais alguns minutos, que tal? Vovó virá ela mesma nos buscar se demorarmos.

— Não tenho dúvidas. — Ele riu.

Eles se sentaram em um velho tronco caído ali perto e se mantiveram em silêncio, a atenção nos próprios pensamentos e na paz do lugar. De algum modo, gostaram de estar ali juntos, ainda que sem trocar palavras.

Em certo momento, Logan observou o perfil da moça e contemplou seus olhos fechados e o sorriso suave nos lábios, como se ela estivesse escutando uma música agradável. Todavia, a chegada de uma convidada repentina lhe roubou a atenção: uma libélula pousara sobre o lenço nos cabelos de Ada. Ele registrou a cena em sua mente para desenhar em seu diário depois, julgando ser bela demais para não o fazer.

— Tem medo de insetos, coisinha miúda? — perguntou.

— Depende do inseto. — Ela abriu um olho, porém não se moveu. — Por quê?

— Uma libélula, no seu cabelo.

— Não tenho medo. — Ela franziu o nariz ao dizer isso e Louie deu risada.

— Eu tiro, fique tranquila. — Ele aproximou o dedo do bicho bem devagar e conseguiu atraí-lo. Mostrou para Ada. — Pronto.

— Ah, ela é fofa! — Tentou tocar, porém o bicho voou. — Poxa.

— É muito afobada, miúda. — Logan levantou e ela o seguiu. Começaram a caminhar de volta para a casa da moça.

— Não sou afobada! Nem miúda! — Ada inflou as bochechas e seu amigo sorriu com a cena. — Qual a graça?

— Nenhuma. — Comprimiu os lábios ao notá-la ajeitar a cesta de roupas nos braços. — Parece pesada.

— Não muito.

— Deixe que eu carregue. — Ele não deu tempo para protestos, tomando a cesta em seus braços; Ada balançou a cabeça e sorriu pela atitude.

Logan encarava o caminho a frente, mas não por muito tempo, pois logo a moça já estava saltitando para a beira da trilha ao ver algum vislumbre de coelho. O jeito como ficava empolgada com eles era irresistível demais para não se olhar. Na verdade, Logan achava muitas das coisas que ela fazia graciosas demais para passarem despercebidas.

— Como você consegue ser assim? — ele perguntou quando ela voltou para perto.

— Doida por bichinhos? Ah, veio com o nascimento!

— Não isso. — Uma risada estremeceu o seu peito. — Estou falando de como consegue viver desse modo *alegre*. Sua vida não é fácil.

— Não vejo como seria mais proveitoso viver resmungando e irritada com tudo e todos. Não sou cega às dificuldades que me cercam, porém os dias são mais que horas ordinárias e enfadonhas numa vida ordinária e enfadonha, sem qualquer perspectiva de mudança.

— Você já acorda pensando nos coelhinhos que verá a caminho do trabalho? — gracejou.

— Não, acordo na maioria dos dias pensando em como queria mais cinco minutos de sono. — Deu de ombros com um sorrisinho. — E depois de conseguir despertar melhor, vou vivendo minha vida e tentando não desperdiçar as coisas boas. É bem mais fácil viver quando se nota as bênçãos e alegrias, e não só os enfados.

— Creio que depois de passar tanto tempo com a senhorita, voltarei diferente para casa.

— Menos carrancudo? — Ada provocou.

— Talvez. — Ele deu um meio sorriso.

Os dois logo chegaram na casa da moça e depois de Ada estender as roupas, entraram e foram recebidos por uma Florence aliviada.

— Está ficando frio! — ela disse após fechar a porta. — Melhor acender a lareira.

Adelaine bateu a mão na testa ao ouvir isso.

— Acabou a lenha, vovó. Percebi quando saí mais cedo.

— Céus! Os dias foram mais frios do que o Anthony previu.

— Quando ele vem de novo?

— Depois das festividades.

— Certo, sem problemas, vou cortar mais lenha eu mesma. — Ada suspirou e tirou o avental que usava.

— *Você* vai cortar lenha? — Logan observou a figura baixinha de cima a baixo.

— Os gravetos queimam rápido demais, é o único jeito. — Deu de ombros e saiu de casa, sendo seguida pelos dois.

— Filha, melhor pedir ajuda a algum vizinho... — Florence opinou.

— Eu consigo! E todos estão ocupados com a festa, não vamos incomodar.

A moça partiu para os fundos e continuou sendo acompanhada por Florence e Louie. Eles a observaram pegar o machado e levantar com dificuldade uma das toras de madeira empilhadas à espera de serem partidas.

Ada percebeu a presença deles e olhou por cima do ombro. Deu um sorriso falso e ajeitou a ferramenta em mãos. Hesitou, ponderando o peso dela. Ergueu o machado e quase o deixou cair atrás de si.

— Pelo amor do Soberano, me dê isso aqui. — Logan interveio, tomando o objeto da mão dela. — Daqui a pouco seu sangue jorrará pelo gramado.

— Você sabe cortar lenha?

— Já fiz isso muitas vezes no treinamento militar — murmurou em resposta. — Um bom rei é um bom soldado, não sabia?

— Pensei que havia passado sua vida regalando-se no palácio. — Ela fez uma careta assim que terminou de falar. — Oh! Eu...

— Sei que quis dizer exatamente isso, poupe-nos das desculpas.

— Mas não deveria ter dito!

— A questão é que não está de todo errada, aproveitei meus luxos muito bem. Agora se afaste.

Ada obedeceu e ficou observando junto com a avó as ações do homem. Ambas não esconderam a surpresa quando ele atingiu a madeira com precisão.

— Você tem mais habilidades secretas? — Ada indagou num gracejo.

— Precisará me conhecer para descobrir, srta. Sallow. — Logan abriu um sorriso de canto e ela não pôde conter um revirar de olhos, apesar de certo rebuliço dentro de si.

Florence chamou a neta para entrar e ajudá-la a terminar as tortas, e, enquanto mexia o recheio, os olhos da jovem se mantiveram na janela da cozinha, pois não conseguia desviar a atenção do homem trabalhando lá fora.

Com um leve sorriso preso nos lábios, Gale entrou na casa das Sallow, bem a tempo de ver uma cena curiosa desenrolando-se. Logan estava sentado ao lado de Florence, fazendo caretas enquanto ela limpava um corte em sua mão.

— O que houve? — O guarda se aproximou, temendo que alguém tivesse ferido o príncipe durante sua ausência.

— Estava cortando lenha e acabei me machucando um pouco, nada grave — Logan tranquilizou.

— Cortando lenha? — Gale encarou aquela ideia com estranheza.

— Era isso ou a nossa amiga Ada estaria fatiada agora.

— Quanto exagero — a moça resmungou, passando uma tira de tecido para a avó enfaixar a mão dele.

— Prontinho, corte limpo e curativo feito. — Florence deu um beijo no lugar do ferimento.

— Vovó, ele não é criança. — Ada balançou a cabeça. — É mimado, mas ainda um homem.

— Oras, adultos também precisam de carinho e afagos, filha. — Florence voltou-se para o príncipe, que a encarava como se a mulher fosse um ser angelical ou algo parecido. — O que foi, meu querido?

— Nada demais. — Abaixou o olhar ao ser flagrado.

— Não fique tímido! Venha aqui. — A senhora segurou seus ombros, puxando-o para perto, e ele cedeu ao abraço. — Você é meu netinho também, o adotei em meu coração.

Logan riu, porém abraçou Florence de volta, sentindo o afago maternal dela em suas costas. Era quente e aconchegante, como o de sua mãe.

— Como foi a visita à Elly? — Adelaine perguntou para Gale.

— Tranquila. — Ele se sentou com um suspiro. — Fez bem em sugerir que eu oferecesse ajuda, ela precisava de alguns reparos.

— Conversaram muito? — Logan perguntou ao se afastar de Florence. Gale franziu o cenho e riu um pouco.

— Uma quantidade normal de conversas.

— Ah — Ada resmungou baixinho.

— Está decepcionada? — O guarda achou graça.

— Hum? Decepcionada? Não, de modo algum.

— É mesmo? Pareceu que sim. — Estreitou os olhos para a moça, que arregalou os seus e balançou a cabeça.

— Acho que está chovendo — Louie comentou despretensiosamente.

— Ah, sim! — Adelaine foi até a janela e apontou para as gotas caindo atrás dos vidros.

— Os jovens estão cada dia mais estranhos! — Florence elevou as mãos, sem entender as entrelinhas do comportamento deles.

Capítulo 13

A madrugada transcorreu chuvosa, mas o domingo amanheceu com um sol pálido entre as nuvens e foi motivo de comemoração para Adelaine quando saíram para o culto. As manhãs dominicais pareciam sempre mais bonitas para a moça, e seu rosto brilhava ao cumprimentar os irmãos quando chegaram na pequena capela.

Logan se sentou entre Florence e Ada em um dos desgastados bancos de madeira. O templo em nada se parecia com a exuberância dos vitrais coloridos e assentos estofados da capela do palácio, porém ele se sentiu confortável ali. Durante os cânticos, as orações e a singela pregação, desfrutou do mesmo renovo vivenciado entre as árvores no dia anterior. Sua alma cansada parecia enfim encontrar o descanso do qual sentiu falta.

Ao fim da liturgia, os presentes permaneceram do lado de fora conversando antes de regressarem para casa.

— O culto foi maravilhoso, não foi? — Ada se dirigiu a Louie. Os dois estavam sentados no topo dos degraus que levavam à igreja, apreciando os brandos raios solares.

— Com certeza. Ele fez parte dos momentos que me levam a crer que Deus me trouxe aqui para mais do que pensei.

— Para trazer você de volta a Ele? — Ada deu um sorriso doce.

— Sim, e me fazer ver que estar longe da Fonte faz minha fé e esperança definhar.

— Que gracioso ser alvo de um amor que não desiste nunca de nós.

As palavras dela pairaram na mente dele. *Não desiste nunca.*

— Acha que alguma coisa poderia mudar esse amor? — ele perguntou.

— Não.

— Nada?

— Qual tipo de coisa você tem em mente?

Logan desviou os olhos para as próprias mãos e tocou o curativo feito por Florence. Sua mente foi sugada para memórias lúgubres e ele pôde sentir uma sombra familiar aproximar-se de modo sorrateiro.

— Louie? — Ada tocou seu ombro com um vinco de preocupação entre os olhos. Sentiu o corpo dele tremer sutilmente quando se virou para ela. — O que foi?

— Nada, não foi nada. — Forçou um sorriso. — Esqueça o que eu disse.

— Se você quiser conversar sobre algo...

Suas palavras foram interrompidas pela chegada de Lucy, e um curto suspiro de alívio saiu do príncipe.

— Olhem o que encontrei! — A menina mostrou algumas pedrinhas brancas. — Tem um monte perto do lago.

— Mesmo? Por que não me mostra? — Logan sugeriu, e Lucy logo agarrou sua mão.

Adelaine tombou a cabeça para o lado, curiosa a respeito do que o amigo escondia.

— Olá! — Elisa se sentou perto dela, atraindo sua atenção.

— Elly! — Ada a apertou em um abraço lateral. — Queria falar com você.

— Sobre qual assunto?

— Estava pensando em tentar arranjar uma vaga para você no palácio.

— No palácio? — Elisa arregalou os olhos.

— Não posso dar certezas; na verdade, estava pensando em chorar um pouco na frente da sra. Blake, nossa superior. — Fez uma careta, arrancando uma leve risada da outra. — Talvez o Louie possa falar com ela, não sei.

— Fico feliz só de você tentar. — Apertou-lhe a mão.

— Vamos dar um jeito, prometo. — Seu tom era decidido. — Mas agora me conte, como foi a visita do Gale ontem?

— Muito proveitosa. Lembra aqueles reparos que você iria pedir para o Anthony fazer quando viesse vê-la? Não precisa mais pedir, o Gale já consertou tudo ontem.

— Ah, é mesmo?

— Foi uma benção! Ele tem sido tão bom para mim que até me deixou um pouco... confusa.

— Confusa? — Ada tentou manter o rosto sereno.

— Não sei ao certo, acho que fiquei um tanto encantada. Faz um tempo que nenhum homem de caráter se aproxima de mim e de repente o Gale surge e nos damos bem dessa maneira.

— Deram-se bem, é? — Cutucou-a com o cotovelo.

— Quis dizer que somos amigos, controle sua imaginação.

— Foi você quem disse estar encantada. — Ada riu.

— Sim, mas encantamentos são passageiros. — Elisa ajeitou alguns cachos soltos atrás das orelhas. — Eu não devo perder tempo com fantasias.

— Por que se apaixonar seria uma fantasia? Você é uma mulher maravilhosa! Qualquer homem seria um grande sortudo por tê-la como esposa.

— Ah, Ada, você é gentil demais. — Elisa forçou um sorriso, abraçando a amiga.

— Não fale como se minhas palavras fossem ingênuas.

— Apenas bondosas ao extremo, mas a realidade difere muito.

— Ainda acho que está enganada!

— Deixemos esse assunto de lado, tudo bem? — Seu olhar suplicava e, por isso, a amiga cedeu.

Florence se aproximou das duas e convidou Elisa para ir almoçar com elas, o que foi aceito de bom grado. Enquanto seguiam para casa, Ada remoeu a conversa com Elisa e se sentiu ainda mais encorajada a tentar promover uma chance nova para a amiga.

Adelaine não era o tipo de mulher casamenteira, ela preferia respeitar todos os limites do bom senso quando se tratava de questões do coração. No entanto, tinha Elisa como uma irmã, e o vislumbre de um possível enlace entre ela e um homem bom como Gale a fez abrir uma exceção para suas próprias regras.

Foi movida por isso que, enquanto todos estavam sentados no jardim da frente, ela decidiu pôr em prática o que sua pequena cabeça loira vinha tramando durante o almoço.

— Vovó — ela chamou, em uma brecha de silêncio entre as conversas —, a senhora não tem uma coisa para a Lucy?

— Ah! Verdade, filha. Havia me esquecido por completo. — Florence sorriu para a menininha curiosa. — Você disse na sexta que sua boneca estava com frio, não foi?

— Ela ainda está. — Lucy mostrou os braços desnudos da boneca de pano.

— Pois eu achei alguns tecidos velhos e costurei um casaquinho para sua bebê. Será que ela vai ficar melhor agora?

— Sim! — Lucy saltou do banco com o brinquedo apertado contra si.

— Quero ver.

— Venha, deixei lá no meu quarto.

A senhora segurou a mão da menina e as duas entraram em casa. Adelaine conteve uma comemoração pela primeira parte do plano ter dado certo.

— Vocês mimam muito a Lucy — Elisa disse com bom humor. — Não sei como agradecer por dedicarem tanto carinho à minha pequena.

— Como se fosse difícil amá-la. — Logan ergueu as sobrancelhas, e a mulher assentiu com um sorriso orgulhoso.

— Acabei de lembrar de algo também! — Ada disse antes que perdesse o controle da situação. — Preciso resolver uma coisa lá dentro.

— O quê? — Logan indagou e, se estivesse a sós com a moça, com certeza receberia um olhar afiado.

— Não faça perguntas, Altezinha. Ao invés disso, venha me ajudar.

— Mas eu...

Logan não teve tempo de terminar de falar, pois Adelaine segurou seu pulso e o arrastou consigo, deixando os outros dois sozinhos.

— O que houve? — ele perguntou quando chegaram à sala.

— Lembra da nossa missão? — Ada cochichou como uma verdadeira espiã.

— Proporcionar momentos favoráveis?

— Isso! Estou tentando dar algum tempo de conversa privada a nossos amigos. — Ela espiou pela janela, onde podia ver os dois, depois encontrou o olhar de Logan sobre si. — O que foi?

— Nada. — Sua covinha apareceu. — Podemos acompanhar o desenrolar dessa artimanha?

— Parece ir além dos limites. — Ada mordeu o lábio, lançando outra espiada na janela.

— Vejo como uma inevitável supervisão dos avanços estratégicos. — Piscou.

Adelaine riu da desculpa esfarrapada, mas deixou sua própria curiosidade falar mais alto e guiou o amigo até o pequeno espaço debaixo da janela, onde sentaram no chão, as costas apoiadas no baú da sala de estar, onde Florence guardava lençóis, toalhas e roupas de menos uso. Eles se escolheram para não serem vistos, ombros colados um no outro.

Do outro lado da parede, Gale e Elisa nem imaginavam serem "supervisionados".

— Que esquisita essa saída repentina. — Ela encarou Gale, quebrando o silêncio. — O que aconteceu com eles?

— Nem me pergunte. — O guarda ergueu as mãos.

— Ah! — Elisa cobriu a boca e arregalou os olhos. — Será que nossos amigos estão apaixonados? Andam sempre juntos!

Gale fez uma careta involuntária. Seus instintos lhe diziam que as atitudes nada sutis dos amigos tinham outro significado, um que o deixaria constrangido caso viesse à tona.

Já a dupla de espiões não ousou trocar o mínimo olhar diante daquele comentário, escondendo um do outro as bochechas vermelhas.

— Não gosta da ideia? — Elisa cruzou os braços.

— Não sei o que pensar sobre isso. — Gale riu um pouco.

— A Ada é uma mulher excelente, sabia? Seu amigo seria muito afortunado.

— Entendeu-me mal, Elly, não estou desdenhando da Adelaine. Apenas conheço o Logan bem o bastante para notar quando ele estiver apaixonado. Na verdade, seria difícil passar despercebido pelos olhos de qualquer um!

— Então permaneceremos curiosos. — Ela suspirou, aceitando o mistério.

Gale observou o rosto dela, estava sereno enquanto fitava as árvores diante deles. Alguns cachos fugiam do coque baixo que ela usava com frequência e delicadas pintas eram vistas aqui e ali sobre a pele marrom. Desceu os olhos para o vestido azul-escuro, as mangas estavam com remendos nos cotovelos e era um pouco mais curto do que deveria. Apesar disso tudo, ele a julgava dona de uma espécie de elegância no trato, era firme, mas também dócil e bem-humorada.

— Por que me observa? — Elisa perguntou de súbito e ele precisou dominar suas reações para manter a expressão tranquila.

— Estava conferindo se sua visão lateral é boa.

— Essa foi uma perfeita resposta de militar — ela brincou e virou o rosto para ele.

— Um dia serei chefe da Guarda, preciso treinar.

— Quer ser chefe? É um objetivo excelente! — Elisa deu um sorriso empolgado e, de algum modo, aquilo fez o coração de Gale aquecer.

— Estou dando meu melhor para alcançar essa meta.

— Vou colocar seu sonho nas minhas preces, tenho certeza de que se for o que o Senhor tem para você, se realizará.

— Obrigado, senhora. — Ele sorriu, tornando os olhos verdes mais brilhantes.

— Nunca fui casada, não precisa me chamar de senhora. — Elisa umedeceu os lábios e abaixou o olhar.

— Por que está envergonhada? — Gale repousou a mão sobre a dela, em um gesto de consolo.

— Meu passado é tenebroso demais.

— É um passado perdoado?

— Sim, Deus sabe como me arrependo de ter infringido suas leis. — O tremor em sua voz fez Gale apertar seus dedos.

— Então você está limpa e purificada de uma vez por todas.

Elisa ergueu a cabeça e encontrou as feições despreocupadas do amigo. Com sinceridade, confessou:

— É tão difícil lembrar disso quando o mundo lhe trata como se você estivesse quebrada de modo irremediável. As palavras afundam em seu peito e começam a parecer verdade. — Um grunhido dolorido escapou dos lábios dela. — Sou novamente assombrada pelo meu passado sempre que penso ter superado.

— Caso deseje desabafar, estou disposto a ouvi-la sem julgamentos.

Ao perceber o rumo que aquela conversa levaria, Adelaine arregalou os olhos e se virou de súbito para Logan. O assunto era extremamente sensível para sua amiga e não poderia permitir que alguém ouvisse sem ela saber.

Num gesto impulsivo, ela levou as mãos às laterais do rosto de Logan, tapando seus ouvidos.

— Não pode escutar isso — ela disse sem emitir som. — Desculpe.

— Sem problemas — ele respondeu de forma silenciosa também e não esboçou qualquer resistência; pelo contrário, cobriu as mãos da moça com as suas. — Não ouço nada.

Adelaine conteve uma risada e assentiu devagar. Os dois ficaram se encarando por um instante longo demais antes de fugir das iris um do outro e fitar pontos aleatórios da sala.

Elisa contemplou os dedos de Gale sobre os seus e se sentiu à vontade, sentimento que há anos não associava a um homem. Tomou coragem e, sem encará-lo, começou a contar:

— Conheci o pai da Lucy de forma inesperada, ele era um comerciante itinerante. Numa de suas visitas a Tyber, nos apaixonamos, ou eu me apaixonei sozinha, acredito mais nessa última alternativa. Tudo no nosso relacionamento sempre foi desajustado. Quando estávamos juntos eu não sentia cumplicidade, entende? Não tínhamos conversas bobas e rotineiras, não nos encontrávamos só para conversar, compartilhar dilemas ou rir juntos. Era como se o tempo todo ele só me visse como um corpo para usar e todas as nossas interações acabavam girando em torno de atração e afins. Eu queria que as coisas fossem diferentes, queria um companheiro que também fosse meu amigo, mas estava enredada demais na lábia dele e no que sentia quando estávamos juntos para sair dali.

A mulher parou por alguns instantes, falar sobre aquilo ainda esmagava certas partes do seu coração.

— Até que descobri que ele era casado e tudo acabou. — Os lábios dela se contorceram. — Ele havia mentido e feito promessas de nos casarmos logo, entretanto suas palavras se mostraram enganosas. Tudo ficou pior quando, poucas semanas depois, eu soube que estava grávida e meu mundo desabou por inteiro. Decidi lhe contar sobre a gravidez na esperança de ter algum suporte, mas é claro que ele me enxotou e ameaçou de todas as formas para seu caso não chegar aos ouvidos da esposa. Meu pai me acolheu desde o início e tentei seguir em frente, porém sempre voltava a me sentir suja e fadada ao sofrimento.

— E então você foi resgatada pelo Senhor, fazendo qualquer julgamento humano cair por terra? — Gale perguntou e Elisa conseguiu olhá-lo, encontrando um sorriso sutil nos lábios do homem. Retribuiu como um reflexo.

— Sim — ela deu uma leve risada, percebendo como a misericórdia recebida era poderosa o bastante para silenciar as mentiras —, o Senhor apareceu e me mostrou que eu era amada sobremaneira e que Ele possuía perdão para mim. A partir do momento em que fui achada, meu coração foi sendo curado das mágoas e feridas, e todos os sermões ouvidos por mim durante anos, sem realmente recebê-los no meu interior, viraram meu ponto de refúgio. Aprender sobre meu Salvador mudou o que parecia uma existência fadada ao fracasso, e a fé que ganhei me deu esperança de um porvir cheio de vida, com lágrimas enxugadas e a companhia eterna dEle.

— Sua conversão e sua confiança no Senhor o glorificam, percebe? — Gale colocou a mão áspera dela entre as suas. — Não há mais motivo para vergonha, é uma nova criatura e pode usar a obra dEle em sua vida para levar outros a louvá-Lo. Invalidar o perdão concedido por Deus é um meio do inimigo nos cegar para a obra divina sendo feita em nós. Não dê ouvidos aos falatórios, apegue-se ao que o Senhor diz sobre você.

Elisa recebeu as palavras dele como um bálsamo em sua alma cansada, pedindo ao Senhor que firmasse mais sua fé.

— Você tem razão, Gale. — Ela sorriu e encostou seu ombro ao dele de leve. — Acredita que é o primeiro homem com quem sou vulnerável em todos esses anos? Nunca acreditei que conseguiria abrir espaço para um amigo outra vez.

— Que honra tremenda! E uma grande responsabilidade — disse com o peito estufado. — Tomarei cuidado para não desperdiçar isso.

Os dois trocaram sorrisos e talvez permanecessem perdidos nos olhos um do outro caso um espirro perto demais não roubasse suas atenções.

— Mas o que... — Gale inclinou o corpo para a janela atrás de si e mal pôde acreditar na presença de Adelaine e Logan ali.

— Ada? Louie? — Elisa ficou de pé, os olhos arregalados. — Estavam escutando nossa conversa?

— Ouvir uma conversa às escondidas? — Logan soltou um riso incrédulo. — Que ideia mais absurda!

— Na verdade, eu pretendia mostrar uma coisa para o Louie. — Adelaine tentou manter a calma.

— No chão? — Elisa duvidou.

— No baú, Elly! — Riu como se a amiga tivesse contado uma piada. Ela abriu a tampa de madeira e tirou um ramo seco de lavanda. — Ele ainda não tinha visto o truque infalível da mamãe. Olhe só, Altezinha, as roupas não ficam cheirosas?

Logan pegou o vestido branco que Adelaine lhe estendia e aspirou o aroma, fazendo uma genuína expressão de deleite ao sentir o cheiro floral.

— Bom — Ada tomou a peça de volta de modo apressado, desnorteando o amigo —, agora vamos indo. Continuem sua conversa secreta e na qual não somos bem-vindos!

Fingindo chateação, ela levantou e puxou o príncipe consigo, saindo com passos firmes e deixando um Gale e uma Elisa perdidos para trás.

Capítulo 14

A noite de domingo chegou mais depressa do que esperavam e com ela o encerramento do Festival da Colheita, além da última noite de Logan e Gale entre os camponeses, pois partiriam cedo na manhã seguinte. Ambos estavam em frente à casa das Sallow, ajudando Florence a guardar as apetitosas tortas e a pequena mesa onde as exporia para venda.

— A Ada vive atrasada — Florence reclamou, olhando para o céu em crepúsculo, depois chamou pela neta: — Vamos, Adelaine!

— Estou pronta, vovó. — A moça saiu de casa amarrando desajeitadamente o lenço na nuca.

— Ah, minha menina, tire isso, é uma festa! — A senhora caminhou até ela.

Adelaine tentou se afastar, porém Florence foi mais rápida e retirou o tecido branco da cabeça da neta. O corpo da senhora tapava a visão de Logan e ele esperou com estranhamento a cena terminar. Quando ela se afastou, revelou uma Ada tímida ajeitando os cabelos soltos atrás das orelhas.

Por alguns segundos, Logan emudeceu. Nunca tinha visto uma moça tão bela na vida e quis saber como sua companheira de viagem tinha se transformado num estalar de dedos. Os cabelos loiros prateados caíam em ondas até o meio das costas e sobre o busto dela. O vestido marrom simples de costume foi trocado por um verde musgo com um franzido delicado de renda branca contornando o decote reto.

Com os cabelos livres em volta do rosto ruborizado e as feições doces e inocentes, Logan poderia jurar que, caso a encontrasse na floresta num anoitecer iluminado como aquele, pensaria estar diante de uma fada ou outro ser místico existente apenas nos livros. Sob os primeiros raios do luar, a figura pequena cintilava. Suas íris cinzas flagraram o observador, porém Logan não conseguiu parar de olhá-la.

— Algum problema, Louie? — Ada perguntou.

— Você está linda! — ele disse com espanto, fazendo Florence e Gale abafarem uma risada.

— Por que disse isso como se fosse algo impossível? — A moça abriu a boca, incrédula. — Que insensível! Muito, muito insensível.

— Não! — Logan corou diante da má interpretação. — Disse isso pois você sempre está tão simples e hoje se mostra... surpreendente.

— Sei. — Ela soltou o ar e começou a andar em direção à carroça.

Logan se adiantou e segurou sua mão, ajudando-a a subir, depois se sentou diante dela, ao passo que Gale tomou o assento ao lado de Florence e esta iniciou o caminho até a praça.

— Desculpe, Ada, fui bastante rude, admito. — Louie ofereceu um sorriso arrependido e isso desfez a expressão emburrada dela. — A senhorita já era esplêndida, tornou-se ainda mais.

— Suspenda os galanteios, Altezinha.

— Odeia meu charme irresistível, não é mesmo? — provocou, desejoso de arrancar uma risada dela. E conseguiu. — Agora me conte, por que esconde seus cabelos? Nunca os tinha visto soltos, apesar de serem lindíssimos.

— Ah — ela ajeitou uma mecha atrás da orelha —, é porque quando eu era pequena as crianças zombavam de mim, diziam que eu era uma velhinha, por causa do tom grisalho das sobrancelhas e dos cabelos. Guardei isso comigo e passo a maior parte do tempo escondendo-os a fim de evitar comentários desconfortáveis.

— Essas crianças eram malucas. — Logan rolou os olhos.

— Louie! — Ada riu. — Pare de falar asneiras.

— Ada, seus cabelos são lindos. Combinam tanto com o resto de você, um encaixe perfeito.

— Obrigada. — Um sorriso tímido adornou seu rosto.

Logan esticou a mão e pegou uma mecha entre os dedos, brincando com os fios ao mesmo tempo que apreciava a miscelânea de tons de cinza, desde os mais fechados ao quase branco, formando um loiro enigmático quando unidos aos reflexos dos escassos fios amarelados.

— Sabe o que me lembra? — ele disse de repente. — A lua.

— Como? — Adelaine ergueu as sobrancelhas.

— Sim! — Logan riu de seu raciocínio e endireitou o corpo. — Sabia que você me lembrava algo, agora sei o que é. Parece que você foi banhada no luar.

Adelaine balançou a cabeça, porém não pôde evitar um sorriso.

— Definitivamente, é isso. — O príncipe inclinou a cabeça e registrou a imagem em sua mente. Ali, sob a lua cheia, teve certeza de que não estava louco. Ada tinha uma beleza quase mágica.

— Pare de me encarar, é constrangedor. — Ela cobriu o rosto com as mãos, levando-o a rir. — Nada envergonha você?

— Foi apenas um elogio, Ada. — Logan afastou as mãos dela. — E ele é a mais pura verdade.

Os olhares deles se encontraram e Ada sentiu algo diferente se mover dentro de si. Desviou a atenção para a estrada num gesto apressado.

— As luzes do luar devem estar confundindo você. Não sou tudo isso.

— Se pessoas lhe disseram falácias, cabe a um amigo desmenti-las! — Ele revirou os olhos, indignado. Ada sorriu ao vê-lo defendê-la. A atitude a lembrou de seu pai e parecer-se com ele era uma virtude de grande valor. — Gale, diga à Ada que estou certo.

O ruivo, que não vinha prestando tanta atenção na conversa deles, virou-se e forçou seu cérebro a lembrar o tema da discussão.

— Ah! — A clareza lhe alcançou. — Sim, ela ficou bonita com os cabelos soltos.

— Está vendo? — Ada cruzou os braços. — Isso é um elogio normal e sem exageros.

— O Gale não possui o mínimo de criatividade! Falta leitura na vida dele.

— Ou você anda lendo demais — Gale retrucou.

— Sra. Florence — Logan mudou de fonte —, sua neta não recebeu uma dádiva de beleza extraordinária?

Adelaine gargalhou ao ouvir essas palavras.

— Sempre digo isso, mas essa boba não acredita. — Florence soltou o ar com desgosto. — Querido Louie, me ajude nessa missão.

— Vocês dois são muito...

— Sábios? Verdade! — Logan interrompeu a amiga. — Nunca mais se esconda, o mundo perde demais.

— São apenas cabelos — Ada disse, julgando aquele assunto fútil.

— Não, trata-se de sua confiança. — Louie tomou a mão dela entre as suas. — A senhorita me ajudou a limpar algumas manchas do meu entendimento, e espero que me deixe limpar algumas do seu. Sua aparência é obra de Deus e um reflexo de quem você é por dentro, essa luz brilha em demasia, não a esconda.

Adelaine engoliu em seco, a mão que estava entre as dele se encontrava tão quente quanto seu coração ao ouvir aquilo. Florence olhou por cima do ombro e sorriu ao ver a cena. Ali estava uma dupla que, segundo seus instintos, iria para além daquele outono.

Enfim eles chegaram à praça da cidade e Louie soltou a mão da moça, descendo junto com Gale para descarregarem a carroça. Ao saltar também, Adelaine aspirou o ar frio do anoitecer, como se essa ação pudesse conter o calor em seu peito.

Sobressaltou-se ao sentir alguém puxar uma mecha de seus cabelos e por um instante pensou estar na infância outra vez, sendo incomodada pelos meninos irritantes. Contudo, ao virar-se encontrou o rosto amigável de Elisa.

— Você soltou os cabelos! — A amiga segurou seus ombros. — Finalmente! Está radiante esta noite.

Ada riu e olhou para Louie a alguns metros dela.

Se ele escutasse a Elly, eu estaria enredada outra vez em seus gracejos, ela pensou com divertimento.

— Tenho uma boa notícia! — Elisa atraiu a atenção dela. — A sra. Jones pediu minha ajuda para vender sidra com ela hoje e prometeu me dar uma parte dos ganhos. Será um adendo à quantia que já tenho e nos aliviará por mais algum tempo.

— Mas essa é uma notícia maravilhosa! — Ada apertou o braço da amiga. — Eu poderia dançar de tanta felicidade.

— Logo mais poderá. — Elisa riu.

— Venha, vamos contar aos outros.

— Espere — segurou sua mão —, preciso lhe perguntar uma coisa antes.

— Diga, minha amiga.

— O Logan não ouviu *mesmo* a minha conversa com o Gale? Preciso saber, pois o assunto era meu passado.

Adelaine se compadeceu da angústia da amiga e foi acometida pela culpa de ser a causadora dela.

— Não ouviu, juro pela nossa amizade.

— Ótimo, não é algo que quero espalhado pelo mundo, ainda que não seja de todo um segredo.

— Fique tranquila.

— Vocês dois têm se portado de modo tão esquisito ultimamente, até escutando conversas às escondidas estão!

— Estávamos vendo as lavandas — corrigiu e tentou não rir diante da expressão incrédula de Elisa.

— Está apaixonada por ele? — Havia toques de entusiasmo em seu tom de voz.

Adelaine alisou os cabelos sobre seu busto, lutando para não transparecer insegurança ao responder:

— Louie e eu somos uma dupla, parceiros, amigos e apenas isso! Estamos juntos numa aliança, sabia?

— Aliança me lembra casamento — Elly opinou, causando rubor na outra.

— Eu sei, eu sei. — Estalou a língua. — Mas a nossa é uma aliança entre corações.

— Ainda parece bastante romântico.

— É uma união de propósitos!

— Como eu digo isso... — A morena ergueu uma sobrancelha em descrédito.

— Elisa! Estamos juntos pelo povo de Lyria! — Ada disse e pigarreou ao perceber alguns olhares das pessoas mais próximas. Sussurrando, continuou: — Esqueça essa ideia, pois não há nada mais fantasioso no mundo do que uma plebeia ser escolhida por um príncipe como esposa.

— Conheço algumas histórias verídicas...

— Vamos, Elly, temos que contar a boa-nova, lembra? E olhe ali, a sra. Jones já está arrumando sua mesa, apresse-se.

Elisa riu com gosto das ações da amiga, no entanto, não a provocou mais e depois de falar com os amigos, seguiu para ajudar a sua generosa vizinha.

Durante o tempo em que Lucy se entretinha com Logan e Gale, Adelaine auxiliava a avó nas vendas e vice-versa, permitindo assim que todos se divertissem. Aquela com certeza foi para Louie uma das melhores noites dos últimos tempos e ele só conseguia sentir gratidão, exatamente o que movia a festividade. O Soberano ainda reinava sobre tudo e provia sustento e alegria para os Seus filhos. Isso bastava para seguir em frente.

Logan acordou na manhã seguinte com um incômodo no nariz, porém manteve os olhos fechados, embebido em sono. Esfregou o dorso da mão no rosto e virou para o outro lado, mas logo voltou a ter o mesmo desconforto. Um tanto irritado, ergueu as pálpebras com dificuldade e encontrou um par de olhos grandes, um amontoado de sardas desvanecentes e um sorriso arteiro bem próximo de seu rosto.

Em meio a um resmungo, cobriu a face intrusa com sua mão, empurrando-a para longe o mais delicadamente possível.

— Cuidado, vai esmagar meu nariz! — Ada murmurou com a voz abafada pela mão de Logan.

Ele retornou o braço para junto de si e ela riu da expressão carrancuda.

— Bom dia, Vossa Alteza dorminhoca, gostaria de levantar e tomar um copo de leite quente com pão antes de ir embora?

— O que... — O homem parou de falar ao ver o objeto usado para torturá-lo girando entre os dedos da moça. — Usou sua pena da gratidão para me importunar? Isso deveria ser considerado imoral!

— Já acorda sendo dramático, impressionante! — Ada estalou a língua. — Balancei o senhor várias vezes, porém parecia um túmulo e tudo que me restou foi essa medida drástica.

— Acredito. — Lançou um olhar estreito para Adelaine, ao mesmo tempo que se sentava na cama.

— É melhor se apressar, o Gale já acordou.

Logan olhou para a cama vazia ao seu lado e depois para a amiga. Não queria admitir, porém seu coração estava pesado.

— Deixarei você se arrumar — Ada disse —, estamos lhe esperando.

Ele assentiu devagar e pensou ter visto o mesmo sentimento que experimentava nas feições dela.

Ao ficar sozinho, vestiu o casaco e calçou as botas, depois conferiu se todas as suas coisas estavam guardadas na bagagem e seguiu até a cozinha, onde encontrou Florence, Ada e Gale sentados à mesa. A senhora o saudou com um sorriso cheio de afeto e o fez sentar-se, servindo-lhe em seguida um copo de leite morno e um pedaço de pão. O gosto de ambos pareceu diferente ao homem naquela manhã; na verdade, até o clima estava menos aconchegante.

Os quatro terminavam o desjejum quando batidas na porta soaram em seus ouvidos. Adelaine foi atender e se animou ao ver Elisa e Lucy, levando-as à cozinha.

— Essa menininha me acordou bem cedo hoje — Elisa disse, olhando para a filha em seu colo. — O que você queria fazer, Lucy?

— Dar um abraço nos titios — sussurrou com voz tristonha.

— Isso é demais para o meu fraco coração. — Logan levantou e tomou a menina nos braços. — Sentirei sua falta, pequenina.

— Você é o príncipe mais bonzinho do mundo. — Ela envolveu o pescoço dele. — Não quero que vá embora, não vamos nos ver nunca mais.

Logan soltou um suspiro. Daria tudo para poder continuar convivendo com as novas amigas, porém sabia que a relação seria malvista pelos demais moradores e até perigosa para elas. Cabia a ele aceitar a ruptura, pelo menos enquanto as coisas não melhorassem no reino.

— Nunca perca as esperanças, mocinha. Podemos, sim, nos ver outras vezes.

— Vou pedir para o Papai do Céu. — Lucy lhe dirigiu um sorriso e o coração dele se tornou mais leve.

— Excelente ideia!

— Acho melhor me despedir também. — Elisa deu de ombros, um pouco mais conformada que a filha. — Foi um prazer imenso conhecer vocês — intercalou o olhar entre os dois homens — e descobrir que Lyria não está perdida em mãos egoístas para sempre. Além disso, nossos dias de viagem foram muito divertidos e me lembraram como é estar feliz. Significou bastante, de verdade.

— A senhorita é uma mulher excepcional e uma companhia muito agradável. — Louie estendeu a mão e Elisa a apertou, com um sorriso amigável que nunca imaginou dirigir ao Príncipe de Lyria.

— A senhora está chorando, vovó? — Lucy questionou, atraindo os olhares para Florence, a qual enxugava o rosto discretamente.

— Ah! — Logan colocou Lucy no chão para abraçar a senhora. — Não chore, vai partir meu coração ainda mais.

— Eu vou sofrer de saudades! — Sua voz saiu abafada pelo peito dele.

— Mal consigo imaginar como viverei depois de conhecer alguém tão amorosa, sábia e dona dos melhores abraços do mundo.

— Não me faça chorar copiosamente, querido.

Ele se afastou e segurou o rosto dela, enxugando suas bochechas com os dedos. Olhar para Florence fazia seu peito apertar, no entanto, não trocaria aqueles dias em sua presença pela estabilidade de suas emoções. Ainda que se despedir doesse, havia aprendido com a mãe que amar significava se expor, e quando o amor era dividido com as pessoas certas, até a dor valia a pena.

— Tenha coragem, meu menino — Florence aconselhou, fitando com firmeza as íris castanhas. — Não tema as adversidades, continue confiando no Senhor e obedeça às ordens dEle, ainda que todos estejam contra você.

Mantenha-se fiel e íntegro. Minhas orações por você continuarão inalteradas.

— Obrigado. — Ele assentiu com a cabeça, memorizando as palavras dela.

— Podemos ir? — Gale conseguiu a atenção de Logan. O maxilar do guarda estava cerrado e seus olhos fitavam o chão.

— Vai se arrepender caso não se despeça.

— Odeio despedidas.

— Diz "até logo", tio ruivinho. — Lucy se apoiou em seus joelhos. — Despedidas também são muito malvadas, mas um abraço faz doer menos.

— Você só tem 6 anos mesmo? — Gale segurou suas mãos pequenas.

— Sete na primavera! — Lucy deu pulinhos.

— Tudo bem. Admito que sentirei saudades de todas vocês. — Ele a abraçou e ofereceu um sorriso a Florence e outro a Elisa, demorando-se mais na última.

— Agora precisamos mesmo ir. — Logan suspirou ao pegar suas coisas.

Gale assentiu e os dois saíram da casa, seguidos pelas mulheres. Florence deu um abraço no guarda, depois outro no príncipe.

— Adorei todas as nossas conversas — Gale cochichou para Elisa enquanto a senhora apertava Louie.

— Eu também. Obrigada por me ouvir e dizer palavras tão especiais.

— É um prazer poder lembrá-la de quem você é, Elly.

— Sentirei sua falta. É triste não podermos manter nossa amizade.

— Nada é impossível. Além do mais — inclinou-se um pouco em direção a ela —, a senhorita ainda me deve uma dança.

— Caso nos encontremos em outra festa, prometo conceder seu desejo.

— Agora precisarei fazer acontecer.

Ela fitou seu rosto despreocupado e riu, duvidando daquilo.

— Até daqui a pouco, Ada. — Logan apertou a mão da criada e, aproximando-se de seu ouvido, disse em tom provocativo: — Pense em deixar um pouco dos seus cabelos à mostra, não fará mal a ninguém, coisinha miúda.

— Ah! Como você é irritante! Esqueça isso e vá para casa. — Ada o enxotou, produzindo uma gargalhada nele.

Os dois homens acenaram em despedida uma última vez e seguiram pelo caminho no bosque, sem vislumbrar os suspiros saudosos das mulheres. Caminharam em silêncio por boa parte do percurso, relembrando os aprendizados e belezas dos dias que se passaram, até Gale romper o silêncio, atraindo a atenção do amigo:

— Não se gabe, aviso de antemão...

— Prometo. — Louie exibiu um sorriso sarcástico.

— Estou orgulhoso de suas atitudes recentes.

Logan parou de andar e arregalou os olhos de forma exagerada.

— Ah, pare com isso! — Gale riu e o empurrou para voltar a caminhar. — Não sou tão rígido com você.

— É um pouco.

— Apenas o indispensável. Mas o importante é que você percebeu a necessidade de mudar e agora um novo Logan está surgindo.

— Que radical. — O príncipe achou graça. — Porém não está errado. Sinto-me renovado e pronto para fazer tudo pelo povo; afinal, o rei nem sequer merece minha atenção. De agora em diante, não perderei mais tempo com ele. A indiferença é o melhor tratamento para pessoas desse tipo.

Gale notou a dureza no rosto do amigo e pediu ao Senhor que a mágoa o deixasse, trazendo cura por completo ao seu coração.

Não demorou para chegarem ao palácio. A construção imponente pareceu estranha a Logan, ainda que tenha vivido a maioria dos seus 23 anos ali. Os jardins ao redor já estavam movimentados e, quase de forma inconsciente, o homem desviou os passos para a ponte sobre o lago, tomando o caminho mais discreto.

— O que dirá ao rei? — Gale perguntou quando pisaram no interior do palácio, sendo envoltos pela abundância de dourado, o brilho impecável no piso e o requinte provido pelos vasos, lustres e esculturas que decoravam o saguão.

— Eu...

— Logan! Gale!

Os dois viraram ao mesmo tempo e encontraram Callum descendo as escadas em direção a eles, os passos firmes ecoando pelo espaço. Logan nunca admitiria, mas seu coração disparou.

— O que aconteceu com vocês? Vi os dois vindo pela ponte e precisei olhar por vários instantes para ter certeza de que eram os mesmos que saíram daqui.

Apenas naquele momento eles lembraram de suas aparências. Encararam-se, desnorteados.

— Sete dias passam mais devagar do que imaginávamos, Majestade. — Gale fitou o rei. — Mudar um pouco pareceu uma boa ideia.

— Uma navalha e o ócio deixaram vocês assim? — Callum fez uma careta.

— Si...

— Não devemos satisfação ao senhor — Logan interrompeu o amigo. — Vamos, Gale.

Ele recomeçou a andar, porém a voz do pai o parou:

— O chefe Elliot está morto.

Um zumbido cruzou os ouvidos do príncipe e ele se forçou a ficar diante do pai outra vez.

— O que disse?

— Descobri que o homem que comandava a Guarda Real se tratava de um traidor e a pena foi aplicada: a forca. — Sua voz era fria como pedra e causou um arrepio na espinha do filho. — Mas não posso deixar de me perguntar se já sabia da índole dele. Ou pior: será que você não era um de seus aliados?

Havia um brilho preocupante nos olhos do rei e a mente de Gale trabalhou agitada, procurando formas de inocentar o amigo.

— Sabe quão angustiante é temer que meu próprio filho esteja envolvido no planejamento de um golpe contra minha vida?

— Não o mataria. — Logan engoliu em seco.

— Não tenho tanta certeza. Sei que adoraria reinar em meu lugar e o apoio militar o ajudaria muito.

— Posso detestá-lo das formas mais cruas possíveis — o filho se aproximou mais, a face a centímetros do rosto do pai —; no entanto, tenho temor a Deus e assassinato faz parte das coisas que O desagradam. Não, eu não gosto de você, mas também não é por minhas mãos que cairá, *Majestade*.

Callum manteve a atenção em Logan, lendo suas expressões e tentando acreditar que dizia a verdade. Odiava a ideia do desprezo vindo da sua prole ser grande a tal ponto.

— Sua mãe ficaria bastante decepcionada se...

— Não fale dela! — Logan ergueu o dedo em riste.

— Você sabe que estou certo.

— Acredite, eu a conhecia mais do que você para saber o que a agradava. — Um sorriso sem humor contornou seus lábios. — E, não, não mancharia minhas mãos e desonraria todos os ensinamentos dela. Vou repetir: eu não tinha absolutamente nada a ver com o Elliot!

O peito de Logan subia e descia de forma desajustada e precisou se esforçar para não vacilar diante do pai. A ciência da decepção que causaria em sua mãe por apenas *cogitar* aplicar um golpe contra o pai espremia seu coração.

— Vou lhe dar um voto de confiança — Callum disse por fim, percebendo que sua estratégia de citar Agatha fora bem-sucedida. — Espero não me arrepender, e saiba que estarei atento a seus passos.

— Aconselho a ficar atento a seus "amigos", não a mim. Com licença.

Logan seguiu em direção aos quartos, deixando o pai e Gale para trás. Precisava ficar sozinho e recorrer ao Senhor para acalmar seus sentimentos antes que perdesse a compostura.

— Bom — Callum pigarreou, atraindo a atenção de Gale —, não pegaram nada?

— Como assim?

— A caça. Não pegaram nada?

— Ah! — Ele forçou seu melhor sorriso. — Acabou se tornando mais como uma semana de distração entre amigos. Fez bem para nós dois.

— O Logan gosta bastante de você.

— É recíproco. E por isso posso confirmar que ele está sendo sincero com o senhor.

— Espero não ser traído por mais ninguém. Já soube que seu pai é o novo chefe da Guarda?

— Verdade? — Gale não pôde evitar a animação na voz e conseguiu provocar um sorriso sutil no rei. — Pode confiar até sua vida nas mãos do meu pai. Ele nunca trairia o senhor.

— O James tem um bom caráter, deveria tê-lo colocado no comando desde o início.

— Majestade, me permite dizer algo?

— Claro.

— O Soberano deu um livramento grande ao senhor, não deixe de pensar a respeito disso.

Callum ergueu uma sobrancelha, ponderando a fala do jovem.

— Talvez Ele esteja do meu lado, no fim das contas. — Foi sua resposta.

Gale duvidava muito disso, porém apenas sorriu e fez uma reverência, como seu pai lhe ensinara a fazer diante de uma discordância com o rei.

— Preciso ir — Callum disse —, vá ver se seu amigo não está tendo um ataque ou algo do gênero.

O guarda assentiu e tomou a direção seguida por Logan; contudo, parou ao ouvir uma voz familiar quando passou em frente ao salão comum. Seu sangue ferveu ao reconhecer o tom de desdém do sr. Clarke, responsável pelo infortúnio de Elisa. Levou a mão à maçaneta, desejoso de entrar no cômodo e fazer o homem se arrepender de ter cruzado com a moça, mas, antes de abrir, teve uma ideia aparentemente mais cautelosa.

Seguiu para o quarto de Logan a passos largos e encontrou o amigo estirado na cama, deleitando-se com a maciez dos sofisticados lençóis.

— Louie — chamou ao chegar perto dele —, eu sei como punir o Clarke.

— Vamos cortar em quantos pedaços? — Sentou-se com um sorriso de canto.

— Ele está aqui, deve ter vindo visitar um dos amigos. Pensei em termos uma conversa com ele.

— Você está mais pacificador do que eu lembrava.

— Sem brincadeiras, preciso que me contenha, não atice.

— Certo, certo. — Ergueu as mãos em frente ao corpo e se levantou. — O que vamos fazer?

Gale explicou sua ideia e, depois de algumas sugestões de Logan — sugestões essas sem sangue —, eles partiram para a ação. Trocaram de roupa para estarem mais apresentáveis e seguiram para a sala privada do príncipe, depois de mandar um criado avisar ao sr. Clarke que Vossa Alteza desejava vê-lo.

O senhor chegou à presença real adornado por um sorriso, satisfeito com a honra daquele encontro.

— Como vai, Clarke? — Logan cumprimentou após a reverência pomposa do homem.

— Muito bem, Alteza. — Ele passou os dedos pelos ralos fios grisalhos e endireitou a postura.

— Gostaria de saber uma coisa.

— Claro, se puder responder, farei sem hesitar!

— Possui uma empregada chamada Elisa Miller?

Clarke demonstrou surpresa diante da pergunta e respondeu com estranheza:

— Até alguns dias, sim.

— E o que aconteceu?

— Eu a despachei.

— Por qual motivo? — Logan se esforçou para manter a sobriedade.

— Ela era uma incompetente, Alteza! Não sabia acatar as ordens de seu superior, uma perfeita insubordinada.

Gale respirou fundo, controlando a vontade crescente de corrigir o homem com suas próprias mãos.

— É mesmo, Clarke? — Logan perguntou, observando o amigo de soslaio.

— Sim! E fiz questão de compartilhar a má índole dela com meus conhecidos. Nenhum deles merece uma mulher como aquela entre seus serviçais, apesar de ser um deleite para os olhos.

As últimas palavras dele foram o estopim para Gale. Com agilidade, se aproximou do homem e o colocou contra a parede.

— Não ouse falar da Elisa — avisou entre dentes.

— O que está acontecendo? — Clarke arregalou os olhos.

— Não deveria ter incomodado alguém tão importante para nós, apenas isso.

— *Importante*?

— Sim, algum problema? — Logan ficou ao lado de Gale.

— E-eu não sabia, Alteza.

— Agora você sabe. — O príncipe cruzou os braços sobre o peito e percebeu o homem empalidecer ao se ver cercado por dois homens ameaçadores. — E é melhor pagar o ordenado que a deve. Ah! E um pedido de perdão é indispensável.

— Mas aquela mulher é uma ninguém, como pode ser próxima do príncipe?

— Isso não interessa a você.

— Só precisa saber de uma coisa: encoste nela — Gale disse e pressionou o braço contra o peito dele, deixando o homem ainda mais pálido —, aproxime-se ou sequer fale qualquer coisa com a Elisa ou contra ela, e eu o farei se arrepender de ter nascido, entendeu?

— Por mim já podíamos nos livrar dele, por precaução. — Logan encolheu os ombros.

— Vamos dar uma chance. Se ele tem amor à própria vida, vai obedecer. Não vai, Clarke?

— Sim, senhor. — Os olhos estavam esbugalhados.

— Ótimo. — Gale o soltou e o homem quase se desmanchou no chão. — Pode ir.

Dessa vez com reverências atrapalhadas, ele deixou a sala. O guarda soltou um suspiro ruidoso e passou as mãos pelos cabelos, depois fitou Logan e, apesar do clima tenso, quis rir da expressão orgulhosa no rosto dele.

— Até eu fiquei com medo — Louie disse em tom brincalhão.

— Não exagerei, certo?

— De modo algum! Foi até bastante equilibrado. Caso tentassem algo contra a moça que eu gosto, também ficaria uma fera.

— Ah! — Gale revirou os olhos. — Esqueça isso, está bem?

— O que vai fazer agora? — Logan apertou os lábios. — Precisa de ajuda?

— Creio que não. Vou ajeitar tudo para que ela fique longe daquele desgraçado e trabalhe em segurança. Minha mãe sempre tem alguma conhecida precisando de criados, tenho certeza de que confiarão na indicação dela. — Soltou um suspiro forte. — Meu único desejo é que a Elly fique bem e tenha seu sustento de volta.

— A *Elly* ficará ótima, sem dúvidas.

Gale balançou a cabeça e se poupou de responder a gracinha. Os homens tomaram assento no luxuoso estofado disposto ali e encararam as paredes brancas repletas de pinturas e relevos em dourado. Podiam ouvir o misto de passos e vozes que compunham a melodia rotineira do palácio e, indiscutivelmente, sentiram falta da doce semana de folga dali. No entanto, estavam de volta e muita coisa precisava ser feita.

Parte dois

Vulnerabilidade & Perdão

Capítulo 15

Ainda era cedo quando Adelaine entrou no salão de bailes do palácio para limpá-lo. Cercada pelas amplas paredes azul-escuro, cobertas por pinturas e iluminadas pelos suaves raios do alvorecer, a criada ajoelhou no chão e começou a friccionar a escova contra o piso amadeirado, com a voz de sua superior ecoando em sua mente: "deixe limpo a ponto de reluzir sob a luz!".

Aquele era o horário mais tranquilo no palácio, pois ele ainda dormia. As centenas de nobres que compunham a Corte Real estavam em seus quartos nas alas reservadas a eles e foi por isso que Ada estranhou os burburinhos vindos do outro lado da porta. Franziu o cenho ao distinguir que eram risadas e não estava preparada para ver um grupo de jovens entrar sorrateiramente no salão.

Ela olhou para os pés deles e quis gritar ao ver as manchas enlameadas que espalhavam pelo piso. O inverno batia às portas e a mistura de geada, chuva e terra não era a mais animadora.

— Mas que droga! — ela resmungou baixinho, porém acabou alertando-os de sua presença.

— Olhem, um rato! — Uma das moças apontou para Ada e despertou risos nos companheiros.

— Acho que sujamos um pouquinho. — Um rapaz alto e loiro fingiu uma careta de culpa. — Tem problema?

— Não, milorde. — Ada se forçou a responder, sem encará-lo.

— Deve ser uma vida medíocre, não? Estar fadada a limpar a sujeira dos outros.

A figura feminina entrou no campo de visão de Adelaine ao inclinar o corpo. Ada reconheceu os cachos castanhos e sorriso zombeteiro de lady Charlotte Grant.

— Responda, ratinha.

— Minha vida é ótima, milady — Ada murmurou num fio de voz.

— Ah! Esses criados são excelentes. Chega a ser adorável como se contentam com o que tem.

— Como seria de outro modo, Lotte? — O loiro, primo dela, aproximou-se para zombar da criada. — Eles sempre serão o que são, é impossível ascender.

— Diferente da nossa amiga. — Outra das moças enlaçou o braço de Charlotte. — Aposto que ainda se tornará Princesa de Lyria!

— Talvez... — Charlotte deu um sorriso de canto e lançou um último olhar de desdém para Adelaine antes de guiar o grupo para fora do salão.

Quando suas vozes estavam distantes, Adelaine se sentou sobre seus calcanhares e apertou o avental encardido entre os dedos, tentando descontar a fúria que começava a brotar dentro dela. As palavras de sua mãe voltaram à mente: *controle sua raiva ou se arrependerá das veredas para onde ela lhe levará*. Iria se arrepender caso levantasse naquele instante para correr atrás deles e lhes dizer tudo que queria. Precisava daquele emprego mais do que precisava diminuir sua humilhação, então puxou o ar pelo nariz e soltou pela boca repetidas vezes, até seus dedos libertarem o avental.

— Apenas o Senhor é capaz de me dar paciência com esses esnobes! — murmurou consigo e, depois de arregaçar mais as mangas, continuou esfregando.

Poucos segundos depois, escutou a porta atrás de si abrindo-se e a calma recém-adquirida não foi o bastante para mantê-la em seu lugar. Com as bochechas queimando, levantou-se, pronta para pedir licença o mais gentilmente possível — o que talvez não fosse muito.

Entretanto, as palavras morreram nos seus lábios ao ver Logan. Desceu o olhar para seus pés, pensando se também pretendia atrapalhar seu serviço, porém ele usava apenas meias.

— Bom dia. — Um sorriso ergueu o canto dos lábios dele e Ada se permitiu soltar um suspiro de alívio. — Tudo em ordem por aqui?

— Na verdade, não. — Ela decidiu desabafar. — Seus amigos acabaram de voltar de uma festa noturna e sujaram todo o salão! Ainda por cima zombaram de mim por estar trabalhando, como se fosse uma grande vergonha.

— Não são meus amigos, longe disso. — Ele olhou em volta do salão e depois para a amiga, notando a vermelhidão de suas bochechas. — Sinto muito.

— Deixe para lá. — Abanou a mão e voltou a se ajoelhar.

— Posso ajudar?

Logan ameaçou tomar um lugar ao lado dela, mais desejoso de passar um tempo em sua companhia do que de esfregar o piso. Aquelas semanas desde que voltaram ao palácio haviam sido agitadas para ambos. Ele trabalhava para achar uma brecha e assim ajudar seu povo, e ela estava envolvida até os cabelos com os afazeres, pois a governanta resolveu sobrecarregá-la. A moça suspeitava ser por causa da sua folga recente.

Ada e Louie trocavam olhares amigáveis pelos corredores e rápidas palavras quando se encontravam longe da atenção geral. Todavia, isso era raro e as conversas entre eles pareciam uma lembrança distante.

— Você ainda é o príncipe e eu uma criada. — Adelaine o impediu de auxiliá-la, gesticulando para que se mantivesse em pé. — Não quero que inventem histórias sobre nós dois, então vamos manter a amizade em sigilo, certo?

— Sigilo?

— Sim, Louie. As coisas ficarão insuportáveis para mim caso nos vejam juntos, tanto por parte dos meus colegas quanto por parte de pessoas como lady Grant e sua tropa.

Logan franziu o cenho, assimilando seu pedido.

— Não pense que não quero mais ser sua amiga. — Ada se apressou em acrescentar, sorrindo. — Quero muito, juro. Porém só seria possível caso fosse com discrição e desconheço um modo de fazer isso. Sempre há pessoas por perto.

— Compreendo. — Logan assentiu. — Eu acharei um jeito de nos vermos em segredo.

— Acredito nisso. — Ada soltou uma risadinha pelo nariz e, depois de olhar ao redor para se certificar de não haver ninguém vendo, estendeu a mão para o amigo.

— Esse vestido está clamando por socorro — Logan brincou depois de apertar a mão dela.

Ada fez uma expressão confusa e ele apontou para a lateral da própria camisa.

— Ah, não! — Ela encaixou o dedo no buraco esfarrapado em seu vestido, revelando o tecido branco da roupa de baixo. — Maravilha! Vou precisar de um novo remendo.

— Parece apertado demais.

— E está! Sinto-me comprimida sempre que o visto — ela apertou uma dobrinha da barriga sob o tecido justo, como se quisesse salientar o infortúnio causado pela peça —, porém ainda é cedo para pedir outro.

Logan balançou a cabeça em compreensão.

— Mas, me diga, por que você está acordado tão cedo? — Ada mudou de assunto.

— Acordei antes do horário de costume e resolvi caminhar um pouco. Aproveitei para ver o Lion, meu cavalo, e você ficará orgulhosa de saber que fiz uma longa oração nesse percurso.

— Bom garoto! — Ada riu, mas realmente estava feliz por vê-lo manter ativo seu relacionamento com o Senhor.

Um raio de sol mais forte irrompeu pelo salão e Adelaine lembrou-se que ainda tinha muito trabalho a fazer. Despediu-se de Logan e voltou a limpar o chão, ao passo que o homem seguiu para seu quarto, ponderando uma forma de terem mais tempo para conversar.

Algumas horas depois, Adelaine recolhia os talheres que havia derrubado sem querer quando ouviu burburinhos tomarem a cozinha. Ergueu-se, virando e encontrando o olhar brilhante do príncipe.

— Oi, Ada! — Seu sorriso foi tão genuíno que a moça demorou para perceber o tratamento íntimo demais.

Seus colegas a encararam de imediato e ela ficou séria.

— Sim, *Vossa Alteza?* — A moça fez uma reverência e frisou bem a formalidade, tentando mandar uma mensagem para o amigo.

Logan piscou algumas vezes antes de dar-se conta da besteira que fez.

— Bom — ele pigarreou e colocou as mãos para trás com o objetivo de parecer imponente —, preciso que você faça uma coisa.

— Pode dizer, senhor.

O príncipe lançou um olhar para os demais empregados, que logo pararam de encarar a dupla e voltaram aos seus serviços.

— Como estava dizendo... — O homem fitou a amiga. — Quero que limpe a biblioteca. E organize todos os livros numa nova ordem.

Adelaine arregalou os olhos. Parecia haver milhares de livros naquele lugar.

— Ah, s-sim, Alteza. Como quiser.

— Comece agora, por favor.

Logan saiu da cozinha antes que ela pudesse dizer alguma coisa.

— Sinto muito, Ada. — Um de seus amigos se aproximou.

— Você fez alguma besteira? Isso parece um castigo! — A cozinheira cruzou os braços. — Já não bastava a megera da sra. Baker lhe entupindo de trabalho, agora o príncipe.

Ada se desvencilhou das perguntas, pois não entendia bem o que se passou na cabeça de Logan para dar-lhe uma tarefa daquelas. Lavou as mãos e seguiu para a área onde ficavam os objetos para limpeza, de onde fisgou um pano limpo, e depois foi para a biblioteca. Sentia vontade de dar uns tapas em Logan.

Quando entrou no cômodo, avistou o alvo de seus pensamentos maléficos bem acomodado no sofá.

— Seu desmiolado! — Ela avançou até ele. — Quer me matar de trabalho? Como vou limpar tudo isso sozinha?

— Desculpe — ele fez uma careta e apenas a irritou mais —, só queria passar um tempo com você.

Aquela fala desarmou a moça.

— Ah. — Um sorriso ameaçou surgir no rosto dela.

— Essa foi a única ideia que tive para podermos conversar direito. — Logan segurou sua mão e a fez sentar-se ao seu lado. — Como você está? E a vovó?

— Estamos bem, só não gosto muito do inverno, é desconfortável. — Olhou para a janela atrás de si. — Daqui a pouco tudo estará coberto de neve! E isso significa ter que limpar a entrada todos os dias e nada de plantações ou colheitas. As coisas ficam bem apertadas para todos nós.

— Precisam de algo? — Ele se preocupou.

— Vovó e eu nos resolvemos bem, mas certas famílias não, principalmente as que tinham apenas a agricultura ao seu favor. Alguns ainda conseguem encontrar algo temporário, porém não é a sorte de todos. E sabe como é difícil guardar dinheiro, a fim de usar nessa época.

— É um alívio que o Gale tenha conseguido um novo emprego para a Elisa, e ela e Lucy estejam seguras.

— Ah, sim! E os novos superiores dela são uma benção. Graças ao Soberano, aquele asqueroso do sr. Clarke está longe de nossa amiga. Você e o Gale fizeram a coisa certa. — A gratidão estava nítida na voz da moça.

— Foi um prazer colocá-lo em seu devido lugar. — O canto de seus lábios se ergueu. — Mas, a respeito do que você me contou, vou lhe dar uma quantia para repartir entre quem precisa, certo? — A sugestão fez a moça se iluminar. — Deve ser o bastante para os mais necessitados de sua vila, e sei que o administrará da melhor forma.

— Ah, Louie! Isso seria perfeito. — Adelaine pegou o príncipe de surpresa com um abraço apertado. — Muito obrigada. Depois disso até o perdoo pela enrascada em que me meteu.

Ele retribuiu o gesto e sentiu falta quando a moça se afastou. Os dois se encararam por alguns segundos, com sorrisos tímidos que não souberam exatamente por qual motivo estavam ali.

— Não é grande coisa. — Louie pigarreou, quebrando o contato visual. — Só tenho acesso a pouquíssimo dos recursos do reino e essas pessoas precisam de tanto auxílio! Estou tentando ser ouvido por meu pai, porém ainda não obtive sucesso, como já esperava.

— Não esmoreça! Podemos não mudar todo o reino de uma vez, mas se pudermos aliviar um pouco o sofrimento deles, já será de grande valia. — Ela tocou o braço dele com carinho. — As mudanças começam nas pequenas ações e com esforços contínuos. Sabe, louvo ao Senhor pelo amadurecimento que estou vendo em sua vida e em seu coração.

— Quero mesmo fazer o que é certo, Ada. — Ele repousou a mão sobre a dela.

— Faremos! Estamos juntos nisso. — Sorriu com empolgação. — Agora é melhor deixar a conversa de lado, pois tenho muitos livros para limpar.

— Posso ajudá-la. — Louie olhou em volta. — Bom, parece que agora teremos *bastante* tempo juntos.

Ada não soube discernir se aquilo era uma reclamação ou comemoração, mas aceitou a ajuda de bom grado e eles começaram a limpar os livros. Aproveitando para colocar a conversa em dia, entre risos e assuntos sérios, perceberam que a amizade permanecia inabalada — e por que não, fortalecida?

— Deveria levar esse livro para ler — Logan mostrou o exemplar que limpava —, tem relatos históricos sobre nosso reino.

Adelaine abriu a boca e depois a fechou, corando ao desviar o olhar para a estante à sua frente.

— Eu não sei ler — balbuciou.

— Não? — O príncipe ergueu as sobrancelhas e depois pigarreou, arrependido pelo espanto. Sentiu-se um pouco estúpido por cogitar tal ideia.

— Quer dizer, eu sei bem pouco, e escrever também. Lembra daquelas escolas gratuitas que tinham na cidade?

— Lembro, foi esforço da minha mãe. — Logan sorriu com orgulho. —

Porém meu pai acabou com o projeto algum tempo depois da morte dela.

— Eu consegui estudar por cinco anos antes disso. Minha família ficou tão feliz quando fui selecionada para ter uma vaga! No entanto, o ensino era bem fraco...

— Culpa do rei, de novo. — Soltou o ar com irritação. — Ele não queria que soubessem demais para não usarem isso contra o governo.

— É, seria um sonho ter escolas para nós outra vez. E melhores. — Ada suspirou, guardando um livro na prateleira.

— Posso ler para você e até mesmo ensiná-la, se quiser.

Adelaine o encarou de súbito.

— Verdade? — Deu pulinhos, fazendo-o rir. — É meu sonho entender o que leio.

Logan encarou a moça, depois os livros aguardando para serem limpos e decidiu que eles podiam esperar. Segurando o exemplar de História, levou-a até uma mesa e começou a ler o primeiro capítulo. Ainda não sabia como ensinar algo que aprendera há tantos anos, mas estava decidido a descobrir e aplicar. Não importava o quão difícil fosse, ele iria realizar o sonho dela.

Capítulo 16

— Acho que vou precisar de um chá calmante antes desses encontros com o rei e seus amigos — Logan comentou com Gale enquanto caminhavam pelos corredores.

— Pode ser uma tortura, porém seu pai está mantendo ainda mais perto os homens importantes do reino e você não pode ficar alheio ao que se passa.

— Sim, eu sei bem. Essa ameaça de golpe despertou toda sua atenção e está prevenindo-se dos riscos.

— E se fizerem algo contra seu pai sem incluí-lo no plano...

— Eu também perderei meu título. — Logan suspirou e esfregou a nuca. — Mas não vejo sinais de rebeldia em nenhum deles, algo que conseguia distinguir com facilidade nas entrelinhas de Elliot.

O príncipe parou de falar ao passarem diante do salão comum da ala dos nobres mais chegados ao rei. O palácio era dividido em três alas principais: a da família real, aquela onde eles estavam e outra para os nobres com menor intimidade.

— O que foi? — Gale perguntou.

— Pode ir na frente, encontro-o daqui a pouco.

— Aconteceu alguma coisa?

— Quero dar uma palavrinha com meus "amigos". — Ergueu os dedos em aspas imaginárias.

Gale estranhou, porém assentiu, sabendo que ele o contaria depois. Logan se voltou para a porta dupla e os guardas a postos abriram-na, revelando o ambiente agitado. Sua presença foi notada com reverências e um tanto de surpresa, visto que raramente tinham a honra de receber Vossa Alteza entre eles.

Procurou um grupo específico e logo enxergou lady Charlotte e seus amigos numa mesa ao fundo. A moça se iluminou em expectativa ao vê-lo caminhando em direção a eles e foi a primeira a fazer uma reverência quando ele estava próximo o bastante.

Logan fitou o rosto corado e apaziguou seu desejo de corrigi-la com mais dureza. Conhecia Charlotte desde que o pai dela foi convidado à Corte, quando ela tinha 10 anos, e naquela altura já era uma moça de 18, bastante formosa, porém com um interior carente de humildade e piedade.

— Posso sentar aqui? — O príncipe indicou uma cadeira vazia e todos assentiram ansiosos. Achou um tanto cômico o interesse deles por sua companhia. — Não pretendo me demorar.

— Tome o tempo que quiser, Alteza. — Charlotte, sentada ao lado dele, ofereceu um sorriso cortês.

— Chegou aos meus ouvidos o mal comportamento da senhorita e de seus amigos em relação ao trato com os criados. Procede?

O rosto dela empalideceu.

— Não, Alteza, claro que não.

— Gostaria de sua sinceridade, srta. Grant.

A lady olhou de esguelha para os amigos e Logan acompanhou o movimento, percebendo o nervosismo em todos eles.

— Creio já ter minha resposta. — Ele suspirou. — Os criados estão aqui para servir; no entanto, isso não os torna indignos de respeito. São pessoas, como vocês, e devem ser tratadas como tal. Espero que seja a última vez que precise repreendê-los, entendido?

— Sim, Alteza. — Foi o coro em resposta.

— Ótimo. — Levantou-se. — Com licença.

Logan se aproximava da entrada quando escutou a voz de Charlotte chamando-o. Virou-se, encontrando-a logo atrás dele.

— Sim?

— O senhor está chateado comigo? — Ela piscou os longos cílios. — Odiaria saber que me despreza, pois tenho sua opinião muito em conta.

O homem sorriu com sutileza, reconhecendo o charme empregado em suas palavras e gestos. Há alguns anos, admirava a beleza e bons modos da lady. A maioria dos jovens suspirava ao estar diante dos cachos perfeitamente modelados, da tez clara e sedosa, lábios rosados e profundos olhos azuis. No entanto, ao amadurecer o bastante para ver além das aparências, Logan percebeu que não era mais atraído por ela.

— Charlotte, posso lhe dar um conselho amigável?

— É claro, Alteza. — Abriu um sorriso.

— De nada adianta ter apenas a beleza exterior como adorno. Mais valioso é um espírito dócil e devoto ao Senhor, um coração que deseja servir mais do que ser servido. — Ele percebeu o rubor de suas bochechas, dessa vez por motivos diferentes dos anteriores. — Pense nisso, está bem? Tenho certeza de que sua vida será mais proveitosa se vivê-la assim.

Após uma mesura, o príncipe a deixou boquiaberta para trás e seguiu para a biblioteca, a fim de pegar alguns livros e depois encontrar Gale. No entanto, ao entrar no cômodo, foi pego de surpresa com a visão de Adelaine limpando as prateleiras ao fundo.

Ela realmente está empenhada no trabalho, ele pensou, observando o espaço. Todas as paredes eram preenchidas por livros e a luz natural inundava cada canto, tornando o ambiente perfeito para a leitura. Logan pegou um dos livros que precisava e seguiu quase na ponta dos pés, até ficar lado a lado com Adelaine. Viu-se pronto a fazer uma piada por ela estar com a cabeça nas nuvens, porém todo bom humor desvaneceu ao ver lágrimas molhando seu rosto.

— Ada? — Tocou suas costas gentilmente, mas ainda assim a moça deu um grito abafado e tratou de enxugar o rosto. — Perdoe-me.

— Tudo bem, deveria ter percebido sua entrada. — Ela deu um sorriso falso e o coração de Logan ficou minúsculo. — O senhor deseja algo?

— Eu quem pergunto. Por que chora?

— Nada que precise se preocupar.

— Pode dividir comigo. Somos amigos, esqueceu?

Adelaine suspirou e deixou o livro que limpava de volta em seu lugar. Apoiou o ombro na estante e fitou o príncipe. Ele parecia diferente do homem sentado na sua cozinha, ouvindo a tagarelice de Florence e comendo pão de baixa qualidade. Havia um requinte mudo em sua vestimenta, as calças e o colete azul-escuro adornado de bordados no tecido sofisticado por cima da camisa branca, e até mesmo o ambiente em volta a impelia a ser reverente. Todavia, os olhos de Louie ainda tinham o mesmo brilho convidativo de antes.

— É que pela manhã fui tomada pela saudade dos meus pais — Ada contou baixinho. — Limpava meu quarto antes de vir para o trabalho e afastei a cama para varrer o chão, então encontrei desenhos na parede, feitos com algo pontiagudo, e lembrei de imediato desse dia. Papai havia me pegado no ato! Temi uma reprimenda, mas para minha surpresa o homem se sentou ao meu lado e desenhou comigo. — Um sorriso nostálgico tomou o rosto da criada. — Colocamos a cama de volta no lugar e demorou meses para mamãe descobrir a travessura. Sei que é uma lembrança boba, porém me deixou melancólica.

— Nenhuma memória é boba depois que perdemos alguém. É agridoce quando elas voltam à mente. Nossos queridos permanecem vivos nas lembranças guardadas em nós.

— Também experimenta essa sensação? Essa melancolia súbita?

— Momentos assim são frequentes nos oito longos anos sem minha mãe. Em alguns dos dias é dolorido demais; no entanto, em outros sinto quase um aconchego por ter recordado dela.

— Sinto-me assim também. — Ela balançou a cabeça. — Mas as memórias de hoje penderam mais para o lado amargo do que o doce.

Logan apertou o ombro dela, desejando passar algum conforto com o gesto. Foi então que lembrou de algo em seu quarto esperando para ser entregue.

— Acho que posso animá-la, ao menos um pouco. — Ele sorriu em expectativa.

— Como?

— Encontre-me em dez minutos na minha sala. De repente, recordei-me de uma terrível mancha de chá no meu tapete, acredito que a senhorita pode resolver isso.

Adelaine quase riu da expressão travessa dele.

— Hum, creio que posso ajudá-lo sem problemas, Alteza.

Dez minutos depois, Adelaine foi autorizada a entrar na sala privativa do príncipe, portando os materiais necessários para solucionar o problema fictício. Grande foi sua surpresa ao vê-lo com uma caixa em mãos. Era grande e cor-de-rosa, o que a fez sorrir de imediato.

— É rosa! — Seu corpo estremeceu de empolgação. — O que tem aí, Louie?

Ele abriu a caixa e Adelaine arregalou os olhos ao ver metros de tecidos dobrados cuidadosamente, além de dois rolos de renda para detalhes.

— Pedi para a lady Stacy me ajudar. Na verdade, foi ela quem comprou os tecidos, eu apenas pedi que escolhesse os mais adequados.

Ada estava surpresa demais para formular um comentário.

— O marrom é para o trabalho — Logan começou a passar a explicação da senhora, uma das poucas pessoas em sua lista de confiança —, o branco deve ficar formidável nos aventais e roupas de baixo, e o azul é um presente especial. Eu a descrevi e lady Stacy garantiu que ficaria lindíssima com esse azul-celeste. Confesso que a vendo diante dele, concordo com a sugestão.

— Louie... — A moça tocou os tecidos, boquiaberta.

— Sua avó amará costurá-los, certo?

— Sem sombra de dúvidas! E há tanto tecido aqui, o suficiente para mais de uma peça!

— Apreciou o presente? Acredito que ficará mais confortável agora.

— Apreciei com todo o meu coração! — Ela riu, os olhos brilhando pelas lágrimas. — Não precisava se preocupar comigo.

— Sempre me preocuparei com uma amiga tão querida.

— Sou muito grata a Deus por ter me dado um amigo tão cuidadoso. Você é um presente para mim, Louie, obrigada.

Logan não pôde deixar de abraçá-la ao ver as lágrimas transbordando de seus olhos. Ele desejava espantar todas as dificuldades da vida dela, mas como era impossível, contentava-se com o que suas mãos alcançavam.

— Levarei isso em segurança, Alteza — Adelaine disse ao saírem da sala dele, depois de mais alguns minutos de conversa e deslumbre dela com seu presente.

Logan achou graça da encenação, porém assentiu, fazendo sua parte diante dos guardas no corredor. Ada fez uma reverência, disfarçando mal o sorriso, e seguiu seu caminho para a ala dos criados.

— O que está olhando? — A voz de Gale, vinda de suas costas, sobressaltou o príncipe. — Olhando *e* sorrindo.

— Deixe de curiosidade. — Logan revirou os olhos e começou a andar, tendo o amigo em seu encalço.

— Bom, levando em conta que você me deixou plantado esperando-o, creio que mereço uma explicação.

— Ah! — Fez uma careta. — Acabei esquecendo disso. Desculpe.

— Desculpo se contar o que estava fazendo.

— Primeiro precisei dar uma lição em lady Charlotte e nos amigos dela, visando pararem de importunar os criados. Acredita que estavam incomodando a Ada? Não podia deixar passar.

— Um perigo grande mexer com a protegida do príncipe.

Logan virou o rosto, encontrando o sorrisinho insinuativo de Gale.

— O que foi? — O ruivo tentou conter uma risada. — Por que está com essa expressão de "poderia matá-lo agora mesmo"?

— Vou ignorar suas gracinhas.

— Ah, claro! Você pode me importunar e eu não? Bastante injusto.

— Meus comentários sempre têm fundamento. — Deu de ombros.

— Perdão, Vossa Alteza Sempre-Certo. Poderia conceder-me a honra de saber o outro motivo de seu sumiço?

— Concedo, sim — respondeu em tom risonho. — Apenas estava entregando os tecidos que mandei comprar para a Adelaine. Ela carecia de roupas novas.

— Lady Stacy comentou com minha mãe.

— Mesmo?

— Sim, nos vimos durante o jantar de ontem e ela mencionou a tarefa que você lhe deu. Está suspeitando que o senhor se interessou por alguma das empregadas. Percebe? Tenho opiniões bem fundamentadas!

— Vocês são exagerados. Não se pode mais exercer a gentileza sem parecer cheio de segundas intenções.

— Mas...

— Assunto encerrado. — Lançou um olhar estreito para o amigo. — Que tal irmos cavalgar? Sua mente está precisando respirar um pouco de ar fresco.

— Está frio lá fora, e você sabe que eu nunca me exponho a esse clima se posso evitar.

— Como é sensível! — Logan provocou aos risos. — Grande é a sua sorte por não ser um camponês.

— Será que a Elisa e a Lucy estão bem? — A pergunta fluiu de seus lábios antes que ponderasse.

Ele apertou os olhos, esperando as piadas do amigo, porém se surpreendeu com a seriedade:

— Creio que elas estão bem; caso contrário, a Ada teria comentado quando falamos delas.

— Vocês falaram delas? — Seu tom saiu um tanto ansioso.

— Rapidamente. A Ada contou sobre Elisa estar gostando do novo emprego e que o Clarke não voltou a ser um problema.

— Graças ao Soberano!

— Sabe — Logan começou, tendo uma ideia —, você devia ir visitá-las. Diferente de mim, tem certo nível de liberdade para isso.

A ideia fez o coração do guarda ganhar um ritmo acelerado e ele lutou para não transparecer.

— É, tem razão. — Gale escondeu as mãos nos bolsos. — Talvez eu vá no domingo.

— Perfeito! Dê um abraço na Lucy por...

Logan parou de falar subitamente quando adentraram o corredor onde ficava seu quarto e o de seu pai. Os homens que há pouco estavam com ele na reunião se encontravam agora reunidos em frente aos aposentos de seu progenitor, cochichando algo que não conseguiu entender. Ao chegar perto o bastante do quarto, ouviu gemidos de dor e alguns gritos vindos de Callum, fazendo o coração do príncipe gelar.

Capítulo 17

Logan não entendeu por que seu coração afundou no peito ao ver o pai se contorcendo de dor. Também não soube explicar o motivo de não ter saído do quarto enquanto o doutor o examinava e medicava. Seu cérebro dizia para sair dali e deixar o rei com suas crises, mas suas pernas não obedeceram.

Callum havia tido mais um ataque das dores no estômago que o atormentavam desde que o filho podia lembrar, porém daquela vez havia sido pior. O mais novo estava acostumado a vê-lo recolher-se depois de quase não tocar no jantar, porém fazia anos desde a última crise que o alarmou. Sua mãe ainda vivia na época.

Depois de algumas horas, a dor foi controlada, porém o médico não deixou o recinto.

— Majestade, temo que seu caso esteja se agravando — o senhor baixinho e grisalho informou, o rosto sério demais.

— Estou bem, Spencer, já me acostumei com esses infortúnios. É passageiro.

— Contou-me que as dores estão ficando mais frequentes, isso é preocupante.

Logan franziu o cenho e fitou o pai. O rosto dele estava mais branco que de costume e os fios castanhos pendiam úmidos sobre os travesseiros.

— O que causou isso? — Logan questionou. — Ele tem seguido a alimentação recomendada pelo senhor, não consome bebidas fortes e se exercita com frequência.

— Percebo que tem estado atento ao seu pai, isso é bom. — Dr. Spencer sorriu em aprovação e o príncipe fugiu do olhar desconfiado do rei. — No entanto, as dores de Vossa Majestade parecem ter ligação direta com suas emoções. Elas foram perturbadas em excesso nas últimas semanas, graças a toda situação com o traidor.

— Talvez você tenha razão — Callum admitiu a contragosto. — Sempre que fico estressado as pontadas surgem.

— É por isso que o senhor precisa descansar, repouso e distância dos afazeres reais por algumas semanas.

— Distância? — Uma risada sarcástica saiu dele. — Como posso me distanciar e largar o reino ao vento?

— O príncipe pode substituí-lo, temporariamente.

A sugestão fez tanto pai quanto filho arregalarem os olhos. O coração de Logan bateu com mais força e ele sentiu um misto de empolgação e medo.

— Enlouqueceu, Spencer? — Callum se exaltou, pretendendo levantar-se, porém o médico o impediu, segurando seu ombro. O senhor cuidava dos enfermos do palácio desde antes de Logan nascer e este sabia a proximidade conquistada pelo doutor, por isso não se surpreendeu quando ele conteve o enfermo. — Preciso trabalhar.

— Não deixará de governar Lyria por estar descansando, Majestade. Sabe que o príncipe ainda precisará de seu aval para fazer qualquer coisa.

Logan se sentiu parte de uma plateia observando uma peça desenrolar-se, com a diferença que ele era um dos personagens.

— O senhor viu como a dor está severa — Spencer insistiu. — Caso não deseje sua piora, acate a minha sugestão.

Callum fechou os olhos e, pela careta em sua face, recordava a angústia de minutos antes.

— Deixe-nos a sós — o rei pediu.

— Sim, Majestade. Volto para vê-lo amanhã.

Com reverências aos dois homens, o doutor deixou o quarto, e o silêncio tomou o lugar. Logan começou a se incomodar com o barulho da respiração pesada do pai.

— Infelizmente, o Spencer tem razão. — A voz de Callum saiu um tanto hesitante.

— A dor foi tão terrível assim a ponto de ceder? — Mesmo que odiasse admitir, Logan estava preocupado.

— Não comemore ainda, demorarei a morrer. — Um sorriso desdenhoso emoldurou o rosto pálido.

O príncipe se contorceu na cadeira, o sangue esquentando nas veias e lembranças dolorosas esmagando seu peito a ponto do ar circular com dificuldade. Respirou fundo e se recusou a demonstrar fraqueza diante do pai.

— Sei disso, almas podres como a sua demoram a deixar este mundo! — Logan cuspiu as palavras, pouco se importando com o peso delas.

Callum fixou os olhos nele, seu semblante confiante agora endurecido. Algo amargo subiu pela garganta do herdeiro e ele se levantou, deixando o cômodo antes que sua ira transbordasse mais.

Seu peito apertado o guiou para o próprio quarto. Desejava ficar sozinho até apagar aquilo que sempre acendia diante da falta de escrúpulos do pai. Mas, assim que fechou a porta atrás de si, percebeu que não estava só.

Bem diferente da primeira vez, seu espírito encontrou tranquilidade ao ver a figura pequena e surpresa encarando-o com grandes olhos cinzas.

— Achei que estava ocupado, desculpe. — Ada fez uma careta, abaixando o pano com o qual tirava a poeira. Porém, ao notar o nariz e olhos vermelhos do príncipe, seu espírito se agitou. Ouviu as notícias sobre o estado do rei e temeu o pior. — O que aconteceu? Seu pai... Ele...

— Não, mas eu preciso de um abraço. — O pedido saiu tão baixo que ela demorou para processá-lo.

Adelaine deixou o pano de lado e se aproximou do amigo; entretanto, parou antes de atender sua súplica.

— Espere, preciso dar um abraço bom de verdade!

Ada correu até o pé da cama, arrastou o baú de madeira e subiu ali, ficando poucos centímetros maior que o príncipe.

— Cuidado! — ele advertiu, com uma ruga de preocupação na testa.

— Não vou cair. — Ela abriu os braços e flexionou os dedos, num convite para que ele se aproximasse.

Logan achou graça daquela cena, porém obedeceu e deixou a moça passar os braços em volta de seus ombros e o apertar contra si, as mãos pequenas subindo e descendo por suas costas num gesto contínuo. Ele permaneceu com os braços parados em volta dela, respirando o aroma de lavanda e com os fios fujões dos cabelos loiros roçando-lhe o rosto.

Sem dúvidas, foi um dos melhores abraços recebidos por ele, embora tenha durado bem menos do que queria. Quando Ada se afastou, tomou-o pela mão e guiou até duas poltronas ao redor da escrivaninha, onde deu toda atenção ao amigo. Ele contou sobre as sensações ruins que a conversa com o pai lhe trouxera.

— Precisa perdoar seu pai, Louie, para se livrar disso.

— Eu não posso. — Balançou a cabeça. — Não depois de tudo que ele fez.

Ada suspirou e escondeu os dedos esguios dele entre as suas mãos, que eram fofas e quentes. Logan apreciou o contato.

— Se quiser me contar a raiz desse rancor, estou aqui para ouvir.

— Tudo bem. — Ele suspirou e manteve o olhar nas mãos deles. —

Meus pais se uniram num casamento político, mero acordo entre reinos para beneficiar a ambos. Eles não se amavam, mas minha mãe tentou fazer ser real. A mãe de Gale foi uma de suas amigas próximas e me contou como era perceptível os esforços da rainha para ser amada. No entanto, o rei não tinha nem tem coração. Ele é oco por dentro. Incapaz de amar, não amou minha mãe nem a mim. Eu sou apenas o herdeiro que ele precisava, e não um filho.

Ada mordeu o lábio, sentindo o peito apertar. Notou a dor em cada palavra dele.

— Houve apenas uma época em que meu pai pareceu um humano, e não uma pedra. Foi nos meses antes da esposa sofrer o acidente que a tirou de nós. De alguma forma, eles se acertaram e passaram a tratar-se com carinho, algo nunca visto por parte dele. Minha mãe até tentou nos aproximar, mas eu não conseguia ser como ela. Não conseguia me abrir para alguém que me fez sofrer tanto. Nunca entendi como ela pôde perdoá-lo, foram quinze anos sendo tratada como um nada, como um objeto que lhe era útil vez ou outra.

— Tenho certeza de que a mão do Soberano tem parte nisso — Ada comentou, pois reconhecia que só Ele poderia conduzir ao perdão, ainda mais em situações tão dolorosas.

— Essa estranha graça eu não recebi. — Logan sorriu amargo. — Não sou bom como ela, devo ser tão duro quanto o homem que odeio.

— O Soberano pode transformar água em vinho, tal como corações de pedra em corações de carne. — Ada ergueu as sobrancelhas. — Ele transforma assassinos em Semeadores de Boas Notícias, traidores em amigos, fracos em fortes. Então, meu querido Louie, peça auxílio a Ele e perdoe, solte esses espinhos que ferem suas mãos e seja agente de cura para seu lar. Seu pai desconhece o Soberano, mas você não.

— Não consigo perdoá-lo. — Afastou-se dela. — Eu o odeio, Ada. Se ele morresse logo pelo menos eu ficaria em paz; no entanto, é capaz daquela praga viver por mais cem anos!

— Isso é muito pesado, Louie! — a moça repreendeu. — Nunca diga isso a ele, está bem?

Logan apertou os lábios, desviando o olhar para qualquer canto longe de Ada.

— Você já disse? — ela indagou, boquiaberta.

— Faz uns dez minutos...

— Ah, não! Precisa pedir perdão, está ouvindo? Agora mesmo! Deve honrar seu pai, Louie, mesmo que ele seja ruim.

— Perdão? Eu não fiz nada demais! Apenas disse o óbvio: ele é ruim e vai demorar para morrer.

Adelaine cobriu a boca dele, horrorizada.

— Ele é perverso, porém você é bom, Louie. Por favor, faça como o Soberano nos ensinou e pague mal com bem. — Os olhos dela brilhavam e o homem deixou os ombros cederem. Ada se afastou. — Sei que seu coração está machucado, porém lute contra essa mágoa.

— Eu não consigo. — Engoliu em seco. — Não posso.

— Pode sim! Irei com você até o quarto do rei e vou esperar até pedir perdão.

Logan esfregou as mãos no rosto e suspirou.

Céus! Eu não vou fazer isso!

Sabia que Adelaine estava certa, contudo se sentia covarde demais para rebaixar-se diante do pai. Estava num impasse. Deveria seguir o certo ou o que seu coração queria?

— Não pense muito! — Ada agitou as mãos em frente ao rosto. — Vamos agora mesmo até seu pai! Há um pedido de perdão para ser feito.

Logan não teve tempo de resistir, pois logo Adelaine abriu a porta e o arrastou pelo corredor. Ela só parou diante do quarto do rei, onde deu algumas batidas na porta.

— Confio em você, Altezinha. — A moça não se importou com os guardas no corredor e deu alguns tapinhas no ombro do príncipe.

Assim que o rei permitiu, Logan entrou no quarto meio zonzo e não soube o que fazer diante do olhar frio direcionado a ele. Queria correr. Fugir. Evaporar.

— E-eu...

— O que você quer? — O rei cruzou os braços. — Veio me jogar alguma praga de morte?

As mãos de Logan suavam e, ainda que lutasse contra sua mente, ela o sugou de volta a sua infância, para uma das lembranças responsáveis por sua dor.

Era uma noite de verão, o céu ainda estava claro e o pequeno príncipe de 8 anos corria pelo corredor depois de ter passado a tarde brincando com seu melhor amigo, Gale. Logan parou diante da enorme porta da sala de seu pai e respirou fundo, pedindo baixinho para o Soberano fazer o homem estar de bom humor, coisa rara.

Bateu na porta e sua entrada foi autorizada. Devagar, o garoto entrou no cômodo e se aproximou da mesa do pai.

— Estou ocupado, Logan, é urgente? — Callum sequer ergueu o olhar para a criança, concentrado nos papéis diante de si.

— Posso pedir uma coisa, papai? — As pequenas mãos suadas se apoiaram na superfície de madeira.

— Fale.

— O Gale e o pai vão caçar no domingo, e ele disse que podíamos ir também. O senhor quer ir comigo? — Os olhos escuros cintilavam de ansiedade.

Callum o encarou com as sobrancelhas franzidas. Depois desviou os olhos e pensou um pouco.

— Estarei ocupado no domingo. — Foi sua resposta.

— Ah, papai, por favor! Vai ser tão divertido, sabe? Podemos pegar um bicho bem grandão e fazer um banquete! A mamãe vai ficar orgulhosa de nós dois. — Logan contornou a mesa e foi parar ao lado do homem, debruçando-se sobre as pernas dele. — Diz que sim e vou ficar muito feliz.

— Sua felicidade não é um critério aqui. — O homem o segurou pelos ombros e lhe afastou. — Você pediu e eu neguei. Agora, por favor, pode retirar-se? Tenho trabalho a fazer.

— Pai... — choramingou.

— Nem pense em começar a chorar, você e sua mãe sabem que odeio esse drama. — As palavras duras só puderam provocar as lágrimas da criança. — Certo, vá chorar no colo da sua mãe, não tenho paciência para essa bobagem.

O rei segurou seu braço e o puxou aos berros até a porta. Logan tentava resistir, porém o homem era mil vezes mais forte.

— Papai, eu só... — Suas palavras foram interrompidas pelo bater da porta em sua face.

Com o rosto molhado e o coração partido, o príncipe correu até sua mãe, que aproveitava os últimos minutos de claridade para dar um passeio no jardim.

— Louie! — A mulher o acolheu quando ele se jogou em seus braços, soluçando. — O que foi? Machucou-se brincando com o Gale?

— O papai me odeia!

— O que ele fez dessa vez? — Agatha já havia desistido de suavizar as atitudes do marido.

— Eu o chamei para caçar com o Gale e o pai dele, mas... — O choro o impediu de falar por alguns instantes. — O papai disse que está ocupado no domingo, mas é mentira, ele sempre tem tempo aos domingos, só que nunca para mim.

— Talvez você possa ir com seu amigo e o pai dele, tenho certeza de que o James não se importa em levá-lo.

— É uma atividade de pai e filho, vou ficar sobrando. — Logan fungou contra o pescoço dela. — Mamãe, o que fiz para o papai me detestar? Eu me esforço um montão para ser bonzinho, qual meu problema?

— Nenhum! — A rainha o afastou para olhar em seus olhos. — Louie, meu bebê, você é um amor de menino. Seu pai é que tem algo faltando em si, algo que o impede de amar qualquer um.

— Queria que o sr. James fosse meu pai também. — Esfregou os olhos. — Ele ia me amar, igual ama o Gale.

— Desculpe por ter colocado você nessa situação, filho. — Agatha chorou com ele. — O Senhor sabe como eu daria tudo para ter percebido antes como seu pai era. Ele parecia bom no início, mas, de repente, mudou por completo. O que importa agora é que temos o Soberano e um ao outro. Vamos ficar bem.

Logan ainda podia sentir os braços da mãe acalentando-o, conseguia perceber em sua voz como ela foi ferida por dentro e como seu pai era a razão de toda dor deles.

— O que aconteceu, Logan? — Callum se levantou da cama com dificuldade. — Por que está chorando?

Só então ele percebeu as lágrimas em suas bochechas e as enxugou com raiva. Raiva por todos os anos que se sentiu quebrado ao ponto de nem seu pai o amar. Raiva por ter visto sua mãe chorar pela rejeição mais vezes do que poderia contar.

— Diga alguma coisa! — Callum se aproximou e o filho recuou. — Está me assustando.

— Eu apenas pedi que gostasse um pouquinho de mim — Logan murmurou com a voz custosa. — Não era muito. Nem eu nem minha mãe pedimos mais do que isso, e era sua obrigação nos amar e cuidar de nós.

— Por que está falando disso agora? — Callum indagou, atordoado.

O peito de Logan ficou mais apertado a cada segundo e temeu não conseguir conter suas emoções por muito mais tempo.

Sendo assim, ele fez o melhor que podia naquele momento: fugiu.

Capítulo 18

— Louie! — Ada correu atrás dele quando saiu em disparada do quarto, porém foi ignorada. — Alteza? Logan!

— Preciso ficar sozinho, Adelaine. — Ele parou e a moça quase foi de encontro às suas costas.

— O que houve? Você não conseguiu falar com seu pai?

— Não, não consegui. — Virou-se para ela.

— Ah, Louie! Quer que eu entre com você? — indagou com ingenuidade.

O príncipe a encarou demoradamente. Não podia entender como ela e sua mãe abandonaram o rancor por aquele homem.

— É melhor você retornar ao trabalho, Ada. — Ele voltou a andar em direção à entrada do palácio.

— Logan, espere. — Alcançou-o, ficando ao seu lado. — O que aconteceu? Você está bem?

— Não! Estou tudo, menos bem! — Seu tom fez a moça encolher-se. — Sou diferente de você, Ada, não tenho essa bondade toda dentro de mim, entendeu?

— Louie... — Tentou tocá-lo, porém ele se afastou.

— Vá embora, por favor.

A moça o encarou por alguns segundos, até ceder e virar as costas, seguindo a direção contrária.

Logan respirou fundo e secou uma lágrima teimosa. Retornou ao seu percurso e deixou o palácio para trás, seguindo para o estábulo, onde pediu para selarem seu cavalo.

Montado no animal, cavalgou pelas terras aos fundos do palácio, também propriedade da realeza, campinas e mais campinas esbranquiçadas pela neve que caíra pela manhã. O vapor acompanhava sua respiração e a de Lion, o cavalo malhado que ganhara da mãe. Ele o mantinha ainda conectado à Agatha, tal qual o lugar para onde ia.

Depois de alguns minutos, as árvores voltaram a aparecer. Estava perto. Fez Lion correr mais rápido, serpenteando entre os troncos altos, cada vez mais fundo na floresta que se tornava densa. Então, parou, arfando pela adrenalina que corria em suas veias. Um sorriso saudoso ergueu o canto de seus lábios ao ver a pequena cabana erguida na clareira. Era um ponto de repouso durante as caçadas, mas, para ele e sua mãe, tratava-se de um refúgio sempre que queriam fugir do palácio.

Logan fitou o lago, onde tantas vezes se divertiu com a mãe, e seu coração ficou pequeno no peito.

— Vamos ficar aqui por algumas horas. — A rainha ergueu a barra do vestido e mergulhou os pés no lago cristalino, chamando o filho para sentar-se ao seu lado.

O príncipe desviou o olhar para o chão da clareira e outra lembrança o arrebatou.

— Está com fome? — A mulher apareceu na porta da cabana e viu o filho empenhando-se para acender sozinho uma fogueira em uma tarde de outono. — Ah, Louie, peça ajuda ao Carter.

O garoto encarou o guarda em seu papel de escolta e fez uma careta.

— Eu consigo sozinho.

— Precisa ser menos teimoso. Aceitar ajuda não é fraqueza alguma, mocinho. — Agatha se abaixou ao lado dele e o auxiliou a acender o fogo.

— Agora já sou muito bom nisso — ele disse para si, rindo um pouco. — Bom em acender fogueiras e melhorando em aceitar ajuda.

O príncipe desceu do cavalo e amarrou as rédeas em uma das árvores. Aproximou-se da cabana vazia, uma simples, porém bela, construção de madeira. Subiu os degraus úmidos e ficou parado na varanda por alguns instantes.

— Quem imaginou que choveria hoje? Parecia um perfeito dia de verão! — A rainha soltou um suspiro ruidoso. — Lá se foram nossos planos!

— Gosto de chuva. — Logan estendeu a mão para fora da janela do pequeno abrigo. — É refrescante e bonita.

— Está sendo mais positivo que eu? Quem o ensinou isso? — Ela o segurou e fez cócegas em sua barriga, enchendo o ar de risos.

— Para! — Ele se desvencilhou e correu para fora, ficando sob as gotas frias.

— Louie! Volte agora!

O rapazinho foi para perto da mãe, parada na porta, porém, ao invés de obedecer, puxou-a para debaixo da chuva. Vendo-se molhada, ela cedeu à mudança de planos.

Envolto em melancolia, Logan abriu a porta e vasculhou o espaço com os olhos, absorvendo cada vestígio das lembranças construídas ali. O local era mobiliado por um sofá comprido, uma mesa repleta de cadeiras perto da lareira e um simples armário. O príncipe se sentou no estofado e aspirou o cheiro de madeira.

— Acho que estou perdido, mamãe. — Sua voz saiu fraca. — Queria ainda tê-la aqui, pois eu não sei mais como lidar com esse peso em meu peito. Sinto que vou colapsar a qualquer segundo.

O vento soprou com delicadeza lá fora e Logan deixou seu corpo cansado pelo estresse repousar sobre a superfície macia. Aconchegou-se, abraçando o próprio corpo.

— É solitário demais sem você.

— Não gosto de ficar sozinho, mãe! — Logan reclamou, algo que vinha fazendo com frequência, como um típico juvenil. Observava com desgosto a mulher fazer as malas para uma viagem com seu pai. — Deixe seu marido ir sozinho.

— Louie, não fale assim! Tenho obrigações como rainha e, além disso, quero fazer companhia ao Cal. — Agatha examinou a bagagem e se virou para a criada que a auxiliava. — Margot, pegue meu vestido azul, por favor? Quero usá-lo no jantar.

Sim, senhora.

— Mãe, fique... — Logan tentou usar todo seu charme para amolecer a mulher. — Não posso viver nem um dia sem a senhora.

— Oh, que drama! Pelo Soberano! — Agatha gargalhou. — Pare com isso, você já tem 15 anos, é adulto o bastante para ficar sozinho algumas semanas.

— Agora que fez as pazes com seu querido marido, me abandonará?

A rainha balançou a cabeça para os lados e suspirou, pedindo aos céus para abrir o coração do filho.

— Mesmo que eu o abandonasse, coisa que nunca acontecerá, você jamais ficaria sozinho, meu amor. O Senhor está aqui — ela tocou seu peito — e aqui. — Girou o dedo pelo espaço ao redor.

— Eu sei...

— Que bom, então sua vida será plena, Louie. Nada faltará a você, nem amor, nem braços para acalentá-lo. — Ela beijou o topo da cabeça dele.

Logan franziu as sobrancelhas com a recordação e encarou o teto. Repousou a mão sobre o peito e fechou os olhos com força.

— Senhor, pode me socorrer aqui? Agora?

Quase no mesmo instante, escutou batidas fortes na porta e seus batimentos se descontrolaram. Com as pernas trêmulas, caminhou até lá e a abriu.

— Gale? — Uma careta tomou seu rosto.

— Aí está você! Deixe-me entrar antes que eu vire um boneco de neve.

O príncipe abriu passagem para o amigo e ele estremeceu dos pés à cabeça ao parar próximo à mesa.

— Está tão frio quanto lá fora, congelaria aqui dentro. Vamos acender a lareira.

Gale se aproximou e passou o braço pelos ombros de Logan, que sorriu ao receber o aperto reconfortante, sabendo não se tratar de um mero gesto descontraído.

Os dois jovens se abaixaram diante da lareira e a alimentaram com a lenha empilhada ao seu lado. O príncipe acendeu o fogo e as chamas começaram a mudar a temperatura do ambiente. Eles se sentaram à mesa.

— Acho que o Soberano o mandou até mim. — Logan quebrou o silêncio. — Foi estranho, terminei de orar por socorro e você surgiu.

— Não me surpreendo ao ouvir isso. Temos um bom Pai.

Louie soltou um suspiro. Aquela última palavra causava mais desconforto que alento.

— Sei que a falta do rei como pai lhe machucou, meu amigo. — Gale suspirou diante das dores tão conhecidas desde que se tornara amigo do outro. — No entanto, isso não muda o fato de que o Senhor é seu Pai, e um pai perfeito, nada parecido com o Callum.

— É difícil encarar as coisas assim.

— Pode desabafar isso em oração, tenho certeza de que será encontrado em meio às suas dores e dificuldades. Seja sincero com o Senhor, conte até as partes mais escuras, como seus sentimentos a respeito do rei.

— O Soberano não está interessado em ouvir minhas lamúrias, Gale. Ele vai... Ele vai sentir nojo dessas besteiras.

— É claro que não, Logan!

— Ele é tudo que tenho de seguro, não posso perdê-Lo também. O que faço caso Ele se enfade? Caso deixe de me amar?

A mera possibilidade angustiou seu coração.

— Meu amigo — o ruivo apertou seu ombro —, nada pode fazer o Senhor lhe amar menos.

— Eu peco muito, muito mesmo.

— Eu também. Todos nós, na verdade. Mas imagine que seus pecados são flechas e lanças arremessadas em direção ao amor de Deus; você pode pensar que eles vão impactar como Ele lhe vê, porém está enganado. Nossos erros sequer riscam a superfície do amor dEle.

Com essas palavras, Gale conseguiu a atenção do amigo, aguçada pela ideia.

— O Callum pode ter sido negligente, porém nosso Pai Celeste difere de um humano, até de um bom pai humano. Ele nunca vai mudar com você, não importa o que faça, pois há um amor pactual envolvendo sua vida, um Amor que foi até as últimas consequências pelos seus filhos, por você.

O príncipe afundou o rosto nas mãos e as molhou com suas lágrimas. Não queria chorar na frente do amigo, porém estava com o peito carregado demais para "ser forte".

— Como mostro ao Senhor que o reconheço como meu Pai? — Ergueu os olhos vermelhos para Gale.

— É só dizer, meu amigo. — O guarda sorriu de orelha a orelha.

— E eu posso dizer que não consigo perdoar o Callum?

— Claro que pode. Na verdade, talvez seja exatamente isso que lhe falta, reconhecer que não consegue sozinho.

Logan desviou o olhar, refletindo naquelas palavras. Era um fato: esteve lutando com as próprias forças e só fracassou.

— Seja sincero e peça ao Soberano para quebrar as partes duras do seu coração — Gale aconselhou. — Ninguém é merecedor do perdão dEle, mas fomos perdoados mesmo assim e é nosso dever imitá-Lo, quantas vezes for preciso, o ofensor sendo merecedor ou não. E ainda que acabe se afastando dessa pessoa por várias razões, o perdão liberado trará paz ao seu coração e agradará a Deus.

— Faz sentido. — Logan balançou a cabeça e suspirou. — Clamarei por ajuda, pois não vejo como conseguir sem Deus.

— É muita graça que não estejamos sozinhos nas nossas lutas. — Gale ofereceu um sorriso e o amigo retribuiu.

— Mas agora me diga: como veio parar aqui? — Logan franziu o cenho.

— Ah! Encontrei a Adelaine cabisbaixa no caminho e ela me contou como você saiu transtornado, depois esbarrei com seu pai no estábulo. Ele queria a todo custo pegar um cavalo e vir procurá-lo, disse que o viu pela janela saindo a toda velocidade.

— O quê? — Soltou uma risada sarcástica. — O rei nunca faria isso! Ele jamais se preocuparia comigo.

— Pois ele estava bem determinado e precisei convencê-lo que cuidaria disso, somente assim deixou a teimosia de lado e voltou ao quarto. Pelo visto temeu perder você do mesmo modo que perdeu sua mãe, sabe como aquele dia foi torturante para ele.

Logan sabia. Lembrava bem da preocupação do rei ao sair para procurar a esposa depois da demora dela em retornar do passeio a cavalo, e do seu desespero ao voltar com ela desacordada após ter sofrido uma queda brusca. Pela primeira vez o filho havia sentido que partilhava algo com o pai, a dor de perder a mulher que mais amavam.

— Bom — Louie engoliu o nó em sua garganta —, não acredito que tenha sido mesmo preocupação. Mais provavelmente estava bravo pelas coisas que eu disse antes de sair.

— Brigaram de novo?

— Não, a Ada me pressionou para pedir perdão a ele, porém, quando fiquei frente a frente com o rei, só consegui desabafar o quanto ele magoou a mim e a minha mãe.

— Quem sabe suas palavras tenham mexido com ele.

— Posso relevar a esperança da Ada, mas você conhece bem seu rei, não há nenhuma parte sensível nele.

Gale suspirou e assentiu. Tinha muito carinho pelo amigo e pela falecida rainha, por isso se compadecia de suas dificuldades.

— Preciso de um momento sozinho, Gale — Logan disse, atraindo sua atenção. — Pode me esperar aqui? Estarei lá fora.

— No frio?

— Não sou tão sensível, meu caro, passei pelo mesmo treinamento que você, esqueceu? Consigo sobreviver, talvez até melhor que o dono da frase "está frio demais para cavalgar".

— Uh! Sim, capitão. — Tirou um chapéu imaginário em sinal de respeito, provocando um sorriso suave no rosto do amigo.

Logan saiu e foi recebido pelos flocos de neve. Eram poucos, porém foram um aviso para que não se demorasse. Ele caminhou até um pedaço de tronco ao lado do lago e se sentou. Esticou a mão e tocou a superfície gelada da água com as pontas dos dedos. Em breve uma fina camada de gelo o cobriria, antes de tornar-se mais densa.

Desde que Louie perdera sua mãe, sentia-se como se andasse sobre um lago assim, a camada fina de gelo estralava a cada passo. Estava inseguro e com medo de cair a qualquer segundo, então fez da luta contra o pai a corda que conservava sua esperança, a ambição de vencê-lo lhe dava ânimo para continuar a andar. No entanto, a corda feria suas mãos e causava mais dor do que ele queria sentir.

— Senhor — sussurrou o começo de uma oração que havia demorado muito para fazer, porém não era tarde —, Tu és o Pai que eu sempre quis ter. Esteve aqui comigo em todas as noites escuras e eu não soube reconhecer essa presença perfeita. Mantive meu coração afundado em mágoa e dor, quando a cura estava tão perto. Sei que sou indigno de qualquer bem vindo de Ti, mas também tenho a promessa de que és fiel apesar de mim. Por favor, quebra toda a dureza do meu coração e me ajuda não só a perdoar o Callum, como também a ver o Senhor como meu Bom Pai. Obrigado por nunca ter me deixado sozinho, nem quando eu pensei estar. Decido abandonar o que estava adoecendo-me e peço que troque tudo isso pelo que agrada a Ti. Essa é a oração do Teu filho, em nome de Jesus, amém.

— Preciso me aquecer! — Gale exclamou enquanto seguiam por um dos corredores do palácio. — Será que posso ser promovido à guarda da lareira?

— Estou sem minha espada aqui, mas... — Logan deu um tapinha em cada ombro do amigo. — Acabei de condecorá-lo. Vá em paz.

— Mesmo? — O ruivo ergueu as sobrancelhas.

— Sim. — Logan sorriu de lado. — Não vou fugir de novo.

— Estou atento. — Estreitou os olhos e se despediu, deixando o amigo no corredor onde ficava seu quarto.

Cada passo de Logan era muito mais leve do que quando saiu. Ele não sabia como seria o futuro, porém confiava em um socorro bem presente.

— Logan? — A voz do rei lhe sobressaltou.

O teste será tão rápido, Pai?

— Sim. — Ele se voltou para o homem, parado na porta do próprio quarto.

— Estava na cabana?

— Correto.

— Imaginei. — Callum se apoiou no batente e encarou o chão.

— Não aconteceu nada demais, apenas queria ficar sozinho. — Logan tratou de explicar-se, pois desejava ir embora logo.

— Você e sua mãe amavam fugir para lá, lembro bem.

— Achei que não notava. — Franziu as sobrancelhas.

— Nunca fui bom em demonstrar nada, então é compreensível. — Ele passou os dedos pelos cabelos. — Enfim, só queria ver... Ver se estava inteiro. Saiu tão alvoroçado depois de dizer aquelas coisas estranhas. Algo ruim poderia ter acontecido.

Então foi mesmo por causa da mamãe.

— Estou vivo, nenhum arranhão.

Callum o encarou por alguns segundos antes de assentir. Abriu a boca para dizer mais alguma coisa, porém mudou de ideia.

— Certo.

E se fechou no quarto.

Logan deixou os ombros caírem, aliviado por ter passado pelo embate sem problemas. Entrou em seu quarto e, depois de trocar de roupa, observou a neve intensificando-se lá fora.

— Será que o Gale está deitado na frente do fogo igual fazia quando criança? — indagou para si, divertindo-se com a ideia.

Decidiu ficar com o amigo, porém foi pego de surpresa ao abrir a porta e encontrar Adelaine andando de um lado para o outro.

— Ada? — ele chamou e a moça pulou de susto. — Está dançando no corredor?

— Ah, Louie! E-eu estava indecisa se batia na porta. Mas agora já foi.

— O que deseja? — Preocupou-se ao ver seus olhos marejados.

— Por favor, não me odeie! — Lágrimas começaram a encharcar as bochechas dela. — Fui boba e o forcei a falar com seu pai. Deveria ter sido paciente e compreensiva, porém fiz o contrário e expus você a uma situação desconfortável ao extremo!

O coração do príncipe se partiu ao ver a amiga em prantos. Não pôde fazer outra coisa a não ser envolvê-la em seus braços, acalentando-a como ela havia feito com ele horas antes. Adelaine assustou-se, porém retribuiu em um abraço apertado logo que conseguiu.

— Ainda sou sua amiga? — ela murmurou contra seu peito.

— Para sempre. — Eles se afastaram e o príncipe deixou um beijo nos dedos da moça, o que provocou borboletas no estômago dela e enrubesceu suas bochechas. — Não fique entristecida, coisinha miúda, sei que teve as melhores intenções.

— Tive, porém ainda assim agi do jeito errado. Cada pessoa tem seu tempo, deveria ter pensado nisso. — Ela esboçou um sorriso constrangido. — Pode me perdoar?

— Com certeza. — Logan sorriu para ela, que logo se iluminou de novo. — Mas você gostará de saber que o Senhor usou essa situação para o meu bem.

— É verdade? — Ada uniu as mãos sob o queixo. — Conte-me tudo!

Logan riu e enlaçou o braço dela ao seu, todavia a moça se desvencilhou.

— Não podemos ficar muito perto aqui no trabalho, Louie! Esqueceu?

— Bom, algumas pessoas já sabem. — Ele indicou os dois guardas parados no corredor.

— Ah, o Carter e o John são muito discretos.

— Quer mesmo esconder nossa amizade? — Logan fez uma careta.

— Por favor, Altezinha, pela minha paz!

— Certo, certo. — Meneou a cabeça, colocando as mãos nos bolsos. — Vamos, estou indo para a sala de estar, conto tudo no caminho.

Adelaine concordou e seguiu o amigo, concentrada em escutar seu relato dos fatos há pouco acontecidos e em diminuir o ritmo dos passos sempre que se encontravam com alguém.

Capítulo 19

Era manhã e Logan estava na biblioteca, concentrado em seu papel de rei temporário. Ponderava as mudanças que poderia implementar sem que o pai o barrasse, quando sua atenção foi roubada por Adelaine. Ele sorriu e apoiou o rosto na mão, escutando-a cantarolar atrás dele durante a limpeza das estantes.

— Um amor, um amor. Meu bem, me dê o seu amor...

O príncipe não conteve o riso ao ouvir aquele verso e em poucos segundos sentiu algo chocar-se contra sua cabeça.

— Adelaine! — Virou-se para ela, ainda rindo, e viu a moça com um pano torcido em mãos.

— Sei que sou desafinada, mas tenha modos e disfarce, seu... Seu... *Argh!*

— Acalme-se, miúda. — Ele se inclinou e segurou a mão dela, puxando-a para perto da mesa. — Não canta mal.

— Agora ficará de charme para se retratar. Eu o conheço, Altezinha!

— Não estou "de charme". — Ergueu uma sobrancelha. — Mas, me diga, gosta de música?

— E quem não gosta? — Ada suspirou em deleite. — Mamãe cantava como um anjo! Acho que veio daí meu apreço.

— Isso é bom. Estava conversando com o Gale sobre suas aulas e ele me disse que a música é uma excelente ferramenta para o aprendizado.

— Ah, então o Gale me ensinará a ler?

— Não, eu irei. — Logan cruzou os braços.

— Ah, sim. Tudo bem. — Ela deu de ombros.

— Espera, queria que fosse o Gale?

— Só perguntei, pois, pelo visto, ele tem experiência. E você anda tão ocupado!

— A mãe do Gale ensinou os filhos a ler e a escrever, e, sendo o mais velho, ele a ajudava com frequência, então pedi ajuda. Porém fui eu quem me comprometi com a senhorita, não foi? Você o preferiria? — Sua expressão endureceu.

— Calma, não precisa se irritar, Louie. — Ada agitou as mãos em frente ao corpo. — Estou muito grata e feliz por você me ensinar. Sei que será muito divertido e enriquecedor.

Logan suavizou seu rosto, desconfortável com a própria reação. O que tinha dado nele?

— Desculpe, fui estúpido. — Culpado, ele sorriu para a amiga, que retribuiu. — Apenas saiba: estou dando tudo de mim por seu aprendizado. Quero mesmo que aprenda a ler e a escrever muito bem.

— Sei disso. — Ela apertou sua mão. — Quando nossas aulas começam? Estou tão ansiosa para vê-lo como professor.

— Ah, eu também estou. — Ele riu. — Pode ser hoje, depois do almoço?

— Combinado! Agora volte ao trabalho, sei que tem muito a fazer.

O príncipe assentiu e Ada retornou ao seu serviço. Ela continuou a cantarolar baixinho e ele balançou a cabeça, sorrindo ao pensar como era bom ter a companhia daquela moça. Sua simples presença tornava tudo infinitamente melhor.

— Por que estamos na sala de música? — Adelaine olhou ao redor, encantada com a decoração.

O cômodo tinha interferência direta da rainha, a qual transformou o lugar em algo totalmente pessoal, com pinturas autorais cobrindo as paredes, cores neutras quebradas apenas pelos estofados vermelhos e lustres e molduras douradas. Ada havia descoberto através de seus colegas que Agatha adorava fazer apresentações naquele espaço e era quase diário ouvir o som das cordas embalando os arredores.

— Separei algumas músicas simples e populares para usar nas suas aulas. — Logan interrompeu o deslumbre da amiga. — Creio que serão familiares e isso ajudará na compreensão.

— Você irá tocar? — Ada arregalou os olhos.

— E cantar, essa é a parte mais importante.

Ele se sentou no banco em frente à harpa posicionada no centro da sala, um instrumento de madeira reluzente, com detalhes em ouro, de pouco menos de um metro de altura. Ada ficou parada, com os lábios entreabertos, encarando Louie.

— O que foi? — ele indagou.

— Não sabia que cantava.

— Não é nada extraordinário, sou bem mediano. Agora deixe de enrolação e se sente aqui.

— Que professor mais rude! — ela provocou ao mesmo tempo em que o obedecia.

— Estou sendo sério, minha cara aluna. — Piscou, fazendo-a sorrir. — Certo, conhece a canção "Através dos campos"?

— Sim! Minhas amigas e eu cantávamos muito quando éramos crianças, é tão mágica.

— Imaginei que diria algo assim. — Soltou um risinho. — Então vamos começar por essa. Cantarei uma vez para você recordar e depois cantaremos juntos, tudo bem?

— Eu e minha voz esganiçada? — Ada levou as mãos à garganta.

— Não é uma apresentação, estamos só nós dois aqui.

— Não zombe de mim, combinado?

— Um professor tão conceituado nunca faria isso. — Sorriu de canto e Ada estreitou os olhos. — Vou começar, preste bastante atenção, certo? Cantarei num ritmo mais lento para você entender bem os sons das letras.

Adelaine assentiu e ficou encantada quando o amigo começou a dedilhar as cordas, produzindo um som suave, porém marcante o bastante para mexer com o interior de quem ouvia. E foi mais belo ainda quando sua voz bem afinada se fez ouvir.

— Não consegui prestar muita atenção — Ada confessou ao fim da música —, você canta tão bem!

— Adelaine! — Logan repreendeu. — Foque na música.

— Tudo bem, senhor. Por favor, vamos de novo, ignorarei sua voz angelical.

Logan precisou de grande esforço para não ceder às gracinhas da amiga. Iniciou a música de novo e dessa vez ela ficou atenta. Quando ele acabou, reiniciou a melodia e pediu para Ada acompanhá-lo com sua voz, enquanto ela se habituava com a letra exposta diante deles.

Mesmo insegura, a moça começou a cantar junto e aos poucos foi ficando mais tranquila.

— Ótimo! Foi um excelente dueto. — Logan bateu palmas ao final, fazendo-a corar. — Próxima etapa: você copiará a letra da música a fim de se familiarizar com as palavras por escrito.

O príncipe pegou um caderno, lápis e a canção que havia copiado. Encaminhou Ada para uma mesa e os dois se sentaram ali.

— Faz tanto tempo que não pego em um lápis. — A moça fez uma careta, encarando, intimidada, a folha em branco. — Ah, Louie, e se eu não conseguir? E se eu for muito burra para aprender?

— Adelaine, nunca mais fale isso! Você é inteligente e vai aprender. Não precisa se pressionar ou ficar ansiosa, iremos no seu tempo, por quantos meses for necessário, entendeu?

A moça fungou e assentiu. Tomou fôlego e coragem, então escreveu a primeira palavra da folha que Logan lhe dera.

Ele a observou com atenção enquanto ela movia o lápis pelo caderno, devagar e com caligrafia disforme. Gostou de ver como não apenas copiava, mas vez ou outra parava e refletia no que tinha escrito, ora assimilando uma palavra, ora confusa sobre o sentido de outra.

Algum tempo depois, Adelaine terminou.

— Escreva seu nome no final, por favor. Sabe fazer isso, não sabe?

— Sei! — Ela se animou por ter segurança em escrever seu nome e sobrenome na folha. — Está certinho?

Entregou-lhe o caderno.

— Adelaine Sallow. Perfeito. — O amigo sorriu e ela também. — Agora vamos trabalhar em cima da letra da canção, tudo bem?

Nervosa, porém ansiosa para aprender, Ada assentiu. O homem aproximou sua cadeira da dela e começou a fazer algumas perguntas para a interpretação dos versos dispostos ali. Depois, pediu para a moça identificar e circular no texto vocábulos específicos, com sílabas mais complexas. Ela teve dificuldade com alguns, porém com calma e auxílio de Logan conseguiu terminar a tarefa.

Para finalizar a aula, ele pediu que Ada entoasse a canção de novo, dessa vez parando para refletir em palavra por palavra enquanto cantava.

— Pronto, terminamos por hoje. — Logan sorriu para a amiga. — O que achou?

— Eu gostei tanto! Obrigada por ter tornado a aula tão interessante, tive medo de não conseguir aprender nada.

— Já eu não duvidei nem por um segundo.

— Obrigada por acreditar em mim e se dedicar tanto para realizar meu sonho.

O coração do príncipe esquentou ao ver a felicidade estampada no rosto dela. Teve vontade de afagar suas bochechas rosadas e ficar para sempre admirando seus olhos brilhantes.

— Sinto-me realizado quando a vejo sorrir. — Ele segurou as mãos dela. — Farei tudo que puder para seu rosto estar sempre iluminado assim.

— Você é o melhor amigo que eu poderia ter — Ada respondeu, emocionada, e o abraçou apertado. — Bendito o dia em que quase arrancou minha cabeça por ter mexido em suas coisas.

Logan gargalhou e ela se afastou.

— Eu pensei isso mesmo! — Ada garantiu.

— Perdão, não estava no meu melhor dia.

— Tudo bem. Graças a isso, você e eu somos o que somos hoje. — Ela juntou as mãos sobre o colo. — Agora eu devo ir, preciso trabalhar.

— Eu também, estou preparando algumas propostas para apresentar ao meu pai, possibilidades para nosso reino.

Porém gostaria muito de poder ficar mais um bom tempo com você, ele pensou.

— Que maravilha! Espero que dê tudo certo, Louie. E obrigada de novo pela aula, mal vejo a hora das próximas!

— Estude em casa o que aprendeu hoje, combinado?

— Sim, senhor. — Ela acenou e se dirigiu à porta.

Antes de sair, virou para o amigo e fez uma dancinha empolgada com o caderno abraçado contra seu peito. Logan não pôde deixar de rir, ao mesmo tempo em que se encantava um pouco mais por Adelaine.

Capítulo 20

— Eu definitivamente não fui feito para o frio! — Gale entrou na sala de Logan. — Quero o sol de volta.

O guarda cruzou o cômodo e se sentou diante da lareira crepitante. Logan abafou o riso, aquela expressão enfadada acompanhava o amigo desde a infância quando o assunto era inverno.

— O que está fazendo? Trabalhando em pleno domingo? — Gale estalou a língua em repreensão.

O príncipe deixou a pena de lado e o encarou com uma expressão culpada.

— Quero finalizar logo essa apresentação para o rei.

— Ah! Nas últimas duas semanas você não tirou o nariz disso, claro, a não ser para dar aulas para sua protegida. Finalmente falará com seu pai?

— Sim, não posso adiar mais.

— Parece que alguém está gostando de ser rei.

— Estou mesmo, ainda que seja cansativo e a cabeça fique cheia... Bom, pelo menos quando você procura meios de ajudar seu povo, e não de como ter mais ganho para si. — Logan ergueu os lábios em um sorriso desdenhoso.

— Quem sabe seu reinado comece antes do esperado — Gale disse em tom baixo, a fim de não ser escutado pelos de fora. — Lyria exultaria!

O príncipe esperava se empolgar diante daquela possibilidade; no entanto, o sorriso em seus lábios sumiu ao ouvir o amigo.

— Qual o problema? — Gale se preocupou. — Sei que não é um pensamento muito leal ao rei, mas...

— Não é isso. Eu só não consigo ficar animado por inteiro. — Logan esfregou as mãos no rosto e sentiu a barba por fazer pinicar suas palmas. A cabeça estivera cheia demais até para pensar em cuidados simples. — Ver meu pai sofrendo me deixou mais angustiado do que eu imaginava. Não deveria me importar com ele, certo?

— Alegrar-se com o sofrimento dele parece a coisa mais anticristã a se fazer. — Deu de ombros. — Você está agindo de modo apropriado.

— Espero que sim.

O silêncio recaiu entre eles enquanto Logan refletia acerca dos próprios sentimentos. Durante sua vida, havia passado do anseio pelo amor do pai ao ódio e desprezo, para então ver-se vacilando nesses dois últimos e dando espaço a algo estranho e novo, o que não compreendia ainda.

— Bem — ele decidiu mudar de assunto —, vamos falar sobre coisas mais alegres. Como foi sua visita à Elisa?

O clima taciturno foi facilmente diluído pelo sorriso que iluminou o rosto do guarda.

— Foi ótima! Diferente de quando fiquei sentado na porta dela na semana passada, esperando que voltasse do trabalho e congelando até os ossos.

— Estava coberto de azar, nem a Florence se encontrava em casa para acolhê-lo — Logan recordou sem esconder o divertimento.

— Dessa vez, achei a Elly em casa e conversamos por bastante tempo, junto da sra. Florence. Ah! E a Lucy estava mais agitada do que nunca, então fui arrastado para suas brincadeiras. — Nenhum traço de incômodo apareceu em seu rosto ao dizer isso, apenas o mesmo sorriso genuíno se via ali. — Ela me forçou a contar cada detalhe de sua vida, pois a saudade é grande, tanto para ela quanto para a querida senhora.

— Melhor pular essa parte, meu peito já dói o bastante sem saber disso. — O príncipe apoiou a bochecha na mão e soltou um suspiro triste. Odiava a impossibilidade de visitar as amigas. — O que tanto conversou com a Elisa?

— Contamos o que fizemos durante a semana e isso levou a um milhão de assuntos variados. No entanto, o mais marcante foi ouvi-la dizer que sentiu minha falta. Não apenas falta de nossas conversas, mas de mim, da minha presença.

Logan se esforçou para manter a expressão neutra, porém seu rosto se tornava mais vermelho a cada segundo.

— Vai explodir desse jeito. — Gale revirou os olhos. — Pode seguir em frente.

A risada presa escapou dos lábios do moreno e logo ele estava chorando de tanto gargalhar com as palavras do amigo. Gale não sabia se ria também ou se dava alguns tapas na cabeça dele.

— Perdão. — Logan ergueu a mão e respirou fundo para recompor-se. — Mas foi muito engraçado. Continue, por favor.

— Acha que sou um bobo da corte? Temo contar o resto e você morrer de tanto rir de mim.

— Prometo me conter! Agora fale de uma vez.

— Eu mudei de ideia sobre me casar.

Um risinho escapuliu de Logan, contudo ele o controlou diante da careta do amigo.

— Ah, é mesmo? Então a Elisa é a heroína de sua mãe?

— Talvez.

— Por favor, pode dizer a frase: Logan, meu caro e ilustre irmão, você estava coberto, envolto, preenchido pela razão!

— Cale a boca — pediu, mas acompanhado de um riso bem-humorado.

— Oras, eu avisei, não avisei?

— Sim, avisou. Você estava *envolto* em razão. Satisfeito?

— Eu tenho uma habilidade impressionante para enxergar o que ninguém vê. — Logan estufou o peito.

— Se não calar a boca, paro de contar.

— Tudo bem! Continue.

— Você sabe que nunca sonhei com um casamento, mas quando vi o sorriso doce da Elly ao dizer que sentiu minha falta, tudo pareceu mudar. Vinha reconhecendo meus sentimentos há um tempo, mas hoje foi como se tudo se alinhasse. Agora o que mais desejo é formar uma família com ela e a Lucy.

— E o que o impede? Confesse seus sentimentos e peça a mão dela!

— Esse é o problema — Gale suspirou —, não tenho certeza se ela vai aceitar.

— Meu amigo, não acredito que possa ter certeza até ouvir o "sim".

— Não é isso, Louie. A Elly tem alguns traumas e medos que parecem impedi-la de se abrir por completo. É fácil notá-los quando você a conhece mais profundamente.

— Compreensível. Mas, se é assim, conquiste-a! Mostre que a ama de forma verdadeira.

— É o meu plano. — O guarda esboçou um meio sorriso. — Quem diria que, quando o amor me fisgasse, precisaria correr atrás com tanto esforço.

— Ironias da vida, meu caro. Mas bem-feito!

— Caramba! Que belo amigo!

— Estou errado? Você desprezou os sentimentos por tanto tempo, seria simples demais apenas pedi-la em casamento e receber um sim — Logan caçoou. — Todavia, falo com seriedade agora: as coisas mais importantes da vida custam suor e perseverança. É o que minha mãe sempre dizia, e a sra. Agatha era um poço de sensatez.

— Ela riria de mim agora, não riria? — Gale emitiu um riso suave.

— Com certeza, seríamos nós dois zombando de você. Farei as honras por mim e por ela.

— Ah, é claro! — Gale revirou os olhos, porém sorriu para o amigo. — Obrigado por me ouvir.

— E pelo empurrão sutil que a Ada e eu demos nesse arranjo. — Piscou.

— Sutil? Sutil como um elefante!

O príncipe deu um sorriso culpado enquanto encolhia os ombros.

— Falando em Adelaine... — o guarda começou, carregado de insinuação. — Como estão as coisas?

— *Coisas*?

— Sim, seus sentimentos.

— Não é porque você está apaixonado que eu também estou.

— Vai dizer que não sente nada de especial por ela?

Logan abriu a boca para negar, porém a imagem da moça radiante durante a sua primeira aula dançou diante dos seus olhos. Umedeceu os lábios, lembrando também de como sempre se sentia melhor quando Ada estava por perto e do modo como seus pensamentos voltavam para ela ao longo do dia. Essas coisas não significavam nada além de amizade, certo?

— Carinho. — Ele pigarreou. — É só o que sinto.

— Sei...

— Vamos mudar de assunto? — Logan se levantou. — Terminei minha proposta para o rei, pode me acompanhar até o quarto dele? Desconfio de minhas habilidades de domínio próprio caso ele zombe da ideia.

— Está bem, prometo arrastá-lo para fora no primeiro sinal de veias saltando e rosto em chamas.

— Ótimo! É disso que preciso.

Os dois homens deixaram a sala privada do príncipe e seguiram em direção ao quarto do rei.

Nos primeiros dias no novo cargo, Logan teve medo de que ele subisse a sua cabeça, enchendo seu coração de raiva outra vez. No entanto, aconteceu o contrário. O príncipe estava encarando tudo aquilo como uma oportunidade do Senhor para que ajudasse seu povo.

Podia não ser o rei *oficialmente,* porém atuar naquela posição lhe dava credibilidade diante dos nobres e experiência para não ser somente um filho revoltado, e sim o herdeiro de Lyria. Sabia que um dia se sentaria no trono em definitivo e queria estar preparado e firme o bastante para não ser guiado apenas por sentimentos.

Logan tinha aproveitado o afastamento de Callum e promovido uma reunião com os homens de confiança de seu pai para expor uma de suas ideias mais simples diante daqueles que, querendo ele ou não, eram mais experientes. E grande foi a sua surpresa quando a maioria se mostrou interessada na ideia. Todavia, a proposta precisava ser aprovada pelo rei e era ali que Logan não tinha segurança alguma.

Ele bateu na porta do quarto do pai enquanto orava por mansidão, depois adentrou o cômodo, seguido por Gale, que permaneceu de pé na entrada. O rei estava em repouso após uma leve crise de dor e o filho não queria irritá-lo, porém a situação pedia urgência.

— Soube que teve uma reunião ontem. Como foi? — Callum perguntou, forçando-se a sentar na cama. Logan notou sua dificuldade e o ajudou. — Obrigado.

— Correu tudo muito bem.

— Ótimo, ouvi elogios a respeito de seu desempenho.

— Ouviu? — Logan ergueu as sobrancelhas.

— Sim. Estava conversando com o Christopher e ele me passou um panorama positivo dessas semanas. Você não está fazendo nenhuma loucura; isso me deixa surpreso, confesso. Pensei que tentaria instaurar uma revolução tão logo se sentasse em minha cadeira.

— Na verdade, gostaria de conversar sobre algumas coisas com o senhor. — Logan encheu o peito de ar, ignorando a provocação.

— Ah, eu comemorei cedo demais!

— Não se trata de nada revolucionário, pelo menos não como o senhor pensa.

— Bom, se é assim, tem minha completa atenção. — O rei cruzou os braços e encarou o filho.

Logan trouxe à memória muitas coisas para encorajar-lhe naquele momento. O olhar amável de sua mãe, a esperança no sorriso de Lucy, a confiança de Florence e a fé de Ada. Lembrou da paz que preencheu seu coração depois da oração na beira do lago e usou tudo isso para falar:

— Pai, eu tenho orado muito nos últimos dias e escutado conselhos de pessoas mais sábias que eu. No fim, cheguei à conclusão que não quero mais brigar com o senhor. Estou cansado dessa disputa entre nós e por isso gostaria de saber se aceita me deixar participar mais ativamente do governo. Garanto não possuir o desejo de usurpar seu trono, apenas quero ter minha voz ouvida e levada em conta.

— Espere — Callum ergueu uma sobrancelha —, está dizendo que vai parar de brigar comigo em todas as ocasiões possíveis?

— Sim, estou. Porém não poderei fechar os olhos para a realidade do nosso povo e ignorar as discordâncias existentes entre nós. Minha proposta é que Vossa Majestade aja em favor de Lyria, fazendo algumas mudanças necessárias.

— Temos mantido nossas diretrizes por anos e deseja mudar tudo *agora?*

— Não precisamos mudar tudo. — Logan pensava ser melhor ir aos poucos. — Mas...

Ele inspirou fundo para tomar coragem e assim contou sobre sua viagem às vilas, sobre as reclamações e o sofrimento visto tão de perto. Não ocultou seus sentimentos ao relatar cada detalhe, escolheu ser vulnerável pelo bem do seu povo. Talvez assim tocasse em alguma parte ainda viva do coração do pai.

O rei escutou tudo com expressões alarmadas e Logan esperou que o chamasse de burro por ter compaixão daquelas pessoas.

— Eu entendi direito? Você foi para o meio do povo com um único guarda, expondo sua vida desse jeito estúpido e imprudente? — Callum se sentou na beirada da cama para ficar mais perto do filho. — Enlouqueceu, Logan?

— Gale e eu nos disfarçamos, está bem? Ninguém nos reconheceu.

— Nunca mais faça isso, está ouvindo? Poderia ter morrido! — O desespero estava palpável em sua voz e rosto vermelho. Logan ficou paralisado. Aquilo que via nos olhos do pai não poderia ser medo e preocupação, poderia?

— Não queria irritá-lo, perdão — respondeu baixo, ainda assimilando a situação.

— Eu só... Bem, só estou pensando no futuro do reino. — O homem voltou a recostar-se na cabeceira e limpou a garganta antes de prosseguir: — A coroa precisa continuar em nossa família e você é o único herdeiro. Foi isso que me angustiou.

Logan não sentiu veracidade em suas palavras, porém estava confuso demais para questionar.

— Não irá se repetir — o filho garantiu. — Mas e o que lhe pedi? Escutará minhas sugestões e me deixará participar do governo?

O rei soltou um suspiro ruidoso.

— Preciso pensar em tudo isso.

— Há algo urgente que não pode esperar. — Logan lançou um olhar às anotações em suas mãos e encontrou a determinação outra vez. — O inverno ficará mais rigoroso a cada dia e muitos moradores das vilas estão passando necessidade, tanto de agasalhos mais grossos quanto de apoio financeiro.

— Quer dar dinheiro a eles? — indagou com desdém. — Deveriam trabalhar para tê-lo.

— Isso é complicado. A seca nos deixou, porém ainda vemos vestígios dela. As colheitas deste ano não foram como de costume, há famílias sem dinheiro para o básico, ainda mais com a necessidade de pagar os impostos tão pesados para muitos. Por isso eu peço: por favor, me permita usar um pouco do que temos em abundância para auxiliar nosso povo.

O rei desviou o olhar e refletiu por algum tempo. Tempo o bastante para deixar Louie aflito e levá-lo a jogar sua última carta:

— Caso não aja por misericórdia, faça pelo bem de sua imagem perante o povo. Súditos cheios de ódio geram revoltas e confusão desnecessárias, como no caso daquele alvoroço algumas primaveras atrás. O dinheiro gasto com essa ação seria pouco comparado aos benefícios.

Callum assentiu devagar e Logan percebeu ter dito a coisa certa.

— Você me dará um pouco de sossego se eu permitir? — O homem o fitava com seriedade.

— Sim! Serei muito grato. — Logan arriscou um sorriso, o que pareceu surpreender o pai.

— Bom, se é assim, tudo bem. Pegue o que for necessário.

— Obrigado, pai! — Ele abriu um sorriso mais amplo, ficou de pé e fez uma reverência. — Muito obrigado.

— Deixe de exageros e vá logo fazer o que precisa. — Callum abanou a mão.

Logan assentiu e saiu do quarto com Gale em seu encalço, sem tempo de ver o rascunho de sorriso que surgiu nos lábios do rei.

— Você conseguiu! — Gale parabenizou o amigo com batidinhas em suas costas. — Bom trabalho!

O príncipe soltou um riso aliviado.

— Consegui disfarçar bem o nervosismo?

— Nervosismo? Não houve traço algum disso, apenas um líder nato intercedendo por seu povo.

— Obrigado pela ajuda, meu amigo. Estou tão feliz agora que, como diz a Ada, poderia sair dançando! — Ele abriu os braços num gesto entusiasmado. — Falando em Adelaine, preciso contar a novidade agora mesmo.

— Ela já deve ter ido para casa a essa hora.

— Sim, sim, você está certo. — Soltou um suspiro. — Conto amanhã, sem problemas!

Eles entraram na sala do príncipe outra vez e se sentaram no sofá diante do fogo.

— Fui pego de surpresa por sua confissão a respeito de nossa "aventura" — Gale retomou o assunto.

— Só contei para convencê-lo a apoiar o projeto. Pareceu-me estranho o modo como meu pai reagiu. Foi algo como... preocupação. — Fez uma careta.

— Também percebi! Agora vê como eu não estava inventando?

— Não é possível, Gale, meu pai não se importa com minha vida. — Logan balançou a cabeça. — No entanto, não parecia fingimento. O Callum é bem sincero, não se preocupa em esconder o que pensa. Quais devem ser as razões por trás disso?

— Bem, não tenho essa resposta. Porém você pode tentar descobrir sozinho.

Logan franziu levemente as sobrancelhas ao recordar as expressões do pai.

— Farei isso! — decretou. — Odeio ficar curioso desse jeito. E o máximo que pode acontecer é ele zombar de mim por cogitar sua preocupação.

— O jantar é daqui a pouco, use esse tempo ao seu favor.

O moreno assentiu, determinado a desvendar o mistério.

Capítulo 21

Os talheres eram os únicos sons escutados na iluminada sala de refeições da família real. Era um cenário comum, porém naquela noite estava deixando Louie ansioso. Ele esperava a hora certa para introduzir o assunto, mas a sobremesa terminou e nada disse.

Quando Callum se levantou para sair, não pôde mais adiar.

— Pai!

— Sim?

— Aceita tomar uma xícara de chá comigo? — Soltou a primeira opção que veio a sua mente.

— Chá? Agora?

— É, agora. Já vai se deitar?

— Bom, pretendia ir, porém estou curioso para saber o que motivou esse convite. Aposto que não foi o desejo de passar um tempo comigo.

— E se for? — Louie arriscou, testando-o.

O rei piscou repetidamente e sua boca abriu e fechou sem emitir som.

— Ah... Bem, então vamos. — Um pequeno sorriso surgiu no rosto dele e Logan conteve um arregalar de olhos.

O filho pediu para uma empregada providenciar o chá e os dois seguiram para a sala de estar reservada exclusivamente para a realeza. A lareira produzia um ambiente aconchegante e impedia que a frieza externa os alcançasse; no entanto, o clima entre os dois homens parecia demais até para o fogo.

— O Natal nem chegou e já está nevando bastante. — Logan puxou assunto. — Deve ser o prelúdio de um inverno intenso.

— Provavelmente.

— Tem estado muito entediado nesses dias?

— Com certeza, ao ponto de planejar escapulir quando não estiverem olhando, pular a janela ou algo semelhante.

Logan ficou sem reação diante da brincadeira.

Onde está a mamãe para rir agora?

Um clima estranho se instaurou entre eles e o príncipe suspirou de alívio quando o chá foi servido.

— Ainda falando em tédio... — Callum disse, atraindo sua atenção. — Há alguns dias resolvi caminhar pelo palácio e escutei a harpa.

— Ah! Voltei a tocar. — Um sorriso suave adornou o rosto do príncipe.

— Que coisa boa! Por um instante pensei que era... — o homem se interrompeu e soltou um suspiro.

— A mamãe — Logan completou.

— Sim, mas logo passou.

— Confesso que tive medo de tocar desde que ela se foi, porém o som daquelas cordas me trouxe tantas boas memórias. É como preservar um pedaço de quem ela era.

— Seria loucura pedir que toque um pouco agora? — Callum perguntou, hesitante.

Logan era pego de surpresa a cada segundo daquela conversa.

— Não, não seria. Vamos até lá.

Callum prontamente deixou sua xícara de lado e seguiu o filho até o salão onde o instrumento ficava.

— O que o levou a retornar à harpa?

— Uma amiga.

— Trouxe alguma mulher aqui nos últimos dias?

— Não. Minha amiga trabalha aqui, é uma das criadas. Estou dando aulas de escrita e leitura para ela e a música ajuda.

— Uma criada? Mesmo? — Soltou uma leve risada. — Não sabia que era amigo dos serviçais.

— O nome dela é Adelaine. Eu a fiz me guiar na viagem do Festival.

— Então a moça está envolvida nessa sua estupidez?

Louie lançou um olhar atravessado para o homem.

— O que foi? Não menti.

— Forcei-a a isso, porém viramos amigos no processo.

— Bom, ela deve ser especial para você, já que o fez voltar a tocar.

Por alguma razão, Logan não queria falar sobre a Ada com o pai, e por isso permaneceu em silêncio durante todo o trajeto. Quando chegaram à sala de música, o príncipe se sentou em frente à harpa e o pai colocou uma poltrona ao seu lado, observando-o. Não era nada parecido com o olhar de Adelaine; sendo assim, o harpista ficou mais nervoso do que esperava.

— Que tal aquela que a Agatha compôs? — Callum sugeriu ao notar sua hesitação.

Logan concordou e posicionou os dedos nas cordas. Seu sorriso foi espontâneo quando a melodia doce da canção de louvor começou a espalhar-se pelo ar. Sua mãe o havia ensinado a amar a música e sempre dizia que ela era capaz de unir as pessoas, independentemente das diferenças entre elas.

Sem que notasse, sua mente voltou alguns anos antes, numa das últimas memórias com sua mãe. Ela tocava aquela mesma canção enquanto os dois cantavam juntos. Seu pai estava no cômodo e, quando o filho ergueu o olhar, encontrou admiração em suas feições. Um sentimento direcionado não apenas à sua mãe, mas a ele também. Naquela época, lutava para continuar acreditando que era só questão de tempo até Callum voltar a ser distante e frio, porém, quando a apresentação acabou e o rei bateu palmas e os encheu de elogios, um pedacinho da muralha do príncipe ruiu.

Ali, anos depois, Logan se perguntou como as coisas teriam sido se tivesse derrubado o resto da barreira. Por acaso, ele e o pai poderiam construir um relacionamento do nada? Ou tudo estava fadado a ser sempre igual?

Ao término da canção, Callum bateu palmas e sorriu para ele. O coração de Logan parecia estar em queda livre, como se a qualquer segundo fosse atingir o solo e parar de bater.

— Foi muito bonito, Louie. Quer dizer, *Logan.* — Pigarreou. — Acho que deveria tocar mais vezes.

— Tocarei, sim.

— Muito bem. Isso é especial para nós dois, pois nos lembra sua mãe e, apesar das nossas divergências, o amor a ela nos une.

Essa ideia desfez toda a nuvem de confusão que pairava sobre Logan e ele soltou uma risada sarcástica.

— *Eu* a amava. Já o senhor, bom, não sei quanto tempo duraria sua cena. — Havia rancor em cada palavra.

— Estava demorando! — Callum soltou um suspiro alto. — Fui um tolo por pensar que você queria passar um tempo amigável comigo. Pelo visto a conversa sobre parar de brigar se referia apenas às reuniões, certo?

— Não se faça de coitado, não combina com seu tipo. — O sangue de Logan aparentava estar mais quente que o normal.

Aquela noite não estava planejada para acabar em brigas, porém os dois pareciam atraí-las.

— Eu o chamei porque queria respostas, está bem? — Logan soltou de uma vez. — Precisava saber se estou louco ou se hoje mais cedo o senhor demonstrou preocupação comigo.

Callum arfou com as indagações, suas íris se moviam de modo inquieto pelo rosto do filho.

— E se demonstrei? É um crime me preocupar com o meu filho?

— Pare de agir como se fosse um pai exemplar. Você nunca se importou! Nunca! Se não era assim, por que o senhor sempre nos afastava?

— Porque eu não queria ser como o meu pai! Não queria ser fraco!

O silêncio pairou no ar por alguns instantes. Logan não conseguia entender o que ele quis dizer com aquilo.

— Qual o envolvimento do meu avô nisso?

Callum deixou os ombros caírem e passou os dedos pelas madeixas longas, bagunçando-as. O homem de repente pareceu mais velho e mais cansado.

— O amor enfraqueceu meu pai, Logan. Você sabe que minha mãe morreu quando eu era bem pequeno, porém depois disso meu pai decidiu desesperadamente achar outra mulher para ocupar o lugar dela, como se ele fosse totalmente dependente desse sentimento para viver. Os amores o corromperam, todas aquelas mulheres se aproveitaram dele e o levaram ao fundo do poço. Nunca desejei começar a reinar tão cedo, porém, com a morte precoce do Rei Dmitry, precisei carregar este reino nas costas. Queria fazer tudo sozinho, mas a lei me obrigava a casar e, mesmo lutando contra, tive que ceder. — Callum suspirou e tornou a correr os dedos pelos fios mesclados de castanho e branco. — Reis não podem ser fracos, mas eu me apaixonei pela sua mãe assim que pus os olhos nela e fiquei pensando quanto poder ela poderia ter sobre mim. Eu a amava e não sabia como conter isso, então, depois de alguns meses de casamento, a afastei para me manter seguro, estável.

— Você amou mais a si mesmo do que a ela — Logan sentenciou.

— Sim — um suspiro ruidoso se seguiu —, fiz isso.

— Suas ideias são tão estúpidas. Mamãe nunca lhe faria mal algum.

— Agora sei disso. Na verdade, soube quando vi o cuidado dela comigo na época em que adoeci, mesmo eu sendo um marido desprezível. — O homem encarou o chão, visivelmente abalado. — O que posso fazer para mudar o passado? Nada. Não precisa me condenar, Logan, já estou preso nas minhas culpas. Sabe quantas noites perdi pensando como tudo poderia ser diferente se, ao invés de ter sido um monstro, eu tivesse amado sua mãe por todos os anos do nosso casamento?

— Nós teríamos sido felizes. Era isso que teria acontecido. — O príncipe enxugou uma lágrima solitária.

— Sim, teríamos. Minha única alegria é que os últimos meses com a Agatha foram os melhores de toda minha vida, e sei que da dela também, embora nunca tenhamos conseguido viver como uma família, nós três.

— Mas depois que a mamãe morreu você voltou a agir como antes! Se queria tanto salvar nossa família, por que jogou tudo fora?

— *Eu* joguei fora? — O rei soltou uma risada amarga. — Você me abandonou aqui, Logan! Sabia que eu queria me aproximar, estava fazendo de tudo para isso, no entanto a morte da sua mãe me desestabilizou por inteiro. Enquanto eu sofria trancado no quarto, você arrumou suas malas e precisei ser avisado pelos guardas a respeito da partida do meu filho.

O coração do príncipe se agitou e ele abaixou o olhar por um instante, assimilando as coisas pela visão do pai. Assustou-se ao perceber que a narrativa dele era verídica.

— Você ficou com sua avó por dois anos e toda notícia a seu respeito vinha dela, já que preferiu queimar cada carta minha antes mesmo de ler. Eu pedi, implorei para você voltar a fim de passarmos pelo luto juntos. Mas, não, você nem me deu uma chance. Como eu poderia tentar consertar qualquer coisa depois de seu regresso? Estava tão magoado quanto você.

— Não se faça de coitado agora. — O filho engoliu em seco.

— Não quero isso, Logan. — Callum soltou um suspiro cansado. — Fui o mais errado nessa relação, assumo por completo minha culpa. Porém só quero que entenda meu lado, não na fase anterior à minha reconciliação com sua mãe, mas depois. Estou sendo honesto, Louie, eu queria acertar as coisas.

Logan buscou outras acusações para jogar sobre o pai, mas não encontrou. Havia uma realidade dolorosa em tudo que o rei dissera.

— Eu só queria um pai. — O rosto do príncipe se encharcou com as lágrimas raivosas que saíram contra sua vontade. — Queria que me amasse e se importasse comigo.

— Olhe — o rei se aproximou mais do filho —, quando sua mãe me perdoou, depois de me fazer conquistá-la por semanas, ela disse que, se existia arrependimento sincero e disposição de ambos os lados, nossa situação poderia ser resolvida. Eu lhe disse isso naquela época, Louie, contudo vou repetir agora: por favor, me perdoe por ter sido negligente, por ter machucado seu coração e o da sua mãe em razão de minha fraqueza. Hoje sei que o amor de vocês só poderia ter me feito mais forte.

Logan o encarou com o rosto vermelho e molhado. Não conseguiu se manter inabalável naquele momento.

— Filho, se me der só uma chance, prometo que vamos consertar as coisas, caso você também queira fazer isso.

Callum precisou lembrar de cada incentivo que a esposa lhe deu anos antes para tentar outra vez. Acreditava estar fadado a nunca se redimir com o filho, porém viu uma chama de esperança reacender-se diante da vulnerabilidade de Logan.

Ele se aproximou um pouco mais e, como o jovem não se afastou, usou toda coragem que existia dentro de si e lhe deu um abraço. O corpo de Logan retraiu com o contato, mas ele não fugiu, apesar de seus braços pesarem sobre o colo.

— Construir coisas do nada é difícil... — Louie murmurou.

— Sim, eu sei. Mas, se não começar de algum lugar, nada irá mudar. — O homem o apertou contra si e aquilo foi demais para o coração do príncipe. Havia desejado aquele abraço por todos os dias de sua vida, então desistiu de lutar contra ele. Logan abraçou o pai de volta e um choro dolorido escapou por sua garganta. — Perdoa seu pai, filho?

— Perdoo. — Um peso tremendo bateu em retirada do peito dele. — Mas, por favor, não faça com que eu me arrependa.

— Eu prometo.

Capítulo 22

— Soube que certo ruivo esteve em sua casa ontem. — Adelaine cutucou as costelas de Elisa. — Está correto?

As amigas estavam sentadas lado a lado na carroça de Anthony naquela manhã fria de segunda-feira. Era costume dele lhes conceder uma carona quando ia trabalhar, já que elas moravam a caminho da cidade.

— Andam fazendo fofocas a respeito da minha vida? — Elisa respondeu com sarcasmo. — Surpreendo-me que a senhorita participe disso.

— Pare de ser boba, foi a vovó quem me contou. Por acaso esqueceu que ela estava com vocês? Bom, infelizmente não consegui arrancar detalhes.

— Estou brincando, loirinha! — Ela ajeitou os fios soltos das tranças presas ao redor da cabeça de Ada, feliz por vê-los livres da touca e dos lenços, ao menos fora do trabalho. — Sim, ele esteve lá em casa.

— Outra vez. — A amiga sorriu com euforia.

— A segunda vez.

— E como foi? Divertiram-se?

— Conversamos bastante, mas creio que a mais animada foi a Lucy.

— Sei... — Estreitou os olhos e percebeu o vacilar da expressão despreocupada de Elisa. — Seja honesta, Elly.

— Tudo bem! Eu *amei* a companhia dele. Satisfeita?

— A-rá! — Adelaine fez uma dancinha feliz e Tom a fitou sobre o ombro.

— Está sendo cortejada, Elisa?

— Não! — A mulher balançou a cabeça. — Ele é apenas um bom amigo, mas a Adelaine é sonhadora demais, o senhor sabe.

— Ela nega, mas cederá, caída de amores pelo seu ruivinho — Ada provocou sem piedade e ganhou um leve beliscão da outra.

— Qual o nome dele? — Anthony indagou, rindo delas.

As duas ficaram tensas e se entreolharam de modo discreto. Haviam esquecido a quem o guarda estava diretamente ligado e como Anthony odiaria com todas as forças a amizade entre os quatro.

— Gale — Elisa respondeu e tratou de acrescentar: — Mas não estou sendo cortejada, acredite. Ele veio ver como eu estava, conversamos como amigos comuns fazem e só. Nada de sentimentos amorosos.

Anthony não insistiu e ambas as mulheres suspiraram, aliviadas. Seguiram o resto do caminho conversando amenidades e, depois de deixarem Elisa no trabalho, Ada se viu a sós com o homem. Antes que ele entrasse em assuntos dos quais ela fugia, iniciou uma inofensiva discussão sobre os sermões mais recentes de suas congregações e acreditou estar segura, porém não por muito tempo.

— Às vezes fujo sorrateiramente do palácio durante cultos dominicais — ela começou a cochichar com a mão próxima à boca, para o divertimento de Tom —, a fim de escutar os sermões que o Pr. Davies prega aos nobres, mas nem sempre são proveitosos. Sinto que ele teme mais àqueles senhores do que ao nosso Soberano.

— É mesmo? — Tom indagou com interesse.

— Sim, sim. Talvez eu esteja acostumada com o jeito do nosso pastor em Tyber e suas exortações diretas e necessárias, porém nunca escutei o Pr. Davies pronunciando qualquer coisa além de doces e brandas palavras. Temos conhecimento que seus ouvintes carecem de escutar o verdadeiro Evangelho, em especial Vossa Majestade. Quem sabe assim ele cuidasse do povo com bondade e justiça.

— O reverendo deve ter medo de acabar na guilhotina por "afrontar" o rei.

— É uma pena. — Ada suspirou. — Ao menos o Lou...

Ela se interrompeu de súbito.

— O que estava falando? — O homem a incentivou a continuar.

— É uma pena que nem todos tenham acesso à Bíblia. Seria um sonho desfrutarmos por nós mesmos de tão precioso alimento.

— Sim, seria. Porém não espere nenhum investimento vindo de *Vossa Majestade*. — O asco era evidente em sua voz. — Só de pensar nesse homem meu sangue ferve.

— Não pensemos nele, então. — A sugestão tinha nervosismo nas entrelinhas.

— É um mal necessário, princesa. — Um sorriso abatido ergueu os lábios dele. — Sempre que a chamo assim, lembro como sonhávamos em poder tirar o rei de lá e dar a coroa a alguém digno, como seu pai.

— O príncipe pode conduzir o reino melhor, quando chegar a hora.

— Falemos de possibilidades reais — ele revirou os olhos para a ideia da moça —, por que não volta para o nosso grupo?

— Anthony...

O rubor da irritação se espalhou rapidamente pelo rosto dela, pois se tratava de um assunto recorrente e o pedido era negado com veemência todas as vezes.

Tom era o líder da Resistência desde a morte de Evan, pai da moça, e nunca aceitou o fato dela ter se afastado por completo do grupo. No começo achava ser em razão do luto, mas, quando os meses passaram, ele a convidou a retornar e recebeu uma negação sem possibilidade de reverter-se.

— Querida — Tom insistiu, ainda que percebesse os sinais claros do erro em fazê-lo —, você trabalha no palácio! Está infiltrada entre os inimigos e pode ser de enorme ajuda para nós.

— Não estou infiltrada, estou trabalhando.

— Até o momento, contudo seria uma benção se...

— Tio Tom... — Ada soltou um suspiro pesado. Ciente do significado daquele tratamento, ele deixou os ombros caírem. — Amo demais o senhor, mas não posso e nem desejo voltar. Caso mude de ideia, eu o informarei.

Ela quis acrescentar a verdade sobre Logan e seus esforços para trazer alívio ao povo, porém achou melhor ainda não revelar.

— Tudo bem, princesa. Respeitarei sua vontade.

— Obrigada! — Abraçou-o com força e Anthony deixou escapar uma risada.

— Vamos mudar de assunto. Você e sua avó precisam de algo?

Assim eles passaram a conversar sobre temas do ordinário e logo Ada se viu muitíssimo aliviada, um alívio superior a quando pararam de falar sobre Gale, ao descer o mais próximo possível do palácio. Acenou com energia para o amigo e trilhou o rotineiro caminho até os imponentes portões de entrada. Parecia o simples início de mais um dia de trabalho, porém ela não imaginava os rumos que ele tomaria.

Algumas horas após a chegada da moça, Logan caminhava pelo corredor em direção à sala de refeições, a fim de tomar o desjejum.

— Foi um sonho, não foi, Pai? — ele perguntou em oração, vez ou outra olhando o céu cinza pela janela.

Tinha conseguido dormir só depois de muito esforço e poderia jurar que todos os acontecimentos da noite anterior eram fruto de sua imaginação.

— O Callum não pediu perdão, pediu? Pior! Ele me abraçou? Eu chorei mesmo na frente dele?

O homem passou os dedos pelos cabelos, os quais começavam a evidenciar o crescimento. Foi inevitável fazer uma careta ao chegar no salão e ver o pai sentado à mesa.

— Acho melhor eu não...

— Louie! Bom dia — seu pai saudou e o sorriso sutil trouxe a avassaladora confirmação dos fatos noturnos. — Dormiu bem?

Logan conseguiu perceber o nervosismo de Callum e o esforço para agradá-lo. Isso quebrou um pouco de sua resistência, ao menos o bastante para ele aproximar-se da mesa farta e de aroma convidativo.

— Bom dia. Dormi um pouco mal, e o senhor?

— Eu também. — Umedeceu os lábios. — Você está com fome? O bolo de nozes está excepcional hoje, sei que gosta muito.

— Ah, eu gosto! — Logan sorriu e se sentou à mesa, servindo para si uma fatia generosa do doce.

— Não quer comer o bolo inteiro? — o rei brincou.

Logan ainda não estava acostumado a esse evento histórico.

— Confesso que estou tentado a fazer isso. — Forçou um sorriso.

— Sabe no que eu estava pensando? — Callum bebericou seu chá.

— Não faço ideia.

— É sobre sua amiga, Adelaine.

Logan parou a xícara no caminho até a boca e encarou o pai. Ouvir o nome de Ada vindo dele era estranho.

— Qual o problema com ela?

— Nenhum, muito pelo contrário. Gostaria de conhecê-la.

O filho começou a tossir, entalado com o pedaço de bolo que acabara de colocar na boca. Seu pai correu ao seu socorro, erguendo os braços dele, e Logan começou a rir ao mesmo tempo em que tossia.

— Serei desmembrado caso continue fazendo isso.

— Está melhor agora? Posso terminar?

Logan deu um longo gole na bebida fumegante e, reprimindo uma careta, respondeu:

— Por favor.

— Como eu dizia — Callum voltou ao seu lugar —, estava pensando: seria bom conhecer a moça que cuidou de você durante sua missão suicida. Chame-a para jantar conosco hoje.

— Não sei se a Ada vai querer.

— Por quê?

— Pai, o senhor não é muito querido pelos plebeus, já reparou nisso?

O rei franziu o cenho e desviou o olhar para seu prato. O filho então se arrependeu de sua resposta, apesar de saber que era a mais pura verdade.

— Entendi. Tudo bem, esqueça o que eu disse. — Callum tomou um gole da sua bebida.

O silêncio reinou entre eles e Logan ficou desconfortável. Não queria de forma alguma ver a amiga no mesmo ambiente que o pai, porém poderia adiar a decepção dele.

— Olhe — começou, chamando a atenção do homem —, posso fazer o convite, mas não garanto uma resposta positiva.

— Já é um avanço. — Um pequeno sorriso surgiu no rosto do rei.

Logan se forçou a retribuir, perguntando-se onde foi parar sua sanidade.

Pela primeira vez, Logan se viu nervoso enquanto esperava Adelaine chegar à biblioteca para a aula do dia. Sua perna balançava de modo frenético e já tinha abandonado o casaco para ficar apenas com o colete e a camisa alva, graças ao abafamento repentino.

Cogitava declinar da promessa feita ao pai quando a porta se abriu e uma Adelaine sorridente entrou. O rosto dela trouxe frescor de imediato ao cômodo e Logan retribuiu sem precisar pensar. A moça se sentou ao seu lado após uma reverência bem-humorada e levou a mão à cabeça, desfazendo-se da touca e deixando-a sobre a mesa.

— Para o caso de você estar com saudades dos meus cabelos *deslumbrantes*, Altezinha.

E, com uma simples frase, ela afugentou a inquietação dele e trouxe o aconchego de volta ao ambiente.

— Estava, sim. — Logan riu.

— Sente calor? — Ada apontou para a jaqueta azul-escura repousando no braço da poltrona.

— Um pouco.

— Que esquisito! A temperatura está perfeita aqui dentro. — A moça esticou a mão e tocou a testa dele. — Não me diga que pegou um resfriado ou algo do tipo, Louie.

— Deveria sentir frio caso fosse febre, não?

— Como posso ter certeza? Novas doenças surgem todos os dias.

— Vamos parar de falar sobre enfermidades e estudar?

— Primeiro, me conte o que tem aqui. — Ela apontou para uma bandeja coberta ao lado de uma jarra e duas taças de prata. — Material para a aula?

— Não, apenas pensei que seria uma boa ideia partilharmos uma pequena refeição ao fim do seu esforço.

— Um incentivo? — Adelaine achou graça.

— Chame como preferir, miúda. Agora vamos aos trabalhos.

Logan dispôs os materiais sobre a mesa e deu início à aula, assumindo uma postura mais séria, a qual quase foi comprometida diante da alegria da amiga ao saber que ele tinha escolhido uma passagem das Escrituras para o estudo daquele dia.

O tempo fluiu de modo produtivo entre instruções e exercícios, e era nítido o avanço não apenas da aluna mas também do professor em suas novas habilidades.

— Sede, pois... — Adelaine estreitou os olhos para a última frase na folha de papel. — Sede, pois... Que palavra é essa?

— Você precisa juntar as sílabas e formar a palavra — Logan incentivou, tentando deixá-la descobrir sozinha.

— Mi-se-ri-cor-di-o-sos. Misericordiosos? É alguém que age com misericórdia, certo?

Ele assentiu e ela bateu palmas. Logan apoiou o rosto na mão e observou a moça concentrada na leitura do versículo. Estava orgulhoso do progresso da amiga naqueles dias.

Alguns minutos depois, Adelaine releu a frase inteira sem interrupções e com a completa compreensão do sentido.

— "Sede, pois, misericordiosos, como também vosso Pai é misericordioso." Devemos agir com misericórdia, pois é assim que Deus age. Está certo? — Ela encarou Logan com ansiedade.

— Exatamente!

— Estou tão feliz! — Abraçou o caderno, que vinha sendo preenchido por suas atividades. — Poderia sair rodopiando por esta biblioteca inteira.

— Não vou impedir, gostaria muito de ver essa cena.

— E de zombar de mim. — Lançou-lhe um olhar estreito. — Para seu azar, prefiro desfrutar da nossa refeição agora, estou faminta!

Logan assentiu e afastou os materiais de estudo, trazendo a bandeja para o centro. Retirou a tampa reluzente e exibiu os apetitosos pedaços de bolo recheados com creme de baunilha.

— Ah! — Ada cobriu a boca com as mãos e seus olhos brilharam. — Sempre quis comer isso!

— Hoje será o dia. — Logan começou a encher as taças com a sidra quente.

— Não deve me servir! — Adelaine tentou segurar suas mãos, porém ele se esquivou.

— Por favor, somos amigos, deixe de bobagens.

A moça suspirou e se deu por vencida, apreciando o aroma da bebida quando o príncipe lhe entregou uma das taças. Depois, ele pegou um dos pedaços de bolo e indicou a bandeja com a cabeça. Hesitante, Ada tomou um dos doces e levou à boca, soltando barulhinhos de prazer logo em seguida.

— Senhor bendito! — Ela elevou os olhos ao teto, encontrando uma pintura belíssima do céu. — Louvado sejas por dar sabedoria aos cozinheiros para criar um alimento tão sublime!

Logan deu risada, especialmente por ela estar com os cantos da boca sujos de creme.

— Tome e se limpe, criança. — Ele estendeu um guardanapo e apontou para o rosto dela.

— Não tenho modos para comer diante de Vossa Alteza! — Ela riu enquanto se limpava, despertando nele a lembrança do convite pendente.

O silêncio predominou na biblioteca durante a refeição e Logan não soube se ele o aliviava ou incomodava, pois assim tinha bastante espaço em sua mente para pensar. Quando Adelaine terminou de comer, ela limpou os dedos e pegou seu caderno e o lápis, abriu na folha usada naquela aula e encontrou um espaço livre. Fitando o amigo com um brilho divertido nas íris cinzas, disse:

— Eu sei escrever "eu amo você", sabia?

A voz dela despertou o homem de seus devaneios e, sem refletir muito, respondeu:

— Verdade? Então escreva para mim.

Os olhos grandes e expressivos dela se tornaram maiores e suas bochechas pálidas adquiriram gradualmente um tom mais rosado.

— Não! — Logan ergueu as mãos diante de si ao perceber como suas palavras haviam soado dúbias. — Quis dizer para escrever a fim de eu ver, não dedicado a mim.

— Ah! — Adelaine pareceu um pouco zangada, ao contrário do que ele previu. — Sim, sim. Claro.

— Desculpe, eu...

— Vou escrever! — ela o interrompeu e deu um sorriso forçado.

Logan franziu o cenho. Sua mente tentava em vão compreender o que acabara de passar-se entre eles, contudo, para seu alívio, a amiga mostrou a frase escrita em letras tortas com o humor restaurado.

— Uma pequena correção — ele apontou para o papel —, "você" se escreve com "c" e não dois "s".

— Sim, senhor. — Ela fingiu tentar esconder o revirar de olhos com a mão e arrancou o riso do amigo. Escreveu outra vez, porém do modo correto. — Assim?

— Perfeito, minha aluna favorita.

— Não deixe as outras escutarem — gracejou ao mesmo tempo em que fechava o caderno. — Foi uma aula perfeita também, porém preciso voltar ao trabalho, devo ajudar no preparo do jantar.

O príncipe umedeceu os lábios e tomou uma decisão rápida.

— Espere, tenho um convite para fazer. Mera formalidade, sei que negará.

— Como assim? — Ada franziu as sobrancelhas.

Ele hesitou por um instante, mas acabou contando em detalhes os eventos da noite anterior. Ada era a primeira a ouvir aquilo, ele estava ansioso por sua reação.

— Fez as pazes com seu pai? — Ela arregalou os olhos.

— Sim, acredito que sim. Vamos tentar consertar nosso relacionamento. — Dizer aquilo o assustava, porém também animava. — Foi mesmo o certo a fazer?

— Ele é seu pai, Louie, sua família! — Ada segurou a mão dele sobre a mesa e Logan a apertou de volta.

— Mas o rei não é bom, ele fez mal para *sua família*.

— Eu sei. — Adelaine suspirou com pesar. — Porém se ele está disposto a corrigir as coisas com você, é o que importa. Fico alegre por ver arrependimento em seu pai e perdão entre vocês. O Senhor se alegra com isso também.

— Confesso estar esperançoso, ainda que tenha muito medo de ser magoado outra vez.

— Vamos crer no melhor. Dê esse voto de confiança ao seu pai, mostre a ele um amor que não pensa sempre mal antes de bem.

— Tem razão, minha amiga. — Ele sorriu para ela. — Então farei o convite dele a você: Vossa Majestade deseja conhecê-la no jantar de hoje. Porém, não se preocupe, já o deixei avisado da impossibilidade disto.

Adelaine ficou surpresa ao ouvir aquelas palavras. Seu primeiro instinto realmente foi fugir; entretanto, uma ideia brilhou em sua mente. Que outra oportunidade teria de estar frente a frente com o rei? Quantas coisas poderia dizer naquele jantar? Por muitos anos, abafou toda a chama impetuosa que seu pai plantou em seu coração, contudo lembrava com carinho das reuniões secretas da Resistência, de ouvir a sede de justiça daqueles homens e mulheres.

Perguntou-se o que seu pai faria diante da chance de estar sentado à mesa com quem era o "vilão" de suas histórias. Apesar de desprezá-lo, Evan não partilhava do ódio cego que alguns membros do grupo nutriam pelo rei de Lyria. E, como seu pai, Ada tinha mais amor pelo bem do que desejo de vingança.

— Eu irei ao jantar — disse com determinação.

— Irá?

— Sim. — Ela se levantou com expressão indiferente. — De qualquer jeito, ainda que haja a desvantagem de estar com o rei, terei o prazer de jantar com meu amigo: você.

— Não, não faça isso por mim. — Havia um pouco de desespero no rosto dele.

— Ah, Louie, deixe de bobagem! Esse encontro pode ser bom, pois seu pai não sabe quem sou e, se quer conhecer a mim, é para agradar a você. Não percebeu?

— Não tinha pensado nisso ainda. — Logan refletiu. — Bem, se quer isso, então está combinado.

— Mas preciso avisar a vovó, ela se preocupará caso eu não volte no horário.

— Sem problemas, peço para um criado avisá-la.

— Obrigada! Agora voltarei ao trabalho, com licença.

Ada sustentou o sorriso até estar longe dos olhos de Logan, então soltou um suspiro trêmulo. Sua mão repousou sobre a barriga gélida e gotas de suor se acumularam em diversas partes de seu corpo.

— Adelaine! — A voz da governanta a sobressaltou. — Não deveria estar na cozinha?

— Ah, eu... — Ada olhou ao redor. — Estava aqui na biblioteca, sra. Baker, cumprindo ordens do príncipe.

— Ele não precisa fazer esse tipo de pedido aos criados. Temos um cronograma de limpeza muito bom. — Os olhos azuis da mulher cintilaram em desconfiança.

— Sim, sim, porém precisei obedecer. A senhora não gostaria que eu irritasse o príncipe, certo?

— Claro que não. — Ela suspirou, ajeitando o vestido preto sempre impecável. — Venha, preciso que vá comprar algumas coisas que estão faltando para o jantar.

Ada engoliu em seco com a menção do evento. Havia esquecido de algo muito importante ao aceitar aquele convite: seus colegas descobririam sobre sua amizade secreta! Quis voltar correndo para cancelar tudo com Louie, mas se manteve firme na decisão. Precisaria contar aos amigos uma hora ou outra, e calhou de ser naquele dia.

Ficou montando uma explicação em sua mente durante as compras no movimentado centro comercial, no caminho de volta e enquanto auxiliava os cozinheiros no preparo do jantar, sem acreditar que realmente comeria todas aquelas delícias logo mais. Talvez não fosse só a companhia de Louie a parte boa do jantar.

— Por que está tão calada, Adelaine? — Mary, a cozinheira chefe, lhe fitou.

— Estou? — Deu uma risadinha nervosa, fingindo prestar demasiada atenção nos legumes que picava.

Todos passaram a se empenhar ainda mais após um dos criados chegar com o aviso do rei de que o jantar seria um evento especial, no qual receberia alguém importante. Se Ada já estava monossilábica desde seu retorno do mercado, aquelas palavras a emudeceram.

— Sim, muito! — Mary balançou a cabeça grisalha. — Você é a mais falante de todos nós.

— Problemas em casa? — Karl, outro de seus colegas, indagou com preocupação.

— Não há nada, pelo menos não em relação a isso. — Ada suspirou e interrompeu sua tarefa, erguendo o olhar para os amigos.

— Está nos assustando. — Joana, uma das ajudantes e sua amiga mais próxima ali, achegou-se a ela. — Diga de uma vez o que há!

Ada esfregou as mãos no avental e deu uma olhada em volta. Aquela era a área de preparo exclusivo das refeições reais e havia menos criados do que na cozinha do restante da Corte; sendo assim, estavam sozinhos e ela pôde fazer sua confissão:

— Eu sou a convidada do rei.

Não era aquela a frase planejada para começar seu discurso, o que a levou a uma careta.

— Isso deveria ser uma piada? Foi excelente! — Mary gargalhou, levando os outros a rirem também. — Você, convidada do rei? Hilário!

— Não estou brincando. — A moça suspirou, sentando-se em um banquinho. — Ele deseja me conhecer.

Mais uma explosão de risos incrédulos. Adelaine soltou o ar com força, irritando-se com a situação. O gesto os fez parar de rir e se entreolharem, estupefatos.

— Que história é essa, Ada?

— Vou contar tudinho. Por favor, ouçam sem interromper — pediu, torcendo a barra do avental.

Ada então contou sobre sua missão de guiar o príncipe pelas vilas. Ignorou as exclamações de espanto e passou para aquelas semanas de inverno, as aulas do amigo e como ele estava lutando para fazer bem ao povo de Lyria.

— Digam alguma coisa — ela pediu baixinho, apreensiva.

— Bom, em certo momento suspeitamos que escondia algo de nós...

— Seja sincero, Karl — Joana interrompeu. — Cogitamos que você e o príncipe estivessem juntos.

— Juntos? — Ada quase caiu do banco. — Como um casal?

— Ele a chamou pelo apelido e ficou sorrindo para você! — Mary apontou o rolo de massa na direção da moça. — Sem falar na tarefa exagerada de limpar a biblioteca, onde *coincidentemente* ele gosta de ficar. Foi muitíssimo suspeito.

— Somos amigos! Nada mais.

— É uma pena. — Joana suspirou com ares sonhadores. — Imagine que linda história de amor, o príncipe se encanta pela criada e resolve se casar com ela, dando-lhe todos os luxos do mundo! Uma amiga me falou sobre um conto que era exatamente assim.

O estômago de Ada se encheu do bater de milhares de asas. Borboletas, libélulas, mariposas, sejam lá quais fossem os bichinhos, deixaram a moça desconcertada.

— Pare com isso, Jojo, a Ada está vermelha — Karl provocou, atraindo a atenção da amiga. Ada esfregou as bochechas e ele riu. — Não sei quanto ao conto de fadas da Joana, mas gostaria de ter a Adelaine como nossa futura rainha.

— Eu também! — Mary bateu palmas. — Imagine quão felizes nós seríamos. E se a Ada é amiga do príncipe Logan, ele deve ser um bom homem. Junto à nossa garota, seriam um casal fantástico.

A imaginação de Adelaine voou livremente. Vestidos, bailes, banquetes e uma deslumbrante coroa sobre sua cabeça. Nada disso teve tanto brilho para ela quanto poder viver uma vida inteira ao lado de Louie. Sorriu ao pensar como seria bom abraçá-lo quando quisesse, segurar sua mão, ver seu rosto a cada manhã...

— Ah, parem agora! — Ela caiu em si, balançando a cabeça para os lados. — Essas... Essas fantasias são só isso, fantasias. Louie e eu somos bons amigos e seu pai quer me conhecer por isso.

— Você deve gostar muito dele para se submeter a um jantar com o rei. — Karl fez uma careta.

— Pensei ser uma possível oportunidade de bençãos. Estar em contato com o rei é raro e há tanto que gostaríamos de dizer, não? Posso usar esse jantar para ser uma porta-voz de nosso povo.

— Que tal pedir um aumento para nós, hum? — Karl brincou.

— Se surgir a oportunidade... — Ada riu.

— Ah, Ada, você é um tesouro! — Mary afagou o rosto da moça. — Vive pensando em como ajudar a todos.

— Então estão tranquilos com tudo isso? Guardei segredo por medo de chateá-los.

— Ada, o príncipe está fazendo bem a você! — Mary disse e teve o apoio dos outros dois. — Que coisa esplêndida essa amizade, suas aulas, o desejo dele de ajudar nosso povo... Sua felicidade é a nossa, minha amiga.

— E quem sabe o Senhor trouxe você a esse palácio exatamente para aproximá-la do príncipe e lhe tornar uma luz para Lyria! — Joana sorriu com entusiasmo.

— Penso muito nisso, Jojo, e oro para que nosso Soberano cumpra em mim o Seu propósito.

— Ele cumprirá!

Ter o apoio deles emocionou a moça e ela não hesitou em envolvê-los em abraços apertados.

— Agora vamos voltar ao trabalho — Mary disse —, temos muitos motivos para preparar o melhor jantar de nossas vidas!

Capítulo 23

— Boa sorte, Ada. — Seus amigos desejaram quando Logan foi buscá-la para o jantar.

O príncipe suspirou aliviado ao perceber que o sigilo não existiria mais.

Ada estava livre de seu avental e as amigas ajeitaram seus longos cabelos claros em uma trança volumosa. Com certeza não era a produção ideal para um evento como aquele, porém ela não se deixou abater.

— Caso soubesse que não se importava em jantar aqui, já teria feito o convite antes — Logan contou, apoiando a mão dela em seu braço para conduzi-la ao salão de refeições.

— Aconteceu no tempo certo, não se preocupe com isso.

— Confesso que estou animado para esta noite. Farei o possível para ser bastante agradável.

— Seu pai também parece empenhado, mandou preparar um jantar especial. Mal vejo a hora de me deliciar com tudo!

— Está aqui pela comida ou por mim? — Ele riu.

— Pela comida, obviamente. — Ada lhe lançou uma piscadela. — Você é o brinde, Altezinha.

— Hum. Se é assim, não entregarei mais seu presente.

— Presente? — Apertou o braço dele, abrindo um sorriso amplo. — O que é? Deixe-me ver, por favor.

— Oras, pensei que eu era apenas seu brinde, não?

— Sou curiosa, Logan! Não faça isso comigo.

— Tudo bem, serei bonzinho. — Exibiu um meio sorriso e tirou um pequeno embrulho do bolso.

Os dois pararam no corredor e Adelaine aceitou o presente com olhos brilhantes. Desfez o laço ornamentado com fios de ouro, abriu o pequeno saco de linho e ergueu diante de si um relicário de prata, o qual reluziu graças às velas dos castiçais nas paredes.

— Louie! — Sua boca formou um "o". — É a coisa mais bonita que já vi.

— Percebeu os detalhes? — O príncipe apontou para a joia.

Ada colocou o pingente na palma da mão e correu o dedo pelos desenhos gravados no metal. Vários arabescos contornavam a meia-lua em destaque e a moça sorriu para o amigo, compreendendo seu significado.

— Você ainda se lembra.

— Claro que lembro. E tem algo especial gravado dentro, deixe-me mostrar.

Logan abriu o pingente oval e pediu para a amiga ler a frase. Ada se concentrou em identificar seu sentido e ficou vermelha quando conseguiu.

— "Você é tão bela quanto o luar." — Ela apertou os lábios para tentar conter um sorriso.

Cócegas preencheram a barriga de Ada quando Logan pegou o colar e se pôs atrás dela. Ele ajeitou a trança para o lado e prendeu a joia em seu pescoço, o pingente recaindo acima do decote de seu novo vestido de trabalho.

— Prometa não duvidar mais de toda a beleza que o Senhor colocou em você, está bem?

O coração dela parecia a ponto de sair do peito de tão rápido que batia.

— Prometo, Louie.

— Perfeito. — Ele retornou ao seu lado e apoiou a mão dela de volta em seu braço.

Ada ficou grata pelo silêncio, pois usou o resto do percurso até o salão de refeições para acalmar seus batimentos desgovernados. Como o homem a buscou na ala dos criados, precisaram cruzar todo o palácio para chegar ao destino, tornando-se inevitável encontrar pessoas pelo caminho, tanto serviçais quanto membros da Corte. Adelaine olhou de esguelha para Logan, a fim de ver se ele estava constrangido, porém sua postura continuava ereta e seu queixo levemente erguido, como se tivesse orgulho de estar acompanhado dela. Ada guardou aquela imagem com um carinho especial.

Quando pararam diante das amplas portas do salão, os guardas a abriram e a moça paralisou. Estar ali com a mesa posta e o ambiente iluminado pelas inúmeras velas nos lustres e castiçais era diferente. Uma mesa de dez lugares estava ao centro do cômodo privativo, o fazendo parecer menos intimidador do que o espaço enorme onde os demais nobres comiam e os banquetes eram organizados.

Logan tocou as costas da amiga, induzindo-a a aproximar-se.

— Não devemos esperar seu pai? — ela perguntou.

— Ele está terminando de se arrumar, vamos esperá-lo aqui.

Ada seguiu para o assento indicado pelo amigo e ele, com um gesto de sua mão, dispensou o criado que pretendia ajudá-la e puxou a cadeira.

— Que gentil — ela gracejou ao sentar-se —, obrigada.

— É um prazer servi-la. — Logan sorriu e deu a volta na mesa para acomodar-se diante dela.

— Este lugar é tão requintado! — Adelaine comentou, aproveitando os minutos ainda livres da presença de Callum. — Que belos móveis! E a tapeçaria é perfeita também.

— Deveríamos deixar os comentários superficiais para quando o rei chegar — Logan respondeu em tom jocoso.

— Estava sendo educada, Altezi... — ela parou de falar ao recordar-se da presença dos criados. — Alteza.

— Quero fazer uma pergunta.

— Tudo bem, pode fazer.

— Quando a senhorita faz aniversário?

— Vinte de dezembro! — Ela abriu um sorriso de orelha a orelha e Louie riu.

— Ama fazer aniversário?

— Ah, sim! Principalmente por ser pertinho do Natal, meu feriado favorito. Mamãe disse que meu nascimento foi um presente adiantado e ela amava contar para todos que eu vim junto com o raiar do dia.

— Faz bastante sentido você ter nascido com o sol.

— Juro que não estou inventando. — Ela agitou as mãos.

— Não estou sendo irônico, a aurora realmente combina com você. Traz luz, assim como sua presença.

Adelaine desviou os olhos, fixando-os na toalha de tecido macio e cintilante, e esboçou um sorriso de canto. Quando criou coragem para encará-lo outra vez, esqueceu-se das pessoas ao redor e se permitiu ficar à vontade também.

— Altezinha, eu estava enganada, você é bom com as palavras.

— Isso é incômodo, miúda? — Ele devolveu o apelido, apreciando-a por estar livre de constrangimentos.

— No início eu não gostava nem um pouco, não sou dada a galanteios e palavras bonitas quando são vazias e mal-intencionadas.

— Uh, acertou meu coração!

— Espere! Tudo mudou quando o conheci melhor, agora consigo perceber que seus elogios são verdadeiros e espontâneos. Gosta de fazer as pessoas que lhe são importantes se sentirem bem. Na verdade, depois de me tornar sua amiga, a visão do príncipe frio, carrancudo e fechado não existe mais. Você mantém as partes vulneráveis guardadas para quem gosta. Apenas ao chegar no seu interior é possível enxergar toda a doçura.

— Pelo visto não sou o único bom com palavras.

— Eu poderia descrevê-lo de forma bem mais sucinta, sabia?

— Estou ansioso para ouvir.

— Você parece um pão.

— Um pão? — A gargalhada dele encheu a sala e contagiou Adelaine. — Podemos fingir que não disse isso e mudar de assunto.

— Posso explicar! É que existe um tipo de pão bem crocante por fora, porém macio como uma nuvem por dentro.

— Quer dizer que sou áspero? — Ergueu a sobrancelha.

— Não! Bom, no início aos meus olhos você era um tanto rude e ameaçador. “Saia do meu quarto e não volte nunca mais!” — ela começou a imitá-lo com voz grave —, “Adelaine, sou seu príncipe, me obedeça” e “Eu não ligo para ninguém, só quero vencer meu pai”. E agora você é como um pão bem doce e macio.

— Você é esquisita — ele a observava com a cabeça um pouco inclinada para o lado —, porém do jeito mais adorável possível.

— Mamãe me disse uma vez que se eu fosse agraciada com o privilégio de achar alguém com quem possa ser boba sem ficar com vergonha, deveria ser muito grata. E sei que posso ser eu mesma com você, até as partes mais doidas. — Ela deu de ombros de modo despreocupado.

O coração de Logan foi tomado por um sentimento muito agradável e isso se evidenciou em seus olhos.

— Com qual comida eu me pareço? — Ada perguntou de modo brincalhão.

— Hum... acho que um bolinho.

— Por que sou pequena? Quanta criatividade!

— Também, mas gosto de bolinhos, não os menospreze. Você seria um com cobertura, recheio e tudo de melhor. Ah! Numa massa de nozes, sem dúvidas.

— Gostei disso, sabia? Com tudo de melhor! — O som de sua risada chegou aos ouvidos de Logan como uma bela canção.

Naquele instante, ele percebeu que Adelaine era sua pessoa favorita. Talvez pensar nela em momentos aleatórios de seu dia, ver-se incluindo-a em suas orações e desejar sua companhia mais do que a de qualquer outro significasse algo além de "carinho".

Será possível que..., ele não concluiu o pensamento, um tanto surpreso com a natureza dele. Uma parte de si queria negar aquilo, porém a outra era simplesmente brilhante, doce e fazia seu coração descompassar.

— Falar de comida me deu fome — Ada levou a mão à barriga e sua voz o atraiu à realidade —, será que seu pai vai demorar?

Nesse exato momento a porta da sala foi aberta. A voz forte do rei preencheu toda a sala e os devaneios de Logan evaporaram de imediato. Precisava concentrar-se durante aquelas horas, pelo bem de Adelaine.

— Aí está nossa convidada de honra! — Callum saudou.

Toda a descontração da moça sumiu diante da presença dele e suas mãos se apertaram no colo enquanto o fitava com um tanto de assombro.

— A reverência — Louie cochichou depois de um pigarro.

— Ah, sim! — Ela levantou e fez uma reverência desajeitada, graças aos sentimentos conflitantes. — Majestade, obrigada pelo convite, é uma honra estar aqui.

— Ouvi coisas boas sobre a senhorita, precisava conhecê-la.

O rei aparenta simpatia, a moça pensou, observando-o. *Se não o conhecesse, poderia até gostar dele.*

— Sou muito grata por ter o Louie como amigo. — Ada sorriu para o príncipe, buscando apoio na presença dele.

— E eu por ter cuidado do meu filho durante a viagem. Não sei se esse garoto teria se saído bem sem você.

— Ele teria sido descoberto na primeira oportunidade — Ada disse para provocar o amigo.

— Vocês dois são exagerados. — Logan revirou os olhos. — Vamos comer? Estou faminto.

Adelaine tomou seu lugar diante do príncipe e o rei ficou na cabeceira da mesa. O primeiro prato foi servido e o aroma delicioso da sopa fez o estômago da moça roncar, não passando despercebido para Logan, que a encarou com olhos arregalados e ganhou um olhar ameaçador para que disfarçasse.

Ela observou os modos dos dois homens ao comerem e depois os imitou, fechando os olhos para apreciar o sabor tão bom quanto o cheiro. A cada novo prato, o paladar da moça era presenteado com gostos que nunca provara. Quando chegou nas carnes e ela mordeu um pedaço do alimento envolto num molho divino, seu corpo derreteu sobre a cadeira, arrancando um risinho de seus companheiros. Ela saboreou o alimento com cuidado, nunca sentira uma festa como aquela em sua boca.

— Gostou? — Logan quis saber, fitando a moça com atenção.

— Estou nas nuvens! — expressou ao engolir, vermelha pelos sentimentos borbulhando dentro de si. — É a melhor comida que já provei em toda minha vida.

— Nunca comeu um bom carneiro antes? — Callum indagou com curiosidade.

— Jamais. Estou acostumada a aves e peixes, pois são mais fáceis de adquirir, além de mais baratos. Meu máximo foi lamber uma gota desse molho enquanto o preparava.

— Entendo — o homem murmurou com desconforto.

— Sabia que a Ada me livrou de comer pão de pedra na viagem? — Logan mudou o assunto de propósito. — Claro, sem esquecer a veemente proibição de exagerar na manteiga.

— Ah, foi mesmo? — O rei ergueu uma sobrancelha.

— Ele é cheio de fastios, Majestade! — Ada zombou, fazendo Callum rir. — Não aguentou comer um pãozinho simples na pousada da vila, acredita? Correu para minha casa para se aproveitar dos meus pães.

— Quanta injustiça! — Logan abaixou o garfo para defender-se. — Pai, era uma pedra de verdade, não um pão. Um homem o mordeu e quase perdeu todos os dentes.

— Percebi que depois disso você anda menos rigoroso. — Ada sorriu de canto. — Nem reclamou por eu ter passado do ponto de seu mingau esses dias.

— Estou mais humilde, é verdade. As calamidades mudam um homem!

Adelaine cobriu a boca para abafar uma gargalhada, e Callum percebeu como o filho a observava com deleite enquanto ela ria.

— Você daria um excelente bobo da corte! — Ada brincou, ainda rindo.

— Isso é ótimo, assim não precisarei arranjar um para a festa de aniversário dele — Callum comentou, atento à reação do filho.

— Não mesmo, pois não haverá festa alguma — Logan respondeu como o homem imaginava.

— Você amava festas de aniversário...

— Na verdade, minha mãe amava, eu só aceitava por ela. — O príncipe voltou a comer.

— Quando é seu aniversário, Louie? — Ada quis saber.

— No sábado.

— Este sábado? — A moça arregalou os olhos quando ele assentiu. — O meu também! Espere, por qual razão não me contou isso agora há pouco?

— Não contei? — Um pequeno sorriso ergueu os lábios de Logan e ela balançou a cabeça em repreensão.

— Mesmo que tenha omitido esse fato maravilhoso, ainda podemos fazer uma festa de aniversário juntos.

— Sem festas. — Balançou a cabeça para os lados.

— Não precisa ser algo grande — ela sussurrou, inclinando-se um pouco sobre a mesa, esquecida da presença do rei. — Podemos ter um almoço especial e poucos convidados!

O príncipe quase cedeu diante da animação da amiga. *Quase.*

— Parece muito divertido, Ada, mas perdi o ânimo para esse tipo de evento. — Ele forçou um sorriso.

— Bom, tudo bem. — Ada sorriu, compassiva. — Quem sabe no próximo ano!

— Quem sabe.

O jantar seguiu envolto em conversas sobre o período de Logan entre os camponeses, até o rei seguir para um caminho espinhoso, no momento da sobremesa.

— Conte-me mais sobre sua família, Adelaine. Vive com seus pais?

Ada engoliu a porção de creme com dificuldade devido ao nó em sua garganta.

— Vivo com minha avó. — Ela apertou a colher com mais força. — Meus pais morreram há alguns anos.

— Como morreram?

— Pai! — Logan disse. — Que indelicadeza perguntar isso.

— Só quero saber mais sobre ela, Louie. — O homem franziu o cenho.

— Minha mãe partiu depois de uma febre e tosse persistentes — Ada murmurou. — E papai... Ele foi morto.

— Assassinato?

— Sim.

— Como isso aconteceu?

— Certo, chega. — Logan interveio ao perceber a amiga empalidecer. — É um jantar alegre, não? Somente assuntos bons, por favor.

— Certo, tudo bem. — Callum ergueu as mãos. — Perdoe-me,

srta. Sallow.

Ada assentiu com um sorriso forçado e voltou a comer o doce apenas para manter-se ocupada. Todo deleite com o alimento fora ofuscado pela dor que teimosamente irradiava em seu coração.

Capítulo 24

Ao fim da refeição, Callum se ausentou por um tempo, deixando Logan e Adelaine sozinhos na sala de estar.

— Não fique triste, Ada. — Louie segurou a mão da amiga cabisbaixa.

— Não quero ficar. — Ela fungou e olhou ao redor, procurando uma distração. Sorriu um pouco ao ver a harpa num canto da sala. — Mudou-a de lugar.

— Sim, pretendo tocar mais. E aqui posso entreter melhor nossos convidados. — Ele sorriu de modo insinuativo e Ada riu. — Venha, vou encher seus ouvidos de música.

Ela concordou e o seguiu até o instrumento. Sentou-se numa poltrona próxima e se dedicou a admirar o amigo, não podia imaginar cena mais bela.

— Cante comigo — ele pediu, dedilhando a melodia suave de um hino.

Adelaine olhou em volta e, como não havia ninguém, se juntou a Logan, sorrindo diante dos versos sobre o tão grande amor de Deus. Um ar de familiaridade os envolvia e ela se viu sonhando ao fim da canção, imaginando momentos como aquele sendo parte de sua rotina.

— Quer tocar um pouco? — Logan perguntou com uma expressão convidativa.

— Eu? — Apontou para o próprio peito.

— Sim, senhorita.

— E se eu quebrar sua harpa? — Ela cobriu a boca ao imaginar um desastre como aquele.

— Se esses delicados dedos forem capazes disso, você precisará ser estudada, miúda.

Ada tombou a cabeça e pensou um pouco antes de se levantar e ficar em pé ao lado dele.

— Como faço?

— Sente aqui — moveu-se para o lado e ela se sentou no lugar outrora ocupado por ele —, agora apoie a harpa em seu ombro.

Diante de sua dificuldade, Logan a ajudou a posicionar o instrumento. Concentrada na tarefa, Adelaine não presenciou o sorriso nos lábios dele ao tomar as mãos dela e levar até as cordas.

O som produzido pelos dedos de Ada foi dissonante a princípio, porém guiados pelo harpista experiente, logo criaram uma melodia agradável e a moça comemorou, virando-se para ele com um sorriso amplo.

Contudo, se arrependeu ao perceber-se tão perto do rosto dele. Novas asas fizeram um espetáculo em seu estômago diante da privilegiada visão dos olhos castanhos brilhantes e ela voltou-se para as cordas, ruborizada.

— Bom — pigarreou, recolhendo as mãos para junto de si —, acho que prefiro lhe ouvir tocar. Que tal algo mais animado?

Ela levantou um tanto desajeitada e torceu os dedos nas costas, o incentivando com um meneio de cabeça. Logan a observou com curiosidade antes de atender o pedido e começar a tocar uma canção alegre.

— Ah! Essa é perfeita para uma dança! — Ada aproveitou a ausência do rei e rodopiou em volta da harpa, para diversão do amigo.

— Queria dançar com você agora — ele confidenciou.

— Não pode tocar e dançar ao mesmo tempo.

— Sim, tem razão. — Ele afastou os dedos das cordas.

— Ah, estava tão lindo.

— Podemos continuar.

Logan foi até Ada, pôs uma mão em suas costas e uniu a outra junto à dela, erguendo-as levemente.

— É uma questão de imaginação? — ela brincou, apesar de estar nervosa com a proximidade dele.

Logan começou a cantarolar uma melodia semelhante aos acordes que tocava anteriormente e Adelaine sorriu, em apreciação à ideia. O príncipe a guiou pela sala e conseguiu que a risada dela se unisse à música quando a girou de surpresa.

— Sabe — Ada disse suavemente, erguendo o rosto para o gentil semblante iluminado pelas chamas da lareira e das velas —, estou lembrando de uma ocasião da minha infância. Era tarde, havia acordado por algum motivo que nem me lembro, saí do quarto e no corredor ouvi uma melodia vinda da sala. Espiei como uma boa criança curiosa e vi meu pai dançando com a mamãe. Eram apenas os dois, algumas velas quase apagando e o som produzido pelo cantarolar de papai. Eles pareciam tão envolvidos, tão entregues um ao outro.

— Eles se amavam — Logan disse, deixando que a música continuasse apenas em suas mentes.

— Sim, se amavam. — Ada sentiu o coração descompassar sob o olhar intenso do amigo. Os dedos dele apertaram um pouco mais os seus, como se quisesse comunicar algo.

Uma atmosfera doce os envolvia e Ada se perguntou se era exatamente aquilo que seus pais experimentaram naquela noite.

Todavia, quando percebeu o homem parado na entrada da sala, observando-os, sorridente, Ada parou de modo abrupto, quase tropeçando nos próprios pés.

— Não queria atrapalhar — Callum cruzou os braços —, estavam dançando tão bem.

— Obrigada, Majestade. — Adelaine esfregou as mãos úmidas na saia marrom de seu vestido. — Toque outra coisa, Louie.

— O que querem ouvir? — Ele se sentou em frente à harpa. — Alguma sugestão, pai?

— Qualquer uma das que sua mãe amava. Ela tinha dezenas de favoritas.

— É verdade. — Logan riu com a lembrança. — Quer que eu toque "Meu bem, me dê o seu amor", Ada? Mamãe a apreciava sobremaneira.

A moça abafou uma risada com a menção à música.

— Sim, por favor.

Logan iniciou a melodia branda e depois a juntou com sua voz. O rei encarava a moça e a flagrou com olhos brilhantes admirando seu filho.

— Ele é excelente, não é mesmo? — comentou com ela.

— Ah, sim! O Louie é incrível.

— Vocês dois formam uma boa dupla. Parecem ter uma sintonia especial. — As bochechas de Ada ruborizaram ao ouvir aquilo. — Logan nunca teve uma amiga assim antes.

— O Soberano nos uniu, foi tudo obra dEle.

— Não duvido. Há coisas tão boas que só podem ter origem divina.

Adelaine não conseguiu disfarçar a surpresa ao vê-lo falar do Senhor daquele modo. Suas obras diferiam de um seguidor dEle.

— Duvida da minha fé? — ele perguntou com sagacidade.

Ela ficou calada. As íris cinzas deveriam ter se afastado dele, porém tornaram-se gélidas e penetrantes.

— Faz tempo que não penso no Senhor com a atenção devida — Callum confessou, curioso para entender os sentimentos por trás da expressão dela. — Agatha falava dEle com muita intimidade, porém não sei bem o que eu sinto. Ou melhor, o que Ele sente por mim.

— Ele está perto dos de coração quebrantado, dos que se arrependem.

O tom dolorido da moça não passou despercebido.

— Por algum motivo, acredito que a senhorita tem uma lista de coisas pelas quais eu deveria pedir perdão — ele supôs com o cenho franzido.

Adelaine engoliu em seco, tantos pensamentos fervilhavam dentro dela naquele momento. Queria fugir do assunto, porém a vontade de colocar tudo para fora foi maior.

— Não sou a juíza aqui — Ada começou, apertando as mãos ao ponto de deixá-las vermelhas —, mas poderia começar pedindo perdão ao Senhor por ter tirado meus pais de mim.

— O quê? Eu matei seus pais?

Ao ouvir a alarmada fala do pai, Logan perdeu o ritmo da música, fazendo um som desafinado encher a sala. Virou-se e encontrou Callum encarando a amiga. Seu instinto o fez levantar, apressado, e segurar a mão dela.

— Vamos embora, Ada — ele chamou com a voz pesada.

— Embora? — O rei parecia furioso. — Ela arremessa uma acusação de gravidade tão elevada e vai embora?

— Não vou permitir que fale nesse tom com a Adelaine! — Logan puxou a amiga para perto de si.

— Filho — Callum respirou fundo e acalmou os ânimos —, você ouviu o que sua amiga disse?

— Ela não mentiu. — Logan engoliu o nó em sua garganta.

— Eu quero contar, Louie. — Ada tocou a mão dele, envolvendo seu pulso, e Logan a soltou, porém permaneceu ao seu lado.

Ela conteve a vontade de chorar e relatou tudo ao rei, desde a escolha forçada em detrimento do tratamento da mãe até a morte do seu pai na manifestação da Resistência.

— Queria saber mais sobre eles, não queria? — Adelaine fitou os olhos espantados do homem e ele nada disse. — Meu pai era um homem incrível! Era protetor, leal e tão engraçado. Mamãe e eu amávamos sua risada alta e contagiante. Ele também era um excelente contador de histórias, das mais bobas e engraçadas às inspiradoras. Seu amor era tão grande que papai morreria por nós, e, de certa forma, ele morreu.

A moça tomou um instante para respirar e controlar as emoções antes de prosseguir:

— Já mamãe era uma doçura! Nunca vi alma tão generosa. Se os vizinhos precisassem de alguém para ficar com seus filhos, lá estava ela enchendo nossa casa de crianças. Se uma festa precisava ser feita, ela dava um jeito de tudo ficar deslumbrante com o pouco que tínhamos. E, caso alguém estivesse passando fome, mamãe se dispunha a dar até seu próprio prato de comida para o necessitado.

Um sorriso saudoso acompanhava cada palavra de Ada.

— Essas duas pessoas me fizeram ser quem sou hoje. Ensinaram-me, com a graça e bondade do Soberano, a ser servil e amorosa, mas também a lutar com força e coragem. No entanto, isso se quebrou de certa forma quando vi papai me dar seu último sorriso antes de partir, depois de seus amigos terem trazido seu corpo quase sem vida graças àquela maldita flecha. — Duas lágrimas rolaram pelas bochechas da moça, porém ela as enxugou rápido. — Eu queria continuar o que ele deixou, mas não pude. Abandonei a Resistência e fui fazer o que soube ser de maior importância no momento: trabalhar e sustentar minha avó. Não poderia deixá-la se esforçar com sua idade avançada e perdê-la também, então, quando uma amiga me indicou para a vaga no palácio e fui aceita, me entreguei completamente ao trabalho. Esses corredores e as pessoas me fizeram sentir em certa medida longe do que tanto me causava dor, pois fui acolhida pelos meus colegas, embora esteja tão perto de quem me deixou órfã.

Callum abriu a boca e a fechou algumas vezes antes de conseguir dar uma resposta à enxurrada de informações.

— Srta. Sallow, eu não queria... — ele se interrompeu. — Certo, eu quis intervir no grupo que seu pai liderava, eles poderiam vir a ser um problema para mim, porém não dei ordem para matar ninguém. Os soldados deveriam apenas contê-los e intimidá-los, pois eram um grupo pequeno e pacífico, no entanto as coisas saíram do controle.

— Mesmo? — A moça ergueu as sobrancelhas. Aquilo não mudava os fatos, porém não ser um assassinato planejado os desanuviava um pouco.

— Sim. Adoraria voltar no tempo e manter seu pai com você. E sua mãe também. — O homem suspirou, sem saber como diminuir o estrago feito.

Sua mente trouxe a imagem da esposa à memória, supondo a tristeza que ela sentiria ao ouvir o relato de Adelaine e recordando todas as vezes que tentou levar o marido a tomar decisões diferentes. Algo começou a corroer o coração de Callum: culpa.

— Não se pode mudar o passado, Majestade — Ada disse entre um suspiro, chamando sua atenção. — É por isso que, seja como for, perdoei o senhor e me libertei do ódio que por tanto tempo me tornou amarga. O Soberano recolheu meus pais para Seu gozo eterno, eles cumpriram seu propósito ao máximo e quero cumprir o meu.

Ada deu um passo à frente, ficando mais perto do homem.

— Majestade, não pode trazer meus pais de volta, porém tem poder para mudar a vida do seu povo por inteiro! Abandonei o grupo da Resistência, mas ainda corre no meu sangue a sede por justiça que o Soberano também colocou em meus pais. — Os olhos cinzas faiscavam em determinação. — Está livre para me matar depois disso...

— Ada! — Logan repreendeu e ela suplicou com o olhar para que a deixasse terminar. Ele cedeu.

— Pode me matar se quiser, partirei em paz com meu Senhor. No entanto, peço que tenha misericórdia de Lyria, pelos meus pais, pelo Louie, por mim, por sua amada esposa e por todo um reino que ergue seu clamor aos Céus. Majestade, tem autoridade para mudar suas leis a nosso favor. Se não o fizer, o Soberano dará sua paga, como a todos os que praticam o mal. Contudo, Ele oferece ao pecador, não importa quão ruim e suja tenha sido sua vida, a chance de largar tudo aos Seus pés e entoar um cântico novo, ganhar um propósito de vida novo. Ouça a voz dEle antes que seja tarde.

O rosto do rei estava rígido e seu maxilar cerrado.

— Majestade — Ada suplicou num fio de voz, como se ter dito todo seu discurso com firmeza tivesse acabado com suas forças —, nos ajude, por favor.

Callum encarou a moça pequena e frágil, mas com a chama feroz ainda cintilante no olhar. Logan se pôs diante da amiga, temendo que precisasse salvá-la do pai. No entanto, Callum nada disse ou fez, apenas saiu da sala como um raio e Ada deixou o corpo cair no sofá, num choro compulsivo e dolorido.

— Ele não vai fazer nada, Louie — ela lamentou. — Não fará nada por nós!

O príncipe a abraçou com força, como se pudesse tirar a dor presente nela. Seu peito batia forte, contudo não com ira, apenas cheio de tristeza profunda. Uma oração por piedade divina nasceu de seu interior. Sentia que nenhum esforço vindo deles poderia mudar o coração de pedra do rei, apenas uma ação sobrenatural.

Quando Ada se acalmou, ele a conduziu para a carruagem, a fim de acompanhá-la até a entrada da vila. Era seu limite, pois não podia entrar sob o risco de gerar alarde.

— Você é a mulher mais forte que conheço — Logan proferiu ao observar a amiga sentada ao seu lado, apertando o pingente do colar que ele lhe dera.

— Por quê? — Encarou-o com confusão.

— Perdeu seus pais, porém conseguiu seguir em frente, trabalhou dando o melhor de si para cuidar de sua avó, é bondosa e gentil ao invés de amarga pelas dificuldades e ainda consegue não guardar mágoa e perdoar meu pai.

— Na verdade, Louie, está enganado. Sou uma mulher fraca, porém bem acompanhada por um Deus forte, como todos os que confiam no Senhor. É Ele quem nos dá a força e a coragem para viver neste mundo de trevas. Eu não conseguiria atravessar os vales sem Sua santa ajuda.

— Sim, tem razão — o príncipe respondeu, reflexivo. — Sei que também não estaria onde estou sem a mão dEle intervindo ao meu favor.

— Também vejo força em você, Louie. — Ada apertou a mão dele com carinho. — E sei bem de onde ela vem, por isso é tão brilhante.

Os dois trocaram um sorriso e permaneceram com as mãos unidas. Em certo momento, a moça adormeceu no ombro do homem. Vendo-a tão abatida e indefesa, Logan desejou com todo o seu ser protegê-la e oferecer o apoio que ela precisasse, fosse um ombro para cochilar ou um coração para amá-la todos os dias.

— Ada — ele sacudiu levemente seu ombro ao pararem perto das árvores. — Chegamos, miúda.

— Já? — ela balbuciou, sonolenta.

— Hunrum. Vem, acompanho você.

Adelaine concordou e, antes de descerem, Logan tirou seu casaco e a envolveu, temendo que sentisse frio com o próprio agasalho tão fino. Foram caminhando entre as árvores até a entrada de Tyber, com a lua iluminando o caminho.

— Desculpe pela noite desgastante. — Logan suspirou quando pararam no limite onde ele podia chegar.

— Não há pelo que se desculpar, Louie. Ficarei bem. — Ela forçou um sorriso. — O Soberano ainda é por nós, nada mudou. Continuarei a confiar, mesmo se a tempestade parecer sombria demais. Ele ainda é e sempre será.

— Amém. — Ele sorriu do mesmo modo custoso.

Ada tirou o casaco e entregou ao amigo.

— Fique, está muito frio. — Devolveu a peça aos ombros dela, que não recusou, apreciando o tecido quentinho e cheiroso. O aconchegante aroma *dele*. — Não precisa ir trabalhar amanhã, está bem? Melhor! Tire o resto da semana de folga.

— Não é necessário, Louie!

— É, sim. Encare como uma ordem.

— A sra. Baker não vai gostar. — Balançou a cabeça.

— Posso cuidar disso. Apenas descanse, tudo bem? Vai ser bom ficar um pouco com sua avó.

— Se você insiste. — Ada deu de ombros.

Não gostava de ficar parada, porém a ideia de passar alguns dias com sua avó era agradável.

— Ótimo! — Logan sorriu. — Cuide-se.

Ele então segurou o rosto dela e tocou sua testa fria com seus lábios. Ada quis abraçá-lo e levá-lo consigo para a vila. Não queria dizer adeus.

— Você é muito bom para mim, Louie, obrigada. — Em um ímpeto de coragem, ela se colocou na ponta dos pés e beijou a bochecha dele.

Logan ergueu as sobrancelhas e um sorriso torto surgiu em sua boca de modo espontâneo. Adelaine arregalou os olhos ao dar-se conta de seu ato e apertou o casaco contra si com força.

— Ai, que vergonha! O que eu fiz? — Seu rosto esquentou, apesar do clima. — E-eu já vou indo! Boa noite, Louie.

Ela saiu correndo antes que ele pudesse dizer algo, como quanto apreciou o toque. O príncipe a espiou até que chegasse em casa, com o coração preenchido por um sentimento que, a essa altura, ele já tinha aceitado muito bem.

Capítulo 25

A neve caía sobre o jardim quando Logan voltou para casa. Ele correu a curta distância entre a carruagem e o palácio, tremendo de frio. Tinha algumas coisas para resolver antes de dormir, então se agasalhou e foi até a ala dos criados. Achava engraçado como todos se agitavam ao vê-lo e daquela vez não foi diferente.

— Alteza! Algum problema? — A governanta saiu esbaforida de um dos quartos.

— Nenhum, só gostaria de avisar que a srta. Sallow não virá trabalhar pelo resto da semana.

— Ela está doente? — Suas sobrancelhas se uniram.

— Não, mas tomei a liberdade de lhe dar folga por motivos pessoais. Podem seguir com o serviço sem a Adelaine?

— Sim, senhor. — Era visível que a mulher não aprovava a decisão, porém nada disse.

— Certo! Aliás, a senhora tem feito um excelente trabalho liderando os funcionários. Obrigado pela dedicação, sra. Baker — Logan elogiou com sinceridade, pegando-a de surpresa.

Para sua satisfação, um sorriso surgiu no rosto levemente corado dela.

— Ótimo — Logan disse consigo enquanto seguia para o próximo destino —, agora só falta achar meu pai.

Ele procurou no quarto e em sua sala privada, mas não o encontrou. Tentou a biblioteca e a sala de música da rainha, porém também falhou em seu objetivo.

— James — chamou ao encontrá-lo vindo em sua direção —, sabe onde está meu pai?

— Na cozinha, Alteza. Acabei de ser expulso de lá. — O homem, ruivo como o filho, ergueu as sobrancelhas.

— Expulso? Por quê?

— Tentei tirar a garrafa de gin dele. — Cruzou os braços. — Mas pelo visto não serei ouvido hoje.

Logan passou os dedos pelos cabelos, sem acreditar que o pai pretendia beber depois de ter sido terminantemente proibido pelo médico. Pediu licença a James e foi para a cozinha a passos largos. Sequer tentou conversar ao ver o pai levando a bebida à boca, apenas arrancou o copo da mão dele de uma só vez.

— Enlouqueceu? — Logan faiscava ao encará-lo.

— Não seja dramático, é apenas uma pequena dose. — O rei estendeu a mão. — Devolva.

— Nem pense nisso. — O filho pegou a garrafa e a despejou no balde de lixo junto do copo cheio.

— Logan!

— Pai! — retrucou com as mãos na cintura. — Deseja morrer? Ou gosta de ficar definhando de dor?

— Eu só queria... — Callum esfregou o rosto. — Só queria esquecer um pouco as coisas.

— Fugir não vai adiantar. — Logan se sentou ao lado dele.

Os dois ficaram em silêncio por alguns minutos, o ar pesava em volta deles.

— Você me odeia de novo? — o homem perguntou, hesitante. — Estraguei tudo outra vez?

Logan suspirou e o encarou, percebendo a angústia em suas feições.

— Não, pai, não odeio o senhor.

— Não sou um assassino, filho. Posso ter cometido erros, mas não sou um assassino.

— Também não acredito que seja; no entanto, suas ações levaram pessoas à morte, ainda que indiretamente. A Ada disse a verdade, pai, precisa tomar atitudes para reparar seus erros, precisa se arrepender.

— É mais complicado do que pensa. — Seus olhos fugiram dele para as próprias mãos entrelaçadas sobre a mesa.

— Com certeza, contudo é melhor fazer o correto, ainda que seja mais difícil.

— Nem saberia por onde começar.

— Mais do que tudo, o senhor precisa resolver seus problemas espirituais. — Logan repousou a mão no ombro de Callum e ele ergueu o rosto. — Viver sem Deus é desgastante e ainda por cima desnecessário, pois o perdão está disponível em Cristo. Há pouco tempo, fui lembrado que caminhar pelo meu próprio entendimento me destina à ruína, mas não estou sozinho, então não preciso viver com o peso do mundo nas costas. Tenho paz, finalmente! Ainda há dores sendo saradas, verdades sendo aprendidas e um caminho a percorrer, mas estou muito mais feliz e leve. Você também pode ter isso, pai.

Callum apertou os lábios e coçou a nuca.

— Tudo bem. — Pigarreou. — E fora do âmbito espiritual? O que acha que eu deveria fazer pelo reino?

— Olhar para o povo, não para seu próprio umbigo. — Ergueu uma sobrancelha e ignorou o desgosto no rosto do outro. — Tenho algumas ideias. Por exemplo, diminuir a quantidade de impostos, isso já será de grande valia. Outra urgência são médicos e remédios de fácil acesso à população, talvez possamos pensar em algum lugar para serem atendidos por baixo custo. E, claro, a volta das escolas que minha mãe tanto almejou e conseguiu abrir.

— Você é idêntico a ela. — Callum coçou a barba, analisando o filho. — Foi Agatha quem o ensinou a ser tão sonhador?

— Sim, mas não estou apenas sonhando, tenho planos bem arquitetados e ciência de que são ideias possíveis.

— Certo, você é mais competente do que eu imaginava.

— Obrigado. — Logan sorriu com o queixo erguido e arrancou uma leve risada do pai.

— Daria um ótimo rei, não é mesmo?

— Temos muitos anos até eu ser rei, por enquanto basta que o senhor me ouça e permita que trabalhemos juntos.

— Não decidirei nada agora. — Callum se levantou. — O dr. Spencer disse que posso voltar ao trabalho na primavera, sendo assim, quando retornar ao meu posto, analisaremos esses seus *sonhos planejados.*

Não era a resposta desejada, porém Logan respirou fundo e decidiu continuar esperando, não na boa vontade do rei, mas sim na providência divina.

Os dois saíram da cozinha em direção aos seus quartos, caminhando lado a lado pelos corredores do palácio.

— Sobre a srta. Sallow... — Callum atraiu a atenção do filho. — Está apaixonado por essa moça, não está?

— Não, não estou.

— Logan... — pronunciou com descrença.

— Apaixonado parece tão pouco. — O príncipe sorriu e sua covinha apareceu. — Eu a amo. Aprecio a mera presença dela, o mais ingênuo e sutil toque. Sempre que penso no assunto o sentimento parece aumentar, criar camadas e raízes e se solidificar, dando-me mais certeza de que não é passageiro.

— Olhe só! — Uma risada irrompeu do rei. — É sério a tal ponto?

— Não tenho dúvidas que seja amor esse desejo intenso de protegê-la, cuidar dela e fazer aquele sorriso lindo iluminar seu rosto todos os dias. — Suas íris brilhavam.

— Não há volta. — Callum apertou o ombro dele. — Ela conquistou seu coração.

— Sentiu isso pela mamãe?

— Sim. Não a fiz sorrir tanto quanto deveria, mas, quando tive a chance de amá-la de verdade, foi assim que me senti. — Sorriu com a lembrança de Agatha. — Você pretende pedir sua amada em casamento, suponho.

— Sim. No entanto, esperarei algumas coisas acontecerem.

— Quais coisas?

Sua decisão. Não quero colocar a Ada debaixo do mesmo teto que você se não se arrependeu de verdade, Louie pensou, contudo não disse.

— A hora certa. — Forçou um sorriso.

— E acha que ela pode ser uma boa rainha? É só uma camponesa, sem qualquer instrução ou classe. — O rei cruzou os braços. — Sabe quem seria uma boa opção? A lady Charlotte.

— Que o Senhor me livre de tamanha maldição!

— Não fale assim. — Callum disfarçou a risada com uma tosse. — A moça é um pouco... centrada em si mesma, mas ainda seria melhor para Lyria ter uma rainha à altura.

Eles pararam diante do quarto do príncipe.

— Acha mesmo que darei ouvidos ao senhor em relação a isso? — Logan cruzou os braços e se recostou, despreocupado, no batente.

— Não, mas precisava tentar, pelo protocolo de pai sábio e prudente. — Piscou, e Louie se esforçou para não sorrir, entretanto falhou.

— Entendi. — Estreitou os olhos. — Vou dormir, *papai*. Boa noite.

— Boa noite, filho.

Logan entrou no quarto com o sorriso intruso no rosto. Não queria ceder tão fácil, porém se sentia bem mais feliz sem o rancor dominando suas ações.

Seu valete[1] já o esperava para auxiliá-lo na troca de roupa. Após a saída do rapaz, Logan se deitou na cama e esticou a mão para tirar o diário da gaveta. Seu coração encheu de calor ao passar o dedo pelos traços do último desenho

1. Criado pessoal.

que tinha feito da mãe. Olhar para o retrato o ajudava a manter o rosto dela vívido em sua memória.

— Você amaria a Ada, mamãe. — Ele sorriu e lágrimas umedeceram seus cílios. — Ela é tão boa para mim. Tenho estado mais contente desde que nos conhecemos.

Com um suspiro de saudade, virou as páginas até encontrar o desenho de Adelaine, feito enquanto a moça ria de alguma brincadeira de Lucy durante a viagem. Logan se recordou da animação dela ao descobrir que faziam aniversário no mesmo dia e ficou arrependido por não ter cedido ao seu desejo.

Determinado, arrancou uma folha do diário e escreveu um recado para Ada.

Capítulo 26

— Está sorrindo mais que de costume. — Elisa chamou a atenção de Adelaine.

A criada bordava algumas flores no vestido novo costurado por sua avó, a mente longe dali.

— Eu estava sorrindo? — Ada levou a mão ao colar que ganhara de Logan, num gesto impulsivo.

— Sim. Parecia habitar em um bom pensamento.

— Ah! Nem reparei. — Apertou os lábios, corando.

— Qual o motivo de tanto encanto? — Elisa sondou.

Adelaine repousou a agulha por um instante e foi preenchida pelas lembranças das últimas semanas. Em especial, dos sentimentos que rondavam cada pedaço de seu coração desde o jantar no palácio.

— Ela está apaixonada. — Florence não ergueu os olhos da própria costura, porém foi possível ver seu sorrisinho.

— Vovó! — Ada soltou um riso engasgado. — De onde tirou isso?

— Ah, minha menina — encarou a neta —, essa velha aqui não é cega, já disse.

— Sei bem que a visão da senhora é impecável, mas não explica sua suposição.

— Os sinais de uma mulher apaixonada são bem claros, e você é uma. Pode confessar, estamos apenas nós três nesta sala e nunca tivemos segredos. Caso precise de conselhos, daremos de bom grado.

Adelaine fitou a amiga e ela parecia tão ansiosa quanto Florence para escutar a verdade. Sua avó estava certa, não tinha amigas mais confiáveis e guardar seus sentimentos para si a enlouquecia pouco a pouco.

— Acho que... — Os dedos tocaram o colar. — Oh, céus! Que encrenca!

— Diga logo, filha.

— Estou apaixonada pelo Louie! — Ada cobriu o rosto com o vestido e as mulheres riram. — Parem de rir, é um tremendo problema.

— Por quê? — Elisa indagou em tom risonho.

— Sou apenas uma criada, Elly. E mesmo que você tenha dito tudo aquilo sobre coisas improváveis acontecerem, ainda seria tão difícil me inserir na Corte! Aquelas pessoas não olham para nós com dignidade.

— Não estaria disposta a enfrentá-las pelo Louie?

— É claro que estaria, contudo não muda o fato de ser complicado. Eu nem deveria estar pensando nisso! Tudo soa como uma fábula!

— Não é você que ama ver "magia" em tudo?

— Mas o Louie e eu juntos, seria... seria fantasioso demais!

— O amor realmente soa como algo fantástico — Florence comentou —, tem uma força que só pode ser sobrenatural, ao ponto de, caso seja verdadeiro, transpor barreiras.

A loira emudeceu diante daquelas palavras. Não, não podia permitir-se sonhar tanto, Logan era inalcançável e ela deveria estar grata pelo simples fato de ter sua amizade. O maior obstáculo seria tirar cada memória especial de sua cabeça, como a generosidade dele ao dar-lhe os tecidos, seu carinho ao ensiná-la, o jeito orgulhoso com que desfilou ao lado dela pelo palácio, a dança na sala...

— Ele é tudo que sempre sonhei e ainda mais — murmurou baixinho, porém ainda foi ouvida.

— Ah, Ada, entendo seu temor. — Elisa apertou sua mão e elas trocaram um sorriso melancólico. — Ore, minha amiga, é este meu conselho.

— Não poderia haver um melhor — Florence incentivou. — Oraremos por seu coraçãozinho e Deus cuidará de tudo.

— Obrigada, nem consigo vislumbrar uma vida sem vocês.

— Graças ao Senhor, isso é desnecessário. — Elisa piscou, provocando uma risada na outra.

— Quer falar sobre nosso outro amigo? — Ada mudou de assunto.

— Sim, por favor! — Florence fez coro à neta.

— Não há nada para falar sobre mim e Gale.

— Claro que há, minha amiga! Ele veio vê-la em dois domingos seguidos.

— Adelaine, se para você é difícil se ver casada com seu amado, para mim é quase impossível cogitar ter a sorte de me unir a qualquer homem.

— Elisa Miller! — Florence protestou. — Pare de proferir tantas asneiras.

— Vovó, com todo respeito, quem desejaria casar comigo? Eu não posso oferecer nada.

— Nada? E seu coração? Esse belo e doce coração? Cavaleiros poderiam duelar para ter uma mulher tão formosa como esposa, sem falar em sua inteligência, fé e virtudes sobre virtudes.

— A senhora é generosa demais. — Elisa balançou a cabeça e voltou ao vestidinho que costurava para a filha, feito com o material sobressalente das roupas de Adelaine.

— Vovó está certa, Elly. — Ada colocou a mão sobre as dela, atraindo seu olhar. — Um homem de verdade não fará caso de seu passado, saberá que, após o perdão divino, nossos pecados são perdoados e tudo se faz novo.

— Nem tudo se faz novo. — A mulher se afastou delicadamente do toque da amiga.

— Elisa...

— Não, por favor. — Ela fez uma careta. — Podemos encerrar esse assunto? Sabem o que eu queria agora? Comer aquele pote de geleia na cozinha.

Adelaine percebeu que, caso insistisse, acabaria tocando em feridas que a amiga não desejava expor naquele momento, então forçou seu melhor sorriso e respondeu:

— Daria tanto por isso. — Emitiu um suspiro encenado. — Uma vez cometi essa loucura quando criança e mamãe ficou uma fera.

— O mesmo comigo!

— Estou gostando de descobrir essas travessuras. — Florence balançou a cabeça.

As duas riram e depois trocaram um olhar demorado, junto de sorrisos arteiros.

— Uma colher cheia? — Ada sugeriu e a amiga prontamente concordou. As duas foram para a cozinha, deixando uma avó cheia de reprimendas para trás.

Acharam o pote de geleia de amora e duas colheres de tamanho apropriado para o momento, depois voltaram para a sala, encontrando a senhorinha cochilando. Com cuidado, afastaram um pouco suas cadeiras para não a incomodar com a conversa. O calor da lareira as abraçava e, unido ao doce, diminuiu as chateações de ambas — isso ou a companhia uma da outra.

Tratavam de assuntos leves quando Lucy entrou correndo pela porta, a barra do vestido levantada e presa às mãos, revelando o tecido branco que ia até os tornozelos.

— O que tem aí? — Sua mãe se abaixou diante dela.

— Gatinhos. — Lucy se sentou no chão e libertou os três filhotes.

As mulheres abafaram gritos surpresos ao ver as criaturas pequeninas. Adelaine se uniu à mãe e filha e tocou em um dos dois gatos imóveis, depois no outro, certificando-se do pior.

— Ah, Lucy. — Elisa soltou um suspiro pesaroso. — Esses dois já morreram, meu amor.

— Eles não estão dormindo? — A criança começou a chorar e a mãe a puxou para junto de si, explicando a situação.

Ada pegou o gatinho vivo e acariciou seu pelo branco frio e um pouco sujo de neve. Manchas laranjas cobriam o topo de sua cabeça e o rabo.

— Eles estavam lá debaixo da árvore — Lucy contou, ainda emotiva. — Tadinho, ficou só! Mamãe, vamos ficar com ele.

— Não podemos ter um gato, filha! Mal cuidamos de nós mesmas.

— Eu cuido dele e de mim!

— Ah, cuida? — Elisa achou graça. — A resposta é "não". Teremos que soltá-lo de novo.

— Não! Ele vai morrer de frio.

Elisa soltou o ar e fitou o bicho nas mãos da amiga.

— Alguém pode querer um gato, mas infelizmente não é o nosso caso.

— Fiquem tranquilas — Adelaine abriu um sorriso de canto, mirando os olhos verdes curiosos do felino —, dou um jeito nisso. Por ora, este pequenino precisa de um pouco de leite.

Ela fez beicinho para Elisa e Lucy a imitou, tornando impossível para a mulher não ceder. Levantou-se e providenciou uma tigela com o líquido branco, servindo ao filhote em seguida, que devorou tudo em segundos.

As três o admiravam quando batidas fortes e ritmadas atingiram a porta. As mais velhas franziram o cenho; escutavam aquele som apenas uma vez por mês. O barulho acordou Florence e ela fitou as moças sem entender o que se passava.

— Não é dia de coleta. — Elisa torceu os lábios. — Será que há algo de errado?

Ela e Ada se levantaram e foram atender, deixando uma Lucy empolgada mostrando o visitante para a senhora. Grande foi a surpresa das amigas ao atenderem a porta e verem Gale parado ali, sorridente, em seu uniforme vermelho.

— Boa tarde, senhoritas!

— Gale! O que faz aqui? — Ada retribuiu o sorriso e percebeu de esguelha o embaraço da amiga.

— Tenho notícias excelentes! — Ergueu a caixa de madeira em seus braços. — O Logan conseguiu convencer o pai a deixá-lo comprar agasalhos e cobertores para os mais carentes do povo.

— Jura? — Elisa cobriu a boca em surpresa.

— O Louie nem me contou! — Adelaine franziu o cenho.

— Ele recebeu a autorização do pai um dia antes de jantar com você, deve ter se esquecido com tudo que aconteceu.

A expressão da moça suavizou e foi substituída por alegria.

— Deus o usou para nos conceder uma benção tremenda!

— E tem mais. — Gale sorriu, partilhando do sentimento dela — Nosso príncipe também usou o senso do reino, com todas as famílias e impostos entregues, para saber as que mais precisam neste inverno e preparou-lhes uma quantia para alimentação e necessidades básicas, até a primavera voltar.

— Ele está mesmo provando seu caráter íntegro. — Elisa balançou a cabeça em aprovação.

— O Louie é muitíssimo diferente do pai, minha amiga. — Ada ergueu as sobrancelhas. — Espero que todos os moradores de Lyria percebam isso.

— Creio que ele conseguirá pontos com diversos lyrianos. Nunca fomos agraciados dessa forma. — Ela pegou um casaco e chamou Lucy: — Filha, olhe o que o príncipe Logan mandou para nós.

— O Louie? — Lucy arregalou os olhos, correndo até a mãe, seguida por Florence.

— Ele mesmo. Mandou agasalhos e cobertores para os mais carentes.

— Ah! — A senhora sorriu de orelha a orelha. — Esse menino é uma benção.

— Diz obrigada por mim, tio ruivinho. — A menina abraçou o agasalho contra o peito.

— Tem outra coisa para você, pequena. — Gale agachou e tirou uma caixa de presentes do meio dos tecidos. — O Logan pediu para entregar em mãos à sua menininha favorita.

— Sou a menininha favorita do príncipe? — Lucy deu pulos de alegria e encarou a mãe. — Ouviu, mamãe?

— Ouvi, sim. — Elisa riu e seu olhar cruzou com o de Gale. Ela desviou rápido. — Abra seu presente, estamos curiosos.

Lucy pegou a caixa e tirou a tampa, revelando um belo barco de madeira esculpido em detalhes. Seu rosto se iluminou de imediato.

— Eu amei! Muito, muito e muito. — Ela pegou o brinquedo e passou os dedos por cada parte.

— Tem um bilhete. — Ada notou o envelope, tomando-o em mãos.

— Não sei ler — Lucy lamentou.

— A Ada pode fazê-lo para nós. — Elisa sorriu para a amiga, que enrubesceu um pouco.

Ada ainda ficava nervosa ao ler, pois tinha um longo caminho até dominar os sentidos das palavras e as variações infinitas feitas pelas letras. No entanto, abriu o envelope e pegou o bilhete de Logan, suspirando de alívio ao ver uma grafia maior e palavras simples.

— "Para Lucy — começou, hesitante. — Espero que se divirta bastante com seu brinquedo. Estou ansioso para ouvir todas as aventuras dos lugares para onde sua imaginação a levará. Com carinho, seu amigo Louie".

— Ah! Um bilhete do príncipe! — Lucy estava pura euforia. Ada entregou o papel para ela e a menina o admirou. — Vou guardar junto com minhas coisas favoritas.

— Posso escrever um bilhete em resposta — Adelaine sugeriu num rompante de coragem.

— Sim! Por favor, Ada, vamos fazer!

— Acho melhor ler isso aqui antes. — Gale tirou um envelope maior do bolso do casaco e entregou para a moça. — O Logan pediu seu retorno, pode escrever em uma carta só.

— Ai, será muita coisa para dizer!

— Fique tranquila. Terminarei de fazer as entregas e volto para pegar.

— Certo, assim é melhor. Obrigada, Gale.

O homem assentiu e a observou seguir com Lucy e a avó para dentro, deixando apenas Elisa ali.

— Posso vir visitá-las no domingo? — ele perguntou, sem conseguir disfarçar um sorriso animado.

Tudo nela queria dizer "sim", porém estava preocupada com o rumo que seu coração seguia desde a primeira visita.

— Agora as pessoas já estão bem cientes que você é um guarda — Elisa respondeu —, podem vê-lo aqui e arranjar problemas para mim.

— Não creio que haja problema em ser um guarda.

— Como não? Vivem a mando do rei.

— Isso a incomoda? — Inclinou a cabeça.

— Sabe que não.

— Seria impossível ignorar as opiniões por um amigo? — Ele fingiu uma expressão triste e ela se viu rindo sem querer.

Basta ser firme, Elisa, ele não vai insistir, sua consciência aconselhou.

— É complicado. — Foi o que conseguiu dizer.

— Tudo bem — Gale respondeu, frustrando-a.

— Parece até um milagre você aceitar um "não" tão facilmente.

— A senhorita vai descobrir o motivo.

Com uma piscadela, ele virou as costas e seguiu para a casa vizinha.

Elisa entrou e fechou a porta atrás de si, indo até as outras, reunidas perto da lareira à sua espera.

— O que ele escreveu para você? — perguntou, sentando-se perto de Lucy, que já desfrutava de seu brinquedo.

Ada abriu o envelope e encontrou uma folha com a caligrafia tão conhecida do amigo, além de alguns desenhos ao redor, arrancando um largo sorriso de seus lábios.

— "Para Ada. Espero que esteja aproveitando bem sua folga. Serei direto, minha amiga: mudei de ideia sobre comemorar nosso aniversário. É um dia feliz e vivê-lo ao seu lado será maravilhoso. O que acha de passar o sábado aqui no palácio? Se possível, traga a sua avó, a Elisa e a Lucy. Estou com saudades de todas. Espero sua resposta a este convite. Com carinho, seu gêmeo de aniversário, Louie."

Enquanto a carta era lida, um sorriso teimoso surgia no rosto de Elisa, entendendo as atitudes do guarda.

— Festa de aniversário? — Lucy ergueu a cabeça para Ada.

— Sim! O Louie e eu nascemos na mesma data e vamos fazer uma festa para comemorar! — Ela se levantou num pulo e foi até a porta. — Vou buscar papel e lápis para nossa carta, Lucy, já volto.

A moça correu até sua casa fazendo grande esforço para não saltitar pela rua e no mesmo ânimo voltou à residência das amigas, portando os materiais necessários para sua tarefa. Com a menininha no colo, começou a escrever uma carta repleta de erros ortográficos, porém cheia do mais genuíno afeto.

— Ele não vai gostar nada disso, Ada — Florence avisou com um suspiro. — Sabe como o Tom se sente em relação ao rei e ao Logan.

— Eu sei, mas talvez se eu explicar com cuidado... — A moça forçou um sorriso. — Devo contar em algum momento e prefiro que seja antes dele descobrir por outra pessoa.

Depois de ler o convite de Louie, Adelaine decidiu contar a verdade para Anthony e chamá-lo para a festa, no intuito de apresentar seu novo amigo e provar que ele não era em nada como o pai.

— Tudo bem, passarei rapidamente na casa da Anna para vê-la e volto para buscar você. — A senhora beijou a bochecha da neta e ela desceu da carroça.

Ada observou a avó distanciar-se e depois se voltou para a casa de Anthony. Com um pouco de hesitação, ergueu a mão enluvada e bateu na porta. Logo o homem apareceu e abriu um sorriso largo ao ver a moça.

— Princesa! — Tirou-a do chão com um abraço e Ada riu, tranquilizando-se.

— Irá me esmagar, Tom.

— Senti saudades. — Ele afrouxou o aperto, porém manteve seus braços ao redor dela. — Planejava passar em sua casa amanhã para me certificar que estava bem.

— Vai tudo bem, fique tranquilo. Estou de folga esta semana.

— Você não teve folga no Festival? — Suas sobrancelhas se uniram.

— Sim, mas dessa vez foi... diferente.

— Venha e me conte essa história.

Os dois entraram no calor da casa e Ada percebeu que não estavam sozinhos. A sala de estar era preenchida por rostos bem conhecidos pela moça. Foi inevitável para ela lembrar-se das vezes em que se sentou ao lado do pai e admirou o grupo debatendo as necessidades do povo e as intervenções que precisavam ser feitas. Sentia-se cheia de coragem quando participava das reuniões da Resistência.

— Adelaine! — Uma das poucas mulheres ali abriu um sorriso amplo e foi até ela. — Veio para a reunião?

— Não, não vim. — Deu um sorriso sem jeito. — Só queria conversar com o Tom.

— Ah! Fique conosco. Sentimos sua falta aqui.

Apesar de amar aquelas pessoas e tudo que o grupo significou para ela e seu pai, não se via mais naquele tipo de luta.

— Quem sabe um dia. — Ada alisou as tranças caídas sobre seu busto e encarou Anthony.

— Vamos conversar na cozinha. — Ele tocou suas costas para conduzi-la.

Por cima do ombro, avisou: — Podem começar sem mim.

Seguiram por um corredor e chegaram ao cômodo, onde o homem puxou uma cadeira para a moça e se sentou diante dela. Ada perguntou pela esposa e filho dele, a fim de ganhar tempo.

— Foram visitar meus sogros, porém logo estão de volta.

— Entendi!

— E sobre sua folga, qual o motivo? — A curiosidade estava clara em sua voz.

— Então... — Ada começou, mantendo o olhar nas íris escuras dele. — O Louie me deu folga porque acabei passando por uma situação estressante no palácio. Não precisava, mas ele...

— Espera. — Tom levantou a mão. — Louie não é aquele seu colega de trabalho? Ele tem autoridade para isso?

— É uma história *complicada.*

— Conte mesmo assim. — Ele cruzou os braços, não gostando do que sua mente antecipava.

Sem saída, Ada relatou a história desde o início da aproximação do príncipe até o jantar poucos dias antes. Ela quis ignorar, porém seu coração apertava à medida em que via o rosto do amigo endurecer-se. Ao fim, Tom coçou a cabeça coberta de fios crespos e se levantou da mesa, dando-lhe as costas.

— Está muito bravo? — Ada arriscou. Sabia que o homem tinha um temperamento forte e o assunto não ajudava em nada no quesito mantê-lo tranquilo.

— Adelaine Sallow... — ele disse entre dentes e se voltou para ela. — Você trouxe o príncipe até nós, deixou-o saber nossas fraquezas, tornou-se amiga íntima dele e, para coroar tudo isso, ainda jantou com o desgraçado que matou seu pai e falou sobre nosso grupo? Pelo Soberano! Diga que é uma brincadeira de muito mal gosto.

Ada se encolheu na cadeira a cada palavra do homem.

— Tom, não foi bem assim. O Logan é bom! Ele quer ajudar nosso reino e em nada se parece com o rei.

— Sua ingenuidade não pode ser tão grande assim.

Adelaine franziu a testa, incomodada com seu modo de falar.

— Não sou estúpida. — Ela se levantou e ficou diante dele. — Tom, não podemos fazer nada com apenas um grupo de pessoas, por isso a ajuda do Louie é uma dádiva dos céus. E, se deseja saber, jantei com o rei para tentar convencê-lo a ouvir o filho. Não gosto dele, porém também não o odeio mais.

— Tudo isso é loucura. — Anthony respirou fundo.

— Uma tremenda loucura! — Uma terceira voz soou no cômodo, pegando-os de surpresa.

— O que faz aqui, Jake? — Tom encarou o homem. — Deveria estar na sala.

— Ainda bem que desconfiei dessa conversa secreta. — O homem direcionou os olhos azuis para Ada. — Então saiu do nosso meio para se tornar uma traidora? Seu pai teria vergonha de você.

— Não fale do papai! — Ela cerrou os punhos. — Conheço-o muito melhor do que você e ele me entenderia.

De repente, os demais se amontoaram no corredor, curiosos com as vozes alteradas. Jake fez questão de contar cada detalhe que escutara escondido e logo uma porção de olhos desgostosos estava sobre Adelaine.

— Então ela deve saber o que eles estão tramando com essa distribuição de roupas e dinheiro — um dos membros opinou. — Quem sabe até esteja envolvida.

— Não é nada disso! — Ada exclamou, em choque com a má interpretação. — O Logan só quer trazer conforto para os mais pobres de nós. Ele sabe quão carente boa parte do povo é.

— Eles querem tirar nosso foco das extorsões e abusos que sofremos para piorar tudo aos poucos — alguém sugeriu e foi apoiado pelos demais.

— Estão nos manipulando!

— Talvez haja algo ruim próximo a acontecer.

Ada balançou a cabeça para os lados, agoniada com o falatório repleto de erros.

— Parem! As coisas são tão diferentes disso, na verdade...

— É melhor sair daqui, Adelaine — a mesma mulher que a recebeu disse com voz áspera. — Traidores não são bem-vindos.

Ada ergueu o olhar para Anthony, parado no mesmo lugar de antes. Seu rosto carregava dor, mas ela soube que ele não ficaria ao seu lado, muito diferente das inúmeras vezes em que a acalentou naqueles três anos sem Evan.

— Tudo bem, vou embora. — Enxugou uma lágrima teimosa e, mesmo magoada, deu um abraço rápido no amigo. — Tinha vindo convidá-lo para o meu aniversário.

— Ada... — Tom balbuciou, mas não concluiu.

— Esqueça isso. — Forçou seus lábios para cima; no entanto, só conseguiu produzir mais lágrimas.

Ada encarou as pessoas raivosas e seu coração ficou pequeno. Passou por elas e andou depressa até o lado de fora, depois correu até a carroça parada no fim da rua, desejosa de um abraço apertado da avó, de consolo diante do encontro que em nada saíra como idealizou.

Capítulo 27

Num gélido dia de inverno, há dezenove anos, nascia uma menina gordinha e sorridente, com delicados fios loiros e grandes olhos cinzas. Cinco anos antes, naquela mesma data, nascia um menino pequeno e de olhar atento, cabelos negros como a noite e uma doce covinha na bochecha.

E quem poderia imaginar que, tanto tempo depois, a garota nascida numa humilde casa compartilharia uma festa de aniversário com o príncipe criado entre luxos infindáveis?

Adelaine havia passado os últimos dias trancada em casa, após sair uma vez e receber olhares tortos dos vizinhos presentes na reunião. Seu coração estava inquieto; no entanto, aquela festa era especial demais para ser estragada por infortúnios.

Florence, Elisa, Lucy e ela caminharam de braços dados até a entrada do palácio, onde foram recebidas por um criado e conduzidas à sala de estar. Logan abriu um sorriso amplo ao vê-las e se apressou ao encontro das amigas.

— Parece que temos uma princesinha aqui. — Abaixou-se diante de Lucy.

— Eu! — Ela abriu um sorriso doce e se jogou nos braços dele. — Feliz aniversário, senti um montão de saudades.

— Eu também senti. — Deixou um beijo em seus cachinhos. — Gostou do barco?

— Muito! Coloquei num balde de água e ele flutua!

— Que incrível! Quando a primavera chegar, será divertido brincar com ele lá na fonte, não acha?

— Sim, mal vejo a hora!

O homem se ergueu e Elisa também o parabenizou, ainda acostumando-se com a proximidade e o ambiente em volta. Depois foi a vez de Florence, que sorria sem parar desde que pôs os olhos em Louie.

— Meu netinho! — Ela segurou o rosto dele entre suas mãos, fazendo-o curvar um pouco o corpo. — Olhem como está lindo! Mais lindo do que nunca. E esses cabelos crescendo, hum? — Tocou os fios arrumados para o lado.

— Espere crescer mais um pouco e ficarei melhor.

— Mas não muito, só alguns centímetros. Ficará uma gracinha com as mechas caindo pela testa.

— Sim, senhora.

— Trouxe uma torta para você. É com aquela geleia que provou lá em casa e amou, lembra-se?

— Como poderia esquecer? É divina! — Ele aceitou a sobremesa envolta em uma toalha limpa e a direcionou a uma serviçal para guardá-la. — Muito obrigado, vovó. Já disse que a senhora parece um anjo? É cheia de doçura!

— Ah! Pare com isso. — A senhora riu, enrubescendo.

Um casal se aproximou para parabenizar Adelaine e cumprimentar o grupo. Florence sorriu para eles, brilhando de curiosidade.

— São sua família, meu querido? — perguntou ao príncipe.

— Sim, são os pais do Gale. Os dois cuidaram e ainda cuidam de mim sempre que preciso. — Logan sorriu. — Sr. James Harris e sra. Olivia Harris, essa é a sra. Florence Sallow.

— Que alegria conhecer pessoas queridas para o Louie.

— Ele é muito querido para nós também — James respondeu, sorrindo para o príncipe, o qual desde a infância esteve próximo de sua família.

— E essas crianças adoráveis? — Florence indicou os três irmãos entretidos uns com os outros mais atrás.

Os pais chamaram os filhos para apresentá-los, e enquanto os recém-conhecidos conversavam, o príncipe se aproximou da outra aniversariante, parada no mesmo lugar desde que chegou.

A dupla trocou um sorriso tímido, tendo em mente o último momento que passaram juntos, no bosque. Nenhum deles sabia o que dizer para aplacar o silêncio constrangedor e ficariam assim para sempre se não fosse um miado inesperado.

— O que foi isso? — Logan encarou a caixa aos pés de Ada. — Tem um gato aí?

— Gato? Que gato? — Ela pegou o objeto nos braços.

— Mas... — Outro miado o interrompeu. — Ouviu?

— Shiu, Gatito! — Ada bateu de leve na caixa. — Não combinamos assim.

— Ada! — Logan riu com gosto. — Trouxe um gato para cá? E o nome dele é Gatito?

— Trouxe, sim. E você vai decidir o nome dele, esse é temporário.

— Vou?

— Claro, é seu presente de aniversário. — Sorriu de orelha a orelha. — A Lucy encontrou o pobrezinho abandonado e eu soube que você daria um bom lar para ele.

Ela abriu a caixa e estendeu para o amigo, que tirou o filhote branco e laranja de lá.

— Ele estava sozinho? — Logan franziu o cenho.

— Com seus irmãozinhos, mas eles não resistiram.

— Aqui ele terá muito amor e cuidado — garantiu, passando o dedo no queixo do filhote. — Mal acredito que tenho um gato outra vez, será uma experiência divertida.

— E é tão pequenininho! Cabe em suas mãos! Também, como não caberia? Você é bem grande.

— Acha isso? — Logan riu.

— Hunrum. Suas mãos são magricelas, mas ainda enormes.

— Devo agradecer por esse comentário?

— Oras! Mãos magricelas são muito boas. — Ela cruzou os braços e arrancou outro riso dele. — Ai, pare de fazer isso! Não quis ofender você.

— Tudo bem, eu entendi. Porém prefiro suas mãos gordinhas, são reconfortantes. — Exibiu um meio sorriso.

— Vovó sempre diz isso! E eu as amo, são muito úteis. — A moça mexeu os dedos curtos diante do rosto. O filhote miou para ela. — Concorda, gracinha?

— Ele se apaixonou por você tão rápido? — Logan riu, passando o dedo nos pelos macios. Não que pudesse julgar o bichano por encantar-se por Ada. — Quer segurá-lo?

Adelaine não pensou duas vezes antes de pegar o gatinho e levar para junto do peito, aninhando-o. Em resposta, o bicho se esticou para cheirar seu rosto, fazendo-a soltar um gritinho animado.

Logan não conseguia parar de admirar a moça por ter uma alma tão bonita; contudo, não era apenas o interior que o encantava, havia notado o vestido novo assim que ela chegou. O modelo tinha mangas um pouco volumosas, indo até abaixo do cotovelo e terminando com babados em renda. O tecido contornava seu tronco e abria-se numa saia de caimento modesto, provando que azul a deixava realmente deslumbrante, apesar de ele suspeitar que o veredito seria o mesmo para qualquer cor existente no mundo.

Quando Adelaine ergueu o rosto, encontrou as íris castanhas fixas nela e corou de imediato.

— Pare de me olhar, Louie. — Escondeu o rosto com o gato e ele riu. — Mesmo! Fico sem jeito.

— Seu pedido é muito difícil de atender, sabia? — A contragosto, desviou a atenção para o filhote.

Adelaine sentiu como se delicadas libélulas alçassem voo em sua barriga. Mordeu o lábio, contendo um sorriso que brigava para ganhar seu rosto.

— Bom — ela balbuciou, tentando voltar à racionalidade —, que nome dará ao seu gato?

— Ainda não sei. — Logan pegou o bicho de volta. — Vou chamá-lo de Gatito por enquanto.

— Ele gosta. — A moça encolheu os ombros.

— Aposto que sim. — Achou graça. — Venha, quero entregar seu presente.

Aquelas palavras despertaram sua curiosidade e ela o seguiu até um dos estofados, notando a presença de um embrulho fino e retangular. Logan entregou o objeto, observando-a com ansiedade.

— Seus presentes são sempre perfeitos — Ada comentou enquanto desfazia a embalagem de papel com cuidado.

— Temo decepcionar desta vez. Não é nada muito útil.

Intrigada, a moça se apressou e conseguiu enfim ver o conteúdo. Seus olhos percorreram o quadro, arregalados em surpresa, e Louie tentou controlar o nervosismo.

— Odiou? — A pergunta escapou dos lábios dele.

— Logan...

— Sim?

— Sou eu! — Sua voz estridente atraiu a atenção dos demais. Ela se virou e mostrou o quadro com o maior dos sorrisos, mandando embora qualquer insegurança presente no amigo. — Olhem! O Louie me desenhou.

Todos teceram elogios para o quadro, um retrato fiel feito por completo em lápis, onde a costumeira expressão doce de Ada fora registrada. Os cabelos caíam livres ao redor dela, que estava sentada entre uma variedade de flores.

— Continua me surpreendendo com cada presente, Louie. — Ela se voltou para ele, afastando-se dos demais. — Todo agradecimento parece pouco diante de tamanho cuidado depositado neste quadro. Demorou muito para fazê-lo?

— Algumas horas — Logan libertou o gato inquieto em seu colo para que explorasse a sala —, porém foi um deleite fazer seu presente.

As bochechas dela se ergueram com um sorriso amplo.

— Muitíssimo obrigada. Colocarei no meu quarto para vê-lo todos os dias! — Ela tocou o quadro com carinho.

Lucy se aproximou e segurou a mão de Logan.

— Vamos brincar?

— Filha! — Elisa repreendeu, puxando-a para perto. — Não incomode o príncipe.

— Tudo bem, não tem problema algum. — Logan sorriu para a mulher e estendeu a mão para a menina, que não hesitou em segurá-la outra vez. — Podemos brincar lá fora, o que acha?

— Fazer um boneco de neve? — Os olhos dela cintilaram.

— O que a senhorita quiser.

— Tchau, mamãe, nos vemos mais tarde. — Lucy soprou um beijo para a mulher e conseguiu arrancar risadas de todos, até da mãe preocupada. — Os irmãos do Gale podem vir também?

As três crianças se animaram de imediato. Eram um casal de gêmeos da idade de Lucy e um garoto de 11 anos.

— Pronto para cuidar delas? — Ada cochichou para o amigo, ajeitando o casaco enquanto seguiam os mais novos em direção ao jardim.

— A questão aqui é: a senhorita está pronta?

Ela lhe lançou um olhar estreito, rindo de sua presunção.

O grupo achou um lugar com bastante neve e as crianças logo começaram a produzir o boneco, ajudadas pela dupla. Empilharam duas bolas brancas grandes para o corpo e uma menor para a cabeça, depois pararam para pensar na decoração.

— É um menino, está bem? — Lucy colocou as mãos na cintura.

— Menino ou menina, ele precisa de braços — disse Will, o mais velho dos três irmãos. Ele olhou ao redor e avistou dois gravetos caídos sob uma árvore desnuda. Fincou um em cada lado do boneco. — Agora precisamos de pedras para o rosto.

— Vi umas perto do palácio! — Lucy apontou e levou os irmãos consigo para a tarefa.

Ada e Louie se sentaram em um banco próximo e os supervisionaram enquanto escolhiam cada pedra de modo crítico.

— Mal posso acreditar que vamos passar meu aniversário, quer dizer, *nosso* aniversário juntos — Ada puxou assunto. — Obrigada por isso, Louie. Já disse que é muito bondoso comigo?

— Algumas vezes. — Ele riu. — Mas você me faz mais bem ainda.

— Eu? Nunca fiz nada demais.

— Claro que fez! Estou certo: o Senhor a mandou para encher meus dias de sorrisos. Desde que nos conhecemos, minha vida se tornou menos solitária, Ada. Você foi um verdadeiro presente para mim, além de me ensinar tanto! Cada conselho seu tem me feito crescer em graça. Obrigado por isso.

As íris cinzas brilharam ao ouvir aquilo e ela sorriu com o coração aquecido.

— E, a partir de hoje, sempre vamos comemorar nosso aniversário juntos — Logan prometeu.

— De verdade? — Animou-se.

— De verdade.

As crianças voltaram com as pedras e os adultos lhes ajudaram a dar um rosto para o boneco, além de cabelos. Quando o quarteto foi pegar pedrinhas maiores a fim de servir de botões, Adelaine aproveitou para gracejar com o príncipe. Apontando para o boneco, disse:

— Ele parece você, Altezinha. — Abafou a risada com a mão.

— Sou esquisito? — Logan parou de ajeitar as pedras na cabeça do boneco e encarou a amiga.

— Não, não. Você é lindo demais; contudo, o nariz anguloso me lembrou o seu. — Tocou a pedra comprida que colocaram ali.

— Só falta dizer que os braços de graveto são idênticos aos meus. — Ele ergueu uma sobrancelha.

Adelaine riu e deu de ombros, fingindo uma expressão inocente. Logan estreitou os olhos e num único movimento pegou a moça no colo, fazendo-a soltar um grito.

— Ainda acha que sou magricela, Adelaine?

— Louie, ponha-me no chão a-go-ra!

— Só quando disser que sou mais forte do que você pensava.

Ada encarou o amigo, podia sentir a respiração dele tocando sua pele. Analisou cada centímetro do seu rosto e quis tocar na mandíbula marcada, nas mechas negras alinhadas, no ossinho proeminente na ponte do nariz, na covinha que apareceu quando ele sorriu para ela e... quase teve um ataque ao fitar os lábios rosados.

— É... acho que você é mais forte do que eu pensava. — Ela desviou o olhar para sua mão sobre o braço dele. — Pelo visto tem mais do que gravetos aí embaixo.

— Sim, você só não tinha notado isso ainda. — Ele piscou, fazendo a moça enrubescer, e a colocou no chão com cuidado.

— Achamos! — Lucy gritou, correndo até eles. Parou diante de Ada e franziu a testa. — Por que está vermelha? Ah! Está sentindo muito frio? Quer entrar?

— Não, não. — A moça ficou ainda mais vermelha e olhou para o amigo, que disfarçava uma risada. — Estou bem, vamos continuar o boneco.

— Tudo bem. — Lucy deu de ombros e voltou a entreter-se com a tarefa.

No entanto, quando o boneco ficou pronto, as crianças perderam o interesse na brincadeira e, com uma simples bola de neve jogada contra o príncipe, conseguiram, aos risos, mudar o passatempo.

Capítulo 28

Quase uma hora depois, Ada, Louie e as crianças voltaram ao palácio e foram aquecer-se perto do fogo enquanto esperavam os criados terminarem de preparar o salão de refeições.

— Louie — Adelaine olhou ao redor, notando a falta de uma pessoa ali —, onde está seu pai?

— Ele disse que preferia não participar. Não queria estragar seu aniversário. — O homem apertou os lábios.

— Ah, Louie, não! É seu aniversário também, seu pai precisa estar aqui. Ainda mais agora, que estão tentando se reconciliar. — A moça balançou a cabeça. — Não, isso está errado. Chame-o para almoçar conosco, por favor.

— Tem certeza, Ada? Se for desconfortável...

— Logan, creio que ficarei desconfortável perto de seu pai por um bom tempo. Embora o tenha perdoado e não guarde rancor, é difícil esquecer todos os acontecimentos envolvendo meus pais. No entanto, posso estar no mesmo ambiente que ele sem problemas.

— Mesmo? — Ergueu as sobrancelhas.

— Sim. Pode ir chamá-lo. — Ela exibiu um pequeno sorriso.

Logan concordou, sem poder negar como aquilo o animava um pouco. Havia sido o pai quem dera a ideia da festa e se sentia mal pelo homem estar trancado no quarto, porém jamais renunciaria à paz de Ada em favor dele.

Foi até o quarto de Callum e o chamou para o almoço. O homem relutou de início, mas depois das garantias do filho a respeito da amiga, acompanhou-o até a sala.

Para a família de Gale, a presença do homem não era assustadora, contudo não se podia dizer o mesmo de Elisa, Lucy e as Sallow. Fizeram reverências, trocaram cumprimentos formais e, felizmente, o anúncio do almoço encerrou o clima desagradável.

O grupo se sentou à mesa e Logan fez uma oração antes de poderem desfrutar das entradas que abriram o banquete.

— A Mary é perfeita, não é mesmo? — Ada cochichou para o amigo ao provar o caldo de frango. — Ela faz as combinações de temperos com tanto primor.

— Não tenho motivos para reclamar. — Logan pegou um pedaço de pão recém-assado. — Por isso fiquei "fastidioso".

Adelaine teve dificuldade para abafar uma risada e lançou um olhar de repreensão para o amigo.

Quando acabaram de comer, os pratos principais foram servidos e os olhos das camponesas se arregalaram para o porco inteiro colocado na mesa. Havia também aves e um ensopado de coelho, além dos acompanhamentos, porém nada se comparava ao suíno dourado e brilhante.

— Não quero isso, mamãe. — Lucy balançou a cabeça para os lados.

— Como assim, filha? Tenho certeza de que está muito bom.

— Olha a carinha dele. — Seus lábios tremeram ao encarar o bicho assado. — Tadinho, mãe! Ele deve ter sofrido um bocado.

— Ai, não diga isso, Lucy. — Florence levou a mão ao peito. — Vamos todos ficar com dó demais para comer.

Os homens se entreolharam, não muito certos disso.

— Não fique triste, pequena. — Adelaine tentou consolá-la. — Ele deve... deve estar feliz brincando no céu dos bichinhos.

— Os bichinhos têm um céu também? — A menina tombou a cabeça para o lado.

— Bom... — Ada fez uma careta. — Talvez?

— Adelaine, ensinando mentiras teológicas para a criança? — Logan não deixou de provocá-la.

— Certo, certo! Perdão. — A moça encarou Lucy e sorriu. — Vamos comer o porquinho e não pensar no passado dele, tudo bem?

— Não quero. — Tapou os olhos e se afundou na cadeira.

— Sem problemas — Louie tomou as rédeas da situação —, pode comer as outras carnes, princesinha.

Lucy fez mais caretas cheias de pena para as aves, não acostumada a vê-las inteiras, porém cedeu ao coelho cortado em pedaços e envolto num molho agridoce que a fez lamber os lábios ao prová-lo, para alívio geral.

Logo após a sobremesa foi servida. Os adultos se deliciaram com peras cozidas em vinho, já as crianças desfrutaram de uma torta de frutas, com a qual Lucy quase foi aos céus.

— Ficarei pensando agora no porco brincando entre as nuvens — Logan falou perto do ouvido de Ada no momento em que seguiam para a sala de estar.

— Ai, esqueça minha gafe. — Cruzou os braços e fez um bico.

— Sabe que seria contra minha natureza. — Piscou.

Ada deu um empurrãozinho nele e balançou a cabeça, com um sorriso no canto da boca.

— Que linda! — Lucy gritou ao perceber a harpa num canto do cômodo. — É sua, Louie?

— Sim, é minha. — Ele segurou a mão dela e a levou até o instrumento. — Quer tocar?

— Por favor. — Mexeu o corpo de um lado para o outro, empolgada com a ideia.

Logan deixou a menina brincar com as cordas, guiando um pouco para não se tornar uma cacofonia. Depois de um tempo, ela pediu para o amigo tocar algo e uma melodia alegre logo encheu o cômodo. Lucy começou a dançar de um jeito engraçado que arrancou risadas dos demais. Ela puxou Gale — que até então estava num estranho estado de introspecção — para dançar com ela, e o guarda não admitiu expor-se sozinho, juntando sua família e Florence ao grupo, numa dança coletiva.

— Deveria ir também, Elly — Ada sugeriu à mulher ao seu lado. — Nem precisa ser boa dançarina.

— Não estou no clima para dançar. Por que você não vai?

— O porquinho ainda está sendo digerido — brincou.

Elisa sorriu, voltando a atenção para o centro da sala, e Adelaine apoiou o rosto na mão para admirar o príncipe tocando.

— Ele fica todo sorridente com essa harpa. — Pensou alto.

— É verdade. — A voz de Callum a assustou. — Perdão.

— Tudo bem, encontrava-me distraída. — Riu sem jeito e ajeitou o corpo no estofado. — O Louie toca desde criança?

— Sim, a mãe dele amava música e o ensinou a amar também. Os duetos deles eram um encanto, todos apreciavam.

— Que lindo! — Ada lançou um olhar para o amigo e depois voltou a fitar o rei. — Obrigada pela ideia da festa, Majestade. O Louie relutou, porém está tão feliz.

— A senhorita também, pelo que vejo — disse e ela ergueu um ombro ao sorrir. — Ainda falando a respeito do jantar, peço perdão por ter saído daquele jeito.

— Ah, tudo bem...

— Pouca coisa está bem nisso tudo. — Ele suspirou. — Mas queria que soubesse que não fiquei com raiva da senhorita.

— Não? — Arregalou os olhos.

— Não, apenas atordoado com a revelação. Foi como se alguém tivesse me mostrado fatos que tentei ignorar todo esse tempo. Mas a verdade nunca se esconde para sempre.

Adelaine o encarou, sem entender direito o que ele queria dizer.

— Enfim, encerremos esse assunto por aqui. — O rei cruzou os braços. — Obrigado por ter me incluído na festa, não precisava fazer isso.

— É aniversário do Louie também, e o senhor é pai dele. Sei o quanto precisam de tempo juntos para criar laços e não tiraria essa chance de vocês.

— O amor é assim, não? Fazemos sacrifícios para ver o outro bem, tirando nossos desejos do centro.

Ada enrubesceu com a sugestão a respeito de seus sentimentos, mas nada disse. Virou um pouco o corpo em direção aos dançarinos e ficou feliz pelo homem não tentar inserir outros assuntos.

Após doces horas de comemoração, era o momento de ir embora. A caminho da saída, Lucy tagarelava para Gale e Logan o quanto sentiria saudades deles, com Adelaine, Florence e Elisa logo atrás.

— Ao menos a Lucy ainda deve ver bastante o Gale em sua casa — Ada cochichou para a amiga.

— Não tenho tanta certeza.

— O que houve? — Preocupou-se com sua expressão abatida.

— Eu passei por um momento angustiante. — Elisa adquiriu um olhar ainda mais tristonho e Ada abraçou sua cintura, tentando confortá-la. — O Gale compartilhou comigo seus sentimentos por mim.

Os olhos de avó e neta quase saltaram das órbitas.

— Mas não se animem. — Elisa suspirou. — Eu fui sincera e disse que não daríamos certo.

— Amiga!

— Não, Ada, nem tente argumentar. — Ela passou a mão pelo cabelo e endireitou a postura. — É minha decisão final.

Florence meneou a cabeça e soltou um suspiro de lamento. Adelaine engoliu suas repreensões, assim que chegasse em casa iria orar com afinco e buscar uma forma de arrancar de uma vez por todas as barreiras tão danosas que a amiga construiu em volta de seu coração.

O grupo chegou à carroça de Florence e Gale colocou Lucy em seu lugar, enquanto Logan segurou a mão de Elisa para ajudá-la a subir.

— Queria acompanhar vocês — ele disse ao repetir o gesto com Adelaine.

— E voltará a pé? — Florence franziu o cenho, ajeitando-se na condução.

— Posso ir a cavalo, se esperarem cinco minutos.

— Claro que esperamos. — Elisa olhou de esguelha para a amiga. — A Ada pode acompanhá-lo?

— Eu? — Arregalou os olhos.

— Sim! Gosta tanto de andar a cavalo, mas não faz isso há um bom tempo. Vossa Alteza não se importaria, certo?

— Não, não me importo. — Logan sorriu para Ada, que retribuiu sem jeito, aceitando a ideia.

Ele foi selar o cavalo com Gale em seu encalço e, assim que se afastaram o bastante, Adelaine estreitou os olhos para Elisa.

— O que está fazendo, Elly?

— Dando um jeito de você ficar pertinho do seu amado!

— Ele não é meu amado!

— Ainda não. — Florence riu.

— Que amigas maravilhosas! Deveriam me aconselhar a dominar meus sentimentos, não a sonhar acordada. Posso estar apaixonada sozinha e acabar com o coração partido.

— Se está nisso sozinha, eu estou louca, pois vejo sinais claros de que ele está apaixonado. — Elisa cruzou os braços. — E vi vocês dois hoje no jardim, brincando com as crianças...

— Viu?

— Sim, inclusive aquela parte em que ele a pegou no colo.

— Ele fez o quê? — Florence ficou boquiaberta.

— Aquilo foi uma brincadeira! Eu o provoquei dizendo que era magricelo e ele quis provar que era forte.

— Por qual motivo um homem faria isso? — Florence ergueu a sobrancelha e deu um meio sorriso.

— Ego? — Ada arriscou, porém as risadas a fizeram se encolher. — O

Louie é apenas brincalhão e gentil. Ele é assim com todos.

— Não, não é — Elisa rebateu. — Ele até pode ser divertido e amável com o resto das pessoas de que gosta, mas é diferente com você. Ada, o príncipe *se ilumina* em sua companhia.

— Elisa Miller! Deveria ser racional e desfazer minhas ilusões, não alimentá-las!

— Apenas falo o que estes olhos enxergam — apontou para o próprio rosto —, mas, se quiser, finjo não ter visto.

— Mesmo?

— Claro que não! — Sua risada encheu o ar e a amiga só pôde rir também. — Minha querida Ada, de duas uma: ou seu Louie é péssimo em disfarçar os sentimentos, ou ele está agindo de modo indevido demais para quem deseja ser apenas um amigo.

— Acha que ele poderia brincar com meu coração? Sei que às vezes é um homem galanteador, mas nunca pareceu algo preocupante. Por acaso, faria isso apenas por diversão?

— Parece bastante improvável, conhecendo o Logan. E olhe que tenho certo receio com os homens, porém o príncipe sendo dúbio? Seria uma surpresa.

— Sim, seria. — Adelaine abraçou o próprio corpo. — Estou tão confusa! Relações deveriam ser complicadas assim?

— Nem sempre tudo é fácil e claro — sua avó disse, com ares de sabedoria. — A teoria é de um modo, em contrapartida a prática por vezes apresenta novas nuances.

Ada soltou um murmúrio e Elisa afagou seu joelho, compadecida.

— Se o Logan continuar assim, eu mesma falarei com ele e tirarei essa história a limpo! — Florence decretou.

— Faria isso, vovó?

— Oras, mas é claro! E caso aquele principezinho esteja cometendo bobagens, farei com que se arrependa de mexer com minha neta.

— E eu a ajudarei! — Elisa balançou a cabeça. — Podemos dar uma lição nele.

Adelaine riu da expressão feroz delas e agradeceu pela proteção, feliz por ser tão amada.

— Bom — Ada suspirou, os ombros cedendo —, por ora não posso passar dos limites com o Louie, pois não há promessa alguma ou compromisso selado. Ele é meu amigo e o tratarei como tal, a não ser que algo mude, de forma clara e explícita.

Elisa e Florence se entreolharam e acabaram por dar razão à Ada.

— Ama o Louie? — Lucy, que tivera sua presença esquecida, perguntou, inocente.

— Amigos se amam, querida. — Ada deu um sorriso nervoso. — Não conte nada do que ouviu, combinado?

Ela estendeu o dedo mindinho para a criança, que aceitou o acordo.

— Vamos? — Logan apareceu, seguido de Gale, ambos montados em belos cavalos.

Adelaine assentiu, com a barriga um pouco fria, e se aproximou do amigo, que ofereceu a mão e a auxiliou a montar.

— Segure firme. — Ele colocou as mãos dela em sua barriga.

Ada fingiu não ver Elisa disfarçando um sorrisinho e deram início ao trajeto.

O palácio de Lyria ficava um tanto afastado das demais residências e da cidade, dando privacidade e maior segurança à família real, porém um dos caminhos até Tyber era movimentado e o outro, que terminava no bosque, se mostrava a opção perfeita para uma jornada discreta.

O sol não fornecia muito calor naquela época e ainda era cerca de cinco da tarde quando começou a escurecer.

— Vou tomar uma tigela bem quentinha de sopa quando chegar — Ada comentou com Logan. Já podia ver o destino próximo e se entristeceu por precisar dizer adeus.

Ainda que houvesse uma luta dentro de seu coração, a moça mentiria se dissesse que não apreciou o passeio a cavalo. Amava estar perto de Logan e com certeza enumeraria aquele dia como um dos melhores de sua vida.

— Ah, eu também! Já estou sonhando com ela.

— Por isso ficou quieto? Estava pensando em comida? — Ada brincou.

— Na verdade, revisitava os detalhes deste dia. Fico feliz por ter decidido comemorar.

— Valeu a pena. — Ela apertou um pouco seus braços em volta dele. — Se Deus permitir, vamos comemorar muitos e muitos aniversários juntos.

— Não sabia que eventos tão maravilhosos assim podiam acontecer. — Virou o rosto para sorrir para ela.

Ada retribuiu, pensando o mesmo que ele.

Logo atravessaram o bosque e pararam perto da entrada de Tyber. Ada desceu de Lion, parou para despedir-se do animal, depois acenou para o amigo e para Gale e subiu na carroça.

Logan ficou parado esperando-as sumirem de vista. No entanto, quando isso aconteceu, ele não foi embora, pois um aperto se deu em seu peito. Levou a mão ao coração e franziu a testa.

— O que há? — Gale aproximou seu cavalo. — Sente-se mal?

— Só um incômodo repentino. Que estranho. — Seu olhar se manteve na entrada da vila.

— Avisei para não comer tanta carne! Foi aquela última rodada, deve estar cheio de gases.

— Olha, talvez você esteja certo. — Logan riu daquilo.

— Venha, vamos para casa e a Mary o curará com alguma mistura duvidosa.

O príncipe hesitou, lançando um último olhar para o arco de entrada da vila. Não vendo nenhum movimento, guiou Lion para que retornasse.

Entretanto, mal haviam se afastado um metro quando a voz de Adelaine soou atrás dele, ofegante:

— Louie, espere!

Ele parou de imediato e virou para a amiga. O peso em seu peito aumentou ao ver o rosto dela encharcado.

— O que aconteceu? — Desceu do cavalo num salto.

— Louie — Ada se pôs a falar com voz embargada —, por favor, nos leve de volta ao palácio.

Capítulo 29

Adelaine encarava, cabisbaixa, a tigela de sopa esfriando entre suas mãos. O caldo grosso e repleto de legumes em cubos parecia delicioso, porém seu estômago estava como um nó muito bem apertado.

Seus ouvidos captavam as vozes masculinas discutindo ao seu redor, porém ela só conseguia pensar em sua casa e na de Elisa reviradas, com as fachadas marcadas em tinta preta pela palavra "FORA", e nos seus vizinhos observando e cochichando sobre a relação delas com a realeza. Logo que souberam da amizade de Ada com o príncipe ligaram os pontos, e associaram o rosto de Gale a Elisa, tornando-a parte da suposta traição.

Ada apertou os olhos ao lembrar dos semblantes duros vistos na casa de Anthony e recordou com lamento a frieza dos que diziam amá-la, em especial a presenciada em Tom.

Logan ficara extremamente irritado quando ela contou sobre o fatídico dia. Não com a amiga — entendeu que ela escondeu os fatos temendo preocupá-lo —, mas sim com as pessoas que causaram aquele caos. No momento, ele discutia com Callum, Gale e James quais medidas poderiam ser tomadas.

— Essas pessoas precisam pagar pelo que fizeram! Ameaçaram mulheres inocentes. — Louie estava vermelho e andava de um lado para o outro em sua sala. — Podemos prendê-los?

— Não! — Ada ergueu o rosto de súbito. — Isso só gerará mais ódio e todos eles têm família para cuidar.

— Não pensaram em família ao fazerem aquilo, Ada. — O homem expeliu o ar com força. — Tampouco ao espalharem sobre nossa amizade do modo mais tendencioso possível.

— Por favor, Louie, não faça nada.

— Mas, Ada...

— Ela está certa — Callum disse, atraindo os olhares. — É melhor não darmos motivo para mais revolta.

— Pai...

— Logan, leve suas amigas para os quartos. — O rei encarou o filho com firmeza. — Elas precisam descansar agora, já sofreram inquietações o bastante por hoje.

O príncipe desviou a atenção para as mulheres, demorando o olhar no rostinho assustado de Lucy, e um suspiro lhe escapou.

— Venham, mostrarei suas acomodações. Ficarão aqui sem prazo definido, pois é mais seguro. — Ao aproximar-se de Ada, notou a tigela intacta em suas mãos. — Por que não comeu? Disse que queria muito tomar sopa, não foi?

— Perdi a fome. — Ela levou uma mão ao estômago dolorido. — Só quero dormir um pouco.

Logan assentiu e pegou a tigela, deixando-a sobre a mesa ao lado. Percebeu o corpo trêmulo da amiga ao erguer-se do sofá e ofereceu o braço. Sorrindo fracamente, Ada se apoiou nele e seguiram para a área dos quartos, com Gale conduzindo as demais logo adiante.

O guarda seguiu com mãe e filha para um quarto e Logan indicou o cômodo ao lado para avó e neta. Haviam decidido que elas ficariam na ala real, para que se sentissem mais seguras.

— Durmam bem — Louie desejou, parado ao lado da cama. — Não se preocupem com nada, os guardas foram avisados para redobrar a atenção e há vários deles tanto dentro quanto fora do palácio.

— Obrigada, querido. — Florence apertou a mão dele. — Nem sei como agradecer por tanto.

— Não há o que agradecer. É minha obrigação proteger vocês. — Ele fitou a senhora com amabilidade. — Também são minha família, farei tudo para que fiquem bem.

Florence o abraçou e depois foi até a pequena bolsa com as roupas e objetos de valor que pegaram às pressas antes de seguirem ao encontro dos homens, esperando-as no bosque. Logan desviou o olhar para Adelaine, sentada na cama com a atenção fixa nas próprias mãos. Vê-la triste fazia seu coração sangrar no peito. Queria seu sorriso iluminado outra vez e sua voz doce e alegre enchendo cada cômodo.

— Caso precise de algo — ele disse, chamando a atenção dela —, pode bater na minha porta a qualquer hora. Estou no fim do corredor, você sabe.

— Obrigada, Louie. — Forçou um sorriso.

Hesitante, o príncipe se despediu e saiu do quarto. Gale já estava em posição de guarda ao lado da porta. Os homens se encararam com preocupação.

— Sinto-me culpado por ter ido ver a Elisa — o ruivo confessou.

— Não fique, nada disso estava em nossa mente.

— Acha que podem vir atrás delas?

— Duvido, sabem que a segurança daqui é intensa. — Logan passou os dedos pelos cabelos e olhou ao redor, aliviado pelos diversos homens uniformizados. — Posso ficar com você? Duvido que consiga dormir.

— Algum de nós precisa estar descansado pela manhã. Vá deitar, estarei atento por nós dois.

Sabendo que seria inútil ali, Logan desejou bom trabalho ao amigo e seguiu para seu quarto.

— Não consigo voltar a dormir — Logan murmurou, desperto depois de poucas horas de sono. — Já fiz de tudo! Orei, li *cinco* capítulos de um livro e agora dei dezenas de voltas pelo quarto, a ponto de quase abrir um buraco. O que mais posso fazer?

O príncipe deixou o corpo cair numa poltrona.

— Amar é esquisito — ele prosseguiu. — Parece que, de tanta preocupação, meu coração se comprimirá até desaparecer. Mas não me ressinto. Não amo alguém desse jeito desde a mamãe e é bom pensar além de mim, ainda que doa.

Com um suspiro, abandonou a poltrona e se deitou na cama.

— Sei que a vida não é só alegrias, porém ainda assim odeio ver a Ada, que é tão brilhante quanto as luzes do luar, abatida. Você entende?

Ele olhou para o seu ouvinte, porém o gato estava mais interessado em brincar com o novelo de lã dado pelo dono.

— Não me deixe falando sozinho, Gatito. — Logan riu e ergueu o brinquedo, fazendo o filhote dar pequenos saltos para alcançar a linha. — A Adelaine acertou no meu presente, gostei de você.

Distraía-se brincando com o gato quando ouviu batidas suaves na porta. Pegou o bicho no colo e foi atender.

— Ada? — Ele tocou o ombro dela. — Aconteceu alguma coisa?

— Disse que eu podia vir, a qualquer hora. — Sua voz embargada não passou despercebida.

Logan olhou para o corredor, depois para a moça de olhos vermelhos à sua frente. Fechou a porta atrás de si, entregou o gato, crendo que seria um consolo perfeito, e a conduziu para a sala de estar, chamando Gale com um movimento de cabeça para mudar de posto.

Estava determinado a produzir acalento para a amiga, então acendeu a lareira, buscou dois cobertores e se sentou com ela sobre o tapete, ao lado do fogo.

— Não dormiu? — ele perguntou, passando os dedos pelos cabelos na tentativa de ficar mais apresentável.

— Dormi um pouquinho, mas acordei depois de um sonho.

— Sonhou? Com o quê?

— Meus pais — contou com voz trêmula e logo seus olhos se encheram de lágrimas. — O sonho foi bom, porém estou sentindo tanta saudade! Ah, Louie, como os queria aqui.

O choro preso logo encontrou sua rota de fuga e Logan não hesitou em abraçá-la. O gatinho escapuliu dos braços da moça e ela se aninhou ao peito do amigo, apertando sua camisa entre os dedos.

— Entendo sua dor e nada do que eu diga irá aplacá-la. — Ele afagou os cabelos dela, presos por tranças ao redor da cabeça. — No entanto, saiba que não está sozinha. Tem sua avó, seus amigos, eu e, acima de tudo, o Senhor. Mas chore sempre que necessário, vou abraçá-la o quanto for preciso.

— É tão bom ter alguém que me compreende — ela confessou entre as lágrimas. — Não que eu esteja feliz por ter perdido sua mãezinha, mas é um alívio tremendo me abrir e ser entendida.

— Compreendi o que quis dizer. — Deixou um beijo no topo da cabeça dela. — Sabe, às vezes me consolo pensando que, embora tenhamos perdido pessoas que amamos muito, elas deixaram marcas em nós, sonhos, princípios e o desejo de viver como elas, uma vida leal ao Senhor.

— Quero muito viver uma vida piedosa, como meus pais. — Ada fungou. — Porém no momento me sinto apenas uma medrosa.

— É natural sentir medo, não se culpe por isso. Apenas deposite seus temores nas mãos do Senhor e descanse.

— Mas eu realmente não sei como resolver esse problema, Louie. Sempre tento cuidar da vovó, protegê-la e dar conta de tudo, entretanto essa situação parece demais para mim.

— E quem disse que precisa resolvê-la? — Logan a afastou para que visse seu rosto. — Fique em paz, já tomei esse fardo de suas mãos, tudo bem? Continue sua vida sem se preocupar com aquelas pessoas ou temê-las. Protegerei vocês, terão teto e comida, além de muito carinho. Então, agora a senhorita vai descansar — ele a trouxe para perto novamente — e deixar que seu príncipe Louie resolva. Sou muito forte, lembra?

Ada riu um pouco e seu coração foi preenchido por uma sensação de aconchego. Apertou os braços ao redor dele, amando aquele momento.

— Confesso ser bom não ter que resolver tudo sozinha — ela disse. — Você me chamou de forte; no entanto, é um alívio poder ser fraca às vezes, ter alguém para cuidar das coisas difíceis. O Tom ajudou muito nos primeiros meses sem meu pai, mas decidi tomar as responsabilidades depois que comecei a trabalhar aqui e de lá para cá sinto o peso do pequeno lar das Sallow sobre meus ombros.

Logan assentiu devagar, assimilando aquilo. Ada só tinha 15 anos quando se tornou órfã e recebeu um lar para sustentar. Não era a vida que ele desejaria para ninguém; todavia, o Senhor a revestiu de graça para aguentar as dificuldades. Admirava a moça madura que tinha em seus braços.

— Podemos dividir esse peso agora.

— Obrigada, Louie, você é um homem de ouro.

Ele sorriu ao ouvir aquilo, gostava de ser bom para ela.

Depois de alguns minutos, Adelaine conseguiu acalmar-se por completo e se afastou de Logan, para tristeza dele. Ela abriu a boca para dizer algo, porém o ronco vindo de sua barriga a interrompeu.

— Tem um monstro aí? — Louie provocou, e Ada alcançou uma almofada no sofá, usando-a para bater nele. — Quanta violência! Falei alguma mentira, por acaso?

— Não jantei, só isso — choramingou.

— Fácil de resolver. — Ele levantou e estendeu a mão. — Vamos cometer um pequeno furto.

— Que horror! — Ada o deixou erguê-la. — Pequena *refeição* é melhor.

— Prefiro *furto*. — Seu cochicho criminoso fez a amiga abafar uma risada.

Os dois andaram até a cozinha e, com a habilidade adquirida pela experiência, Logan abriu a despensa e pegou alguns queijos, geleias e tortinhas remanescentes do aniversário, além de cortar duas fatias de pão e dispô-las junto aos demais alimentos numa bandeja. Foi uma cena engraçada vê-los esgueirar-se pelo cômodo como ratinhos travessos, ele com as comidas e ela com os copos de leite.

— É um banquete! — Adelaine disse quando se sentaram de novo na sala de estar. A moça ajeitou o cobertor sobre os ombros e pegou um pedaço de queijo. Suspirou ao mordê-lo. — Amo a comida daqui.

Logan se contentou com uma das tortinhas. Apreciava mais ver a amiga fazer mil e uma expressões de deleite ao comer um pouco de cada aperitivo.

— Ada, esqueci de lhe contar uma coisa! — ele disse de súbito, e a moça desviou a atenção da sua fatia de pão com geleia. — Lá no bosque, senti uma pontada estranha no peito antes de você aparecer. Meu coração parecia saber que estava em apuros.

— Como um pressentimento?

— Isso! Será que nossa aliança de corações no outono fez isso acontecer?

— Acredita mesmo em algo assim? — Ada riu dele. — Louie, aquilo foi uma brincadeira.

— Quem sabe? — Balançou os ombros e fez carinho no gato no colo dela. — Talvez nossos corações estejam ligados para sempre agora.

— Bom, você precisará se envolver em problemas para eu descobrir. — Ela piscou. — Mas acho que o afeto que temos um pelo outro ocasionou isso, não um cruzar de dedos anelares.

— De qualquer modo, estamos unidos no mesmo propósito, sendo bons amigos e... — *Talvez se amando,* ele completou em pensamento. — Enfim, a aliança ainda está de pé.

— Espero que você consiga realizar boa parte das ideias que trocamos. Se não agora, quando for rei! Ai, sinto vontade de dançar e rir de júbilo ao imaginar tamanha benção.

Logan sorriu quando Ada remexeu o corpo de um lado para o outro em euforia e o gatinho pulou para o colo dele, aninhando-se para voltar a dormir. O príncipe se aproximou mais e tateou a mão da moça. Seu dedo anelar acariciou o dela, depois o contornou, entrelaçando-os, como na floresta.

Ada observou o toque e depois o rosto de Logan. Seu coração vacilou quando viu a covinha. Com certeza estava no topo de sua lista de pontos fracos. Ela queria manter seu coração sob controle, porém cada mínimo gesto dele voltou a sua mente e percebeu que não poderia estar vivenciando essa mudança de sentimentos sozinha. Ou ele havia se esquecido completamente do seu pedido para ter cuidado com um coração ou...

— Louie... — ela sussurrou. — Deseja me dizer algo?

As íris castanhas percorreram o rosto dela com um carinho tão grande que Ada prendeu a respiração.

— Sim, mas não posso dizer agora. — Ele soltou um suspiro e seu rosto ficou preocupado.

— Tudo bem. — Ada repousou a mão na bochecha dele e abriu um sorriso amplo que arrebatou o coração de Logan. — Apenas queria clareza. Sou boa em esperar.

O homem observou a serenidade da moça e algo se moveu dentro dele. Casaria com ela de qualquer forma, independentemente do que precisasse enfrentar; então por que adiava tanto? Ele sabia a resposta. Esperava um cenário perfeito, onde confiar no Senhor não seria necessário, e no caminho ameaçava o coração da mulher que amava.

— Não confio por inteiro no meu pai — ele explicou. — Queria esperar para saber se ele mudou de fato ou voltará a ser aquele homem sem sentimentos. Jamais a faria dividir o teto com a versão antiga do rei.

— Olhe, vejo sinceridade nele quanto ao desejo de serem uma família. Porém, sei que você fará o certo e não quero forçá-lo a pular etapas, vou confiar em sua intuição para escolher o melhor por nós dois.

Essas palavras reforçaram o senso de responsabilidade despertado em Logan.

— Apesar de ainda estar temeroso, quero dar um passo de fé. — Ele segurou as mãos de Ada, causando cócegas no estômago dela. — Penso que o melhor é noivarmos agora.

— Agora? — Seus olhos se arregalaram.

— Bom, se você quiser mesmo isso. — Fez uma careta ao perceber que havia pulado o pedido.

— Quero, com toda certeza. — Um sorriso tomou o rosto dela e o aqueceu por dentro.

— Ótimo! Não consigo mais conter meus sentimentos e acho honrado selarmos nosso compromisso. Podemos casar na primavera, após o baile da estação.

— É meu sonho, sabia? Casar na minha época favorita, com muitas rosas e jasmins!

— Você não parece surpresa com meus planos. — Ergueu uma sobrancelha.

— Vinha sendo péssimo em esconder seus sentimentos, Altezinha. Até vovó e Elisa notaram!

— Sou tão transparente assim?

— Agora posso confirmar, mas tive um pouco de medo de aceitar o que via. Cogitei por um momento a possibilidade de estar brincando com meus sentimentos ou agindo por ingenuidade. Mas nada disso combina com você, e é bom poder descansar segura agora, sem incertezas. Quero contar para o mundo que meu amado me ama também!

— Podemos esperar para anunciar no baile? Sei que guardar segredo sobre o nosso relacionamento será um pouco difícil, mas...

— Seu pai. — Ada sorriu, compreensiva.

— Não apenas ele, creio que será perigoso para você caso a notícia se espalhe neste momento conturbado. Se já se irritaram com nossa amizade, um casamento pode ser o estopim.

— Bom, você escondeu nossa amizade por mim, posso retribuir o favor. — Deu de ombros. — Mas nenhum segundo além do baile.

— Sim, futura princesa de Lyria. — Envolveu a cintura dela e beijou sua bochecha, ocasionando um rebuliço no interior da moça. — Queria muito fazer isso.

— Seu bobo. — Ada cobriu o rosto.

— Aqui, preste atenção em mim — pediu e ela obedeceu. — Vejo um futuro ao olhar para você, Ada, vejo uma família. — Afagou a bochecha rosada dela. — Termos nos conhecido foi uma benção escancarada do nosso Pai.

A timidez da moça foi substituída pela emoção ao ouvir aquelas palavras.

— Sem dúvidas. E parece que o Senhor nos juntou para consolar nossos corações. Perdemos pessoas muito importantes para nós e ter um ao outro será algo especial. — Seus olhos brilhavam, lacrimejados. — Embora meus pais e sua mãe não possam ser substituídos ou a dor da falta apagada, nossa união é significativa, pois entendemos bem as dores que o outro enfrenta.

— Sim, estaremos sempre aqui um para o outro. Você, eu e muitos pequeninos ao nosso redor. Consegue imaginar?

— Muitos? — Ada riu.

— Espero que sim. Quero uma família grande, você não?

— Hum, acho que pode ser divertido. Não ter irmãos nos privou de muitas experiências.

— Concordo.

— Vamos orar para o Senhor nos enviar vários cordeirinhos. — Ela suspirou com a ideia. — Ah, esta noite melhorou muito!

— Sim, porém não imaginei minha declaração e o pedido de casamento desse jeito. — Logan apoiou o queixo sobre os cabelos dela. — Foi tão simples e até um tanto desajeitado. Apesar da convicção de ser o certo a fazermos, queria que fosse memorável, ter planejado para poder dizer tudo o que a senhorita significa para mim.

— Louie, não preciso de discursos elaborados, foram suas ações as primeiras a conquistarem meu coração. Sempre lembrarei do seu amor, sua proteção e gentileza. E isso basta. Há homens ruins que dizem muitas palavras bonitas e nada praticam, mas eu consigo ver seu cuidado por mim. Se não fosse desse modo, não teria suspeitado de seus sentimentos. Você me ama com ações e é algo que não consegue conter.

— Eu a amo tanto! — Apertou-a mais e o gatinho no colo dele reclamou.

— Venha aqui. — Ada pegou o filhote dorminhoco e aninhou em seu peito. — Seu dono é excelente em tirar alguém do eixo, fique ciente, Gatito. Mas ainda é o melhor homem do mundo! Somos agraciados por tê-lo.

Ela ergueu a cabeça e afagou o rosto sorridente do noivo, depois endireitou o corpo para deitar em seu ombro e os dois ficaram em absoluto silêncio. A lareira crepitando, seus corações em harmonia e a certeza de que tudo ficaria bem.

Logo Adelaine adormeceu e Louie achou por bem levá-la para a cama a fim de descansar melhor. Pegou-a no colo e seguiu para o quarto que ela dividia com a avó. Gale os seguiu — sem esconder o sorrisinho de quem tinha ciência dos últimos acontecimentos — e abriu a porta para o amigo.

Com cuidado, Logan deitou a moça e a cobriu. Os segundos observando o rosto sereno agitaram seus batimentos cardíacos. Ele deslizou os dedos por sua bochecha macia e lhe beijou a testa.

— Cuidarei de você, está bem?

Louie endireitou o corpo e se afastou, mas, antes de sair, olhou outra vez para a noiva, numa última averiguação de que ela estava mesmo segura perto dele.

Parte três
Propósito & Adaptação

Capítulo 30

O dia seguinte nasceu e brilhantes mudanças surgiram com o sol pálido. Foi impossível não notar a volta da alegria ao rosto de Adelaine, diferindo da moça trêmula e cabisbaixa da noite anterior. Para os demais, tratava-se do resultado de uma boa noite de sono e a aceitação da segurança provida pelo palácio; no entanto, um olhar atento perceberia que seu rosto se iluminava ainda mais sempre que a voz de certo príncipe soava na mesa durante o desjejum.

Em contrapartida, Elisa deu a desculpa de ter dormido mal para explicar seu silêncio durante toda a refeição. A verdade é que passou boa parte da noite pensando no guarda do outro lado da porta e em sua promessa de protegê-las. Com Lucy aninhada em seu peito, ela havia orado para o Senhor remover os sentimentos crescendo dentro de si, pois acreditava ser a coisa certa a acontecer.

Depois da refeição, Elisa declinou o convite de Ada para dar um passeio com Florence e Logan pelo palácio, mas permitiu que Lucy os acompanhasse. Recebeu autorização para fazer uso da sala de estar e se esgueirou para lá a fim de aproveitar uma manhã de solitude.

Ao menos era esse seu objetivo, caso a porta não houvesse sido aberta minutos depois e o rosto de certo ruivo não tivesse aparecido pela fresta.

— Atrapalho?

Elisa puxou o ar e prendeu a respiração, porém não respondeu.

— Posso entrar?

Ela assentiu com a cabeça.

— A senhorita pretende me ignorar de agora em diante? — Aproximou-se da mulher sentada no sofá. — Odiaria isso com todo meu ser.

— Apenas não sei como agir — ela murmurou. — Gostaria que pudéssemos continuar sendo amigos.

— Preferia ser outra coisa. — Ele ousou um sorriso e se sentiu encorajado ao ver suas íris brilharem mais.

Sentou-se ao lado dela e segurou sua mão. Como a mulher não se afastou, tomou coragem e entrelaçou seus dedos, fazendo o sorriso de Elisa nascer.

A presença dele pareceu consumir-lhe os sentidos e ela se viu silenciando as resistências.

— Caso seus sentimentos fossem contrários aos meus, não me atreveria a importuná-la — Gale confessou —, mas estou inclinado a pensar que você me corresponde, apenas sente medo. É isso?

Elisa soltou um suspiro trêmulo, aumentando o aperto de suas mãos, porém soltando-as logo em seguida. Seus pensamentos embaralhados a levaram para perto da janela, de onde viu finos flocos de neve caindo.

— Elly, fale comigo.

Ela se virou, encontrando o cenho franzido do guarda.

— Gale, você é muito bom para alguém como eu.

Ele soltou o ar com força.

— Odeio quando faz isso consigo mesma.

— Você não entende.

— E se eu dissesse que também não sou "puro"? — Aproximou-se dela, seus olhares fixos um no outro. — E se eu fosse "quebrado" do mesmo modo que você?

Elisa abriu e fechou a boca várias vezes, porém só saíram murmúrios.

— Pensaria que não sou digno de uma mulher "inteira"? Que para mim resta apenas solidão ou alguém "inferior"? É isso que sentenciaria a mim?

— Não! — Ela encontrou sua voz. — Nunca diria isso, Gale!

— Mas pelo visto pensaria. Olharia para mim como alguém imundo demais para ser amado.

— Você...? — Não conseguiu concluir a pergunta, todavia ele compreendeu.

— Não, Elly, nunca me relacionei com nenhuma mulher. Mas isso não faz de mim menos pecador que você. Já infringi a lei tantas e tantas vezes que não posso contar; contudo, confio no sangue remidor de Cristo, então ando purificado.

Os olhos da mulher se encheram de lágrimas e ela abaixou a cabeça. As palavras dele a atingiram como facas afiadas, cortando as mentiras nas quais ela se agarrava com força.

— Se entrarmos em um casamento — ele continuou —, nós dois vamos ter que estar dispostos a perdoar, a ser paciente com as dificuldades do outro. Não sou uma pessoa fácil, ninguém é. Precisa entender isso.

— Sinto muito — Elisa balbuciou, chorosa.

— Não há necessidade de desculpas. Apenas reflita no que falei, menos por mim e mais por si mesma.

Gale iria sair, porém Elisa segurou seu pulso.

— Quero me casar com você. — As palavras saíram trêmulas. — Está absolutamente certo, mas eu o amo, por isso queria protegê-lo.

O coração do homem bateu com mais força ao ouvir aquilo. Ela o amava. Nunca tinha experimentado a pulsante felicidade de ser correspondido, e esta provou ser muito doce. Entretanto, havia algo que precisava fazer diante da inconsistência dela.

— Pense mais — ele disse com firmeza.

— O quê?

— Não quero que tome sua decisão por emoção. Estou lhe oferecendo toda minha convicção e meu compromisso, e é o que quero de volta. Não por mim, mas por você, Elly. Desejo que esteja segura na sua decisão, a fim de não nos machucarmos. Leve o tempo que precisar e, quando tiver uma resposta firme, sabe onde me encontrar.

Gale hesitou por um segundo antes de sair da sala. Quis voltar tão logo fechou a porta, porém sabia estar certo em suas atitudes. E confiou que, caso Deus estivesse a favor daquela união, desfaria os temores dela.

Elisa precisou de alguns minutos para recuperar-se da conversa. Apoiou-se no batente da janela e sorveu o ar, buscando clarear os pensamentos, porém não obteve sucesso. Precisava falar com Adelaine, sabia que a amiga a ajudaria.

Determinada, percorreu os corredores a sua procura, ignorando os olhares e cochichos dos nobres, vindos especialmente das damas. Preferia nem imaginar qual o teor de suas opiniões a respeito da presença dela e das amigas ali e sentiu grande alívio ao encontrar Florence e Lucy conversando com uma das criadas.

— Elisa, minha querida! Veio se juntar a nós? — Florence sorriu para ela.

— Não exatamente, quero falar com a Ada. Onde ela está?

— Ela e Louie foram ver os estábulos. Vamos encontrá-los daqui a pouco, primeiro a Lucy precisa fazer suas necessidades. — Ela riu, olhando a menina. — Alguém tomou muito leite.

— Foi só um pouquinho. — Lucy fez careta.

— Já encontramos vocês — Florence disse para Elisa. — Os estábulos ficam à direita, pode ir na frente.

A mulher assentiu e observou a empregada guiá-las pelo corredor, depois saiu da residência e seguiu a direção indicada pela senhora. Não demorou para avistar as construções, porém precisou andar por mais alguns minutos e contornar o lago, afastando-se do palácio. Percebeu a ausência de pessoas caminhando por ali e foi motivo o bastante para apreciar aquela parte da propriedade.

Próxima ao destino, viu a amiga e o príncipe logo adiante, caminhando na beira da estrada. Seus olhos se estreitaram ao perceber as mãos entrelaçadas e, ao chegar mais perto, notou pelas risadas que estavam brincando um com o outro. Ada tentou afastar-se dele, porém Logan a puxou para perto outra vez e enlaçou sua cintura.

— Não pode ser... — Elisa abriu a boca e sua expressão se transformou em um sorriso ao lembrar dos olhares entre eles mais cedo.

Ficou tentada a dar meia-volta e permitir que aproveitassem a privacidade, contudo sua curiosidade foi maior. Apressou os passos, entregando sua presença.

— Elly? — Ada se afastou do príncipe de forma desajeitada. — O que faz aqui?

— Vim procurá-la, mas acabei os atrapalhando, certo? — Ergueu a sobrancelha com um meio sorriso.

— Eu ia contar, juro. — O rosto alvo enrubesceu. — Perdão, minha amiga.

— Deixe de bobagens! — Elisa deu risada, aproximando-se mais deles. — Estão juntos? Finalmente?

Logan achou graça do entusiasmo e respondeu:

— Sim, pedi a mão dela ontem de madrugada.

— Uh! Tenha certeza de que é um pedido memorável.

— Apenas a sra. Florence e o Gale sabem, ele acabou presenciando tudo.

A menção ao guarda fez a mulher engolir em seco, porém logo se recompôs.

— Estou muito feliz por vocês dois! E me sinto horrível por atrapalhar o passeio, mas preciso conversar com a Ada, se não for um incômodo.

— Nenhum! — Adelaine enlaçou o braço da amiga e ofereceu um sorriso doce ao noivo. — Pode me mostrar os estábulos depois, Altezinha?

— Com certeza. Teremos todo o tempo do mundo. — Ele depositou um beijo na mão dela.

Com as bochechas ainda mais vermelhas, Ada guiou Elly para a direção oposta, tentando conter o sorriso bobo.

— Viu? Sua avó e eu estávamos certas! — Elisa cutucou a costela dela. — Como isso aconteceu? Conte-me cada detalhe.

Ada narrou o momento mais especial de sua vida; a alegria emanando dela parecia capaz de ofuscar o brilho do sol.

— Pretendia lhe contar daqui a pouco, mas você nos abordou de repente! — ela disse quando terminou.

— Ah, minha amiga, não podia esperar. Estou angustiada.

— O que houve?

— Ontem o Gale não disse apenas que me amava — fez uma careta —, ele me pediu em casamento.

— Elisa Miller! — Adelaine parou abruptamente e encarou a amiga. — E só me conta agora?

— A senhorita não está em posição de reclamar.

— Certo, certo. — Rolou os olhos com uma risadinha. — Mas, Elly, nada disso faz sentido. Estava insegura, crendo que ele nunca a amaria, porém, quando o contrário é provado de forma tão segura, você o rejeita?

— Ele insistiu hoje e acabei confessando não me sentir digna dele, apesar de também amá-lo. — Seus olhos escuros se inundaram. — Estou arrependida, Ada, mas ao mesmo tempo uma parte de mim diz que fiz o certo.

— Elly... — Adelaine a envolveu em um abraço apertado.

— É difícil, muito difícil. Essas sentenças voltam quando menos espero. Elas dizem que nunca serei amada. Que não sou digna. Que fui manchada para sempre. Por vezes resisto, mas, diante de uma decisão tão importante, sinto-me esmagada.

— Às vezes é especialmente difícil reconhecer o perdão de Deus e abraçá-lo como fato.

— Sim. Só queria que essa verdade se enraizasse de uma vez por todas em meu coração. Almejo ser livre, andar de cabeça erguida, como o Gale.

Adelaine se afastou e viu o rosto choroso da amiga. Suas mãos repousaram nas bochechas marrons angulosas, segurando o rosto dela com firmeza.

— Elisa, você é amada pelo Senhor de um jeito avassalador. Amada ao ponto de ser perdoada dos pecados que cometeu no passado, pecados dos quais se arrependeu em pó e cinza. O inimigo tem tentado a todo custo cegá-la para o sangue poderoso que a lavou e a tornou mais alva que a neve. Ele quer tirar seu futuro, graciosamente oferecido pelo seu Pai bondoso. Não dê ouvidos ao mal, lute contra as mentiras com a Verdade plantada em seu coração e preservada pelo Espírito.

Os soluços de Elisa enchiam o ar e os rostos de ambas estavam molhados.

— É hora de colocar um ponto-final nessa trajetória dolorosa. Deus perdoou você e não há pecado que resista ao Eterno Soberano. Você entende isso?

A mulher fungou e enxugou o rosto com a manga do vestido, levando a amiga a dar-lhe espaço. Quando Adelaine mirou seus olhos, encontrou a chama da determinação ali. E as duas sabiam de Quem ela vinha.

— Não darei mais poder ao inimigo para diminuir a ação de Deus na minha vida — Elisa disse com firmeza. — Estou limpa, meus pecados foram esquecidos e, mesmo que as consequências deles ainda apareçam, contarei com o socorro do Senhor para vencê-las.

— Glória ao Soberano! — Adelaine riu de júbilo. — E quanto ao Gale?

— Acho que finalmente encontrei o homem com quem sempre sonhei. — Ela mordeu o lábio, tentando em vão conter o sorriso que se espalhava por seu rosto.

— Dirá a ele agora?

Ela pensou por alguns instantes.

— Não. Direi no Baile de Natal, tenho uma surpresa em mente. Não quero que ele duvide da minha resposta, pois me pediu para pensar com calma e lhe dar uma decisão convicta.

— Qual seu plano?

Elisa cochichou a ideia para a amiga, ainda que não houvesse ninguém além delas para escutá-la.

— É perfeito! O Louie a ajudará, sem dúvidas.

— Espero que dê certo. — Enlaçou o braço ao de Ada outra vez e recomeçaram a caminhada.

— Casaremos com os amores de nossas vidas! Consegue acreditar?

— E você será Vossa Alteza, a princesa Adelaine.

Ambas riram, animadas pela ideia.

— Sinto-me empolgada, porém assustada também. Viu como os nobres nos encaram com desprezo?

— Vi, sim. Uns arrogantes!

— Louie pediu para a lady Stacy, uma dama em quem ele confia, me ajudar tanto com vestidos apropriados, quanto com os modos. Ah, e o mesmo para você, vovó e Lucy.

— Lucy e eu?

— Sim, seremos todas moradoras do palácio agora. Ou pretende me abandonar aqui? — Franziu o cenho.

— Jamais! Estou disposta a tolerar essa gente estranha pela minha irmã.

— Obrigada, Elly, não poderia fazer isso sem você.

Elas trocaram sorrisos carinhosos e continuaram conversando, cheias de temores e novos sonhos.

Horas depois, Adelaine fitava lady Stacy com apreensão. Era uma mulher gorda, de média estatura, cabelos numa mescla de preto e grisalho presos em um penteado elaborado no topo da cabeça, contrastando com a pele negra vistosa. Seus lábios formavam uma linha fina e os olhos escuros analisavam de cima a baixo a futura princesa, levando Ada a crer que a reprovava.

A figura elegante caminhou em volta da moça encolhida no centro do cômodo e Ada fez uma prece silenciosa. Passara a agradar-se muito de sua imagem nos últimos tempos e odiaria ouvir comentários desconfortáveis a respeito do corpo ou dos cabelos.

— Eu tinha razão. — Lady Stacy quebrou o silêncio, colocando-se diante de Ada.

— Tinha? — A voz saiu trêmula e seu olhar correu para a avó e Elisa, as quais a observavam com igual apreensão.

Oh, céus! Eu já era reprovada anteriormente?

— Com certeza. — Um sorriso esticou lentamente o canto da boca da lady. — A senhorita fica um espetáculo de azul!

Adelaine abriu a boca em espanto, porém logo riu, de alívio e pelo aconchego do elogio. Florence e Elisa bateram palmas silenciosas atrás de lady Stacy e a moça ficou ainda mais feliz com a torcida.

— Na verdade, creio que verde e rosa também lhe caiam muitíssimo bem. — A mulher continuou sua análise. — E deve assemelhar-se a um anjo quando usa branco. E vermelho... Santo Deus! Preciso vê-la com um vestido vermelho.

— A senhora gostou de mim? — Ada juntou as mãos sob o queixo.

— Ah, minha querida, por que não gostaria?

— Não sei. Às vezes as pessoas são...

— Cruéis? Sim, eu sei. — A lady se aproximou e segurou as mãos de Adelaine. — Mas a senhorita é bela exatamente como é. Além de toda a beleza interior da qual já tenho conhecimento, seu exterior é lindo. Meu dever aqui é ajudá-la a valorizar seu corpo, seu tom de pele e tudo o mais. — A mulher ajeitou as madeixas levemente onduladas atrás das orelhas da moça.

Ada se sentiu grata por ser ela a cuidar de sua aparência.

— Esse vestido precisa estar entre os escolhidos — Elisa opinou, apontando para a peça que a amiga vestia. — Ficou perfeito nela.

— Com certeza! E será este que usará no chá amanhã. — Stacy fez um sinal para uma de suas assistentes. — Agora traga as peças da srta. Miller, por favor.

— Mal acredito que usarei vestidos tão bonitos. — Elisa as observou trocarem o vestido azul de Ada por um de uso cotidiano, amarelo-claro e sem muitos detalhes. — Minha melhor peça parece um trapo comparado ao modelo mais simples das damas.

— Uma nova vida está começando para vocês, querida. — A lady a tomou pela mão e levou para o meio do quarto. — A partir de hoje, fazem parte da Corte Lyriana e nos orgulhamos de ter as mulheres mais belas entre nós.

— Quem lhes concedeu esse título? — Florence achou graça da pompa.

— Pergunte para todos que já nos visitaram! Reis, príncipes, lordes e toda classe de cavalheiros. — Stacy deu uma risadinha e fitou Elisa. — Aposto que não demorará para algum bom homem desposá-la, talvez no Baile de Primavera. É um grande evento para nós, sabiam?

— Ela já tem seu amado. — Ada abafou uma risada com a mão e Elisa lhe lançou a fita com a qual mediam sua cintura. — Elly!

A fita serpenteou de volta ao seu lugar de origem e as demais riram das duas amigas, que trocavam olhares repreensivos.

— Segure a língua!

— Mas é verdade! — Ada cruzou os braços.

— Sim, porém ainda não aceitei, lembra?

— Tudo bem, desculpe. — A loira fez beicinho e conseguiu um sorriso da amiga. — Mas deveria pedir para lady Stacy escolher o vestido perfeito para o Baile de Natal, será um grande dia.

Elisa encarou a mulher e abriu um sorriso tímido.

— Confie em mim, conheço a peça perfeita! — A lady sequer hesitou e tirou do baú um vestido de cor alaranjada. O brilho acetinado do tecido o tornava sofisticado e as aplicações de brilhantes no busto o enriqueciam de igual modo. — Sairá desse baile com uma aliança, espero eu, pois este vestido pede algo grandioso.

Os olhos de Elisa marejaram quando se viu no espelho trajando a peça. Florence e Ada fizeram questão de bater palmas e tecer inúmeros elogios, ao ponto de constranger a jovem, mas também enchê-la de gratidão.

O resto da tarde se seguiu entre muitas provas de roupas e instruções vindas de lady Stacy. Seu objetivo era prepará-las para enfrentar a resistência e até mesmo a rispidez das damas, como Logan havia pedido que fizesse.

Os anos vivendo ali lhe garantiam que não seria nada fácil para as recém-chegadas.

Capítulo 31

— Parece estar aguardando o início de uma guerra. — Ada observou o rosto firme de Elisa.

Elas estavam no quarto de Adelaine, esperando Florence terminar de ser arrumada — após muita insistência para a senhora trocar a costura e o cochilo por horas com "mulheres de nariz em pé". No dia anterior, as três haviam recebido um convite para desfrutar de um chá da tarde, como ato de boas-vindas ao palácio.

— Lady Stacy foi bem clara ao dizer que esse chá da tarde não tem nada de amistoso e hospitaleiro. Estamos indo para uma arena de leões!

— *Leoas* — Ada corrigiu. — Leoas usando vestidos da última moda.

As duas abafaram o riso.

— Mas nos disfarçamos bem, talvez até pensem que somos uma delas — Elly brincou, tocando o amontoado de cachos no topo da cabeça.

— Quem dera tivéssemos tamanha sorte — Ada murmurou. — Minha prece é que não nos devorem vivas.

— Daniel conseguiu, talvez nós também consigamos. — Apertou sua mão e ofereceu um sorriso reconfortante.

Florence ficou pronta e assim as três seguiram para o salão de braços dados, preparadas para enfrentar qualquer adversidade. Descendo as escadas, esbarraram com Joana e Ada abriu um largo sorriso para a amiga.

— Jojo! — Prendeu-lhe em um abraço. — Como estão todos?

— A maioria de nós? Radiantes com seu avanço! Por acaso, aqueles sonhos que confessei na cozinha são reais?

Adelaine se afastou com olhos arregalados. Queria muito contar sobre o noivado, porém havia prometido manter segredo.

— Estamos aqui por segurança. As pessoas da vila descobriram que somos amigas do príncipe e fizeram uma enorme bagunça em nossas casas, além de nos chamarem de traidoras.

— Que horror! Pois contarei isso à Mary e Karl.

— Sim, por favor.

— Sentimos sua falta. — Joana sorriu para ela.

— Eu também. Agora vamos para uma recepção organizada pelas damas e já prevejo enfado, no mínimo.

— Sei que não será nada fácil, mas Deus está com vocês, Ada. É uma promessa, se agarre a ela e terá esperança e força para vencer as adversidades.

Era tudo que Adelaine mais precisava ouvir naquele momento e, por isso, soube ser um conforto vindo direto do Senhor. Ela abraçou a amiga demoradamente e depois continuou o trajeto com suas companheiras. Logo chegaram ao destino.

As portas do salão foram abertas e o conjunto de vozes e risos femininos as atingiu em cheio. Quando as viram, silenciaram-se, deixando o som suave produzido pelos instrumentos de cordas ser ouvido. Por alguns instantes, ninguém se moveu.

— Vocês chegaram! — Uma mulher deu um passo adiante e olhou para as demais, mandando uma mensagem sem palavras.

Um coro disforme de "sejam bem-vindas" se seguiu e o trio precisou forçar o melhor de seus sorrisos diante da falsa animação.

— Venham, farei as devidas apresentações. — A mesma dama se aproximou.

Ada a examinou discretamente, porém não conseguiu lembrar o nome dela. Para seu alívio, ou maior desconforto, lady Charlotte surgiu para dar-lhe uma resposta.

— Mamãe, deixe-me ajudar a senhora com as protagonistas do nosso adorável chá.

A duquesa sorriu para a filha e esta se acomodou na outra extremidade do trio, que ainda mantinha seus braços enlaçados.

Encurraladas pelas leoas, Ada pensou.

Elas foram guiadas pelos grupos de mulheres espalhados pelo amplo salão e formaram sua opinião mediante o tratamento recebido, mas tiveram certeza de que o julgamento a respeito delas fora definido antes mesmo de conhecê-las.

— Queria que Lucy estivesse aqui — Ada cochichou —, ela daria um jeito de quebrar todo esse gelo.

— Isto está mais para uma montanha de neve! — Elisa rebateu. — Creio que nem minha menina derreteria tantos corações gélidos.

— Pensando bem, é melhor mesmo que esteja brincando lá fora. Adoraria trocar de lugar com ela.

— E eu deveria ter ficado com minha agulha. — Florence balançou a cabeça.

Finalmente as apresentações findaram e elas puderam afastar-se para uma das mesas. Bebidas foram servidas e Ada montou um prato com as guloseimas dispostas nas laterais do salão. A parte boa daquele suplício eram os doces divinos em abundante quantidade.

A moça mastigou lentamente um biscoito amanteigado enquanto admirava o salão. Poderia ser o cenário de belos sonhos, o teto magnífico, os relevos em ouro, os lustres reluzentes e o mar de tecidos coloridos e penteados variados, mas era um daqueles sonhos desconfortáveis, dos quais se quer acordar rápido.

E estava prestes a tornar-se um pesadelo.

— A festa as agrada? — Charlotte veio até elas, em companhia de suas amigas.

— Tudo é bastante agradável, senhorita. — Florence sorriu com cortesia.

— Deve ser algo memorável para vocês, estar em meio a tantas pessoas da nobreza.

— Estou acostumada. — Adelaine forçou um sorriso.

— Ah, claro! Mas limpar o chão não é a mesma coisa, certo? Especialmente quando ele está sujo demais.

Adelaine engoliu em seco ao lembrar-se da última vez em que conversaram. Na verdade, da última vez em que foi *humilhada* pela lady.

— Prefere um balde ou essa taça? — Charlotte continuou. — O que a senhorita acha que mais lhe cai bem?

As bochechas de Ada coraram e ela olhou em volta, percebendo que algumas mulheres acompanhavam a conversa entre murmúrios e risos.

— Inconveniência lhe cai muito bem — Elisa alfinetou ao notar a amiga apertar as mãos no colo.

— Ah! — A outra riu e acrescentou em tom mais elevado: — Criados são sempre tão petulantes! Contudo, ficam adoráveis quando tentam ser como seus superiores.

Mais risadas zombeteiras se seguiram e as três mulheres se entreolharam.

— Se nos chamaram aqui para fazer chacota, nos deem licença. — Adelaine levantou e Florence e Elisa fizeram o mesmo.

No entanto, ao passar por Charlotte, Ada foi atingida pelo líquido rubro de sua taça, o que deixou uma grande mancha na parte de cima de seu vestido.

— Como sou desastrada! — A lady fez um biquinho. — Deveria chamar uma criada para limpar ou a senhorita se encarrega de resolver essa bagunça?

Os olhos de Ada se inundaram ao ver seu vestido arruinado. Recordou o cuidado que lady Stacy teve para escolhê-lo e como amou cada detalhe dele. Quis gritar e avançar sobre a serpente morena, porém não desceria a um nível tão baixo.

Ela deu as costas para os olhares cheios de diversão e caminhou em direção à porta, sendo seguida pela avó e a amiga.

— Ada! Seu vestido! — Elisa segurou os braços dela ao pararem fora do salão.

— Foi um dos meus favoritos! — murmurou, chorosa. — E o Louie ainda nem me viu com ele.

— Vamos dar um jeito de limpá-lo e... — Florence foi interrompida pelo abrir das portas.

Elisa desviou o olhar de Adelaine para a duquesa e sua filha; seu sangue fervia.

— O que fazem aqui?

— Viemos garantir que não voltem. — A mais nova ergueu o queixo. — A mensagem foi clara, certo?

— Quão triste é precisar diminuir os outros para se sentir superior. — Elisa imitou sua postura. — De nada adianta possuir títulos e riquezas se seu coração está obscurecido.

— Ponha-se no seu lugar, você é uma mera plebeia! Deveria ter continuado esfregando o chão, não vindo rebaixar o nível de nossa Corte. Ninguém as quer aqui.

— O Logan nos colocou aqui — Adelaine rebateu, o rosto em chamas.

— Ele está com pena de vocês. — Apontou o dedo para Ada. — Seu coração mole deve tê-lo coagido a infestar este lugar de *ratos*.

— Olhe aqui, mocinha — Florence segurou o pulso dela —, é melhor tomar cuidado com as palavras. A senhorita é uma mera súdita também, deveria respeitar as decisões do seu príncipe. Creio que não gostaria de ter sua petulância relatada aos ouvidos dele.

— Não importa o que façam — a duquesa deu um sorriso maldoso —, nunca serão vistas como parte da nobreza. Se eu fosse vocês, voltaria para o lugar de onde vieram e evitaria mais constrangimentos.

Ada começava a sufocar com a raiva contida em sua garganta. Não teria a capacidade de permanecer diante delas sem dizer coisas das quais se arrependeria profundamente; por isso, virou as costas e correu para longe dali. Escutou sua avó chamando-a, porém não olhou para trás. Suas pernas a guiaram para fora do palácio e depois em direção aos estábulos, pois parecia o refúgio mais adequado.

Em sua vila era vista como uma traidora e ali, como uma intrusa. As palavras de lady Charlotte lhe atravessavam os pensamentos. Não queriam partilhar o espaço com elas. Nunca deixariam de vê-la como uma criada. Imaginava que tudo seria pior quando se tornasse princesa, já conseguia vislumbrar fofocas, armações e olhares tortos.

A angústia lhe dominava o íntimo quando esbarrou em algo firme. Firme e de braços acolhedores. Logan se afastou e segurou seus ombros, encarando-a, assustado.

— Ada, por que está chorando?

— Foi terrível, Louie! — Ela pressionou o rosto contra o peito dele, encharcando-o de lágrimas, e recebeu um abraço apertado.

— O que aconteceu, meu amor?

Trêmula, Ada contou cada segundo da humilhação preparada para elas.

— Estou cansada de sofrimentos e humilhações! Não sei se conseguirei engolir tudo a cada nova ofensa. Quando eu trabalhava aqui elas eram esporádicas, porém imagine precisar dividir o teto com essas pessoas. Imagine no que transformarão minha vida quando nos casarmos?

Logan engoliu em seco, sua atenção recaindo na mancha no busto dela. A imagem de Ada infeliz, sendo sufocada pela nobreza e outros possíveis incômodos, fez seu coração doer e o sangue esquentar.

— Resolverei isso. — Ele segurou a mão de Ada e começou a andar em direção ao palácio.

— O que vai fazer? — A moça se esforçou para acompanhar seus passos.

— Expulsar todas elas deste lugar!

— Logan! — Ada fincou os pés no chão e ele parou, encarando-a. — N-não precisa fazer isso.

— Fui claro com a lady Charlotte, dei uma nova chance depois do comportamento reprovável com você, mas agora chega! Veremos se ela terá coragem de jogar bebida em mim.

— Louie, se acalme.

— Estou muito calmo! — Seu peito subia e descia, desregulado. Ao percebê-lo, ele soltou um suspiro. — Certo, não *tão* calmo.

— Irá se arrepender caso aja agora. Acredite, eu entendo bem o que é agir sem pensar.

Logan deixou os ombros cederem e observou a noiva, o cenho franzindo-se.

— Está sem casaco. — Ele tirou a própria peça com agilidade e colocou sobre os ombros dela.

— É sua segunda vez passando frio por mim. — Ada soltou uma risada fraca, porém logo o sorriso sumiu.

— Já me acalmei, vou mandar cada uma fazer suas malas!

— Pare!

— Ada, elas não podem agir assim! Melhor! *Eu* não posso vê-las machucando minha noiva e deixar passar.

— Aprecio seu cuidado — ela entrelaçou seus dedos e percebeu um pouco de calmaria voltar ao corpo dele —, mas mandá-las embora não me livraria de tudo. Além de trazer possíveis problemas ao reinado de seu pai, não resguardaria a mim e as outras de sermos maltratadas por novas pessoas. Sabe que tenho razão, Louie.

A contragosto, ele assentiu.

— Então o que quer fazer, Ada?

— Não sei. — Sua voz saiu trêmula e ela apertou o casaco ao redor de si com mais força.

Logan soltou seus dedos e a puxou para um abraço apertado, desejoso de tirar todos os incômodos de sua vida.

— Não sei como lidar com as afrontas — Ada confessou, afundando-se mais no peito dele. — Travo uma luta árdua para manter o controle, porém fico enraivecida numa intensidade grande demais e minha única alternativa é fugir. Como fugirei de toda ocasião problemática?

O noivo pensou por alguns instantes. Como ela não queria medidas drásticas, precisava achar outro caminho a seguir.

— Se é assim — ele começou — precisará aprender a impor-se de modo apropriado, miúda.

— Você sabe fazer isso?

— Creio que aprendi algumas rotas de fuga durante minha vida, formas de dizer o que penso com a elegância esperada de um príncipe.

— Ótimo, além de uma infinidade de regras de etiqueta, agora aprenderei a me irritar como uma princesa!

— Já enfrentou coisas difíceis antes, meu amor, aflições muito piores do que mulheres preconceituosas e a adaptação numa vida diferente. O mesmo Deus que a ajudou a vencer aquelas lutas está ao seu lado nessa nova fase, lembre-se disso.

Adelaine se afastou para ver o rosto dele, as palavras ainda reverberando em sua mente.

— Uma mulher fraca com um Deus forte, não é mesmo? — Ela comprimiu os lábios, buscando coragem em seu Alicerce. — Tudo bem, diga o que preciso fazer.

Logan passou o braço por seus ombros e a guiou de volta ao palácio, numa conversa regada a métodos de como manter a mansidão diante dos mais arrogantes seres de toda Lyria.

Capítulo 32

Adelaine só queria desistir de comparecer ao baile. Apesar de estar pronta, vestida com camadas de tecido e com os cabelos presos em um belo coque repleto de tranças e cachos, seu sincero desejo era se desfazer de tudo.

Apreciava sua aparência no espelho, a ideia de dançar também era sublime e as refeições dispensavam comentários, porém as lembranças do terrível chá da tarde ainda a assombravam. Foi por esse motivo que pediu para sua avó ir na frente, precisava de alguns minutos para recobrar a coragem.

— Uma história de amor com um príncipe necessitava de infortúnios para proporcionar equilíbrio, certo? — brincou consigo, descansando os braços no encosto da poltrona.

Seu olhar contemplou a leve desordem instaurada pelos preparativos e suspirou ao pensar nas criadas que viriam arrumar o quarto assim que ela saísse.

Esse é meu lugar, não um salão de bailes, ela refletiu, sentindo a acidez espalhar-se pelo estômago.

"Você precisa impor-se, miúda!", a voz de Logan soou em sua mente. "Não demonstre insegurança diante deles, mantenha a cabeça erguida e se lembre que *eu* a desejo aqui, que a escolhi ao invés de qualquer uma delas".

Devagar, o aconchego de ser amada tomou o lugar da insuficiência. Quis desesperadamente estar em companhia de seu noivo, pois sabia que o temor seria aplacado pela covinha e o toque delicado dele.

Deixou o quarto para trás e seguiu pelo corredor. Perto de chegar às escadas, avistou Logan alguns metros à frente. Ela adiantou os passos e, antes que ele se virasse, ficou na ponta dos pés e lhe cobriu os olhos, interrompendo o andar dele.

— Miúda?

— Como sabe?

— Quem mais conseguiria cobrir meus olhos só com as pontas dos dedos?

— Não zombe de mim! Posso chutar seu calcanhar!

— Com certeza seria uma dor excruciante.

— Ignorarei suas brincadeiras, Altezinha. Quero que adivinhe a cor do vestido que escolhi.

— Para quê?

— É uma brincadeira! Siga-a.

— Azul.

— Não.

— Verde?

— Ah, céus! Pensei que suas habilidades eram melhores.

— Amarelo...? — Um risinho lhe escapou entre a resposta.

— Minhas panturrilhas estão queimando, Logan! Acerte de uma vez.

— Rosa. — Seu tom foi mais confiante.

— Sim! — Ela afastou seus dedos do rosto dele e permitiu que virasse e visse sua produção.

O tecido brilhante envolvia o corpo da moça com perfeição. Mangas cheias iam até os cotovelos e terminavam em ondas de renda, material que também contornava a peça de baixo e aparecia de modo delicado no decote em seu colo.

Vestir roupas sofisticadas não era o motivo da empolgação de Ada, mas sim ver o sorriso crescendo no rosto do noivo e seus olhos encantados.

— Pareço uma lady? — ela gracejou.

— Nenhuma conseguiria ser tão formosa! — Ele tocou um cacho acinzentado. — Será a mais bela de todo baile.

— Seu exagero sempre me diverte.

— Um dia entenderá que não há exagero na forma como a vejo. — Depositou um beijo casto em sua mão e o rosto da moça enrubesceu. — Tenho certeza que a palavra "encantadora" foi feita para você.

Adelaine quase derreteu diante daquelas palavras. Com um sorriso galanteador, ele ofereceu o braço e juntos desceram os lances de escadas.

— Você também está belíssimo — Ada conseguiu dizer, olhando-o de soslaio.

— Não estou pomposo? — Logan riu.

Ela o examinou melhor. Estava bastante elegante com um traje preto contrastando com o creme do colete, e um rico bordado dourado contornava as bordas do casaco comprido. Apenas seus cabelos curtos destoavam das madeixas longas da maioria dos homens. Porém, não parecia um problema para sua noiva. Ada gostava da singularidade.

— Bobagem! É o mais lindo de toda Corte!

— Vão me ridicularizar se disser que preferia minhas roupas de camponês?

— Shiu! Não repita isso em voz alta, Alteza! Podem julgá-lo indigno de seu título.

Logan conteve uma risada diante do sarcasmo da moça.

— Ainda sente saudades dos seus cabelos? — Ada mudou de assunto.

— Estou me acostumando. Meu pai disse que eu deveria tentar introduzir uma nova moda na Corte.

— Ah, não! Deixe-os com seus penteados.

— Odeia a ideia de estragar todos eles?

— Pelo contrário, é agradável ter um espécime diferente só para mim. — Ela lhe lançou um meio sorriso e Logan precisou desviar o olhar para não cometer algum ato indevido. — Ficou tímido? Não pode suportar uma mera lisonja?

— Pare de me provocar, coisinha miúda. — Ele repousou a mão sobre a dela, apoiada em seu braço. — Quem está lhe ensinando tais atitudes?

Adelaine estreitou os olhos e ambos acabaram por rir. No entanto, o sorriso no rosto dela desapareceu lentamente à medida em que se aproximavam da entrada do salão. Sua mão fez o trajeto costumeiro até o relicário enquanto o noivo a conduzia para dentro.

Os músicos já tocavam canções natalinas, as pessoas conversavam entre si e o cheiro doce do ar fez Adelaine ser transportada para os natais desfrutados ao lado de sua família. Sempre foi uma época de alegria mesmo entre os camponeses, e ela desejou saber como a comemoração se desenrolava naquela véspera de Natal, porém logo afastou os pensamentos de casa, como vinha fazendo com frequência. Eles recaíam na noite de seu aniversário e lhe apertavam o peito.

Uma taça alcançou seu campo de visão e ela olhou para Logan. Agradeceu e pegou o recipiente, tomando um longo gole em seguida.

— Tudo isso se deve ao nervosismo? — ele perguntou.

— Sim. — Seu estômago borbulhava sob o tecido rígido.

— Sei que conseguirá contornar essa situação, Ada. — Ele desejou confortá-la com um abraço, mas o ambiente o impediu. — E pode ficar tranquila, não há apenas pessoas ruins nesta Corte.

— Eu espero que esteja certo.

— Olhe — seus dedos cobriram os dela outra vez —, caso continuem importunando-a tomarei as medidas necessárias. Não permitirei que ninguém faça minha coisinha miúda sofrer, é tudo o que precisa saber.

— Confio em você, meu amor — ela sussurrou a última parte, causando um sorriso no homem. — Mas deixemos de falar sobre isso, desejo lhe mostrar uma coisa. Algo bom!

Adelaine apertou com delicadeza o braço de Logan, guiando-os em direção a uma das mesas de doces.

— Eu fugi para a cozinha hoje — cochichou como se compartilhasse uma informação deveras sigilosa.

— E qual crime cometeu? — ele devolveu no mesmo tom.

— Pedi permissão à Mary para fazer um bolinho de nozes com recheio duplo!

Logan conteve o riso.

— Adelaine Sallow, está tentando parar na masmorra?

— Arrisquei minha vida por você!

— Por mim?

— Claro, o bolinho especial é seu presente natalino. — Ela procurou entre os doces dispostos na bandeja de centro, encontrando o privilegiado escondido atrás dos demais. — Aqui!

— Como sabe que é esse?

— Tem um pequeno coração na cobertura. Pensou que eu era uma amadora, meu querido príncipe?

— Não, é bastante experiente em facilitar a identificação de doces, minha querida princesa. — Ele tomou o bolinho e deu uma mordida, apreciando a doçura a mais espalhando-se por seu paladar. — Você tem certeza de que não é uma fada? Um ser com poderes mágicos?

— Não lhe contaria caso fosse, parece a regra mais fundamental e indissolúvel de todos os segredos místicos.

— Jura? — Fez uma expressão desconsolada.

— Sabe que não! Contaria a você assim que reivindicasse seu espaço em meu coração, como já fez.

Ela abriu um sorriso tão genuíno que Louie ficou impossibilitado de fazer qualquer outra coisa a não ser admirá-la por alguns segundos.

— Seu sorriso alcança minha alma, miúda. — Ele acariciou os dedos dela.

— Você e seus galanteios. — Ada abaixou o rosto corado, porém ainda iluminado por um sorriso.

Fazê-la corar com certeza ocupava um lugar prestigioso na lista de prazeres do homem.

Logan estendeu a outra metade do bolinho à noiva e ela hesitou.

— Isso não é íntimo demais? — Ada voltou a atenção para as pessoas espalhadas no salão. — Podem nos ver.

— As fofocas ao nosso respeito já devem correr livremente, não sei se é possível contê-las.

— Deveríamos ao menos tentar.

— Um motivo a mais é irrelevante, além delas serem um excelente meio de perceberem que você e as demais novas moradoras não são visitantes comuns.

Ada fitou seu rosto persuasivo e terminou pegando o bolinho, comendo a outra metade entre suspiros de deleite. Ao perceber um risinho logo acima de sua cabeça, voltou a encarar o noivo.

— O que foi?

— Partilhar um bolinho é íntimo demais? — As bochechas dele estavam vermelhas por segurar a risada.

— Ah! Não me provoque pelas coisas que digo, Altezinha.

— Tudo bem — respondeu, risonho. — Venha, vamos dar uma volta.

Logan a guiou pelo salão e, enquanto passava, todos paravam para prestar-lhe reverência. Adelaine se esforçou para sorrir e parecer tranquila, o que foi tornando-se mais fácil ao notar que, por estar perto de Louie, ninguém ousava maltratá-la.

Animou-se com sinceridade quando foi apresentada a algumas famílias que ainda não conhecia, especialmente uma com um trio de irmãs que lhe encheram de perguntas. Quiseram saber como vinha sendo a adaptação, se já provara o bolinho de nozes — e aqui Ada e Louie trocaram um sorriso antes da moça assentir — e se estaria ali para o Baile de Primavera.

Ada nunca imaginou que lamentaria ter sua conversa com as ladies interrompida. O pastor Davies chamou a atenção geral para uma breve reflexão acerca da data e conseguiu um pouco mais da simpatia de Adelaine ao falar com singeleza, porém profunda paixão, sobre como o nascimento de Cristo mudou o rumo do mundo. Ele era a esperança de suas almas, a força de seus dias e o alvo a ser almejado.

Ada tinha compartilhado com Louie suas inquietações a respeito da fidelidade dos sermões do reverendo e por isso os dois trocaram um olhar significativo ao escutá-lo. Algum tempo depois, o homem terminou e todos se sentaram na longa mesa para jantar. O casal se acomodou lado a lado e puderam manter uma conversa sobre o assunto.

— Mensagens natalinas são tão revigorantes! — a moça disse por fim, inclinando-se para mais perto de Logan. — Todavia ao mesmo tempo nos lembram que Deus precisou encarnar para nos salvar de nossos terríveis pecados.

Ela corrigiu a postura para deixar o criado servi-la e então percebeu o olhar cortante de Charlotte em sua direção.

— O que ela quer agora? — murmurou para si, mas Logan a escutou e dirigiu a atenção para o mesmo lugar.

— Deve estar ofendida por você se sentar ao meu lado.

— Ah! Hierarquia. — Ada fitou seu prato e, após engolir uma porção, dirigiu-se ao noivo: — Deveríamos tê-la respeitado, não?

— Sinto-me rebelde demais para isso. — O tom brincalhão trouxe leveza ao clima. — E, de qualquer forma, você está em maior posição que ela, apenas é um segredo. Por enquanto.

— Acha que me tratarão bem quando souberem?

— Não. — Suspirou. — Talvez algumas se aproximem por interesse.

— Que boa notícia...

— Por isso a aconselhei que ganhasse confiança, é a arma ideal para lutar contra as ofensas.

Ada assentiu e preferiu mudar de assunto, a fim de aproveitar o jantar.

Após a refeição, as pessoas voltaram a espalhar-se e Adelaine se viu indecisa entre ficar perto de Logan durante cada segundo do evento ou arriscar-se. Ouvia, entediada, uma conversa repleta de burocracias quando avistou o recém-conhecido trio de irmãs. Eram filhas de um marquês e, apesar da elegância, um brilho alegre emanava delas.

Respirou fundo e decidiu ser corajosa.

— Louie — ela chamou baixinho.

— Sim? — Inclinou-se para perto.

— Aquelas moças são boas, não são? — Apontou discretamente para as irmãs conversando perto do pinheiro enfeitado.

— Até onde as conheço, são sim.

— Acho que tentarei uma aproximação. — Ela fez uma careta.

— É uma excelente ideia! Estarei atento a você, fique tranquila.

O toque suave dele em suas costas foi encorajador. Adelaine seguiu devagar, caminhando entre olhares tortos e pensando como a metáfora da arena de leões nunca pareceu tão apropriada. Era uma ovelha indefesa longe do noivo, porém não pretendia deixar-se intimidar.

— Olá! — Usou de toda sua simpatia para cumprimentar as moças.

— Oi! — as três responderam juntas.

— Ah... Eu... — Uma risadinha nervosa se seguiu e Ada olhou em volta, cogitando procurar sua avó e Elisa e permanecer em segurança.

— Não precisa ter medo de nós. — Sophie, a mais velha, tocou o braço de Adelaine, conseguindo sua atenção. — Sabemos que aquela serpente chamada Charlotte tentou expulsá-la daqui.

— Vocês também a chamam de serpente? — Ada apertou os lábios para esconder um sorriso.

— Ela é ardilosa como uma — Roselyn cochichou com a mão perto da boca.

— Não as vi na festa. — Ada notou.

— Sabíamos para onde tudo aquilo levaria, então nos mantivemos longe. — Emily, a caçula, revirou os olhos. — No entanto, as fofocas se espalham rapidamente neste palácio.

— Vocês não se importam por eu ser uma plebeia?

— Nossa mãe também era uma, antes de casar-se com o papai. — Sophie exibiu um pequeno sorriso. — Seria uma desonra tratar a senhorita mal por esse motivo.

Adelaine suspirou. Talvez não estivesse destinada à completa rejeição.

— A senhorita sabe ler? — Rosalyn perguntou.

— Estou aprendendo.

— Temos um clube de leitura, sabia? Seria adorável se participasse .

— Não sei se consigo ler tão bem ainda. — Ada alisou o braço.

— Bobagem! — Sophie abanou a mão no ar. — Ainda assim pode escutar-nos, compartilhar opiniões e até treinar sua leitura.

— E podemos ler algo pequeno e simples no próximo encontro — Emily sugeriu.

— Vocês querem mesmo que eu participe? — Os olhos cinzas se arregalaram.

— A não ser que a senhorita não queira — Sophie disse com cautela.

— Eu quero! — Ada se apressou a esclarecer. — Só estou surpresa.

— Venha, vamos mostrar a parte boa desta Corte. — Rosalyn enlaçou seu braço ao dela. — Charlotte e suas companheiras são apenas uma fração de nós.

Apesar de um tanto receosa, Adelaine seguiu as moças pelo salão. Seus batimentos cardíacos agitados foram se acalmando conforme conhecia os amigos do trio e notava o tratamento educado e receptivo direcionado a ela.

Em certo momento, seus olhos encontraram os de Charlotte e perceberam a irritação da moça. Ada desviou a atenção de volta ao grupo animado com o qual conversava e entendeu a reação da lady. Ela havia, enfim, descoberto que suas palavras eram mentiras venenosas, fazendo seu poder sobre a recém-chegada diminuir.

Depois de muitas conversas e risadas, Adelaine se despediu dos novos amigos para procurar por Logan e não demorou a avistá-lo dançando com sua avó. Os dois riam um para o outro, completamente à vontade.

Ada se encostou na parede atrás de si, um pouco escondida por uma torre de doces, e observou a cena desenrolar-se. Seu noivo parecia tão descontraído e feliz, do modo como ela desejava que ele fosse não apenas na presença dos mais próximos, mas diante de todos. A ideia de ter o brilho dele só para si não lhe era atrativa.

Diante desse espetáculo, ela soube ser capaz de ignorar os olhares tortos e cochichos maliciosos que a cercavam mesmo naquele momento e ser feliz morando ali. Caso pudesse estar com Louie, aguentaria a desaprovação de cabeça erguida, como ele lhe ensinara.

Foi por isso que, ao fim da música, a moça caminhou, decidida, até seu príncipe.

— Posso ter uma dança com esse homem radiante? — ela perguntou, parando perto dele e de Florence.

— Ah, com certeza! — A avó deu uma risadinha e cedeu lugar à neta.

Logo a nova melodia os envolveu e o casal se pôs a dançar.

— Você está bem? — Logan perguntou com a testa franzida.

— Por favor, vim pela covinha, não pela preocupação. — Ela sorriu e ele a imitou, exibindo a marca na bochecha. — Isso!

— É difícil não me preocupar. Eu a amo.

— Eu também o amo, e é nisso que reside minha disposição de enfrentar o desgosto geral. Eles não podem me abalar.

— Que orgulho da minha miúda destemida. — Seus dedos apertaram mais os dela e a lembrança de outra dança encheu a mente da moça de deleite. — Adoro dançar com você, sabia?

— Como sou honrada! — Uma risada doce saiu de seus lábios. —

Também amo dançar com você. Estou me saindo bem como parceira do príncipe?

— Deixe de modéstia, você é perfeita.

Ada fechou os olhos por um instante e balançou a cabeça, lutando para controlar o sorriso bobo que não desgrudava de sua face.

— Por falar em dança, estes saltos são uma beleza! — Mudar de assunto pareceu a melhor estratégia. — Agora não sou tão miúda, hum?

— Minha querida, precisará esforçar-se muito mais para deixar de ser pequena.

— O senhor não me dá uma trégua, Altezinha!

Logan riu e a pegou de surpresa com um giro. Os dois continuaram conversando e divertindo-se durante várias danças, pois parecia não haver mais ninguém em volta.

No entanto, talvez Adelaine se arrependesse ao menos um pouco por não ter percebido a cena que iria se desenrolar a poucos dançarinos dali.

— Deveria ir dançar, querida. — Florence desviou a atenção das crianças para Elisa.

A jovem mãe tinha passado a noite supervisionando Lucy, mas àquela altura não era nada além de uma desculpa, pois a menina brincava comportada ao lado de mais duas crianças, com as quais criou um adorável vínculo, e tinha toda a atenção de Florence.

— Será? — Ela alisou a saia do vestido.

— Vários cavalheiros já vieram convidá-la, porém rejeitou todos!

— Estou esperando apenas um — confessou.

— Se ele está lhe dando espaço para pensar, não virá atrás de você.

Elisa fez uma careta com o fato apresentado.

— Chame-o para conversar, Elly. Não tenha medo.

A mulher tomou fôlego algumas vezes e, por fim, deixou seu assento, vasculhando o salão com os olhos até encontrar Gale parado próximo à entrada com uma taça em mãos e a atenção perdida entre os dançarinos.

— Volto em breve. — Ela sorriu para Florence e caminhou até o guarda.

Naquela noite, ele não trajava o costumeiro uniforme vermelho e foi impossível para Elisa ignorar como o tecido verde escuro o deixava ainda mais lindo, realçando os cabelos ruivos arrumados para trás e a barba bem-feita.

Sem notar sua aproximação, o homem deixou a taça sobre um móvel e se dirigiu até uma das amplas janelas exibindo o cenário branco do jardim.

Elisa ficou a poucos passos dele e tocou seu ombro. Gale virou e ambos se fitaram demoradamente antes de ela tomar coragem para falar:

— Sei que é indecoroso, mas perguntarei mesmo assim: o senhor gostaria de me conduzir em uma dança?

Talvez aquele salão nunca tenha visto sorriso mais iluminado que o de Gale ao escutar o convite para a dança tão aguardada. Sem hesitar, ele assentiu e ofereceu a mão para a dama, guiando-a até o meio dos outros casais. Elisa se esforçou para manter-se calma e recordar de todas as instruções que Logan lhe dera durante as aulas.

— Pensei que a senhorita não dançasse — Gale gracejou.

— Se for com você, danço.

Outro sorriso amplo dominou a face do homem.

— Você se decidiu, Elly?

— Eu aceito seu pedido de casamento. — A expressão dela espelhava a dele.

— O que a fez mudar de ideia?

Na verdade, ele só queria anunciar para os quatro ventos que aquela mulher seria sua esposa, porém achou por bem não constranger a amada.

— Entendi que minha resistência a aceitar o poder do perdão de Deus é algo agradável ao maligno, não ao Senhor. Ele vem me mostrando isso há muito tempo, porém não quis ver. Vez após vez eu deixei a liberdade escapar por entre meus dedos, abraçava a pureza dada a mim e a soltava quando as vozes ruins me pressionavam.

— É horrível reincidir em pecados. — Ele afagou suas costas de modo delicado.

— Sim, era muito fácil para mim ser convencida momentaneamente do perdão que recebi e não acreditar nele de verdade. No entanto, Deus me deu a oportunidade de largar de uma vez essas amarras. Aceitar seu pedido de casamento é uma forma de eu seguir em frente e reconhecer a graça do perdão recebido. Quão maravilhoso é poder dizer "sim" para a benção de dividir a vida com o homem que amo.

Aquelas palavras envolveram o coração de Gale de tal forma que ele não conseguiu evitar aproximar-se mais e deixar um beijo demorado na testa de Elisa. A pureza e doçura do toque foram um bálsamo para as feridas antigas no interior da mulher.

Com o pai de Lucy, seu corpo havia sido usado de modo egoísta; para seu antigo patrão e todos os outros homens lascivos de quem precisou fugir, era um mero objeto de desejo. Ela queria ser cuidada, amada, vista, protegida. E quando fitou os olhos cintilantes de Gale, soube ter encontrado os braços certos para fazer de lar.

Capítulo 33

Os meses seguintes passaram voando e a paisagem branca foi substituída pelo degelo. As primeiras folhas tingiram o cenário, as flores adormecidas tornaram a exibir-se em uma miscelânea de cores e a primavera fincou suas raízes, deixando o inverno na lembrança.

O palácio de Lyria vivia dias agitados, graças aos preparativos para o baile da estação. Nobres de diversos reinos compareciam anualmente ao evento, a alegria e a diversão atingiam seus ápices, e os trajes florais e coloridos davam uma beleza ímpar à comemoração.

Nos anos em que trabalhou ali, Adelaine encarava a festividade com uma mistura de empolgação por ver as decorações belas e pessoas caracterizadas, e cansaço extremo por tanto serviço a fazer. Sua superior se tornava ainda mais severa, exigindo perfeição.

No entanto, naquele ano Ada vivenciava o ócio pela primeira vez; tudo que precisava fazer era esperar a noite para usar o vestido feito sob medida e divertir-se com os demais. Mas, apesar da ideia não ser um fardo, a ansiedade lhe corroía, já que Logan havia prometido anunciar o noivado no baile.

Depois do desjejum, a moça se recolheu para seu quarto a fim de acalmar os ânimos; porém, assim que conseguiu, viu-se entediada. A junção desse sentimento com a companhia do Gatito e o material de costura de Florence ao alcance fez o pobre animal ser vítima da criatividade de Ada.

— Ah, você está adorável! — Ela afagou a cabeça do gato, que aproveitava a situação para brincar com um novelo perdido entre a bagunça de recortes. — Venha, vou mostrar ao Louie. Ele amará.

Adelaine carregou o filhote e se pôs a procurar pelo noivo. Depois de não o encontrar no quarto, seguiu para sua sala privada e teve mais sorte desta vez. Sua entrada era livremente permitida, então quando os guardas confirmaram que ele estava ali, ela bateu na porta e esperou. Franziu o cenho ao dar mais algumas batidas e permanecer sem resposta.

Intrigada, abriu a porta devagar e colocou a cabeça para dentro do cômodo. Um sorriso repuxou o canto de seus lábios ao ver Logan dormindo no sofá, um livro repousado em seu peito e o braço cobrindo os olhos. Mantendo a porta aberta, ela entrou e se abaixou ao lado dele.

Lembrou-se do homem tocando harpa na noite anterior e confirmou que ele parecia um anjo não apenas quando dedilhava o instrumento.

Em breve terei essa visão todos os dias ao acordar, o pensamento acelerou seus batimentos cardíacos.

Com delicadeza, deixou um beijo na testa de Louie. Ele se mexeu um pouco, porém não abriu os olhos.

— Meu amor? — Ada chamou baixinho.

Nada.

— Precisarei tomar medidas drásticas.

Ela pegou o gato e o colocou sobre o peito dele, tirando o livro dali. Como se soubesse o desejo da moça, queino caminhou até o queixo do dono e começou a lambê-lo.

Logan murmurou algo incompreensível antes de retirar o braço e abrir os olhos devagar.

— O que... — A pergunta morreu ao ver o filhote e ele fitou a noiva. — Ada?

— Oi. — Ela abafou uma risada.

— O que fez com o Gatito? — Ele riu também, sentando-se e pegando o bicho.

— É um rufo![2]

— Sim, eu sei o que é. — Logan tornou a dar risada, tocando a gola de tecido plissado ao redor do pescoço do gato. — De onde tirou essa ideia?

— Vi numa pintura no corredor de retratos.

— Coitado dele, está completamente fora de moda.

— Estava entediada e queria saber se daria certo. — Ela fez uma careta. — Será que o incomoda?

— Creio que não, ele parece muito tranquilo mordendo minha mão. — Louie tentou desvencilhar-se, contudo o gato envolveu seu punho com as patas felpudas. — Ficou uma graça, ele já está pronto para o baile.

— Ah, não falemos disso! — Ada deixou o corpo cair sobre o tapete, arrancando um sorriso do noivo. — Conte-me o que lia antes de adormecer. Aliás, como você já estava dormindo outra vez?

— Passei a noite lendo, um terrível mal dos leitores.

---

2 Um tipo de gola branca armada, usada na Europa Ocidental por volta do século XVI.

— Ainda não fiz isso.

— Ah, mas irá fazer. Espere até dominar as palavras e ser presa por um bom livro.

— Qual título você lia?

— Na verdade, é o diário do meu bisavô Eron.

Adelaine se sentou de uma vez.

— Mesmo?

— Sim. — Logan alcançou o caderno e a chamou para tomar o lugar ao seu lado. Ela o fez. — Foi graças aos diários dele que comecei a apreciar a escrita. E não apenas isso, as palavras dele me guiaram para mais perto de Cristo quando eu era apenas um garoto.

— Que lindo! Ele deveria ser um homem bom.

— Com certeza, seu legado foi de serviço ao povo de Lyria, por amor ao Senhor.

— Imagine se um principezinho curioso descobre seus diários no futuro?

— Espero que meu testemunho valide as palavras que ele lerá.

— Tenho fé que sim. — Ada afagou a bochecha dele e Logan tomou sua mão, beijando a palma.

Ele segurou o riso ao ver as bochechas salientes ficarem vermelhas e ela tentou disfarçar o rubor, abaixando o rosto para brincar com o gato.

— Tenho algo para você. — Logan chamou sua atenção e teve os movimentos acompanhados com o olhar quando afastou alguns livros e papéis sobre a mesa ao lado e pegou um embrulho retangular.

— Já me deu presentes demais — Ada disse ao receber o objeto.

— Acredito que esse será seu favorito.

Ela analisou suas expressões, tentando adivinhar o que poderia ser.

— É um novo caderno? — Apalpou o presente. — Ou um porta-joias?

— Bem melhor do que tudo isso. — O brilho misterioso em seu rosto a intrigou.

Adelaine rasgou o papel e não pôde crer no que via, transbordando em lágrimas no mesmo instante.

— Pelo Soberano! Uma Bíblia? — Seu tom saiu agudo pela empolgação. — Está me dando uma Bíblia?

— E escrevi uma dedicatória...

Ada se apressou para abrir na folha de rosto e a emoção a envolveu ao lê-la.

Sinto-me honrado por ter proporcionado a você a chance de ler e entender essas palavras, pois sei que serão fonte de crescimento e encorajamento para sua fé. Que sua alma se deleite na Voz do Senhor e seja armada com poder para vencer todas as dificuldades.

— Não desejo pressioná-la, mas é meu livro favorito! — ele disse com bom humor. — Acredito que se tornará o seu também, talvez o primeiro a fazê-la perder o sono.

— Louie... — Ada folheou as páginas, encantada com a ideia de mergulhar naquele conteúdo tão rico depois de apenas ouvi-lo, dada a falta de acesso a ele, por todos os anos de sua fé. — É linda, absolutamente linda! Sabe quão raro é ter uma Bíblia em mãos?

— Tenho uma vaga ideia — brincou.

— É o presente mais especial do mundo, Louie! Muito obrigada.

Ela lhe deu um abraço apertado, o que o homem julgou ser um perfeito pagamento, depois se afastou, radiante.

— Apenas o melhor para a moça que roubou meu coração. — Piscou, arrancando uma risadinha tímida dela.

Adelaine pediu para o noivo auxiliá-la a encontrar o Salmo 23, seu favorito, e ambos foram preenchidos por genuína alegria ao escutar os versículos fluírem pelos lábios da moça.

Ela ficou imersa nas páginas por um longo tempo, até o canto dos pássaros atrair seu olhar para o belo dia de sol.

— Podemos dar um passeio? — sugeriu com um meio sorriso. — O Gatito quer colher flores.

— O Gatito, é? — Logan estreitou os olhos.

— Com certeza. — Ela piscou e se levantou com o filhote junto ao peito.

O homem concordou, oferecendo-lhe o braço, e saíram da sala. No caminho, encontraram Gale, Elisa, Florence e Lucy na sala de estar e os convidaram para acompanhá-los.

O grupo se dirigiu ao jardim lateral, onde várias árvores repletas de flores brancas adocicavam o ar. Lucy se animou de imediato ao ver os ramos floridos e pediu ajuda a Gale para alcançá-los.

Ada e Louie também começaram a colher os ramos em silêncio, mas os olhares que trocavam diziam muitas coisas. A moça riu quando o noivo passou por ela e deixou um pequenino buquê em suas mãos, que ela colocou atrás da orelha e continuou seu trabalho.

Quando tirou uma boa quantidade de cachos de flores, Logan os ajuntou no chão e ficou observando Adelaine terminar. No momento que a moça parou com as mãos na cintura diante da própria pilha, ele foi até ela por trás e passou os braços em volta de seu tronco, girando-a no ar.

— Louie! — a moça protestou entre risos. — Se eu pegar você...

— Tente.

Ele a soltou e deu uma curta corrida de costas. Ada estreitou os olhos e se aproximou, porém o noivo se esquivou.

— Logan de Lyria, venha aqui!

— Dizer meu nome completo não me intimida, miúda.

Adelaine soltou o ar e correu atrás dele, que contornou os troncos das árvores com agilidade e ficou rodeando a moça, tentando não rir do seu rosto vermelho.

— Fica parado!

— A brincadeira não é assim.

Ada parou de persegui-lo e levou a mão ao coração, contorcendo o rosto em uma careta de dor.

— O que foi? — Logan correu até ela com o cenho franzido.

Com um sorrisinho vitorioso, Adelaine empurrou seu peito e o colocou contra uma árvore.

— Coração mole. — Ela deu risada e soprou uma mecha de cabelo que atrapalhava sua visão.

— Com você, sou mesmo! — Estalou um beijo na bochecha dela, desconcertando-a e fazendo com que o soltasse. — E pelo visto não só eu.

— Bobo! — Um sorriso tímido contornou seus lábios e ela desviou o olhar para os outros, a alguns metros de distância.

— Fica adorável quando está envergonhada. — Logan segurou o queixo dela e o moveu para que o encarasse.

Ada abriu a boca para retrucar, mas se distraiu com um ponto branco e laranja no galho florido.

— Olha, o Gatito subiu na árvore! — Ela apontou para o filhote observando-os. — Que menininho esperto.

— Esperto e grudento, não fica um momento longe de nós.

— Parece até alguém que conheço. — Ada sorriu, provocativa.

— Só gosto de ficar perto da minha noiva. — Deu de ombros e depositou um beijo em cada mão dela, mantendo-as junto às suas. — É um crime?

— Não, seu jeito carinhoso é uma das minhas qualidades favoritas em você, apesar de às vezes me deixar corada. — Ela entrelaçou seus dedos.

— Acha que sou carinhoso?

— Muito! Apenas você não percebe. É um doce de homem, porém essa virtude estava escondida por aqueles sentimentos ruins que só lhe faziam mal. Liberto deles, pôde deixar sua parte sensível e amável voltar à superfície.

— Que análise detalhada. — O riso estremeceu o peito dele.

— Pensar em você me faz bem.

Ada se alegrou com o sorriso que iluminou o rosto dele. Ergueu a mão e tirou algumas mechas negras de sua testa, depois tocou a covinha ao lado da boca dele.

O coração de Logan bateu com mais força em reação ao toque e à proximidade de seus rostos. Temendo fazer uma besteira, segurou os ombros dela e a afastou um pouco.

— O que há? — Ada estranhou.

— Lembrei dos avisos de sua avó para nos comportarmos.

— Mas não fizemos nada.

— A senhorita tem muito poder sobre mim, sabia?

— Tenho?

— Sim, é difícil ficar perto sem querer beijá-la. — Ele segurou o riso ao ver os olhos esbugalhados de Ada. — É mais complicado para nós homens que para vocês.

— Não sabia disso. — Ela fez uma careta. — Vou ficar aqui, então.

Ada deu um passo para trás e esticou o braço, medindo a distância entre eles. Logan riu e a puxou pela mão para se sentarem sobre o chão repleto de pétalas.

— Você também tem muito poder sobre mim — Ada confessou com um meio sorriso. — Isso parece perigoso, Altezinha.

— Damos poder às pessoas que amamos, é inevitável. Poder de nos machucar, mas também de sermos amados de volta, cuidados e inundados de felicidade. — Logan encostou na árvore atrás de si. Ada estava diante dele.

— Neste momento, me sinto inundada de felicidade.

— Igualmente. E esse sentimento tem produzido um pensamento recorrente em mim.

— Qual?

— Que minha mãe amaria você. Sem sombra de dúvidas.

— E seria recíproco. — Os olhos dela brilharam. — Meus pais também amariam conhecê-lo.

— Acho que seu pai arrancaria minha cabeça.

— Claro que não! Ele ficaria confuso e talvez desconfiasse de você no início, mas depois tudo se resolveria.

— Pelo visto ele era bem diferente do Anthony — sondou e viu a expressão da noiva se fechar. — Ainda está magoada?

— Claro! O Tom nem ao menos mandou um recado!

— Se ele fizesse isso, poderia entregar seu grupo, nos dando as provas que precisamos.

— Não importa! Mandasse ao menos um sinal de que estava do meu lado. — Ada inflou as bochechas. — O Tom é... É... — Seus ombros cederam. — É como um pai para mim. Porém, *o meu pai* nunca faria essa maldade.

— Certo, vamos parar de falar desse homem, não fique triste. — Logan se inclinou e tocou seu nariz, conseguindo um sorriso suave. — Mesmo que esteja nervosa com o baile, ainda está alegre por nosso anúncio especial, certo?

— Com absoluta certeza! — Ada se aproximou e deitou a cabeça no ombro dele. — Pensar nisso me deixa ansiosa, mas também com aquele conhecido desejo de dançar de alegria.

— A senhorita não faz ideia de como me sinto realizado por escutar isso.

Os dois passaram a conversar sobre o casamento e a nova vida em que Ada seria inserida em breve. Havia muito para a moça aprender sobre o reino e sua função, então Logan decidiu apresentar os detalhes aos poucos, a fim de não a assustar.

Sentados num dos bancos dispostos ali, Elisa e Gale observavam Florence ajudar Lucy a fazer uma coroa com as flores recém-colhidas enquanto desfrutavam da companhia um do outro.

— Você não imagina a descoberta que fiz, Elly — Gale disse num tom risonho. — Na verdade, foi uma tolice da minha parte ir atrás dela.

— O quê? — A curiosidade da mulher foi aguçada.

— A Lucy acha o Logan mais bonito do que eu, acredita?

Elisa cobriu a boca para conter o riso.

— Como chegaram a esse assunto?

— Eu desempenhava um excelente papel de príncipe na brincadeira dela, quando nossa doce menina lamentou o fato do Logan não poder se juntar a nós, pois em suas palavras: “ele é lindíssimo!”.

Outra risada foi contida pela mulher.

— Então fiz a pergunta tola. — Gale balançou a cabeça com um suspiro derrotado.

— Ah, meu amor, não se importe com isso. — Elisa não conseguiu esconder o divertimento em sua voz. — Ela ama você, só tem uma inclinação ingênua para os morenos.

— Tudo bem, posso relevar isso. Mas e você? Prefere ruivos ou morenos? Não me diga que são os loiros.

— Prefiro você — ela disse sem hesitar. — Só você.

— Hum, gostei muito dessa resposta. — Passou o braço pelos ombros dela. — É o que eu gostaria de ouvir, porém agora não poderei mais ter essa satisfação, já que lhe contei.

— De qualquer modo, meu gosto para mulheres segue inalterado.

— Ah, é mesmo?

— A minha esposa ideal precisa ter cachos morenos — enrolou uma mecha dos cabelos dela em seu dedo —, pele negra, olhos de um castanho incrivelmente escuro, um sorriso deslumbrante e uma pintinha bem na bochecha esquerda. — Ele beijou a área mencionada. — E ainda ter uma filha linda chamada Lucy, ficar estonteante de roxo e ser a dona do beijo mais perfeito de todos, e não preciso provar mais nenhum para garantir isso.

— Aposto que ficou pensando nisso por muito tempo — ela respondeu com um brilho novo no olhar.

— Fui colecionando adjetivos sempre que pensava em você. Aprovado?

Elisa não pôde responder de outro modo a não ser trazendo o rosto dele para perto e unindo seus lábios. Fazia apenas um mês desde o dia que selaram sua união e ainda se sentiam nas nuvens quando se beijavam.

— Que cena inapropriada! — A voz de Logan os fez rir em meio ao beijo.

— Está com inveja, meu irmão? — Gale lhe lançou um olhar zombeteiro. — Ser casado é uma dádiva, sinto muito por sua condição de noivo.

— Querido! — Elisa deu um tapa leve no peito dele. — Pare de provocá-lo.

— Não se preocupe, Elly — Logan cruzou os braços —, os humilhados serão exaltados!

Os passinhos de Lucy atraíram a atenção deles.

— Papai! — A simples palavra dita pela criança deixou todos espantados. Ela se aproximou do ruivo e estendeu a coroa de flores que fez. — Gostou?

Gale piscou algumas vezes antes de responder:

— E-eu adorei. Mas do que me chamou, meu bem?

— Papai. — Ela deu um sorriso tímido. — Pode?

O ruivo fitou os demais e seu rosto doeu com o sorriso enorme dominando suas expressões.

— Claro que pode, filha. — Ele pegou Lucy no colo e beijou seu rosto. — Amo muito você.

— Eu também amo você. — Os bracinhos envolveram o tronco do homem.

Todos trocaram olhares emocionados ao ver a cena e lágrimas rolaram pelas bochechas de Elisa. Vivia um sonho e seu coração transbordava de gratidão ao Senhor.

Estavam tão envoltos no momento que não notaram um observador a certa distância dali. Callum caminhava ao lado de James e sua atenção foi roubada pelo grupo animado.

— O Gale parece muito feliz com a família nova — comentou, desviando o olhar para o chefe da Guarda e um dos homens de sua maior confiança.

— Nunca o vi tão radiante. — O pai riu. — Olivia então nem se fala! Vive sorrindo para o nada.

O rei soltou um riso suave.

— Ele contou a você sobre o interesse na srta. Miller? Digo, antes de pedir a mão dela.

— Ah, sim. Pediu para manter segredo da mãe, mas me procurou para ouvir meus conselhos.

— Deve ser bom ter um filho que confia em você. — Callum suspirou, coçando a barba.

— Confiança se conquista, Majestade. E ainda pode conseguir a do príncipe.

— Tenho minhas dúvidas. Algo me diz que ele e a srta. Sallow não são meros amigos há um tempo. No entanto, nunca consegui coragem para perguntar e ele não me revelou nada.

— Vocês vivem uma situação delicada — James disse com cuidado. — Precisa ter força de vontade para continuar aproximando-se dele, embora mais devagar do que quer.

— Força... — Riu sem humor. — É irônico como, desejando manter-me forte, decidi me fechar para o amor e a vulnerabilidade de uma família, porém apenas consegui tornar-me miserável.

— Tenho permissão para aconselhá-lo mais sinceramente, Majestade?

Callum encarou o homem e ponderou por alguns instantes. Por fim, engoliu o orgulho e assentiu.

— Em seu casamento e paternidade, o senhor errou ao escolher seguir os temores de seu coração. Mas nenhum de nós é bom em área alguma por força própria, precisa pedir ajuda a Deus para aprender a conduzir o relacionamento com seu filho.

— Estou longe demais de Deus. Sinto-me quebrado, apesar de uma aparente vida religiosa.

— Para ser consertado, necessita de um encontro verdadeiro com o Senhor, fazer dEle o Soberano de sua vida, e não confessar a fé por tradições. É algo pessoal, transformador.

Callum ficou em silêncio por alguns minutos, um vinco inalterado entre suas sobrancelhas.

— Majestade — James chamou, atraindo a atenção dele —, por que não ora a respeito de suas inquietações? Deus é assaz benigno para intervir até nas vidas mais quebradas. Quem pode definir até onde Sua graça alcança?

Capítulo 34

O resto do dia passou rápido. Depois de uma manhã agradável, Logan se juntou ao pai para receber alguns convidados vindos de outros reinos e sua tarde foi preenchida por isso. Era a primeira vez que o filho não se sentia enfadado por compartilhar aquele momento com o pai e pensou em fazer essa confissão ao homem, porém acabou guardando-a para si.

Antes de ir arrumar-se para o baile, Logan escapou para o estábulo a fim de cumprir seu ritual cotidiano de presentear Lion com algumas maçãs. Assim que percebeu sua aproximação, o cavalo colocou a cabeça para fora da baia.

— Oi, grandão. — Fez carinho na crina branca e ganhou um relincho em resposta. — Não sei se você fica feliz por ver a mim ou as maçãs.

O príncipe entrou no compartimento e estendeu uma das frutas, que rapidamente foi ingerida. O animal começou a cheirar o dono, farejando mais de onde aquela tinha saído. Rindo, Louie estendeu outra maçã e depois a última, para reclamação do cavalo.

— Amanhã eu volto, não seja impaciente. — Tentou consolá-lo afagando seu pescoço.

Estava prestes a sair da baia quando escutou passos. Cogitou a possibilidade de ser um criado, porém a voz de seu pai chegou aos seus ouvidos.

— Oi, Névoa. — O rei acariciou a cabeça alva do animal que pertencera à esposa. — Como você está? Faz um tempo desde minha última visita, me desculpe. Resolvi vir hoje porque a falta da Agatha voltou a pesar demais. Queria tanto que ela pudesse ver o Logan. Ele se tornou um homem, tem uma força enorme, como a mãe, misturada àquela doçura do menino que sempre aparecia jogando-se sobre mim nos momentos mais inesperados. — Um suspiro pesado se seguiu. — Mas eu o afastei a ponto de perdê-lo.

Logan mal respirava, desejoso de ouvir o pai, contudo também com medo de algo machucá-lo ainda mais.

— Agora as coisas parecem estar progredindo entre nós, porém é instável. Sei o quanto é difícil consertar um relacionamento, foi uma luta árdua com a Agatha, mas temo que o Louie nunca me perdoe por completo, como ela fez. As marcas se fincam no coração dele com força demais.

Então eu não sou um completo estranho para ele?, o príncipe pensou. *Ao menos meus sentimentos não lhe são incompreensíveis.*

— Daria tudo para a Agatha estar aqui, preferia ter sido eu a partir, não ela. Seria melhor para todos.

Logan notou a dor pulsando em cada palavra e seu peito se apertou.

— Sinto-me um monstro na maior parte do tempo. — Callum encostou a testa na do cavalo. — Mas a vida é injusta e levou alguém bom ao invés do ruim.

De seu esconderijo, Logan percebeu algo brilhante descer pelo rosto do pai. Lágrimas. Estava vendo seu pai, quem jurou não possuir um coração, chorar enquanto conversava com o cavalo de sua mãe.

— No entanto, estou vivo e o Logan também. Preciso compensar tudo para ele, fazê-lo sentir ao menos um pouco de afeto vindo de mim. Somos tão parecidos, mas tão diferentes também. Talvez em algum momento as peças se encaixem e ele possa gostar de mim. — Um riso fraco saiu do rei. — Ao falar em voz alta, soa impossível. Mas eu até mesmo orei pedindo por isso, acredita? Fazia tanto tempo que não orava. Espero que o Senhor me permita viver mais alguns anos, ao menos o bastante para trazer acalento ao Logan.

Cada segundo daquela confissão parecia mais estranho para o príncipe. Diante do súbito silêncio, ele ficou imóvel, imaginando se teria enfim terminado, porém o rei resolveu agitar ainda mais o mar já inquieto do coração do filho.

— É irônico pensar em nós dois nesse atual estado de distanciamento, se eu era sua pessoa predileta no seu primeiro ano de vida. — Um riso triste se seguiu. — Foram tantas noites gastas com meu menino no colo. Ele sempre, *sempre* se acalmava quando estava comigo. E eu adorava cada instante junto dele, ao ponto de sequer me importar em trocar a noite pelo dia. — Seu suspiro foi dolorido. — Meu Deus! Como eu fui tolo!

O barulho de algo caindo atraiu a atenção de Callum e, ao virar-se, enxergou o filho encolhido contra a parede da baia de Lion.

— Louie? — Sua voz saiu assustada. — O que faz aqui?

Logan deixou as sombras com um sorriso constrangido e pegou as rédeas que havia derrubado.

— Estava dando uma olhada no Lion.

— Há quanto tempo está aí? — A resposta era óbvia, porém o rei indagou assim mesmo.

— Sim, pai, escutei tudo.

Ele saiu de dentro da baia e se aproximou de Callum, que fugiu de seu olhar.

— Não deveria ter escutado, eram apenas devaneios com o Névoa.

— Pai... — Logan se viu apertando o ombro dele.

As íris escuras de ambos se encontraram e o rei resolveu ser sincero.

— Pergunto-me noite e dia: como você pode se manter longe de alguém e ainda assim machucá-lo tanto?

— A ausência e a rejeição também ferem, pai. — Um nó se formou em sua garganta.

— E essas dores se curam com presença? — A voz do homem era profunda. — Se eu ficar bem perto de você, posso diminuir as feridas que causei?

Logan o encarou. A cada dia vinha apreciando mais a ideia de aprofundar o relacionamento com o pai, apesar de muitas coisas terem mudado desde que desejou aquilo pela primeira vez. Ele não era mais a criança necessitada de colo, proteção e ensino; era um homem feito, tomando suas decisões e, até certo ponto, cuidando de si mesmo.

— Não preciso de você do modo como precisava quando criança, e nada que fizer vai reparar as lacunas provocadas em mim naquela época — Logan disse com honestidade.

— Entendo isso. — O rei soltou um suspiro trêmulo.

— Mas — o filho continuou, fazendo uma chama de esperança cintilar nos olhos do pai — sinto meu coração sendo curado a cada dia. Meu Pai Celeste está fazendo isso em mim e, por essa razão, creio conseguir avançar no meu relacionamento com você. Quero mesmo que sejamos pai e filho, do jeito bom que deveria ter sido desde o início.

— Eu também quero, filho. — Callum sorriu com olhos marejados.

— Certo. — O coração de Logan batia forte ao ver a emoção do pai. Um pouco sem jeito, ele abraçou seu progenitor e foi acolhido num aperto reconfortante. — E garanto ao senhor que não escolheria a vida da mamãe em lugar da sua. Meu desejo seria ter ambos aqui.

— Ela era boa, é injusto ter partido desse modo. Deve ser uma punição por minhas más ações.

— Sei que nem tudo é uma punição divina; algumas vezes Ele usa do sofrimento para propósitos inimagináveis, em outras é só o pecado fazendo seu costumeiro estrago e em certas ocasiões realmente é um meio de nos disciplinar. Mas, quando não entendemos qual o sentido do momento vivenciado por nós, resta-nos apenas decidir o que fazer com o que Deus nos dá. O que o senhor fará com a vida em suas mãos?

Os dois se afastaram e Callum ponderou nas palavras do filho, até responder:

— Vou amar meu filho e consertar meus erros. — Um sorriso decidido tomou suas feições, alegrando o coração de Logan.

E ele soube que se encontrava diante de muita graça.

— Lady Charlotte adorará dançar com você — Callum comentou enquanto se dirigia com o filho para o salão de bailes.

— Pare com esses gracejos. — Logan balançou a cabeça.

— O pai dela faria muito gosto dessa união.

— E eu *morreria* com essa união.

— Tudo bem, já entendi a repulsa. Mas creio que deveria pedir logo a mão da srta. Sallow, se é isto que quer. — O rei prestou atenção na reação do filho.

Logan o encarou e diante da conversa que haviam tido a pouco, viu a oportunidade perfeita para contar a respeito de seu noivado com Adelaine. Abriu a boca para começar, porém nenhum som foi emitido ao ver a noiva saindo de seu quarto.

— Cuidado, os mosquitos estão terríveis nesta primavera. — Callum fechou a boca do filho e ganhou um olhar estreito dele.

— Ah, oi! — Ada percebeu as figuras paradas próximas a ela. Fez uma reverência para cada. — Majestade, Alteza.

— Seguirei para o salão — Callum avisou após cumprimentar a moça, contendo um sorriso insinuativo —, os convidados devem estar chegando. Não demorem.

Os jovens assentiram. Depois de ter certeza que ele estava longe, Ada perguntou:

— E, então, o que achou da minha produção, Louie?

Ela girou, dando a ele a visão completa de si mesma. Os longos cabelos acinzentados estavam metade presos por tranças e o restante solto e ondulado. Papoulas vermelhas adornavam o penteado bem-feito. O vestido branco levava uma cuidadosa estampa das mesmas flores, com mangas volumosas e uma saia que se abria até os pés, já o corpete alongava sua silhueta, mas sem espremer a cintura larga da moça.

Os olhos de Logan brilharam ao admirar a amada e sentiu vontade de tomá-la nos braços diante de tamanha beleza. Precisou de esforço para manter-se no lugar.

— Adelaine, você está mais que deslumbrante! — Ele esfregou o próprio rosto, que levava um sorriso largo.

— A lady Stacy caprichou, não é mesmo?

Logan se aproximou dela, a covinha evidente.

— Tem certeza de que ainda quer casar comigo? Não mereço uma beldade dessas.

— Pare de bobagens! — Ada balançou a cabeça, enrubescida. — Está lindíssimo também, acho que a Stacy quis combinar nossos trajes.

Logan olhou para si e riu ao confirmar a sugestão. Usava um colete vermelho escuro sob o casaco creme com cravos bordados na frente, calças da mesma cor e uma flor real presa na região do peito.

— Com certeza não foi um acidente. — Ele balançou a cabeça.

— Eu gostei muito. — Ada deu um sorriso tímido.

— Partilho da mesma opinião.

— Você está um verdadeiro príncipe! — Apontou para a cabeça dele.

— A coroa brilha tanto quanto deveria? — gracejou e ela riu.

— Parece pesada. — Nas pontas dos pés, tocou o acessório inteiramente de ouro.

Logan tirou a coroa e a colocou em Ada.

— Sim, é pesada. — Ela fez uma careta.

— Você é muito miúda, pedirei para fazerem uma tiara bem leve.

— Não sou miúda, já disse. — Cruzou os braços.

— Ah, você é sim. — Ele pegou a coroa de volta e enlaçou o braço dela ao seu.

— Deveria ser um consenso que na verdade *você* é alto demais.

— Mal a ouço daqui, baixinha. — Pousou a mão sobre a cabeça dela, na altura de seu peito.

Adelaine revirou os olhos e inflou as bochechas, encarando o caminho adiante com o queixo levemente erguido.

— Ficou brava, minha querida?

— Um pouco.

— Perdão. — Ele aproveitou estarem em um corredor sem guardas e lhe beijou a bochecha vermelha e sardenta. — Perdoado?

— Não.

Deixou outro beijo em sua têmpora.

— E agora?

— Meio a meio. — A boca de Ada tremeu num sorriso mal contido.

Dessa vez os lábios dele se encontraram com os dedos dela e Adelaine se rendeu, encostando a cabeça em seu braço e sorrindo.

— Finalmente todos saberão a respeito do noivado — Louie disse, ainda preso no sorriso dela. — Creio que será uma noite "mágica", como você diria.

— Não tenho dúvidas. — Suspirou, contente. — Aliás, gostei bastante de termos lido um dos contos festivos de Lyria na aula de ontem, deixou-me ainda mais animada para o baile. Reli para vovó, Elisa e Lucy, e para as moças do clube de leitura. Todas amaram! Mal vejo a hora de ler outra história sozinha. Entender o sentido de cada palavra sem ajuda tem se mostrado libertador! Sou muito grata a você, querido.

— Está avançando rápido. — O orgulho transbordava de sua voz. — E gostará de saber que também fui beneficiado pelo preparo de suas aulas, vem sendo meu escape nos últimos dias.

— Por qual razão?

— Meu pai informou que é a minha última semana substituindo-o. Tenho lutado contra o temor de que ele não cumpra sua promessa de ser mais maleável ou mude de ideia com o tempo. Consegui fazer coisas boas pelo povo e até conquistar o respeito dos conselheiros! Mas, mesmo em meio ao medo, algo me consola.

— O quê?

— Foi o Soberano que amoleceu o coração do meu pai quando não tínhamos nenhuma esperança disso, então não há razões para parar de confiar. Farei minha parte e deixarei nas mãos dEle a vitória.

— Isso! Estou tão orgulhosa do seu amadurecimento, minha Altezinha.

— Sou seu, é? — Logan deu um sorriso adornado pela covinha que tanto arrebatava o coração de Ada. — Isso é um deleite para os meus ouvidos.

Com a moça mais corada que o ideal, o casal adentrou o salão e foi presenteado com o aroma das muitíssimas flores espalhadas pelo cômodo. No entanto, não eram apenas elas as responsáveis pela beleza do evento, os convidados haviam se empenhado em seus trajes representando diversas flores, numa mistura criativa de cores.

— Há tantos rostos novos — Adelaine sussurrou.

— Pois começarei a apresentá-los agora mesmo. — Logan piscou para ela e começou a andar, levando-a consigo. — Quero que todos saibam quem é a minha noiva quando anunciarmos a união.

Ada não reclamou e se deixou ser guiada para cumprimentar os ilustres convidados. Ao apresentar a moça, Logan nem tentou esconder sua origem, o que foi motivo de apreciação para ela, pois poderia agir sem temores, mesmo diante dos olhares menos receptivos.

— Ah! A Elisa e o Gale. — Ada avistou os amigos ao afastar-se com o noivo de um duque do reino vizinho. — Eles não estão lindos?

A mulher usava um vestido roxo e lilás, com algumas lavandas adornando seus cachos, os trajes de seu esposo eram pretos com detalhes em branco e margaridas presas ao peito. Florence se aproximou do casal com seu costumeiro bom humor, ela escolhera flores brancas para compor seu vestido.

Ada e Louie foram até eles e o grupo trocou elogios animados.

— Seu gato combinaria com sua roupa, Logan — Gale brincou.

— Ai, verdade! — Adelaine abafou a risada com a mão. — O pequeno rufo parece um cravo branco. Traga-o aqui, Louie!

— Deixem o coitado dormir, estava babando na minha cama quando saí do quarto.

— Ele dorme na sua cama? — Florence achou graça.

— Claro, é um bebê. Eu não poderia deixá-lo no chão.

Os demais riram dele e Logan revirou os olhos, corado.

Depois da recepção, o rei convocou o filho para tomarem seus lugares na mesa em destaque no salão enquanto os músicos tocavam com alegria, incitando os convidados a dançarem. Logan fez questão de levar Adelaine e Florence para estarem com eles.

— Que estranho estarmos sentados aqui enquanto todos se divertem. — Ada passou o dedo pela borda de sua taça e fez uma expressão triste para o noivo.

— Deseja dançar? — Ele riu, entendendo a mensagem.

— Vamos! — Ela bateu palmas e se levantou.

Logan ofereceu o braço e eles seguiram para o meio do salão. Participaram de todas as danças seguintes, para a alegria da moça.

— Alteza! — Um homem abordou Logan ao fim de uma das músicas. — Podemos conversar um minuto?

— Claro. — Ele virou para Ada. — Retorno logo, tudo bem?

— Sem problemas! Vou aproveitar para beber alguma coisa.

Os dois se separaram e Ada foi até uma das jarras de vinho, onde um dos criados lhe serviu uma taça.

— Os vasos de flores ficaram tão lindos — disse consigo, aproximando-se da decoração. Tocou um dos ramos que colhera com Louie e seu coração se aqueceu com as memórias da tarde tão doce.

Foi então que ouviu uma voz feminina do outro lado do grande vaso de flores e sua curiosidade a manteve atenta.

— A maioria de nós quer ter a chance de fazer par com o príncipe, mas ele dança apenas com essa plebeia intrusa que tem roubado toda sua atenção.

Rapidamente reconheceu a voz de lady Charlotte, que não voltou a incomodá-la depois de perceber que Ada era de fato a "protegida do príncipe".

— Sim — outra mulher respondeu —, ele raramente nos dá a honra de estar em nosso meio nas danças e, quando vem, age dessa forma.

— É muito descortês da parte dele.

Ada bebericou de sua taça e tentou não rir ao resgatar memórias de Louie desviando de todas as moças para fazer par com ela, não importava quão longe estivessem um do outro depois de uma dança coletiva.

Quando a próxima dança foi iniciada, os dançarinos fizeram uma fila de homens e outra de mulheres, frente a frente, e ela observou com divertimento o noivo pedir gentilmente para o homem diante dela trocar de lugar com ele. Adelaine balançou a cabeça de modo discreto, repreendendo-o por sorrir com ares vitoriosos.

A dança começou e primeiro o grupo se movimentou ainda nas fileiras, passos para um lado, para o outro, em direção a sua dupla e para longe dela. A melodia mudou e eles se encontraram. Logan segurou a mão de Adelaine e fez uma reverência, sem tirar os olhos dos dela. Tomou-lhe a mão e ambas se ergueram, então eles giraram sem sair do lugar, cada um para uma direção. Com um acorde mais forte vindo dos alaúdes, as palmas dos dançarinos encheram o ar e a direção para onde dançavam mudou, porém os noivos não quebraram o contato visual um segundo sequer, tampouco pararam de sorrir.

— Escutei as moças reclamando por você só dançar comigo — Ada contou com divertimento. — Disseram não ser nada cortês da sua parte, Altezinha.

— Não me importo com isso, você é a única moça com quem quero dançar absolutamente todas as músicas deste baile. E de todos os outros também.

Um sorriso tímido contornou os lábios de Ada e ela abaixou a cabeça por um instante, porém logo voltou a fitá-lo.

— Elas disseram que você quase nunca dança...

— Não mesmo. Apenas se houver senhorinhas simpáticas sem par, ainda que eu precise ouvi-las tecer mil e um comentários sobre as qualidades de suas *belíssimas* netas.

— Essas senhoras são sortudas, pois possui talento para a dança — Ada disse e Logan deu de ombros. — Você perdeu o apreço por diversas coisas nos últimos anos, não é mesmo?

— A senhorita me compreende demasiadamente bem. — Ergueu as sobrancelhas.

— Somos parecidos, lembra-se? — ela disse com um olhar profundo e envolto de significado.

— Com certeza. — Logan retribuiu o olhar. — No entanto, também é certo que desde que você chegou em minha vida, consegui voltar a enxergar beleza em muitos dos lugares onde havia parado de vê-la.

— Fez o mesmo por mim. — Lacrimejou ao sorrir para ele.

A música entrou nas notas finais, os dançarinos voltaram às suas posições e foi a vez das mulheres cumprimentarem seus parceiros. Ada quis muito abraçar Louie depois daquela dança e talvez esquecesse que ainda estavam sob segredo se não fosse o anúncio do jantar.

Ele a conduziu de volta para a mesa onde Florence e seu pai os esperavam. A refeição foi servida primeiro a eles e depois às demais mesas.

Adelaine estranhou estar num lugar de tamanha honra, comendo junto com os membros da mais alta posição da hierarquia de Lyria. Percebia os olhos dos demais sobre si e sua avó e sabia que não apreciavam vê-la ascender.

Todavia, não se deixaria abater quando fosse oficialmente apresentada como noiva do príncipe e todo desgosto triplicasse. Ela pretendia lutar por respeito, como Louie aconselhou, cumprindo seu papel com excelência.

E tão logo se via intimidada, a mão de Logan tomava a sua sob a mesa, como um lembrete de sua companhia, e o medo que antes parecia do tamanho de um leão se diminuía numa estatura semelhante a do Gatito.

Estavam desfrutando da sobremesa quando o rei atraiu a atenção do filho para si. Logan moveu sua cadeira para mais perto do pai, intrigado com o chamado.

— Será um momento importante agora — o rei disse, piorando sua confusão. — Sei que palavras não serão o bastante para provar meu arrependimento, Louie. Então, vou agir.

Callum tirou a coroa imponente que adornava sua cabeça e Logan se perguntou o que estava acontecendo.

— Pai...

— Não quero mais ser rei, Logan — interrompeu-o —, quero meu filho de volta. Você é mais importante do que todo um reino ou todo poder do mundo.

— Não precisa tomar uma atitude drástica, pai! Vou submeter-me ao senhor, já disse. Cuidaremos de Lyria juntos.

— Creio não ter nascido para governar. Tenho feito tudo errado há muito tempo e sei que Lyria florescerá nas mãos de um bom rei, nas *suas* mãos. Além do mais, o dr. Spencer falou sobre eu precisar diminuir o ritmo para não ter novas crises, certo? Pois bem, agora ficarei livre para descansar e viver muitos anos felizes com meu garoto. — Ele apertou o ombro do filho com carinho. Logan encarou a mão dele e depois seus olhos sinceros. Mal podia acreditar que Callum realmente estava dedicando-lhe afeição. — Não recuse, já preparei tudo para sua cerimônia de coroação.

— Neste momento? — A pergunta saiu mais alta do que pretendia e as duas mulheres na mesa ficaram atentas.

— Acalme-se! — Callum riu, surpreendendo Logan com o som. Sempre que via um sorriso do pai dirigido a ele, sentia-se fora da realidade. — Refiro-me aos trâmites necessários. Está tudo decidido e organizado, anunciarei agora e nos próximos dias você já poderá ser coroado.

O coração do príncipe acelerou quando seu pai se pôs de pé e chamou a atenção dos convidados para si.

— O que há? — Ada se aproximou dele e segurou sua mão embaixo da mesa, preocupada com sua feição e a atitude do rei.

Callum começou a falar, sob o olhar atento de todos, e impediu Logan de respondê-la.

— Com grande alegria e satisfação, comunico a todos os presentes que estou abdicando do trono de Lyria. Meu filho, o príncipe Logan, reinará em meu lugar.

Os burburinhos encheram o salão. Adelaine dirigiu o olhar para Logan, que a encarava de volta. Ela abriu um sorriso eufórico e ele se sentiu menos apavorado.

— Pelo meu desejo, a coroação poderia ocorrer hoje — a voz de Callum preencheu o salão outra vez —, mas todos sabemos: é lei perpétua em Lyria que um rei só poderá reinar ao lado de uma rainha. Apesar do meu filho já ter sua amada à vista, não podemos negar-lhes uma grande festa de celebração, e a nossa governanta merece tempo para preparar um novo baile.

As pessoas riram, porém Adelaine estava petrificada. Seu sorriso sumiu e o coração doeu no peito. Virou para Louie, mas ele encarava o pai, parecendo tão surpreso quanto ela. Voltou-se para sua avó, que tinha o mesmo olhar desnorteado que o seu.

— Vovó, mas nós... Eu pensei que...

— Calma, minha menina, o Logan a ama e já disse isso, não se casará com outra. — Florence apertou sua mão.

Adelaine olhou ao redor, pensando se a prometida do príncipe estava entre os convidados.

— Gostaria de apresentá-los à futura rainha de Lyria... — Callum voltou a falar e a barriga de Ada deu voltas. Não queria ver aquilo, não queria saber que o homem que tanto amava teria outra pessoa para chamar de "esposa".

Tapou o rosto e desejou que tudo se silenciasse.

— Srta. Adelaine Sallow, da Vila Tyber!

A jovem abaixou as mãos e fitou sua avó, que sorria abertamente. Ao redor, todo o salão se agitou, surpresos pelo fato da futura rainha ser a plebeia vinda das vilas humildes ao invés de alguma princesa de outro reino ou uma integrante da Corte de Lyria.

— Filha, é você! — Florence beijou o rosto da neta e sorriu de orelha a orelha.

— Eu? Mas... — Adelaine não podia acreditar. Perguntou-se em que momento o rei ficou sabendo da união deles.

— Ada. — A voz de Logan ganhou toda a atenção da moça. Ela o encarou, sequer havia notado o aperto em sua mão. — Tudo bem?

— Quando contou a ele?

— Eu não contei!

— Mas me disse que a amava — Callum inclinou o corpo para perto deles, assustando-os — e eu tenho dois olhos muito bons para perceber o que ocorreu em seguida. Levantem-se, por favor. Ou não quer mais casar-se com ela, Logan?

— Eu quero! — Ele ficou de pé e Ada o acompanhou. — Ia contar ao senhor e anunciar hoje, mas resolveu ser... apressado.

— Só juntei as boas novas, incomodam-se?

— De modo algum! — Adelaine respondeu, feliz por não haver mais segredos.

Logan observou a noiva e, pelo canto dos olhos, as pessoas esperando algo mais acontecer. Abriu um dos sorrisos que Ada amava e a girou em um abraço apertado, ouvindo o suspiro de alívio dela, além das palmas pelo salão.

— Temi ter chateado você — o príncipe sussurrou, sem afastar-se.

— E eu pensei que se casaria com outra! — Ada se separou dele, revelando o rosto banhado por lágrimas de alegria. — Não aguentaria ver outra mulher ao seu lado. Eu amo você, Louie.

— Nem se meu pai anunciasse outra moça eu voltaria atrás em nosso compromisso — ele garantiu. — E eu também a amo, com todo meu coração.

As bochechas de Adelaine doíam de tanto sorrir e seu coração pulsava forte, parecendo a ponto de sair pela boca. Pensou que nada poderia atrapalhar aquele momento mágico.

Todavia, estava enganada.

O encanto se esvaiu quando o barulho de utensílios sendo quebrados assustou todos os presentes. Na entrada do salão, quatro homens com lenços cobrindo a parte inferior do rosto seguravam facas contra o pescoço de dois criados e duas damas. A agitação advinda do pavor e os gritos preencheram o espaço.

— Precisamos sair daqui! — Logan gritou sobre o barulho, com Ada agarrada ao seu braço.

Ela balançou a cabeça em assentimento e logo havia guardas tentando controlar os invasores e outros ao redor da família real e das Sallow, guiando-os para a passagem secreta que conduzia ao abrigo subterrâneo.

Adelaine andava ao lado de Logan quando seu coração apertou no peito. Lembrou-se do que ele dissera muitas noites atrás e olhou ao redor, procurando perigo. Sua atenção foi atraída para as portas no fundo do salão onde viu um homem de rosto coberto com uma flecha apontada para o noivo. Uma cicatriz cruzando boa parte da testa a fez reconhecer Jake e deixou claro que aquilo era obra da Resistência.

Ada sabia que o homem nunca errava um alvo e a vida do príncipe estava na mira de sua flecha naquele momento. Quis gritar, porém sua voz não saiu e podia sentir o tempo movendo-se mais devagar ao seu redor. Os batimentos cardíacos agitados retumbavam em suas têmporas.

Sem sequer hesitar, Adelaine se pôs entre a flecha e o homem que tanto amava. Ela fechou os olhos, sentiu a dor da lâmina contra sua carne e então seu corpo tombou sobre o de Logan.

Capítulo 35

— Então você não tem nenhum envolvimento nisso?

— Alteza, eu nunca faria algo desse tipo.

— Não sei se posso confiar em você. Um de seus homens fez isso com a Ada!

— O alvo era o senhor.

— Eu sei e preferia que essa maldita flecha tivesse atingido a mim, porém o plano de vocês não saiu como o esperado.

— Não fiz parte disso, já disse!

Ada franziu as sobrancelhas, tentando em vão abrir os olhos. Uma dor aguda irradiava de uma das pernas e seu corpo inteiro se encontrava dolorido. Seus dedos se moveram devagar e sentiu um tecido macio em contato com eles.

— Alteza — a discussão continuou e a moça se esforçou para assimilar o que ouvia —, me perdoe por ter deixado as coisas chegarem a esse ponto. O senhor tem razão em me responsabilizar, sou o líder desse grupo e, ainda que tenham agido sem meu consentimento, deveria tê-los guiado por um caminho que não fomentasse a ira e o desejo de vingança.

— Sim, deveria. Pessoas se feriram, algumas com gravidade...

Adelaine conseguiu vencer o peso de suas pálpebras e precisou acostumar-se com a claridade vinda das velas. Olhou ao redor e percebeu estar em seu quarto. Parados perto da porta, Logan e Anthony conversavam, alheios a ela.

— Louie — chamou mais baixo do que pretendia, porém isso não o impediu de ouvi-la.

— Ada! — Logan foi até a cama em passos largos e se sentou na beirada. — Meu amor, você está bem?

— Sim, eu acho. — Ela tentou sentar-se, mas ao colocar seu peso nos braços uma fisgada surgiu no ombro esquerdo. — Ai!

— Deixe-me ajudá-la. — O noivo a segurou pela cintura e a fez sentar-se. — Deve ter machucado na queda, o médico voltará para ver você pela manhã.

Ada assentiu e não soube o que dizer primeiro. As lembranças começavam a rodopiar em sua mente. Jake, a flecha, o grito de Logan e a visão da mão dele ensanguentada, motivo de seu desmaio.

— Não sabia que tinha pavor de sangue. — Ele quebrou o silêncio.

— Desmaiei porque foi *muito* sangue. — Um calafrio subiu por sua espinha.

Essas palavras pairaram no ar por alguns segundos antes de Logan soltar um suspiro pesado.

— Direi uma coisa importante. — Ele segurou o rosto dela entre suas mãos. — Nunca mais, em situação alguma, você se colocará em perigo por mim, entendeu?

— Não! — respondeu, firme, levando-o a erguer as sobrancelhas.

— Sim!

— Não vou deixar você se ferir caso possa salvá-lo.

— Adelaine, escute-me: eu morreria por você sem hesitar, mas não fará isso por mim. Jamais. Entendido?

— Não. — Tentou cruzar os braços, porém a dor a fez desistir.

— Pare de ser teimosa e me prometa que não voltará a fazer isso.

— Mas, Louie, eu amo você. — Os olhos dela se encheram de lágrimas.

— Eu também. — Um suspiro dolorido saiu dos lábios dele. — Por esse motivo, quando a vi cair com um rasgo jorrando sangue em sua perna, só conseguia pensar no que fiz de errado para você ter se ferido.

— Não foi sua culpa. — Ela cobriu as mãos dele com as suas, ainda em seu rosto.

— Mas me sinto culpado mesmo assim. — Logan a puxou para si e Ada sentiu no aperto forte o desespero dele. — Por favor, não torne a arriscar sua vida em minha defesa.

— Não posso prometer, foi puro instinto.

— Prometa tentar, então.

Ela riu um pouco ao ouvir aquilo.

— Tudo bem, dou minha palavra.

Eles se afastaram e Ada olhou por cima do ombro de Logan, encontrando Anthony com uma expressão culpada no rosto.

— Tom. — Ela o chamou com a mão e o homem se aproximou, cabisbaixo. — O que aconteceu? Por que o Jake estava aqui?

— Aquele... — Anthony conteve o insulto. — Ele teve a brilhante ideia de se infiltrar no palácio com mais alguns homens do grupo para cometer uma atrocidade. Mas é claro que não deu certo e agora estão presos.

— Mas como o Jake acertou minha perna? A flecha mirava as costas do Louie. — Ada se arrepiou ao lembrar.

— Um guarda o deteve e o tiro foi desviado, graças ao Senhor! — Logan respondeu.

— Terei pesadelos com isso por um tempo. — Ela checou sua panturrilha enfaixada. — Foi muito feio?

— O médico disse que é um alívio não ter cravado em sua carne, poderia tê-la deixado mancando por toda a vida. Mas a ferida, apesar de grande, deixará apenas uma cicatriz de lembrança.

— Uma lembrança do livramento que o Soberano nos deu. — Ela sorriu para os homens. Então quis saber outra coisa: — Tom, como veio parar aqui?

— Vossa Alteza me chamou, pois queria me interrogar. — Encarou o príncipe, as sobrancelhas levemente franzidas. — E fui sincero quando disse que não sabia de nada. A questão é ele acreditar em mim.

— Você acreditou na Ada? — Logan alfinetou. — Não! Pelo contrário, fez questão de amedrontá-la para ela fugir de casa. Ou dirá que também não tem participação nisso?

— A ideia era apenas assustá-las. — Dirigiu o olhar para a moça. — Princesa, só não impedi porque queria que cortasse laços com esse homem, apenas isso.

— Então por que não veio me dizer isso? — O tom da jovem era magoado.

— Não queria entregar nosso grupo, sabia que poderíamos ser punidos. — Anthony abaixou a cabeça. — Fui leal a eles e feri você.

— Pelo menos isso ele assume — Logan resmungou.

O homem passou os dedos pelos cabelos e se aproximou mais da cama, abaixou ao lado de Ada e segurou sua mão.

— Falhei com você e com seu pai, não a protegi nem fiquei ao seu lado como prometi naquele dia doloroso. Perdoe-me, meu bem, não deixarei mais o rancor me cegar para as pessoas que amo.

— Claro que o perdoo, Tom. — Ada afagou o rosto barbudo dele. — Espero que agora possamos lutar juntos, do modo correto.

— Isso só será possível se seu noivo desistir de me jogar com os outros na masmorra. — Observou Logan de soslaio.

— Perdoe-o, Louie — Ada pediu com voz doce. — Por favor.

— Se você quer tanto... — O príncipe cruzou os braços. — Posso aceitá-lo do nosso lado, porém apenas se abandonar a Resistência e aconselhar seus seguidores a fazerem o mesmo.

— Quer nos silenciar? — A expressão de Tom endureceu.

— Não! Em meu reinado, pretendo ouvir qualquer um que deseje trazer alguma causa a mim. Mas uma organização com requintes de rebeldia, o que esse atentado acabou por tornar o seu grupo, não pode subsistir sem novos problemas. Rebeliões só trarão mortes desnecessárias.

Anthony engoliu em seco e refletiu nas palavras do príncipe. Olhou para Ada e enxergou sua honestidade tão conhecida. Resolveu confiar na moça.

— Tudo bem, estarei com vocês — Tom disse, para alegria de Ada. — Mas, se o senhor não for bom como diz ser, não hesitarei em abandoná-lo.

— Anthony — Louie começou —, nós três queremos justiça e uma vida digna para todos os lyrianos, confie em mim.

Engolindo o orgulho, Logan estendeu a mão para o homem. Tom examinou o gesto por um instante, mas logo a apertou com firmeza.

A comemoração misturada a um bocejo vinda de Ada chamou a atenção dos dois.

— É melhor descansar. — Logan se inclinou e beijou a testa dela. — Sua avó já vem ficar com você.

Sonolenta, Ada assentiu e ele a ajudou a deitar-se de novo. Tom também se despediu e os dois deixaram o quarto.

Logan soltou um suspiro ao fechar a porta. A preocupação com Ada não o havia abandonado por um segundo tão logo a viu machucada. O aperto no peito se fez presente desde os momentos que passaram no abrigo até Gale avisá-los que todos os invasores já estavam detidos, e assim a moça poder ser atendida pelo médico. Felizmente, Florence ficou calma o bastante para conter o sangramento até saírem e isso impediu um problema maior para a saúde de Adelaine.

Depois de deixar a noiva aos cuidados do médico, o príncipe precisou reunir-se às pressas com o pai e os conselheiros para tratar do atentado. A ideia de chamar Anthony partiu dele e o homem foi de extrema utilidade, como imaginou.

— Volto amanhã para o julgamento, Alteza — Tom disse, tirando Logan de seus pensamentos.

— Não, é melhor permanecer aqui no palácio.

Anthony iria protestar, porém percebeu na expressão firme do príncipe que não era uma sugestão.

— Sim, Alteza. — Abaixou a fronte, tentando engolir o desconforto por submeter-se ao homem.

— Anthony — Logan chamou e pousou a mão em seu ombro ao conseguir o olhar dele —, somos diferentes, mas preciso reconhecer que motivações semelhantes nos movem. Diante do Soberano, em Quem sei que também crê, garanto desejar somente o bem para nosso povo. Como você, anseio ver todos vivendo em paz, sem a opressão que os castigou durante as últimas décadas. Além disso, nós dois temos muito amor pela Adelaine.

Logan ofereceu um sorriso e Tom se viu retribuindo.

— Sua ajuda será de grande valia nesse julgamento e talvez no futuro — o príncipe voltou a falar —, por isso, creio que seja importante darmo-nos um voto de confiança. Unir forças, por Lyria.

— Tudo bem, Alteza...

— Pode me chamar de Logan quando estivermos a sós, não gosto de tantas formalidades com colegas de trabalho. — Retirou a mão do ombro dele.

— Certo, *Logan*. Vamos unir forças.

Fazer uma aliança com o príncipe que sempre acreditou ser tão perverso quanto o rei era difícil para Anthony; no entanto, queria ajudar seus irmãos de forma mais efetiva. Entendeu enfim que Ada estava certa, não poderiam vencer o problema sozinhos e, se Logan estivesse sendo honesto, o que ele, a contragosto, começava a acreditar, aquela era uma chance de ouro.

— Venha, vou levá-lo até um dos quartos. — Logan começou a andar e Tom o seguiu em silêncio.

A manhã seguinte trouxe um sol brilhante e devolveu a disposição arrancada de todos os moradores do palácio. Apesar do receio espreitando pelos cantos, a rotina apaziguou o caos da noite.

— É ótimo vê-la bem. — Joana se sentou na beirada da cama de Adelaine.

A criada levou consigo o desjejum da amiga e muitas palavras carinhosas dos colegas.

— Nem sequer aproveitamos a novidade — Joana continuou. — Ficamos em festa quando o rei anunciou o seu noivado com o príncipe!

— Deixe-me voltar a caminhar e verei a todos para contar cada detalhe! — Ada mordeu uma das fatias de frutas, sorridente.

— Espero que possamos assistir ao menos a cerimônia — Jojo disse com timidez.

— Só a cerimônia? Desejo vocês na festa também, sem escapatória.

— Mesmo? Ah, que alegria! A Mary e eu podemos fazer seu buquê, se deixar.

— Por favor, será lindo. — Apertou a mão da amiga e franziu o cenho ao tocar o curativo na palma.

— Machuquei limpando o salão. Havia muitos cacos de vidro.

— Ninguém se feriu com gravidade, certo?

— Não. Quer dizer, apenas você. — A moça ajeitou atrás da orelha uma mecha fujona dos cabelos castanhos. — Mas ficamos todos muito assustados.

— Tudo será resolvido. — Ada sorriu na intenção de tranquilizá-la. — Voltemos a falar de coisas boas, hum?

Joana concordou e começou a relatar cada comentário feito ao receberem a notícia do casamento. As amigas conversaram até duas batidas na porta atraírem suas atenções.

— Desculpem pela interrupção — Logan exibiu um meio sorriso —, mas posso falar com minha noiva?

— Claro, Alteza! — Joana se ergueu e fez uma reverência para ele e depois, com um sorriso repleto de orgulho, para Ada.

Mantendo a porta aberta, a criada deixou o casal a sós e Logan moveu uma cadeira para sentar-se ao lado de Adelaine.

— Perdão por não ter estado aqui quando o médico veio.

— Não se desculpe, são muitas ocupações. — Ada alcançou sua mão e entrelaçou seus dedos. — Além do mais, correu tudo bem. O doutor disse que a dor no ombro não vem de nenhuma fratura e ficou satisfeito pela ferida na perna não ter sangrado muito.

— É um alívio. Logo você rodopiará por aí de novo. — Deu um breve sorriso.

— Está preocupado. — Ada franziu as sobrancelhas.

— Apenas ansioso para pôr um ponto-final nesse conflito. — Ele roubou uma das uvas no prato dela e ganhou um apertar de olhos. — Mas, convenhamos, não é nem de longe um encerramento. Teremos um longo trabalho pela frente até ganhar a confiança do povo.

— Para cada dia o seu próprio mal, Altezinha. Por ora, foque no julgamento.

— Sim, sim. Tem razão. — Ele desprendeu os seus dedos. — E não é só de adversidades que vivem os nossos dias, sabia?

— Como assim?

— O joalheiro me entregou uma encomenda bastante especial. — Ele enfiou a mão no bolso do casaco e lhe mostrou dois anéis de ouro. — Nossas alianças de casamento estão prontas, agora só falta a senhorita ficar sarada.

— Não deveria guardar para me mostrar apenas na cerimônia? — Ada riu, apesar dos batimentos cardíacos acelerados.

— Estava ansioso demais para esperar.

Logan entregou as joias a ela e, encantada, a moça examinou os detalhes desenhados de perto. Seus olhos se estreitaram ao perceber que havia algo escrito no interior dos aros.

— Um só coração. — Adelaine sorriu ao entender a frase.

— Isso mesmo. — Louie pegou um dos anéis. — Vamos estar para sempre juntos, no mesmo propósito, no mesmo sentimento.

— Foi a escolha perfeita. — Ela suspirou, sonhando com o dia do casamento.

— Mas, enquanto a cerimônia não chega... tenho um presente para minha miúda.

Adelaine abriu a boca para protestar, porém suas palavras foram roubadas ao vê-lo estender um anel com uma pedra vermelha brilhante.

— Uma aliança de noivado? — Cobriu a boca com as mãos. — Nunca imaginei ganhar algo tão requintado.

— Era da minha mãe. — Aquela informação acrescentou mais deslumbre à Ada. — Está na família há algumas gerações e é sua vez de usar.

— Essa pedra brilha como uma estrela!

— Você merece todas as pedras brilhantes do mundo.

— Mas sabe que não preciso delas, não sabe?

— Não gostou? — Franziu o cenho.

— Ah, Louie, eu amei! Só quero ter certeza de que você, meu lindo e gentil noivo, sabe que é o amor da minha vida, independentemente de joias ou qualquer presente.

— Você não me deixa esquecer disso. — Ele beijou a mão dela, o semblante iluminado pelo carinho recebido. — Posso colocar o anel?

— Por favor! — Ada respondeu, risonha.

O homem deslizou a joia pelo dedo anelar da noiva e Ada contemplou o rubi, encantada por estar usando algo tão luxuoso, mas também pelo significado que ele emanava. Louie e ela seriam unidos para sempre.

— Estou exultante pelo nosso noivado. — Abraçou-o, repousando a cabeça em seu ombro.

— Sinto-me da mesma forma, e sempre que lembro do fato de meu amor estar bem perto de mim, todos os problemas parecem menores.

— Não se sobrecarregue, tudo bem? — Ada pediu ao se afastarem. —

Vamos compartilhar as dificuldades, não as guarde só para você.

— Eu prometo. — Beijou-lhe a testa.

Depois de mais um abraço apertado, ele saiu e Adelaine dividiu sua atenção entre terminar o desjejum e admirar o anel. Florence logo voltou para fazer-lhe companhia e partilhar da alegria dela.

A moça se empenhou em estudar enquanto esperava notícias acerca do julgamento. Vez ou outra levantava os olhos do livro para encarar a porta entreaberta, pensando ser Logan, mas sempre era um criado circulando pelo corredor.

Ao cansar-se demais, deixou o material de lado e se afundou nos travesseiros macios. Observava a avó focada em sua costura quando o sono a carregou ao mundo dos sonhos, onde seus sentimentos temerosos criaram cenas nada agradáveis envolvendo o atentado, a manifestação que levara seu pai e as possibilidades de um futuro sombrio adiante.

Ela lutava contra a densa escuridão cercando-a no momento em que seu corpo foi sacudido de modo delicado, porém o bastante para acordá-la. Seu peito se encheu de alívio ao ver o rosto de Logan e não demorou a envolver o tronco dele em um abraço, quase desequilibrando-o.

— Qual o problema? — Ele se sentou na beira da cama e a amparou.

— Diga-me que tudo correu bem.

— A justiça foi feita, então creio que, sim, tudo correu bem.

Adelaine se afastou para vê-lo.

— Ninguém morrerá, certo?

— A pena por tentativa de assassinato e traição deveria ser essa. — O semblante dele era firme e o coração de Ada se apertou. — Porém, diante do arrependimento e da confissão dos culpados, decidimos reduzir a sentença para dez anos na masmorra.

Ada soltou um suspiro triste, contudo meneou a cabeça em concordância.

— Sei que se estivesse em nosso lugar, essa pena seria muitíssimo menor — Logan ergueu as sobrancelhas —, no entanto foi o justo, meu amor.

— Apenas fico preocupada com as famílias deles.

— De fato, é uma situação triste. Mas só dois deles têm esposa e filhos, os quais Anthony prometeu amparar se necessário.

— Isso me deixa mais tranquila. Seria mesmo pior caso suas esposas ficassem viúvas e seus filhos, órfãos. Alguns anos presos é melhor do que a morte.

— Confesso que meu desejo foi dar a pena devida quando vi o rosto do infeliz que machucou você — Logan disse com aspereza.

— Também fiquei muito brava por saber que eles queriam tirar a sua vida e a do seu pai. O ódio pode nos cegar a ponto de querermos fazer justiça com nossas próprias mãos e do modo mais covarde possível. Cresci cercada por essas pessoas, Louie, fui ajudada e as ajudei diversas vezes, porém me rechaçaram apenas por me aliar a você. Preferiram a vingança ao amor fraterno que nos cercou por tantos anos, tudo graças ao ódio.

— Sim, e a situação poderia ter tido um desfecho marcado por sangue inocente. — Ele acariciou a bochecha dela. — Contudo o Senhor nos livrou e creio que foi Ele quem nos conduziu a dar outra chance a esses homens. Terão bons anos na masmorra para pensarem em seus atos e traçarem uma nova rota para suas vidas.

— Dói meu coração — a voz dela estremeceu —, mas você está certo, é o justo. Ações têm consequências, e não há como aprender sem correção.

— Nem todos foram corrompidos a esse ponto. — Logan sorriu de modo suave. — O Anthony foi de grande ajuda para fazer seus companheiros verem a realidade dos fatos e ficou claro o arrependimento dele e o desejo de contribuir. Até aceitou sua própria punição sem alardes.

— Punição? — Ada arregalou os olhos. — Não, o Tom não precisa disso!

— Calma, não é o que você está pensando. — Logan não pôde conter uma curta risada. — Convidei seu querido amigo para ser um conselheiro durante meu reinado. Ele tem um vastA conhecimento sobre as carências do povo, tanto na cidade quanto nas vilas. Poderemos trabalhar melhor em soluções com o auxílio delec

— O Tom, conselheiro? — Ada riu alto diante de tamanha alegria. — Ah, Louie! Muito obrigada.

— Sabia que aprovaria. — Cruzou os braços com um meio sorriso.

— Como Deus pode fazer nascer tantas benesses em meio ao caos? Nunca me acostumo com esse cuidado.

— Nem eu. E você é meu maior lembrete desse atributo divino.

Ada ficou presa na intensidade do olhar dele ao ponto de assustar-se com o pigarrear atrás de si. Virou-se e encontrou a sobrancelha erguida de Florence, de quem esqueceu a presença. Corada, fitou Louie, porém ele ria, sem constrangimento algum.

Capítulo 36

— Ande mais devagar, Ada. — Logan apertou a cintura da moça.

— Quero chegar logo. — Ela tentou se apressar ainda mais e por um passo esqueceu que só tinha uma perna disponível. Soltou um resmungo baixinho de dor ao tocar o chão com força demais.

— Chega, vou carregar você.

— Não! — Ada deu um leve tapa no braço dele. — Eu consigo, a sala é logo ali.

— Então pare de ser teimosa e me deixe ajudá-la. Ou quer machucar a ferida quase sarada e adiar o casamento, hum?

— Claro que não! — ela resmungou aborrecida.

— Ótimo, vamos com calma.

Adelaine soltou o ar e apoiou o peso no corpo dele, seguindo assim para o destino. Estava exausta de ficar apenas no quarto e pediu para o noivo ajudá-la a ir até a sala de estar, onde poderia se acomodar próximo à janela e sentir-se menos enclausurada.

Algumas semanas haviam se passado desde o incidente e sua panturrilha melhorava a cada dia, permitindo que voltasse a caminhar aos poucos.

— Foi uma tortura me obedecer? — Logan provocou quando chegaram no cômodo.

— Engraçadinho. — Adelaine sentou no sofá e sorriu ao ver ali o gato que seguia Logan para todo canto. Tomou-o no colo e fitou o homem de expressão presunçosa. — Obrigada pela ajuda, Altezinha.

— Isso mesmo, reconheça minha benevolência. Aguentar sua cabeça dura não é fácil. — Ele desviou quando uma almofada foi arremessada em sua direção. — Ficar trancada no quarto afetou seu humor?

— É primavera! Eu quero passear sob o sol para apreciar o clima morno, me deliciar com o cheirinho gostoso dos jardins e adquirir novas sardas! — O protesto divertiu Logan. — É verdade, Louie, poderia chorar de tristeza.

— Olhe — ele pegou um banquinho para que ela apoiasse a perna —, prometo que depois do casamento levarei você a um lugar cheio de flores, grama e até um lago.

— Onde? — Seus olhos brilharam.

— Lembra do lugar especial para onde minha mãe e eu íamos? — Ela assentiu. — Pois é lá! Aguente só mais um pouco aqui dentro, pela sua integridade física, depois desfrutará desse refúgio primaveril.

— Mesmo?

— Sim, senhorita. Pode esperar?

— Posso. — Ada abriu um sorriso.

— Perfeito. — Logan foi até as janelas e as abriu. — Assim é melhor. Não pode ir lá fora, porém um pouco da primavera chegará até você.

Adelaine cruzou os braços sobre o encosto do sofá e observou as nuvens branquinhas passeando pelo céu azul acima das colinas verdejantes e se contentou momentaneamente.

— Quer alguma coisa? — Logan perguntou.

— Hum... — Ela se virou para ele. — Pode buscar minha Bíblia?

— Agora mesmo!

Ada ficou suspirando para a janela até ele voltar. Seu ânimo melhorou um pouco com a perspectiva de um tempo proveitoso lendo as Escrituras.

— Muito obrigada. — Ela levou o livro ao peito.

— Sempre disponível para minha Ada. — Logan inclinou-se para beijar seu rosto, mas ela colocou o Gatito entre eles. — Ei! Está me castigando por quê?

Ela indicou a entrada da sala com a cabeça e Logan sorriu para Florence.

— Não é o que a senhora está pensando...

— E no que eu estou pensando? — A senhora deixou sobre a mesinha a bandeja com a pequena refeição que levava para eles.

— Bom... coisas que não iriam acontecer. — Deu uma risadinha nervosa.

— Homens apaixonados não são nada confiáveis, meu querido.

— Vovó — ele chamou com carinho —, está desconfiando da minha honra?

— Nunca! Mas aqui a questão não é honra, homens de caráter também cometem erros, ainda mais quando o amor e a paixão estão no jogo. Ouça sua avó, ela é mais experiente que vocês, jovens.

Logan suspirou e encarou Ada. Com certeza não possuía muito controle sobre si quando punha os olhos naquele rosto tão encantador.

— Tem razão — admitiu, voltando-se para a senhora. — Vou ser mais cuidadoso.

— E você também, Adelaine. — Florence apontou para a moça, que sorriu fingindo inocência.

— Gostaria de escutar uma porção da Palavra, vovó? — Mudou de assunto, causando uma risada na senhora.

Florence sentou ao lado da neta e Ada colocou a Bíblia entre elas para ler alguns versículos enquanto Logan alternava a atenção entre ela e a comida. O gato se esgueirou para o colo dele e ficou se esfregando em sua barriga até conseguir carinho.

— Que maravilha! — Florence comentou após a neta terminar de ler. — Quero que continue lendo todos os dias para mim!

— Farei isso.

A senhora, então, pegou seu material de costura e ocupou a poltrona perto da janela.

— Ter ajudado a Ada com a leitura foi a melhor coisa que poderia ter feito, Louie — ela disse. — Os pais dela estariam muito felizes.

— Era o sonho da Ada, não poderia ignorar. Além do mais, há um mundo inteiro de conhecimento, e sabia que ela amaria desbravá-lo.

— Estou mesmo amando! — A moça abraçou o livro.

— Pode ler para mim também? — Logan pediu.

— Claro!

— Ótimo. — O homem colocou uma almofada no colo dela e deitou a cabeça ali.

Ada balançou a cabeça para os lados e retribuiu o sorriso dele. Passou a ler um dos escritos enquanto Logan a escutava com atenção e percorria os dedos nos pelos do seu gato.

— "Esperei com paciência no Senhor, e ele se inclinou para mim, e ouviu o meu clamor. Tirou-me de um lago horrível, de um charco de lodo; pôs os meus pés sobre uma rocha, firmou os meus passos; e pôs um novo cântico na minha boca, um hino ao nosso Deus; muitos o verão, e temerão, e confiarão no Senhor. Bem-aventurado o homem que põe no Senhor a sua confiança e que não respeita os soberbos, nem os que se desviam para a mentira. Muitas são, Senhor, meu Deus, as maravilhas que tens operado para conosco, e os teus pensamentos não se podem contar diante de ti; eu quisera anunciá-los e manifestá-los, mas são mais do que se podem contar."[3]

---

3 Salmos 40:1-5

— Isso é muito bom — Logan balbuciou.

— Sim! É um dos meus salmos favoritos.

— Ah, não estava falando do salmo, mas é verdade também.

Ada olhou para a expressão travessa no seu rosto e depois para os próprios dedos percorrendo os cabelos dele. Nem havia percebido quando eles foram parar ali.

— Você é terrível. — Ela riu e beijou-lhe a testa.

— Não tenho culpa se seu afago é tão bom. — Divertiu-se ao ver as bochechas rosadas dela. — Continua. E a leitura também.

Ada concordou e abriu o livro outra vez, porém não conseguiu dizer nada, graças à entrada de Callum na sala. Florence levantou e fez uma reverência, Ada estava a ponto de imitá-la quando o rei ergueu a mão.

— Creio que já podemos pular essa parte, não? — O homem deu um sorriso sem jeito. — Não desejava atrapalhá-los.

— Não está atrapalhando. — Logan endireitou o corpo. — Fique aqui conosco.

— Na verdade, queria roubá-lo um pouco. Se possível. — Seu tom ansioso não passou despercebido pelos ouvintes.

— Tudo bem. — Logan dirigiu um olhar incerto para as duas mulheres.

— O Gatito nos fará companhia, pode ir — Ada brincou, pegando o bichano.

— Não deixe que elas sintam muita saudade de mim. — Logan tocou o focinho do gato e piscou para as mulheres, que reviraram os olhos.

O príncipe seguiu o pai para fora do cômodo, curioso a respeito do assunto que ele queria tratar.

— É interessante vê-lo apaixonado. — Callum riu, balançando as sobrancelhas para o filho. Logan soltou um riso breve. — São um casal muito bonito.

— Mal acredito que o senhor nos apoiou.

— Por que não apoiaria?

— Disse que ela não é bem-educada, que é apenas uma camponesa. — Ergueu uma sobrancelha.

— Se é ela que o faz feliz, quem sou eu para me opor?

— Você parece outra pessoa. — Logan não conseguiu evitar o comentário. — Gosto mil vezes mais dessa versão, por favor, não mude.

Callum passou o braço pelos ombros do filho, o trazendo para perto.

Foi um gesto um tanto desajeitado, porém Logan o apreciou.

— Quando você é assim — o príncipe continuou, o observando com um sorriso suave —, consigo entender por que a mamãe o perdoou.

— Posso ser ainda melhor.

— É mesmo?

O rei parou de andar e ficou de frente para ele.

— E-eu queria... — Seu nervosismo intrigou Logan. — Eu queria saber se você lembra de quando era criança e me chamou para caçar com o Gale e o pai dele?

— Claro que lembro.

— É muito tarde para dizer sim? — Callum apertou as mãos num gesto nervoso.

Logan arregalou os olhos e sua mente o levou de volta àquele dia. Não podia acreditar que o pai havia guardado na memória.

— *Você* ainda se lembra?

— Lembro, e não só disso. — O homem esfregou o rosto. — Eu sei que você já é adulto e tem muitas coisas que não posso reparar, mas algumas são possíveis, não é?

— Creio que sim. — Logan sorriu, para o alívio do pai. — Caçar, é? Quando?

— Hoje! Já combinei com o James e o Gale, eles estão livres.

Logan se questionou se estava em um sonho diante do entusiasmo que via no pai.

— Bom, contanto que não peguemos meros coelhinhos — respondeu com bom humor.

— Tenha mais respeito por mim e pelo James, rapaz! Somos bastante experientes. Já você e seu amigo...

— Quer transformar isso em uma competição? Eu gosto muito de competir. — Cruzou os braços e fitou o pai com desafio.

— Será divertido, mas eu quero trabalhar com você, se é tão bom. — Estendeu a mão e Logan a apertou com firmeza. — Quando ficou tão forte?

— Ganhei muitas habilidades, não subestime seu filho. — Ele abriu um sorriso jocoso.

— Você é igualzinho a sua mãe. — Callum segurou os ombros dele. — Quando sorri, eu a vejo bem diante dos meus olhos.

— Espero que em uma versão mais máscula.

Callum gargalhou, fazendo um sentimento bom preencher o coração do príncipe.

— Sim, pode acreditar.

— Sinto tanta falta dela — Logan confessou.

— Eu também sinto, quase todo dia.

— Se eu tivesse o perdoado antes, ela teria nos visto assim, amigos. — Logan abaixou a cabeça e cerrou os dentes.

— Não, nada disso. — Callum chamou sua atenção. — Nada de ficar se martirizando pelo que não aconteceu, foi o que você mesmo me aconselhou. Vamos deixar o passado para trás e aproveitar o presente e o futuro que temos. Era isso que sua mãe me dizia todas as vezes em que eu cedia aos lamentos.

— A sra. Agatha estando certa, como sempre. — Louie suspirou e sorriu, na tentativa de afastar qualquer sentimento ruim.

— Sempre. — O rei deu risada ao lembrar da determinação e sabedoria da mulher. — Parece até certa futura rainha...

Logan ergueu uma sobrancelha.

— Estou enganado? — Deu um empurrãozinho no ombro dele e voltaram a caminhar.

— Não, são as duas mulheres mais incríveis que já conheci.

— Isso é bom. Agora vamos logo encontrar o James e o Gale lá na sala de armas. Ah! E teremos uma conversa importante no caminho.

— Conversa?

— Oras, seu casamento é em breve e, como pai, tenho que lhe instruir em algumas coisas.

Logan disfarçou uma careta, mas ficou calado enquanto o pai o aconselhava e constrangia na mesma medida.

Adelaine foi refém de longas horas de tédio após ser avisada por um dos criados da saída de Logan para caçar. Sua avó cochilou de modo confortável na poltrona após o almoço e até o Gatito adormeceu no colo da senhora, lançando a jovem no absoluto silêncio.

Ela não conseguiu seguir o mesmo rumo dos dois e acabou mergulhando na leitura da Bíblia até seus olhos cansarem e ser obrigada a ficar encarando o teto da sala.

Já havia contado cada nuvem da pintura quando escutou batidas na porta.

— Logan! — Ela fez menção de levantar, porém ele correu para intervir. — Pelo Soberano! Eu pensei que enlouqueceria de tanto tédio! Foram horas neste sofá.

— Ah, meu amor. Eu sinto muito. — Ele acariciou o rosto dela com carinho. — Por que não pediu para alguém levá-la ao salão? Poderia ver suas amigas.

— Todas me abandonaram hoje! Inclusive a Elisa. — Afundou mais no sofá. — Até a vovó e o Gatito caíram em sono profundo. Restou-me a companhia divina apenas.

— É a mais excelente companhia. — Ele ergueu uma sobrancelha.

— Bom, isso é verdade. Ao menos li muito da Palavra e foi maravilhoso. A melhor parte dessas longas horas. — Ada suspirou e ajeitou o corpo.

— Talvez eu possa animá-la. — Logan abriu um sorriso travesso e só então ela percebeu que escondia algo atrás das costas. — Trouxe uma coisa para você.

— Espero que não tire um coelho abatido daí.

— Ah...

— Logan!

— Estou brincando! — Ele riu e estendeu a mão, revelando um buquê de flores silvestres.

— Meu amor, isso é lindo! — Ada aceitou o presente com entusiasmo.

— Já que não pôde ver as flores, as trouxe até você.

— E como arranjou tempo para isso em meio à caçada? — Ela cheirou as pétalas coloridas e sentiu a primavera beijar seu rosto.

— Fui colhendo todas que via pelo caminho e juntando em minha bolsa. Já me desculpo por algumas estarem amassadas.

— É o ramalhete perfeito. — Ela segurou o rosto dele e beijou-lhe a bochecha. — Muito obrigada, melhorou mesmo meu humor. Mas agora estou curiosíssima, como foi a caçada? Divertiram-se?

Ada viu um sorriso tão amplo e genuíno tomar o rosto do noivo que seu coração deu uma cambalhota no peito.

— Foi maravilhoso! — Ele pareceu surpreso ao escutar as palavras saírem de seus lábios. — Uma experiência ótima, de verdade.

— Que coisa boa. — Ada apertou o braço dele. — Sei como sempre quis desfrutar de atividades assim com seu pai.

— Eu sinto que o pequeno Louie foi curado, foi consolado. — Logan levou a mão ao peito. — Ele estava esse tempo todo aqui dentro, ainda ferido. Mas hoje ele encontrou aquilo que tanto ansiava.

— Que benção!

— Não imaginava que era possível me divertir com meu pai. Nós rimos, Ada! — A animação percorreu seu corpo e o fez balançar a mão da noiva. — Competimos contra o Gale e o James e ganhamos. Eles só pegaram meros coelhinhos, já nós garantimos o jantar de todos. É estranho dizer isso, mas o rei e eu trabalhamos muito bem juntos! Foi tão leve e bom. Parece invenção, mas é real.

— Estou tão orgulhosa! Você venceu, Louie.

— É, eu venci! Venci o que por anos magoou meu coração. *Deus* me fez vencer. — Seu sorriso se expandiu mais ao reconhecer isso. — Ele atendeu minha oração! Não há como não ver isso como uma prova que Deus é extravagante em Sua bondade. Eu sequer mereço uma gota dessa generosidade, porém mesmo assim sou alvo dessas dádivas, de maneira deliberada. Sabe, às vezes me pego pensando em quão imaturo meu amor por Ele é. Quero amá-lo como Ele merece, mas me vejo esbarrando em um homem pecador e quebrado. Eu me vejo falhando em confiar até em coisas mínimas, me vejo desobedecendo e tendo dúvidas, quando o tempo todo Deus me prova o quanto se importa comigo. Fico assombrado, Ada, de verdade, ao perceber tanta misericórdia.

— Você foi de um ponto para outro bem rápido. — Adelaine riu. — Está um tanto eufórico.

— Estou? — Ele riu também. — Não sei mais o que queria dizer. Só sei que o Soberano é bom e me aceita como sou, e está me melhorando e me cobrindo de bençãos e... — Parou para tomar fôlego. — A vida é feliz de novo. Eu me sinto feliz de novo. Tudo parece estar se ajeitando. E você! Pelo Soberano! Eu tenho você aqui. Eu poderia sair rodopiando agora. Quer saber? Eu vou fazer isso!

Adelaine cobriu a boca para abafar uma gargalhada quando Logan cumpriu sua palavra e imitou o jeito que ela agia quando estava muito feliz.

— Vou lhe transformar em uma versão masculina minha até estarmos velhinhos — ela disse risonha quando ele tornou a sentar ao seu lado.

— E eu serei o homem mais sortudo do universo!

Ela sacudiu a cabeça e segurou o rosto dele, com um sorriso iluminando os olhos.

— Obrigada por compartilhar seus sentimentos comigo.

— Vim o caminho inteiro refletindo e ansioso por isso. Sinto-me seguro em abrir meu coração para você, anseio por esses momentos.

— Eu também. — Ela o envolveu em um abraço.

Assim, o aborrecimento de Adelaine pela tarde solitária se tornou uma lembrança distante, pois a felicidade de Logan se tornou também a felicidade dela.

Capítulo 37

— Sou uma noiva, mamãe! — A pequena Ada apareceu na cozinha e começou a girar em volta da mãe, que tentava conter a criança. — Olha meu vestido!

— Isso é um lençol, meu amor. — Diana riu e limpou as mãos sujas de farinha. — Roubou isso do varal?

— Não roubei! Foi um empréstimo muito urgente, precisava de um vestido.

— É, precisa mesmo, o seu já está apertado outra vez. — Segurou a menina e se abaixou para olhá-la. — Cresça mais devagar, os remendos não estão bastando.

— Não sou uma noiva remendada. — Ada balançou o lençol que envolvia seu corpo.

— É verdade — Evan apareceu no cômodo e se aproximou para deixar um beijo entre os cabelos loiros bagunçados —, vejo apenas uma bela noiva.

— Seu pai tem razão. — Diana endireitou o corpo e ofereceu a mão para a filha. — Venha, vamos colher algumas flores para o seu buquê.

— Jasmins!

— E rosas!

— ...e belos lírios. — Joana terminou de falar, porém não obteve resposta da amiga. — Não gostou do buquê, Ada?

— O quê? — A moça balançou a cabeça para afastar a lembrança. — Ah, o buquê. Sim, eu amei, Jojo.

— Está com a mente longe, minha querida! — Florence se sentou ao lado da neta na cama.

Adelaine e as amigas estavam esperando o início da cerimônia de casamento, reunidas no quarto que seria dela e de Logan a partir daquela noite.

— Só estou ansiosa, vovó. — Ada contorceu as mãos sobre o colo. — E cheia de saudades da mamãe e do papai.

— É mesmo difícil não os ter nesse momento tão especial — Florence afagou o rosto rosado —, mas estamos aqui por você, filha.

— Sim, por você. — Mary envolveu Ada em um abraço acolhedor e a moça descansou a cabeça em seu ombro. — Ajudem-me aqui? Mais amor para inundar o coração da nossa rainha.

Adelaine riu quando Florence, Elisa e Joana também a abraçaram e encheram seu rosto de beijos.

— Como não me sentiria amada tendo as mulheres mais doces do mundo ao meu lado? — Ada retribuiu o afeto.

— É melhor pararmos de amassá-la — Elisa alertou e todas se afastaram rápido. — Certo, ainda é a noiva mais linda de toda Lyria, sem complicações.

Rindo, Adelaine levantou da cama e se colocou diante do espelho para admirar mais uma vez a imagem refletida ali. Com certeza era mais brilhante e adornada que a versão infantil e ela sorriu ao pensar nisso, tocando o vestido branco perolado. Ela deslizou os dedos nas pedrarias do corpete e virou de lado, balançando a saia que se abria na frente e revelava a outra peça de estampa dourada.

Já seus longos cabelos acinzentados caíam pelas costas em ondas, como um manto, enfeitados apenas por duas tranças presas atrás da cabeça, deixando-a livre para receber a coroa de pérolas e diamantes durante a coroação.

— O Louie amará o penteado — ela comentou, segurando o pingente prateado em seu pescoço. Não desgrudava dele por nada e, olhando para o espelho naquele momento, percebeu estar cumprindo a promessa que fez ao recebê-lo. Louvava a Deus pelo modo como a criou, até pelos cabelos que por tanto tempo havia rejeitado.

— Ele amará tudo! — Mary abafou uma risadinha que deixou Ada corada.

— É capaz de desmaiar no altar. — Joana contribuiu com a brincadeira. — Espero que o príncipe tenha um coração forte.

— Deixem de bobagens! — Adelaine cobriu o rosto.

Batidas na porta distraíram as mulheres e Elisa se apressou para atender.

— Carta para a noiva. — Ela balançou o envelope entregue pelo criado. — Tem alguma aqui?

— Ah! — Ada correu até a amiga e pegou o envelope, apertando-o contra o peito em seguida. — Espera, preciso mandar a minha.

Ela pegou seu envelope e passou para Elisa, que o entregou nas mãos do rapazinho à espera. A noiva puxou o ar pela boca e rompeu o selo da carta. Seus olhos correram pela página e foi impossível não rir com o conteúdo.

Já no altar, Logan controlava a vontade de bater o pé no chão. Seu peito subia e descia agitado sob o traje azul-escuro, enquanto esperava pela noiva. Desviou a atenção da porta no fim do corredor e encarou o pai, na lateral do altar. Callum ofereceu um sorriso sutil, porém seu aceno de cabeça deixou claro o encorajamento contido no gesto e o filho experimentou um pouco de conforto.

Os dois haviam passado todo o tempo até ali juntos, algo que Louie sequer imaginou vivenciar no dia de reu casamento. Um sorriso torto ergueu seus lábios ao recordar a gentileza do pai ao garantir que Agatha estaria orgulhosa do filho.

Suas lembranças foram dissipadas diante da movimentação na reluzente capela do palácio. A noiva enfim faria a tão esperada entrada e não havia olhar mais fixo nas portas do que o do noivo.

A cada passo pelo corredor cercado de pessoas, aspirando o aroma das flores na decoração e exalando o mesmo cheiro vindo de seu buquê, Adelaine só conseguia pensar na harmonia envolvendo ela e o homem admirando-a no altar. Era difícil não acreditar que partilhavam uma aliança entre corações além do comum quando as frases escritas por ele na carta rodopiavam ao redor dela.

"Eu amo você", em texto corrido, pelas duas cartas. A única diferença era que a dele começava com um "~~Coisinha miúda~~ Doce e querida Ada" e terminava com um "Sempre seu, Louie", já a dela era destinada para "Altezinha" e assinada por "Apenas sua, Ada".

A luz da tarde entrava por cada janela como um manto mágico de brilho e calor e parecia concentrar-se no altar, coroando o momento em que Logan tomou as mãos da noiva entre as suas e as beijou. E apesar de ele não ter dito nada, ela conseguia escutar elogios sem fim graças à intensidade com que a fitou durante todo o tempo.

Num período em que os casamentos não eram, em sua maioria esmagadora, nada mais que acordos políticos, necessidade ou fruto de ambição, ver o amor mútuo emanando daquele casal arrancou um sorriso até de alguns dos corações mais resistentes. Presenciar uma camponesa ascender na hierarquia ao ponto de tornar-se rainha era um evento raro, quase inacreditável, e isso tornava tudo mais especial, principalmente para os amigos de Adelaine, sentados nas primeiras fileiras e cheios de orgulho.

A cerimônia seguiu sem interrupções, os votos foram trocados e o momento do beijo tão aguardado chegou. Logan riu quando a animação da esposa ficou evidente nos seus pulinhos *quase* sutis.

— Não sabia que estava tão ansiosa assim — ele sussurrou quando se aproximou dela.

— Estava, mas fiquei com vergonha de dizer. — Seus olhos percorreram o rosto dele.

Sem esperar mais, Logan cobriu os lábios dela com os seus, num beijo delicado, porém demorado o bastante para valer a espera. Ao se afastarem, seus sorrisos foram uma visão agradável um para o outro.

— Com a união selada — o ministro começou —, passaremos agora para a coroação.

Logan segurou a mão de Adelaine e a ajudou a ajoelhar-se, depois se colocou ao seu lado. Ada olhou de esguelha para o marido e percebeu a seriedade de seu rosto. O maxilar estava rígido e ele fitava o ministro com atenção, como se quisesse gravar cada palavra dita.

Desejou segurar-lhe a mão para tranquilizá-lo, porém precisava manter a postura. Louie havia contado cada detalhe do que seria feito e dito naquele momento, e também o que ela precisava fazer, então não quebraria as regras.

Todo o protocolo foi seguido com a beleza e imponência devida. Mantos vermelhos foram postos sobre os ombros do rei e da rainha, o cetro encontrou seu lugar na mão do novo rei e as coroas reluziram sobre as cabeças do casal.

Quando eles se levantaram, desejos de "vida longa ao rei e à rainha de Lyria" preencheram a capela de modo retumbante, repetidas vezes.

— Isso não é incrível, Louie? — Ada comentou baixinho.

Esperava uma resposta animada da parte dele, porém conseguiu apenas um sorriso forçado. Seu coração se apertou no peito.

— O que...

— Venha — ele chamou, começando a andar pelo corredor com a moça apoiada em seu braço.

Ada tentou ignorar o comportamento estranho e sorriu para as pessoas que os reverenciavam enquanto passavam por eles. Depois dali, todos seguiram para o salão de bailes, onde o banquete seria servido.

Antes de entrarem no espaço, a rainha segurou o braço do esposo e o guiou para a porta mais próxima, uma saleta. Fechou-os ali e o fitou com as sobrancelhas unidas.

— Diga qual o problema.

— Nenhum.

— Meu querido — aproximou-se —, o que lhe incomoda?

— Está tentando arrancar uma resposta com charme, Majestade? — Apesar do tom brincalhão, Ada ainda notava a tensão em seu rosto.

— Confie em mim e seja sincero. Não foi o que fizemos até agora? Creio ser o momento de expandir isso, não retrair.

Logan suspirou e seus ombros caíram. Ada aproveitou a visível abertura e segurou as mãos dele.

— Suas mãos estão geladas. — Ela tentou aquecê-las com as suas.

— Mal dormi — ele confessou e o coração da moça doeu —, passei a noite orando para o Senhor me dar um coração compreensivo para cuidar do povo, para eu discernir com prudência entre o bem e o mal[4]. Governar um reino não é nada fácil, sei quão pequeno e falho sou, e a ciência disso me deixa nervoso.

Adelaine balançou a cabeça em compreensão, apertando mais os dedos em volta dos dele.

— É verdade, não há segurança alguma em suas próprias forças. Mas a boa-nova é que o Rei Soberano de toda a terra está amparando suas mãos. Com o Senhor ao seu lado, venha o que vier, as coisas ficarão bem. Estamos protegidos, Louie.

— Eu *sei* que está certa, mas por que é tão fácil deixar o medo entrar, mesmo quando confiamos de verdade no Senhor?

— Acho que o medo serve para nos trazer à memória nossa fraqueza. Quem sabe tudo que Deus quer agora é fazê-lo olhar para Ele neste momento de exaltação e impedir que o senso de poder o cegue da dependência dEle?

O rei meneou a cabeça, ponderando aquilo.

— Minha mãe me disse uma vez que a fé e a confiança contínua no nosso Pai são uma questão de disciplina. — Ele recordou. — Sempre que a carne quer tomar mais espaço, repetimos as verdades ensinadas a nós pelo Espírito.

— Sim, e faremos isso agora! O mal pode até tentar tirar seus olhos de Quem é a sua força, mas vamos repreendê-lo com a verdade de que o Senhor é por você, Ele lhe colocou nesse trono e vai auxiliá-lo.

— Ele colocou *nós dois* nessa posição, no mesmo propósito, lembra-se? — Ele ergueu as sobrancelhas e sua esposa assentiu. — Trabalharemos juntos pelo Soberano e pelo reino.

— Pelo Soberano e pelo reino — ela repetiu com um sorriso largo.

— Obrigado por estar aqui para me lembrar da Verdade, Ada. Não sei o que faria sem você, fui agraciado com uma companheira de excelência.

— Estarei aqui com você, para sempre. Não se esconda quando tiver temores, vamos fortalecer um ao outro.

---

4 1 Reis 3:9

Logan encostou na mesa atrás de si e curvou um pouco o tronco para ficar cara a cara com Adelaine. As íris cinzas brilharam para ele.

— Venha aqui. — Louie estendeu a mão e ela a segurou.

Ele a trouxe para perto e envolveu sua cintura com os braços. Ada ergueu o olhar e encontrou os olhos intensos dele, perdendo-se ali. O homem colou suas testas e ela não pôde deixar de sorrir ao sentir a respiração dele em sua pele.

— O que está fazendo? — ela perguntou, as mãos repousadas sobre o peito dele.

— Terminando de repor minhas forças.

— Vendo até os buraquinhos do meu rosto?

— *Apreciando* cada detalhe do seu rosto.

Os dois ficaram em silêncio, ouvindo apenas suas respirações. Ada podia ver nos olhos de Logan uma mistura de temor e coragem. Fechou os olhos e orou baixinho para que o marido fosse usado poderosamente para trazer renovo à Lyria.

— Agora estou muitíssimo melhor — Logan disse e um sorriso sincero contornou seus lábios.

— Ótimo! Venha, temos uma festa inteira pela frente. — Ada lhe deu um beijo rápido, porém ele não a deixou se afastar. — O que foi?

— Diga-me, como *você* está?

— Com a barriga gelada. — Riu. — Mas, por ora, estou animada demais para sentir toda a pressão de como nossas vidas serão a partir de agora.

— Sabe que também estarei sempre ao seu lado, certo?

— Não tenho dúvida alguma.

Logan passou os dedos pelos cabelos dela e a admirou, aproveitando a privacidade.

— Está perfeita. Irretocável. — Acariciou suas bochechas vermelhas com os polegares.

— Imaginei que teria sua aprovação. — Tentou soar tranquila, contudo o olhar dele fazia suas pernas tremerem.

Logan riu baixinho ao ler suas feições e a beijou outra vez, fazendo-os esquecer por algum tempo a festa acontecendo no salão ao lado.

A música enchia o espaço enquanto o rei e a rainha cumprimentavam seus convidados. Adelaine teve dificuldade de conter as lágrimas de alegria ao ver amigos queridos espalhados pelo salão. Por certo, nem todos se alegravam com a união, porém a recém-casada se viu pouquíssimo incomodada, pois aprendia cada dia mais a agarrar-se às pessoas que a apoiavam e não às que a desprezavam.

— Vocês estão lindos! — Lucy os avistou indo até ela e seus pais e correu para abraçar o casal.

— E você também, pequenina. — Ada abraçou a criança e depois Logan fez o mesmo, demorando-se um pouco para ouvir as impressões dela sobre a cerimônia.

— Infelizmente, minhas piadas ao seu respeito acabam hoje, Louie — Gale brincou, ganhando uma careta do amigo.

— Aposto que arranjará outra forma de me importunar.

— Sua vida seria tediosa se o deixasse em paz.

— E nossa vida será uma série de tentativas de conter vocês dois — Elisa zombou.

— Que o Soberano nos ajude a lidar com essa dupla. — Ada entrou na brincadeira.

— Somos anjos, calmos e serenos. — Logan piscou, arrancando risadas das mulheres.

O casal conversou mais um pouco com a família e depois seguiu de braços dados até Anthony, sua esposa e seu filho. Os três fizeram reverências ao vê-los, contudo Ada mal esperou que se reerguessem para abraçá-los com força.

— É tão bom vê-los! — a rainha disse com um sorriso amplo a ponto de esconder os olhos.

— Queria tê-la visto antes da cerimônia, Ada. — A voz de Anthony atraiu sua atenção. — Podemos conversar?

Adelaine assentiu, sem esconder a curiosidade, e os dois se afastaram um pouco dos outros.

— Algum problema?

— Muito pelo contrário. — O homem segurou as mãos dela. — Só queria dizer algo que com certeza Evan diria também: você é a noiva mais deslumbrante do mundo e não consigo entender como minha menininha cresceu tão rápido.

Os olhos dela marejaram no mesmo instante e soltou uma risada suave.

— Ah, Tom! Ele com certeza diria isso. — Ada o abraçou. — Obrigada por tudo, não sei se sem sua ajuda teria aguentado aqueles primeiros meses após a morte do papai. Seu amor e suporte foram um presente do Senhor para o coração da vovó e o meu.

— Sempre estarei aqui por você, princesa. — Ele beijou o topo da cabeça dela. — E, mesmo se discordar de você, nunca a abandonarei.

— Não concorda com meu casamento? — Um vinco se formou entre as sobrancelhas claras.

— Discordei a princípio dessa amizade, você sabe. Mas o modo como defendeu o Logan e as atitudes dele mudaram minha percepção. Ada, tem consciência que você é a rainha de Lyria? Junto ao seu marido, trarão o cuidado tão almejado por todos nós. Seu pai estaria orgulhoso, ele sempre quis ser luz para o reino e o propósito dele ainda vive em você!

Adelaine lutou contra as lágrimas, piscando algumas vezes ao sentir os olhos arderem mais.

— Olhe — Anthony acariciou o rosto dela —, você é o exemplo de tudo que o Evan acreditava e pelo que ele lutou. Resistiu, Ada, perseverou e não se deixou ser guiada pelo ódio. Preferiu lutar com armas de amor e bondade ao invés de com espadas. É uma guerreira, princesa, e sei que o Soberano está sorrindo para você.

Aquela declaração foi demais para o coração da moça e as lágrimas rolaram livres por suas bochechas. Logan se aproximou com o cenho franzido.

— Não se preocupe — ela agitou as mãos e sorriu para ele —, são lágrimas de alegria. Tudo culpa do Tom, ele escolheu o pior momento para me dizer coisas tão bonitas! Sabe como sou chorona.

Os dois riram dela e Louie a abraçou de lado enquanto a moça secava o rosto com um lenço oferecido pelo outro homem.

— Gostaria de lhe apresentar uma pessoa — Logan disse quando ela se recompôs.

Adelaine seguiu o olhar do marido e avistou uma senhora elegante de fios negros grisalhos e traços muito semelhantes aos de Logan. Ela conversava com Elisa e a mãe de Gale a alguns metros dali.

— Sua avó! Ela sorriu tão amplamente para mim durante a nossa saída da capela que me deixou ansiosíssima para nosso encontro.

— Adoraria já ter feito as apresentações, mas ela chegou pouco antes da cerimônia.

— Sem problemas, só faça as honras, por favor. — Os olhos da moça brilhavam e aquilo aqueceu o peito de Logan.

Ele a guiou até a avó e assim que ela os notou, abriu um sorriso radiante.

— Adelaine — Louie olhou para a esposa ao seu lado e depois para a senhora —, esta é Nora, também conhecida como a avó mais bela e esplêndida do mundo.

— Céus! — Nora riu e afagou a bochecha do neto. — Suas cartas mascaram esses modos galantes. — Ela desviou a atenção para Ada, a qual a encarava com admiração. — É um prazer conhecer a moça que foi usada por Deus para trazer tantas bênçãos e alegrias à vida do meu Louie.

— É uma honra conhecer a senhora. — Adelaine fez uma mesura. — O Louie teceu muitos comentários a seu respeito, estava ansiosa para nos conhecermos.

— Teremos bastante tempo para passarmos juntas, minha querida, e estou igualmente animada. — Nora segurou a mão da moça com carinho e fitou Logan. — Esse casamento é o momento ideal para abandonar as mágoas que me mantiveram longe.

O rosto do neto se iluminou ao ouvir aquilo. Desde o enterro de sua mãe, a avó não voltara ao reino, em decorrência do desgosto direcionado ao genro. Saber que as barreiras dela também se dissolviam o animava e dava-lhe esperança de uma relação para além das cartas e visitas esporádicas a ela.

O casal conversou com Nora por mais um tempo, e depois seguiram para terminar de cumprimentar as pessoas. Quando todos já se sentiam atendidos o bastante pelos noivos, a festa pôde ser iniciada e transcorreu animada noite adentro.

Entre risos, comida, bebida e um festejo como há muito não se via em Lyria, o futuro sonhado desde as vilas mais humildes até os corredores do palácio estava apenas começando. E a quem a glória senão ao Soberano de toda a Terra, capaz de unir os corações mais improváveis para cumprir Sua boa e perfeita vontade?

Epílogo
Alguns anos depois...

Adelaine dormia tranquilamente quando escutou um barulho vindo do quarto ao lado. Seus instintos a fizeram sentar na cama quase num pulo e tentar decifrar qual o som. Passos, algo sendo arrastado e murmúrios.

Levantou-se e, no caminho até a porta, agarrou o castiçal de prata sobre um móvel. Mantendo o objeto acima da cabeça, abriu passagem com o pé e estreitou os olhos para a figura parada na penumbra. As cortinas cobriam os raios solares recém-nascidos e a mente ainda sonolenta atrasou o raciocínio de Ada.

Porém, aos poucos o indivíduo alto se virou para ela e um sorriso clareou suas feições. Adelaine largou o castiçal e correu até ele, envolvendo sua cintura esguia com toda a força de seus braços.

— Louie!

— Calma, coisinha miúda, vai nos derrubar.

A quentura da mão dele atravessou o tecido fino da camisola e aqueceu as costas da esposa. Ela se afastou e correu para abrir as cortinas, deixando a claridade encher o quarto e possibilitar a visão plena do marido. O bronzeado recém-adquirido arrancou um pequeno suspiro de aprovação, assim como os cabelos bagunçados e a falta do casaco, tornando sua aparência menos rígida.

— Esqueceu como sou? — Logan disse num gracejo.

— Impossível. Apenas reparava que você está ainda mais formoso, ou a saudade entorpeceu meus sentidos. — Ada se aproximou e parou diante dele. — Mas eu não deveria elogiá-lo, seu ego tem estado bastante controlado.

A risada familiar fez flores e mais flores nascerem dentro de Adelaine.

— Fico feliz que minha amada não acorde rabugenta.

— Como ficaria rabugenta se fui pega de surpresa por sua chegada? Pensei que estariam aqui somente após o almoço.

— A viagem foi mais rápida do que o previsto, graças ao Soberano.

— E assim que pôs os pés em casa, veio correndo agarrar a Kate? — A mulher ajeitou o vestidinho da filha abraçada ao pescoço do pai.

— Queria apenas deixar um beijo antes de ir ver você, porém ela choramingava quando entrei, mas parou assim que a peguei no colo e ficou dando sorrisinhos! O que pude fazer? Meu coração derreteu.

Logan então aninhou a bebê no braço e fez cócegas em sua barriga, espalhando risadas gostosas pelo quarto. Ada nunca se cansava de admirar as interações entre os dois.

— Quem é a mais bela, mais adorável e mais risonha do mundo? Quem é a princesinha do papai, hum? Você! Herdou toda a amabilidade da mamãe, muito bem.

— Traga-a para o nosso quarto — Ada pediu, 2vertindo-se com a cena.

O marido assentiu e a acompanhou até o cômodo ao lado, onde se sentaram na ampla cama rodeada por um dossel azul. A pequena Kate foi deitada entre os dois, recebendo atenção e afagos carinhosos.

— Pelo visto não fui o único a tomar muito sol nas últimas semanas — Logan diss; ao admirar melhor a esposa. Esticou a mão e traçou as sardas no nariz e bochechas dela, o que a fez sorrir.

— É o resultado de ter crianças em casa nos dias de verão. — Ela fingiu não ver o claro olhar dele de "culpa das crianças?". — Devo parar de desprezar um bom chapéu.

— Gosto das sardas.

— Aparentemente, gosta de tudo em mim. — Ada acomodou a trança acinzentada sobre o busto.

— Sou um homem de bom gosto, Majestade. — Piscou.

— Hum, então sou a mulher mais agraciada do mundo! — Ela inclinou o corpo para dar-lhe um beijo rápido. — Senti muito a sua falta nessas semanas. Não viaje nunca mais, que tal?

— Querida — Logan deu risada —, precisei ir. Não posso negligenciar nosso reino, certo?

— Eu sei — resmungou, jogando-se de costas na cama de forma dramática. — Porém isso não muda a estranheza desse palácio sem você, ainda não me acostumei.

— Podemos passar um tempo juntos hoje para compensar, o que acha?

— Mesmo? Podemos ir para a cabana?

— À suas ordens, senhora. O que pensa de um almoço lá?

— Eu preparo tudo — sentou-se outra vez —, pode deixar em minhas mãos!

— Maravilha! — Acariciou o joelho dela e depois voltou a atenção para a filha, que o encarava com as íris cinzas brilhantes. A bebê tinha olhos grandes como os da mãe, porém os cabelos negros emolduravam seu rostinho alvo, coroado por uma covinha na bochecha.

Adelaine se deitou de lado para observá-los, ao mesmo tempo em que sua mente divagava para a promessa de uma tarde esplêndida, levando-a a escolher mentalmente o vestido perfeito para a ocasião. Às vezes ainda desfrutava de certa estranheza ao pensar como tinha uma variedade deles à sua disposição, diferente do modo como viveu por boa parte da vida.

O primeiro ano da nova realidade havia sido o mais difícil. De repente, ela não era mais uma criada e sim a rainha, e a pressão do título se uniu aos julgamentos de que não suportaria viver na Corte. Aprender a ter a postura ideal e a cuidar de suas atribuições fora fácil comparado a continuar tolerando as fofocas, olhares tortos e lisonjas fal;as.

Muitas pessoas se aproximaram dela ao longo dos anos por puro interesse; porém, apesar de não ser ingênua a respeito disso, Ada tratava a todos com a mesma bondade e gentileza que sempre fluiu dela, e aos poucos foi deixando sua marca.

Todavia, não apenas as adversidades tingiram os dias dela. A jovem rainha se encontrou desde o início bem acompanhada por sua avó, Elisa e as amigas que fez nas primeiras semanas ali. Elas coloriam a vida na Corte e permaneciam sendo uma benção até os dias presentes.

Adelaine deixou seus devaneios de lado ao escutar a porta sendo aberta de mansinho. Uma cabeleir; loira apareceu na fresta e, quando o menino percebeu o ajuntamento na cama, abriu um so6o largo.

— Bom dia! — Ele irrompeu no cômodo com um gato espremido em seus braços. — O Gatito quer comer bolo, mamãe.

— Ele ou você? — Ada riu.

— Nós dois. — O sorriso travesso revelou os dentes faltando. Em seguida, fitou Logan. — Depois vamos brincar, papai?

— Já tinha visto seu pai? — Adelaine cruzou os braços.

O garoto parou por alguns segundos, encarando o homem, depois arregalou os olhos e se jogou nos braços dele, libertando o gato para ser alvo dos dedos de Kate.

— Tinha esquecido, papai! O senhor não estava aqui ontem. Nem antes de ontem. Nem na semana passada. Mas sonhei que já tinha chegado e achei que era real.

— Seus sonhos escaparam para a realidade. — Logan afagou os cabelos fartos do menino. — Senti sua falta, sabia?

— Eu também senti! — Evan se separou do abraço. — Vamos brincar para matar a saudade?

— À noite, tudo bem? O papai precisa trabalhar agora de manhã e sua mãe prometeu me roubar durante a tarde.

— Roubar é errado, mamãe. — O pequeno lançou um olhar de repreensão para a mulher.

— Seu pai quis dizer que daremos um *passeio*, filho — Ada corrigiu e ignorou a risadinha do marido. — Agora vamos nos arrumar para comer um desjejum bem gostoso. Depois você terá suas aulas.

— O Gatito fará as tarefas para mim hoje, combinamos tudinho. — Evan tomou o gato nos braços.

— Combinaram, é? — Logan achou graça.

O menino seguiu tagarelando quando Louie deixou Kate com Ada e o pegou no colo. As duplas se separaram para trocarem de roupa e depois se encontraram de novo na sal; de refeições, onde ocorreu um desjejum animado, típico para todos da família desde que Evan adquiriu a habilidade de falar.

— Encontro você na hora do almoço. — Logan se despediu de Ada com um beijo na testa.

— Contarei os segundos. — Ela o apertou em um abraço antes do homem seguir para sua sala.

Adelaine também passou aos seus afazeres rotineiros e, durante algumas horas da manhã, fez da biblioteca a sala de aula de Evan,renquanto Kate brincava ao seu lado. Por vezes ensinar era uma tarefa desgastante; no entanto, seu ânimo se renovava quando trazia à mente a bênção de ver seu menino adquirindo os conhecimentos que ela apenas sonhou em ter durante sua infância.

— Você foi tão bem hoje, meu bebê! — Ada encheu o garoto de beijos ao fim das lições.

— Mamãe, eu não sou bebê! — ele reclamou, porém ria. — A Kitty ainda nem fez 2 anos e eu já tenho 6 Ela, sim, é nenenzinha.

— Hum, tudo bem, meu menino grande! O que acha de irmos visitar os amigos da mamãe na cozinha?

— A Mary me ensinará a fazer biscoitos! — Evan pulou do colo da mulher. — Vou... Vou... Como diz quando pedimos alguma coisa que nos prometeram?

— Reivindicar.

— Vou fazer isso aí pelos meus biscoitos!

O menino mal esperou a mãe deixar a irmã aos cuidados de Florence para marchar em direção à cozinha, onde logo "reivindicou" sua aula, do jeito fofo e educado que seus pais lhe ensinaram a pedir. Enquanto a cozinheira cedia aos encantos do principezinho, Ada chamou Joana de canto e pediu a ajuda da amiga para preparar uma cesta caprichada para o almoço com Louie.

— Matará toda a saudade acumulada! — Jojo cutucou a costela dela, arrancando-lhe uma risada.

— Estou ansiosíssima!

As duas mulheres continuaram conversando em meio ao preparo da cesta e, quando terminaram, Ada permaneceu ali interagindo com os amigos, até Evan colocar seus preciosos biscoitos no forno.

— E agora, mamãe? — Ele segurou a mão da mulher. — Os biscoitos ainda demoram um tempão para assar!

— Que tal ficar quietinho lendo um livro? — Juntou as mãos ao lado do rosto, ansiando por um pouco de descanso.

— Já li muito hoje — choramingou —, quero brincar.

— Certo, certo! Vamos dissipar essa energia no jardim. — Ada se rendeu e o filho comemorou.

Os dois se despediram e Evan arrastou a mãe pelo corredor, animado para aproveitar o dia ensolarado. Adelaine fez uma careta ao imaginar como seu corpo pediria um cochilo depois de correr atrás da criança e participar de suas brincadeiras nada tranquilas.

— Vovô! — O grito estridente a distraiu e seus dedos foram soltos quando o menino correu para abraçar o avô. — Vamos brincar lá fora?

— Claro! — Callum o pegou no colo e acarinhou seus cabelos. — Do que vamos brincar?

— Ah, sr. Callum, não precisa fazer isso se estver ocupado — Ada disse por educação. — Ele não lhe deu sossego por um segundo sequer durante a ausência do Louie.

— Sabe que estou sempre livre para meus netos. — O homem piscou. — Coloco-me à sua disposição.

— Se é assim, obrigada. — Adelaine sorriu com gratidão. — Até pensei em pedir ajuda à srta. White, mas esse serzinho agitado está deixando a mulher louca. Ela é ótima, porém facilmente driblada.

— Melhor ser bonzinho — o avô aconselhou o menino —, já ouvi seu pai falando que pretende contratar uma cuidadora mais rígida. Imagine o tormento!

Não poderá mais brincar.

— Uma chata igual a que o tio Gale e a tia Elisa arranjaram para a Beth? — Evan fez uma careta de pavor. — Ah, isso não!

— Então se comportará com a srta. White?

A criança prometeu, cruzando os dedinhos em frente aos lábios.

— Que bom. Agora busque nossas espadas para brincarmos no jardim.

A menção da brincadeira favorita fez o pequeno sair às pressas para pegar os brinquedos.

— Obrigada, de novo. — Ada observou a criança sumir no corredor e virou para o sogro. — Não sei o que faríamos sem sua ajuda e a da vovó. Sempre dou graças pelos nossos filhos amarem vocês.

— Tenha certeza de que os amamos muito também. — O homem escondeu as mãos atrás das costas.

— Sei disso. — Ada assentiu.

Logo Evan voltou e arrastou o avô para o jardim. Adelaine foi até a janela e os observou brincar, contente com a felicidade do filho.

Seu relacionamento com o sogro havia melhorado consideravelmente depois que as crianças nasceram. Ver como o homem se empenhava em alegrar os netos afastava tanto as lembranças conturbadas dela quanto as de Logan.

Ela queria ter o benefício dos filhos de nada saber sobre o passado sombrio de Callum; entretanto, passou a nutrir sincera simpatia pelo homem nos últimos anos, após ele finalmente reconhecer o Senhor como Soberano em sua vida. Saber que o sogro era lavado pelo sangue de Cristo e feito nova criatura lhe dava paz.

— O que está olhando? — A voz de Logan a sobressaltou. — Perdão, não queria assustá-la.

Ele parou atrás dela e passou os braços por seus ombros, deixando um beijo entre seus cabelos. Adelaine sorriu e repousou a cabeça no peito dele.

— O Evan e o avô. — Ela apontou. — Sinto um pouco de pena do seu pai, não terá sossego por um bom tempo.

— Vamos aproveitar a distração e escapar? — disse perto do ouvido dela e cócegas borbulharam em sua barriga.

— Escapar? Não chamará o Gale?

— Prefiro só nós dois. — Beijou-lhe o rosto.

— Ele fará um escândalo quando voltarmos. Prepare-se para um sermão sobre segurança.

— Resolvo isso tranquilamente. Agora vamos, antes que aquele ruivo emerja de algum canto.

Ada riu e concordou, sentindo certa empolgação por estarem "fugindo". Buscou a cesta que havia preparado e seguiu o marido até o estábulo.

— Sinto que estamos cometendo um crime! — Ada cochichou enquanto ele selava os cavalos.

— Prefiro "saída silenciosa". — Piscou, divertindo-a.

O homem ajudou a esposa a subir em sua égua e depois montou em Lion. Os dois se esgueiraram para fora do estábulo e depois em direção aos campos atrás do palácio. Quando os alcançaram, ganharam velocidade, tal qual noivos em fuga.

— Não acredito que estamos fazendo isso! — Ada disse aos risos. O vento batia forte em seus cabelos e não demorou para o penteado começar a se desfazer.

Quem os visse de fora talvez sequer fizesse uso dos termos "rei e rainha", em toda sua pompa, para descrevê-los. Apenas pelo fato de estarem a caminho da cabana, a qual se tornara um refúgio para eles, já se resumiam apenas à Ada e ao Louie da juventude, desejosos de cada segundo da companhia um do outro, e se distanciavam das pressões e obrigações do reino.

Obrigações essas que não eram poucas. Os primeiros anos de governo do rei Logan foram difíceis. Ganhar a confiança do povo demorou e requereu esforços demasiados, no entanto, conforme os lyrianos percebiam que as ações dele não eram instrumentos de manipulação, mas sim de genuíno cuidado, seus corações se abriam.

Cada sonho que rodeou as conversas de Logan e Adelaine foi pouco a pouco tornando-se realidade. Conseguiram diminuir os impostos a uma quantia suficiente para manter os estoques de manutenção do reino — que crescia a cada ano — e ao mesmo tempo não pesar sobre os súditos; reabriram as escolas e logo turmas para os adultos seriam inauguradas; facilitaram o acesso a médicos e remédios e se dispuseram a ouvir as necessidades do povo, para assim servi-lo melhor.

Não era um reino perfeito; entretanto, ninguém poderia negar que um rei e uma rainha bons estavam no trono, mantendo-se fiéis ao que o Soberano lhes entregou.

Depois de desbravarem as planícies esverdeadas e passarem pelo bosque, o casal chegou na cabana. Ada saltou depressa e correu para ver o lago brilhante refletindo os raios de sol. Encantava-se com os peixinhos que viviam ali, conversar com eles a divertia.

Logan abriu um sorriso arteiro ao ver a mulher agachada na beira do lago e se colocou ao seu lado. Antes que ela pudesse olhá-lo, ele afundou os dedos na água e jogou algumas gotas contra o rosto dela.

— Logan! — Ada se colocou de pé, enxugando o rosto. — Ah, você vai ver! Vou jogá-lo na água!

O homem começou a correr enquanto ria da esposa, que o perseguia em volta da casa.

— Venha aqui, seu desmiolado!

— Perdão, coisinha miúda! — Ele se virou para ela e passou a andar de costas. — Não seja vingativa.

— Ah, é mesmo? Pois vou ensopá-lo, espere só.

— Isso é uma punição exagerada, doçura. — Aproximou-se dela e tentou segurar a figura baixinha e raivosa, porém Ada desviou, passando sob seu braço.

— Ficará proibido de me tocar a partir de agora — decretou com um sorriso de canto.

— Essa tortura é demais para mim. — Ele caminhou em sua direção ao passo que ela se afastava, fitando-o com um brilho divertido nos olhos.

Ada só não percebeu que seu espaço de fuga estava comprometido pela cabana e logo ficou presa entre ela e o marido.

— Para onde irá agora? — Louie colocou as mãos na parede, uma de cada lado da cintura dela, curvado o bastante para seus rostos ficarem próximos.

Ada o encarou com o queixo erguido por alguns segundos. Seus olhos analisaram a face de quem, para ela, era o homem mais lindo do mundo.

— Você é meu paradoxo, sabia? — ele disse, retribuindo o olhar.

— Como assim?

— É meu ponto fraco — beijou seus lábios com delicadeza — e, ao mesmo tempo, o ser humano que mais me dá força neste mundo.

Ada abriu um sorriso bobo diante daquela declaração.

— Certo, uma guerreira precisa saber a hora de recuar, então eu me rendo — ela disse e lhe deu um beijo demorado.

— É incrível como nunca enjoo disso — ele confessou, não querendo soltá-la.

— Nem eu, Majestadezinha.

Eles usufruíram do contato um com o outro por mais alguns minutos, até Ada falar:

— Agora chega, vamos almoçar.

— Precisamos? — Ele roubou mais um beijo. — Jejum não faz mal.

— Louie! — Ela não conseguiu conter uma gargalhada. — Venha, preparei tudo com muito carinho. Fará essa desfeita?

— Longe de mim.

Ela segurou sua mão e o levou até a frente da cabana, onde tinham deixado as coisas. Sentaram-se entre as diversas flores que preenchiam os arredores naquela época do ano e começaram a desfrutar do almoço.

— E, então — Logan iniciou enquanto servia sua taça e, pelo sorriso de canto, Ada soube que faria algum gracejo —, passou todas essas semanas lamentando-se pela minha ausência?

— Quanta presunção! Sou uma mãe e uma rainha, tive que cumprir minhas obrigações. E, sinceramente, elas me distraíram muito bem.

— Pelo visto não sentiu *tanta* saudade assim. — Fitou-a com olhos estreitos sobre a borda da taça.

— Senti! E piorava nas refeiçõeste na hora de dormir. Sem falar de como era inconveniente não poder entrar na sua sala para roubar um beijo durante o dia.

— Estou aqui agora. — Balançou as sobrancelhas e Ada riu, mas o beijou em seguida. — E o que essa mãe e rainha fez?

— A rotina com os pequeninos seguiu igual: refeições, aulas e brincadeiras. Seu pai e minha avó foram de grande ajuda, como sempre, sem mencionar quando Elisa e eu juntávamos as crianças e elas se entretinham. Já no quesito rainha, diverti-me muito nos eventos que fui e nas reuniões que dei para minhas amigas.

— Nem quero imaginar o que aprontaram!

— Louie! — Deu um tapa no ombro dele. — Somos damas, está bem? Mas confesso que foram agradáveis os passeios e tardes regadas de conversas e algumas taças de vinho.

— Uh, que ousadas!

— Pare! — Ada conteve uma risada e fingiu estar brava. — Foi excelente. As crianças ficaram com as cuidadoras e nós descansamos.

— Estou brincando, amo saber que está se saindo tão bem. — Afagou seus cabelos com carinho. — Visitou as escolas?

— Ah! Sim! — Ela voltou o corpo em direção a ele e começou a gesticular enquanto falava. — Louie, as coisas têm corrido de modo maravilhoso. Mal posso conter-me ao pensar na evolução dos alunos. Acredita que leram vários textos com perfeição? E a escrita tem melhorado também, os professores me contaram. Quis abraçar cada pequenino e dizer que os ver ali era a realização de um sonho!

— E não fez isso?

— Claro que fiz! — Seu corpo chacoalhou com uma risada e Logan quis apertar as bochechas gordinhas que escondiam os olhos.

— Não poderia esperar outra coisa!

— Ah, meu amor, e a Lucy! Ela foi a melhor aluna da turma, sabia?

— Com tanta inteligência, quem poderia duvidar? Ela ainda chegará a lugares excepcionais.

— Mas, sabe, às vezes queria poder fazer mais por todos os habitantes de Lyria. Ainda há muitas crianças que não vão à escola para trabalhar. As possibilidades para seus futuros são tão limitadas! — Adelaine suspirou, afastando uma mecha desteus cabelos bagunçados. — Queria poder abrir um horizonte maior para eles.

— Isso demanda mais tempo, querida. Será um trabalho de gerações, instruiremos nossos filhos para levá-lo adiante e assim eles também guiarão seus filhos ao mesmo. No mais, o Senhor nos deu o presente, não se deixe levar pelas preocupações de um futuro distante de suas mãos.

— É verdade, você tem razão. — Ada apertou a mão dele.

— Por ora, prosseguiremos com o legado de seus pais e da minha mãe. — Logan apertou a mão da esposa de volta. — Viveremos nossas vidas pelo Soberano, cuidando das pessoas que Ele colocou sob nossa responsabilidade. Lutaremos pelo que é bom, justo e amável, não importa quão difícil seja.

— Esse sempre será o propósito dos nossos corações. — Ela assentiu com olhos marejados. — Eu amo você, Louie, e sou muito feliz com a vida que nos foi dada.

— Eu também a amo. — Beijou os dedos dela. — E amo o que temos, assim como estou animado para desbravar tudo que o Senhor tem reservado para nós, disposto para os propósitos que Ele já nos confiou e aberto para o desconhecido.

— Que assim seja. — Ada sorriu, tão entusiasmada quanto ele para desfrutar dos planos do Senhor e Soberano de suas vidas.

FIM

Agradecimentos

Agradeço primeiramente ao Eterno Soberano, que por sua graça me permitiu e capacitou para escrever esta e todas as minhas histórias. A Ele toda glória!

E, claro, obrigada a você, querido leitor, que me deu a chance de levar este livro ao seu coração. Espero que a jornada desses personagens tenha lhe abençoado.

Meu coração também fica extremamente cheio ao agradecer à Editora Novo Século por abraçar essa história e levá-la mais longe do que eu poderia sonhar!

Raquel, Débora, Laís, Jemima, Bruna, Dulci, Cristina e Iara, muito obrigada por betarem essa história, darem pitacos e me ajudarem a tornar *Uma Aliança entre Corações* do jeito que ele é.

Agradeço também às leitoras do *Wattpad* e do Instagram por cobrarem a continuação da história e amarem esse livro ainda em sua versão primária hehe.

Por fim, obrigada a minha família e demais queridos que acompanharam a criação deste livro ou de alguma forma contribuíram para chegarmos aqui.

Um abraço quentinho para vocês e até a próxima história, se Deus quiser!

CONTATO:

Instagram: @laviniaqueirozautora

E-mail: laviniaqueirozautora@gmail.com

@novoseculoeditora

Edição: 1ª
Fonte: Crimson Pro e Mogan